海飞 作品
INSECTS AWAKEN

惊蛰 上

南方出版传媒
花城出版社
中国·广州

图书在版编目（CIP）数据

惊蛰：上下 / 海飞著. -- 广州：花城出版社，
2019.11
 ISBN 978-7-5360-9013-2

Ⅰ. ①惊… Ⅱ. ①海… Ⅲ. ①长篇小说－中国－当代
Ⅳ. ①I247.5

中国版本图书馆CIP数据核字(2019)第233706号

出 版 人：肖延兵
选题策划：程士庆
责任编辑：黎 萍 夏显夫 邹蔚昀
技术编辑：薛伟民 凌春梅
封面设计：WONDERLAND Book design
　　　　　仙蕙 QQ:344581934

书　　名	惊蛰 JING ZHE
出版发行	花城出版社 （广州市环市东路水荫路11号）
经　　销	全国新华书店
印　　刷	广东新华印刷有限公司 （广东省佛山市南海区盐步河东中心路23号）
开　　本	787 毫米×1092 毫米　16 开
印　　张	45.5　　2 插页
字　　数	900,000 字
版　　次	2019 年 11 月第 1 版　2019 年 11 月第 1 次印刷
定　　价	128.00 元（全二册）

如发现印装质量问题，请直接与印刷厂联系调换。
购书热线：020 - 37604658　37602954
花城出版社网站：http://www.fcph.com.cn

特别鸣谢

《谍战深海之惊蛰》出品方

千乘影视、新丽电视

| 目 录 |

第一章	001
第二章	017
第三章	034
第四章	049
第五章	065
第六章	080
第七章	097
第八章	112
第九章	127
第十章	141
第十一章	155
第十二章	170
第十三章	185
第十四章	201
第十五章	217
第十六章	233
第十七章	249
第十八章	264
第十九章	279

第一章

1

1941年。冬。

船舶的鸣笛声在上海空旷的夜色中回荡,黄浦江上仍有船只来往。江边已鲜有行人。

寒风凛冽中,肖正国出现在了十六铺码头露天货仓。他穿着大衣,提着一只鼓鼓囊囊的公文包。和他同行的还有下属周海潮和江元宝,江元宝手中提着一只较大的箱子。

肖正国掏出怀表看时间,9点45分。然后他眼神柔和地看了一眼表盖里嵌着的余小晚的照片。余小晚的照片,周海潮当然也瞟见了,他冷漠的神色中就多了一丝不悦。

肖正国说:"还有一刻钟。"

江元宝把手中的箱子放在了一个货堆上,说:"人家是千里送鹅毛,咱们是千里送武器,飓风队配上MP-40冲锋枪和柯尔特M1911A1手枪,要是还不能多杀几个汉奸,那真是枉费戴老板和关处长一片苦心。"

"为了对付楠木正成,这次戴老板是拿出压箱底的家伙了。"肖正国眼神深沉地看着箱子。

"那是。"江元宝说,"人家可是关东军第一师团副参谋长,这号人物一来上海滩,日本人还不得一级戒备?想要杀他,说不定先被他杀了。"

肖正国挺了下身子,眼睛中生出光来。他安排周海潮去码头北面出口,准备接应飓风队的人。江元宝则跟他一起观察地形,如无意外,10点10分就从码头南面撤离。

周海潮奔跑的身影很快就融进了黑夜。肖正国提着公文包,慢慢走在江边,潮水涌动拍岸的声音,在静谧的夜色中显得分外生动。江元宝提着装有武器的箱子,走在肖正国身后。两人的目光都警觉地四下扫射着。

此时的码头表面安静,却暗藏杀机。事实上,几名日本特务正在千田英子的指挥下,藏在货包后面准备伏击。

从一堆箱子之间的缝隙里,千田英子恰好可以看到肖正国的身影。借着昏暗的路灯,她从怀里取出一张肖正国的照片进行比对,确定了目标。

江元宝在货包间随意走动，观察着环境。他并没有发现纷纷低伏躲藏的日本特务。一名叫山口的日本特务在躲藏时，没有察觉到自己将一把工人遗忘在货箱上的螺丝刀碰到了箱子边缘。山口调整身体，却不慎再次碰到了那把已经滚到箱子边缘的螺丝刀。螺丝刀坠地，发出响动。千田英子愤怒的眼神朝山口望过来，让山口感到惶恐。

正往前走的肖正国耳朵轻轻颤动，显然他已经听到了那轻微的异响。"不要回头。"他轻声制止了江元宝的动作。

"你也听到了？"

"可能有埋伏。分头撤。出去以后，明天上午9点在一号地点会合。"

两人的声音轻得像淡薄的雾气流进黑夜。肖正国望着日本特务埋伏的方向，以手势示意江元宝与自己分头撤离。

夜色中的路灯，发出极暗淡的光。千田英子看到肖正国和江元宝在一盏路灯下分头向码头两边走去。

她用眼神瞄着江元宝，命令山口前去围堵。山口向两名日本特务一挥手，三人随即放轻脚步绕过货包，迅捷地朝江元宝追去。

肖正国耳朵再次轻动，又捕捉到了一些声音。那是日本特务的皮鞋踩踏在有沙土的地面上发出的轻微的声响。但他依然不动声色地走进了日本特务设下的包围圈。他的目光迅速扫过这一带的地形，看到日本特务藏身的货包后面是一幢二层小楼，而二楼的阳台上放着一些花盆。他看似悠闲地走着，手中的公文包轻轻甩动，手已经探入腰间拿到了枪。

此刻，千田英子的枪口瞄准肖正国的脚，并随着他的脚步移动着。就在她扣住扳机将要击发之际，原本脚步缓慢的肖正国却忽然跑动起来，她的准星一时无法跟上。而肖正国边跑边拔枪，击中了她身后二楼阳台上的花盆。

花盆砸落在千田英子身边，千田英子就地滚开。几名日本特务几乎同时向肖正国开枪，肖正国飞奔闪避，在子弹的追逐中就地一滚，躲到了一处货箱后面。

"要活的！"千田英子冲手下喊。四名日本特务奔向一堆杂物，各抄起一根木棍，向肖正国所在的位置包抄。

肖正国听到千田英子的叫喊，明白了她的意图。他迅速观察环境，发现自己身处在一个L形的货包通道内。四名日本特务从后方靠近他藏身的通道。他开始疾速奔跑，却突然被从货包尽头闪出的千田英子一棍子击中了肘部，他的手枪脱手飞出。紧接着他的腿又挨了一棍，他被扫翻在地，公文包落在一旁。

四名日本特务扑上前，持棍向肖正国砸去。五人混战，肖正国连连被击。千田英子抓住时机，向肖正国胸口击出了一记重棍。肖正国喷出了一口鲜血，他踉跄站起，向前奔突，捡起公文包向特务们甩去。公文包在空中打转，从天而降，千田英子见状一惊，下意识地躲避，迅速纵身跃向货堆后面。

公文包在落地的瞬间轰然炸响。千田英子判断得没错，里面装着炸弹。四名日本特务来不及躲闪,被气浪掀翻。而肖正国已趁乱逃跑,不见了踪影。

又有几名日本特务赶了过来,扶起千田英子,被千田英子推开。"追!"她挥手大喊,声音里带着和周遭空气一样的灼烧感。

这一夜,日本特务先捕获的是江元宝。

听到第一声枪响的时候,江元宝已经撤到了码头南面。他吃了一惊,迅速拔枪赶向肖正国所在的方向。但随即他就遭到了山口等人的伏击。子弹射中了他身边的货箱,他不得不赶紧藏身,与对方展开枪战。

悠长的汽笛声和枪声混织在一起,让这个夜晚变得不再宁静。

最终,江元宝被山口射中了右手。他的枪一失手落地,两名日本特务就迅速奔扑过来,将他按倒在地。那口装有武器的箱子也被缴获了。

最先离开的周海潮也并没有逃掉特务的追击。到达码头北面出口以后,他并未看到有飓风队员前来。惨淡的路灯下,他点燃了一支烟。夜色中,寒意渐浓,他不由得缩了缩脖子,警惕地四下张望。

半支烟后,两名飓风队员来了。其中一名手里拿着接头暗号———一份卷成筒状的《申报》。周海潮把烟扔到地上捻熄,向两人迎了上去。但一声突如其来的枪响打破了他心中刚建立起来的些许宁静。此时,他已经距飓风队员不过五米。

他们遭遇了日本特务的伏击。三人同时拔枪还击,连绵的枪声撕开了码头边宁静的夜色。一名飓风队员被当场击毙,另一名飓风队员阿成与周海潮躲到货包后面,与日本特务展开枪战。两人且战且退,逃到码头深处。

阿成忽被一颗流弹击中,倒地不醒。周海潮纵身跃入一堆货包中躲藏,过程中,他的怀表从怀中掉出来,跌落在阿成旁边。

日本特务追到此处,看到了倒地的阿成,却不见周海潮,立刻脚步不停地向前追去。躲在货包堆中的周海潮暂时得以喘息。

肖正国脚步错乱,不停吐血,终于腿一软跪在了江边。

在他的视野里,江景凄凉萧条,所有景物变得模糊,唯有潮水涌动的声音不时地传来。肖正国感到天旋地转,他大口喘着气,不时有凝结成血块的血泡从嘴里吐出。阿成就躺在他的视野里,不知死活。

货包后面的周海潮看到了倒在江边的肖正国。肖正国背对着他,不停地抽搐。日本特务喊叫着逼近,周海潮转过身,但他只走了几步就忽然停住了。

在远远传来的日本特务哇啦啦的叫声和零星的枪声中,周海潮有些纠结和犹豫。但随即,他就决绝地向肖正国走去。

周海潮走到奄奄一息的肖正国背后,用枪对准了他的后脑。肖正国似有所感,喘着气努力睁开迷蒙的眼。在他猛地转头的时候,枪响了。子弹打中了他的后脖子,他身子一软，随即栽倒在地。

在日本特务逐渐逼近的脚步声里，周海潮又朝肖正国开了一枪，但子弹卡壳了。他向日本特务的来路张望了一下，在阿成模糊的视野中匆匆离去。

少顷，一群日本特务在千田英子的率领下像一阵风冲了过来。千田英子上前探了下肖正国的脉搏，发现他还有心跳，便命令手下立刻将他送去医院。她的眼睛亮了起来，说不清自己发出的一声咔嗒响动的内心是松弛了下来还是变得更加紧绷。

日本特务并没有留意奄奄一息的阿成。他们将肖正国抬走时，阿成和周海潮的怀表都已经不见了。

2

肖正国躺在医院的手术台上。和正在为他做手术的医生的紧张心绪不同，他朦胧的意识正处在一些轻缓的画面之中。他觉得自己是在遥远的重庆，而不是在手术室抗争。更具体地说，他正在军统第二处办公楼里，接受费正鹏的命令。

"肖正国，你这次去上海的任务是，给飓风队送去刚到的暗杀武器，同时启动刺杀日本关东军第一师团副参谋长楠木正成的计划。另外，我们在汪伪内部有一名代号'雄狮'的卧底，你要独立完成联络和启动'雄狮'的任务。"

费正鹏的声音铿锵有力，仿佛每个字都带着回响，能让他联想到军统第二处办公楼的坚硬形状。然后，办公楼不见了，费正鹏也不见了，温暖缱绻的氛围像阳光把他包裹了起来。他看到余小晚穿着婚纱站在他身旁，像一朵玉兰花。他喜欢这一刻的温暖，所以他把最后一次心跳留在了这一刻。

深夜，千田英子带着肖正国死去的消息走进了荒木惟的办公室。一进去，悠扬的钢琴声就裹住了她。

荒木惟正坐在窗前弹奏钢琴。墙上挂着天皇的画像，天皇仿佛在平静地望着远方。荒木惟约摸三十岁，脸清瘦苍白，却神情冷峻。他纤细的手指在琴键上灵巧地舞蹈，《樱花》的旋律流淌而出。悠扬的琴声中，他的目光竟有些忧伤。

他的办公桌上放着肖正国的照片和一些遗物：一把手枪，三发子弹，一块怀表，一只半旧的皮夹，一小沓钱，以及那只装有进口武器的箱子。

千田英子垂首而立，不敢打扰荒木惟弹琴。一曲终了，荒木惟仍久久坐着。

"对不起，科长，我们没能救活他。"千田英子的声音里充满歉疚。

荒木惟有些不满地盯了千田英子一会儿，然后站起身，走向了自己的办公桌。他瞥了一眼肖正国的照片，拿起那块怀表，看了看里面余小晚的照片，说："还有一个活的？"

"是的。"千田英子说，"被活捉的叫江元宝，是肖正国的下属。我们安插在重庆的'樱花'只知道肖正国是来上海通知飓风队启动刺杀楠木少将的计划，同时他们还会启动一名代号'雄狮'的卧底,但'雄狮'的具体身份不详。"

"江元宝?"荒木惟放下怀表,微笑着说,"起这样名字的人,真像一个宝藏。我喜欢寻宝。"

第二天夜里,荒木惟来到了尚公馆审讯室。他站在已经被打得遍体鳞伤的江元宝面前,用戴着白手套的手拿起一块毛巾,为江元宝细心而体贴地擦拭脸上的血污。江元宝无力地睁开眼睛,愤怒地瞪着他。

荒木惟用流利的中文说:"我尊重我的每个敌人。"

江元宝粗重地喘息着,扭过脸去,拒绝荒木惟的毛巾。但荒木惟并没有气恼,微笑着说:"身为军人,头可断,血可流,但不能失了骨气,失了体面。你说是不是?"

江元宝似乎被激发了一丝血性,他开始喘息着吼叫:"那就干脆点,给老子一枪,让老子死个痛快!"

荒木惟把沾染了血渍的毛巾按在了江元宝眼角的一处伤口上,并用力摁了下去。江元宝痛得高呼,

荒木惟手上的力道就轻了些。他慢条斯理地说:"既然没有在战场上被对手一枪毙命的运气,你就得做个选择,要么体面地跟我们合作,要么去看看人间炼狱里,都有些什么好玩的。"

"老子不当汉奸……"江元宝的眼神里多了几分恐惧。

荒木惟垂下眼帘:"是汉奸,还是识时务的俊杰,等到战争结束那天,自然会见分晓。成王败寇的道理,你们中国人比我更懂。"说完,他走向一旁,把带血的毛巾丢在了牢房角落。

千田英子向山口使了个眼色,山口便立刻和一名日本特务上前,使江元宝平躺,并用铁索控制在一块木板上。江元宝的眼神中立刻荡满惊恐。接着,日本特务抬来了一大桶生石灰,撒在了江元宝的身上。剧痛中江元宝哇哇大叫。而荒木惟走到墙角,用一个木勺从水桶里舀了一勺水。

江元宝挣扎着,惊恐地看着荒木惟:"你想干什么?"

荒木惟不紧不慢地说:"人们其实都明白很多道理,但轮到自己的时候却很难做出正确的选择。我只是想帮帮你。"

荒木惟瞟了一眼手表,10点48分5秒。他看了一眼江元宝满身的石灰,慢慢倾斜勺子,将勺中的水滴了几滴在石灰上。水遇石灰立刻沸腾并冒出白汽。江元宝吃痛大叫。

"我一点也不喜欢上海阴冷的冬天,这样应该可以让你感觉温暖一点。"荒木惟的声音里带着笑意,他又一次将勺中的水倒到江元宝身上。江元宝身上白汽蒸腾,沸腾的石灰水让他痛得大叫。一勺水倒完,千田英子为荒木惟递来了第二勺水,并接过了他手中的空勺。

荒木惟手上倒水的动作丝毫未停,他神色平静,动作优雅。江元宝则完全是一副截然相反的样子,他的手紧紧地抓住身下的木板边缘,痛苦呼号,青筋暴绽,双眼突出。

荒木惟轻轻的声音还在:"我知道你现在很痛苦,也很矛盾,身体想一死解脱,心里却想挣扎着活下去。"

"住手!"江元宝终于喊了出来。

荒木惟脸上露出了满意的微笑。他停止倒水,将勺子交还给千田英子后看了一眼表,面露嘲讽的笑意:"一分零七秒,你们的信仰果然不堪一击。"

江元宝号啕大哭,涕泪齐下。荒木惟转过脸,吩咐山口把江元宝说的话都记录下来。他接过千田英子递来的白毛巾,擦干了手上的水,微笑着离去。

3

米高梅舞厅的霓虹灯在黑夜中绚丽地闪烁。舞厅门口,醒目地张贴着歌坛红星黄莺小姐演出第二场的海报。不时有轿车和黄包车停在门口,一些政商界人士挽着交际花们进进出出。

陈山正蹲在街角,打量着出入舞厅的人群。他穿着破旧肥大的衣裤,头发蓬乱,还贴着假胡子。他二十五岁上下的年纪,容貌酷似肖正国,但神态懒散狡黠,和肖正国大不相同。他的两个跟班——菜刀和宋大皮鞋也蹲着。三人蹲成一排,像三只等待食物的秃鹫。

"山哥,挨了揍长记性。你这肋骨才刚刚长好,又来这里做啥?万一又冲撞了唐小姐,她的保镖可比狗还凶。"菜刀用肩膀碰了下陈山的肩膀。

"你懂啥!"宋大皮鞋很不屑,"山哥这叫艺高人胆大,富贵险中求。"

陈山抽出一支司令牌香烟,没好气地瞪了菜刀一眼:"火!"菜刀赶紧掏出火柴擦着。

这时,一辆汽车在舞厅门口停了下来。

司机从驾驶座下来,打开了后车门。下来的人正是米高梅当红舞女唐曼晴。她气质绝佳,身段玲珑,旗袍外披着皮草披肩,神情中自有一种卓尔不群。菜刀的目光不由自主地被唐曼晴的身姿吸引,火柴在燃烧着,却忘了给陈山点火。

陈山瞟了一眼唐曼晴,不自觉地摸了一下肋骨。他的肋骨还隐隐作痛,那是被唐曼晴的两名保镖打的。他们同时出拳,击中了那里。那一刻,陈山仿佛听到了清脆的骨裂声,随即,他便像一条癞皮狗一样哀嚎了一声,委顿在地。其中一名保镖朝他吐了口唾沫,说他吃了豹子胆,竟然敢打唐小姐的主意。他忍痛申辩自己找的其实是前面进去那位太太。他的目光透过两名保镖腿间的缝隙,看到了唐曼晴投来不屑的一眼,随后就飘然转身远去。这个眼神让陈山很不舒服,他咬着烟,不满地对菜刀说:"再看小心我把你眼珠子抠出来喂狗。"

被火柴烫到手指的菜刀吮着手指嘿嘿笑了两声，说："这唐小姐长得还是老好看的，对哦。"他赶紧又点了根火柴给陈山点上烟，"不过山哥，想想你虽然吃了冤枉，断了根肋骨，但医药费只花了三块，人家赔了十块，你还赚了嘞对哦？"

陈山用手肘捅了菜刀一下，菜刀顿时向宋大皮鞋倒去，撞到宋大皮鞋后，两人都摔倒在地。

"我陈山要靠这种事情赚钞票的话，你们就不用跟我混了。"陈山不满地拽了两下衣服。

"菜刀你做啥，"宋大皮鞋说，"这种事情心里晓得就好了，不要说出来了嘛。山哥也是要脸面的呀。"

"对的，"菜刀附和，"山哥的脸就是我们的脸。"

菜刀和宋大皮鞋爬起来继续蹲着。陈山忍着火气，用力吸了几口烟，接着把烟交给菜刀。菜刀接过，也吸了一口，又递给宋大皮鞋，宋大皮鞋接着吸。菜刀的表情有些茫然，他觉得现在的生意真难做。上回他们替张老板捉好的钞票还没拿到，替刘老板讨债的工钱么也没讨到，债主还找来警察追得他们满街跑，他最好的那双鞋子就是那天跑丢的，到现在也没找回来。

对于菜刀的自言自语，陈山很不满："一双鞋算什么？等今朝挣回两条小黄鱼，山哥给你买十双！"陈山站起身来，晃荡着向米高梅走去。菜刀和宋大皮鞋赶紧跟上。菜刀嘴里还在嘟囔，到底啥生意能挣到小黄鱼。宋大皮鞋不想去想，他觉得跟牢山哥就好了，山哥脑子转得么么快，说了自己也不明白。宋大皮鞋将已经吸到烟屁股的烟头不舍地丢下，与菜刀一起随陈山进了米高梅。

不久，一辆汽车驶来，车轮停在了那个烟头旁。

从汽车里出来的是千田英子，她的皮靴踩熄了烟头。她环视了一下四周，回首向车内点了点头，荒木惟下了车。两人也步入米高梅舞厅。

米高梅舞厅里，台上的驻唱歌手黄莺正在唱《玫瑰玫瑰我爱你》，舞池里的众人踩着欢快的节奏舞蹈着。陈山在舞厅的角落里打量舞厅内的各色人等，菜刀和宋大皮鞋陪在左右。菜刀看到地上有张纸币，迅速上前捡。对此，宋大皮鞋充满了鄙夷。菜刀立即反驳："搞得你好像赚大钞票一样，你给人家补一双鞋也就赚一根油条钱。"宋大皮鞋不理会他，凑到陈山跟前问今天晚上盯什么人。陈山说，他得找一个今晚要跟男人私奔的舞女。锦绣布庄那个倒插门的女婿找了个舞女相好，偷了布庄二十根金条想跟这舞女私奔。只要找到那舞女，追回金条，陈山就能拿到其中的两根。

舞厅一角，唐曼晴正在陪麻田等人喝酒，谈笑风生。荒木惟与千田英子过去时，与背对着他们的陈山擦肩而过。

荒木惟向麻田微笑鞠躬："麻田长官，因为晚上临时有行动，我来晚了，抱歉。"

"我道是谁呢？"麻田打量了荒木惟一眼，"原来是我们尚公馆特务科最能干的荒木科长。"

唐曼晴抬起一双水波流转的妙目，打量着清瘦冷淡并无笑意的荒木惟。荒木惟的语气不亢不卑："成立没多久的尚公馆只是做小事的地方，麻田课长带领的特高课，才是在宪兵队本部做大事的。"

麻田举起杯笑了起来："大家都是为大日本帝国和天皇陛下尽忠职守，哪分什么大事小事？来，诸位，让我们为帝国大业干一杯。"

千田英子迅速拿杯子为荒木惟倒酒，众人干杯。唐曼晴继续微笑看着荒木惟。接下来，麻田向荒木惟介绍了她。她站起身，婀娜多姿地迈出两步，伸手与荒木惟相握，用流利的日语说："幸会，荒木先生。"

"唐小姐虽然从小在中国长大，却有一半的日本血统，所以由她来担任我们新一届日中友好亲善大使，最合适不过了。"麻田说。

唐曼晴说："能为日中友好事业尽一份绵薄之力，是曼晴的荣幸。"

"初次见面，请多关照，唐小姐。"荒木惟用的是汉语，而且非常流利，让唐曼晴略感诧异。

这时，宋大皮鞋看到了正与荒木惟握手的唐曼晴，他捅了陈山一下，说："那婊子在那儿。"陈山顺着宋大皮鞋的视线看过去，咬着牙骂了声"狗汉奸"。

陈山的目光自舞厅妖娆的众舞女身上掠过，此时，舞台上的黄莺刚唱罢一曲，走下台，脚步匆匆走向了化妆间，并低头看了一眼手表。一个服务生拿着一个包袱走到她身边，说刚有位先生给她送来的。包袱口外露着一截围巾，她一脸欣喜地接过。然后，她看到唐曼晴冲她挥手，她犹豫了一下，把包袱递给服务生，让他先帮她收着，一会儿找他拿。

看黄莺朝唐曼晴走去，陈山脸上露出了微笑。"替我把着风。"说着，他朝化妆间方向走去。

在陈山左右观望然后飞速闪身进入化妆间的时间里，黄莺在唐曼晴的介绍下与众日本军官寒暄。横山握着黄莺的手，一脸色眯眯的样子。黄莺以欢场女人惯有的姿态，半推半就地应酬着。荒木惟在这些日本军官当中明显卓尔不群，他神情淡然地张望着舞厅内的各色人等，甚至没有看黄莺一眼。他注意到了穿过人群走向化妆间方向的陈山。虽然陈山贴了胡子，荒木惟的眼神还是亮了一下，他觉得陈山的样子似曾相识，不由得多看了他一眼。

进入化妆间以后，陈山从里面锁好了门。宋大皮鞋在门外望风，菜刀则站在通往化妆间的通道口。菜刀没有发现，荒木惟看似不动声色地打量了他一眼。

陈山在化妆间查看着衣柜上的标签，找到了标有"黄莺"两字的箱子。接着，他就用铁丝捅开了箱子。看到里面已经收拾整齐的一个行李箱后，他的脸上露出了成竹在胸的笑容。但他很快失望了，因为行李箱里并没有金条。忽然，化妆间的门被敲响了，他心头一抖。

"有人来了。"门外说话的是宋大皮鞋，刚刚菜刀跟他打了手势。

朝化妆间走来的是黄莺。她一步一步婀娜地靠近，让菜刀分外焦急。当她走到化妆间过道，经过菜刀身边时，菜刀对着她的背影叫了声"小姐"。他能真切地感受到自己的嘴角因为紧张而有些不听使唤。

"你是在叫我吗？"黄莺总算停了步，转过身打量菜刀。

菜刀有些不知所措，他开始结巴着："小姐你是不是……是不是掉东西了？"

"什么东西？"黄莺淡然地问。菜刀看得出，她对他的话并不十分感兴趣，随时都会转过头离去。他万分不舍地从口袋里掏出两张皱巴巴的钞票，只抽出其中一张："这钞票是小姐你掉的吧？"

黄莺笑了，顿了一下，一步步走到菜刀面前，替他整理了一下皱巴巴的衣襟。这个动作让菜刀觉得心都要酥了。

"小子，想要跟女人搭讪，拿这么点钞票出来，是不够的。"

菜刀紧张得大气也不敢出。看着黄莺飘然离去的背影，菜刀在心里嘀咕："吓死我了，还好她没有拿走这张钞票。"

黄莺向化妆间门口走来的时候，宋大皮鞋干咳了几声，看黄莺的手落在把手上，又干咳一声。黄莺斜了宋大皮鞋一眼，进了化妆间。

4

陈山听到黄莺开门的声音时，已经把行李箱放回了柜子里。他闪身到门后躲藏，蹭到了门后柜子上的一只花瓶。若不是他反应及时，闪身扶住，花瓶已经碎落一地。

黄莺已经走了进来。陈山躲在门后，大气不敢出。黄莺正欲关门开灯之际，一只手伸过来抵住了即将关上的房门。黄莺吃了一惊，回过头去。

"横山先生？你有事吗？"黄莺对半醉的横山说。

横山带上房门，摸黑凑近黄莺后才开口："黄小姐，我很喜欢你，你别走，再陪我喝一杯。"但是黄莺推开了他："下次吧，横山先生。"

"可是我等不及了。"横山呼出一口灼热的空气，忽然将黄莺摁倒在桌子上，开始强吻她。

在黄莺徒劳的挣扎下，横山一边强吻她，一边扯她的衣衫，两颗衣扣随着他的动作飞了出去："黄小姐，我太喜欢你了，让我们共荣一下，来来，共荣一下……"

"放开我！"黄莺开始愤怒地叫喊。

陈山正欲摸黑离开，这显然是他安全离开的绝好机会。但握住门把手的时候他犹豫了，他扭头看了一眼正在欺负黄莺的横山，嘴唇动了动，无声地骂了句娘，也像是下了巨大的决心。

"呼"的一声，一只花瓶在横山的头上崩碎，横山的头顿时流出鲜血。接着，陈山一把抓住横山的后衣领，把他提了起来，挥手就给了他一拳。横山摔倒在地，撞翻了一张凳子。他挣扎着坐起来，冲陈山怒吼："你，什么人？不想活了？"

"浑蛋！敢在咱中国人的地盘上欺负女人！你他妈才不想活了！"陈山压着嗓子回骂。

横山骂了一声"八格"，随即掏出佩枪对准了陈山。陈山一惊，将手边能抓到的一盏台灯掷向他。台灯击中横山手臂的同时，横山射出子弹。一声枪响，子弹打在墙上。黄莺惊叫起来。为躲避子弹，陈山跃到一旁。他没有留意到，挂在腰上的钥匙掉落在地。

这一颗子弹引出的不仅是墙上那一溜火星，也让麻田、荒木惟和唐曼晴等人脸色骤变。荒木惟向千田英子使了个眼色，千田英子就掏枪奔向了化妆间。荒木惟、麻田等人跟在其后。跑到化妆间过道的时候，菜刀和宋大皮鞋已经按照陈山先前出了岔子就跑的吩咐向外跑去。舞厅里变得慌乱一片，舞客们的肩膀碰撞在一起，叽叽喳喳。唐曼晴正在尽量大声地安抚众人。她晃动着手臂，说非常抱歉，化妆间爆了一盏灯，大家不用紧张，"继续跳舞！继续跳舞！"

但舞客们的声音显然更大，不仅盖过了她的话，还盖过了音乐声。菜刀和宋大皮鞋在人群中推挤，像两条在淤泥中钻来钻去的泥鳅，挣扎着离开了舞厅。

陈山跌倒在墙角的鱼缸边。看着鱼缸，他突然想到了什么。此时，横山又扑上来，陈山回过神，继续与他搏斗。忽然，门被一脚踹开。

千田英子站在门口，举枪对准了搏斗中的陈山和横山："住手！"

灯也在这时骤然亮起。刺眼的灯光里，陈山看到了千田英子手中漆黑的枪洞和笑吟吟打开电灯的荒木惟。他停下来，感到了一种无处可躲的绝望。

黄莺被唐曼晴安排的服务生搀扶到了隔壁房间去休息，千田英子的枪也已经收了起来。横山站在一旁，和麻田等人一起冷冷地看着陈山。

陈山觉得面前所有人的视线交织成了一张无声的网，只要他动一下，网上悬挂的炸弹就会立刻爆炸。他的一只眼眶被横山打青了，所以看上去他好像睁一只眼闭一只眼。他看了眼阴冷地望着自己的麻田和不露声色的荒木惟，有些紧张。他咽了口唾沫，脸上却故作强硬地反瞪着他们，丝毫不露惧色："怎么的？想……想以多欺少？"

"放肆！你知不知道你在跟谁说话？"千田英子开了口。

"那你知不知道你在跟谁说话？"陈山虚张声势地说。

千田英子朝陈山走过去，毫不含糊地踹了他一脚。陈山想反抗，却被千田英子两招打翻在地。这次，枪口离他更近了，就冷硬地杵在他脑袋上。

"用枪算什么本事？"

"不用枪你也不是我的对手。"

那是肯定的，陈山想，所以他索性坐在了地上："好男不跟女斗！"

荒木惟目不转睛地看着陈山，越看越觉得陈山像肖正国。

陈山还在叫嚷着："枪是他开的！欺负女人的也是他！老子路见不平拔刀相助。

你拿枪对着我算什么？你有枪，老子也有啊！"然后他站起身来，耍流氓般地提了一下裤子，瞄了一眼自己的裆部。

千田英子忽然对着地面开了一枪，子弹擦过陈山的裤裆，烟雾从枪口徐徐冒出："你再说一句试试？"

在清晰的火药味里，陈山感到大腿根冰凉，气焰顿时矮了半截。他低声嘟哝："我刚好不想说了。"接着，他就跪了下去，因为千田英子一脚踢中了他的膝弯。

"你要再敢站起来，我一定一枪崩了你。"

千田英子射出的那颗子弹擦过陈山裤裆的时候，宋大皮鞋已经拉着菜刀跑出了舞厅。这声枪响让两人不由得面面相觑。

菜刀站住了："咱好像……不能丢下山哥不管。可这次碰上的是日本人。"

"就你那一脑袋糨糊，不拖累他就算不错了。"宋大皮鞋再次扯住菜刀的胳膊，"走啦。"

菜刀一脸茫然，被宋大皮鞋拉着跑。两人的身影很快消失在夜幕中。

化妆间里的对峙还在继续。在千田英子的枪口下，陈山老实地将手抱在脑后，规矩地跪倒在地。荒木惟的目光停留在地上被打碎的花瓶碎片上。

"袭击大日本帝国的军人，这是对我们帝国荣誉的挑战，你要付出代价！"麻田朝陈山怒吼。

"啥代价？要了我的命？你们不敢。"陈山额头淌下汗，像透明的血。

麻田大笑了起来，扭头看向自己的同僚，表情仿佛是在分享一个有趣的笑话："这个人居然说我不敢杀他！"

众同僚陪着麻田笑。

"你凭什么觉得我们不敢杀你？"荒木惟饶有兴趣地看着陈山。

"你们现在不打我们老百姓，就是想要收买人心。"陈山瞥了横山一眼，"这个家伙欺负女人已经够不要脸了，你们这样的大人物要开枪杀我这样手无寸铁的小混混，那就更丢脸了。你们这种身份的人怎么会干这种掉价的事呢？"

麻田冷笑一声，把枪用力顶上了陈山的脑门："我本来不想杀你，但现在我要让你知道自作聪明的下场。"

唐曼晴上前，轻轻按下了麻田的枪口，杀人可不能脏了她的地方。她风摆杨柳地走到陈山面前，一把揭下了他的假胡子，语气轻缓："臭小子，想在米高梅撒野，你还不够分量。"

而荒木惟看到陈山的真面目时，忽然神色一变。他迅速与千田英子交换了一下眼神。千田英子显然也发现了，没有了胡子，陈山与肖正国更加神似了。

"麻田长官，曼晴有个提议，不知道您愿不愿意听听？"唐曼晴眼神骚柔地望向麻田。

麻田说："唐小姐请讲。"

"这个小混混不知天高地厚,杀了他也没什么大不了的。可要是闹出了人命,黄莺被人欺负这事传了出去,那米高梅的面子算是丢光了。"唐曼晴瞥了横山一眼。麻田恼怒地瞪了横山一眼,满额头血的横山脸色很难看。

"米高梅不过是损失几个洋钿,但影响了麻田长官您的声誉,这事儿可就闹大了。"

麻田再次不满地瞥了横山一眼,横山心虚得抬不起头。麻田转过头说:"那唐小姐的意思是怎么办?"

"麻田长官要是信得过我呢,就把这人交给我,由我处置。对付这种地头蛇小混混,我想我的办法比您更多。"唐曼晴轻轻拍打着陈山的脸,突然重重的一个耳光抽了过去。

"既然唐小姐发话了……"

"等等。"打断麻田话的人,是荒木惟。一时,麻田、唐曼晴、陈山等人的目光都望向了他。

"这个人在撒谎,他不是临时起意阻止此事。在黄小姐他们进屋之前,这个人就已经待在这屋里了。"

陈山脸上瞬间变色。

"如果我没有猜错,这只花瓶原来是放在门后的柜子上的。如果你是在冲进屋子的同时就袭击了横山,那么你应该不可能在撞开门的第一时间以这个花瓶为武器。"荒木惟看向陈山,面带笑意,目光如刀。

陈山有些紧张起来。

"你到底是什么人?"荒木惟问道,"你提前埋伏在这里,究竟是想做什么?"

唐曼晴未料到事态忽然又变得复杂,只得不着痕迹地帮腔:"臭小子,你要是再不说实话,我就让人把你丢进黄浦江。"

陈山眼珠子转动,显然在迅速判断局势:"我说,我说还不行吗?"

宋大皮鞋和菜刀经过一路狂奔后,在一处僻静的街道喘息不止。菜刀一屁股坐在地上,两人一时沉默。

宋大皮鞋忽然懊恼地踢了菜刀一脚:"都怪你!咱们怎么能就这么把山哥扔下呢?"

菜刀愣了:"不是……你拉着我跑的吗?你还说不拖累山哥就算不错了。"

"要不是怕你太笨回去还给人抓了,我能丢下山哥一个人?咱拜把子的时候说过啥来着?"

"朝天一炷香,就是同爹娘。"菜刀愣愣地复述,"你说山哥会不会被日本人打死?"

"那你说怎么办?"宋大皮鞋瞪着菜刀。

"我要回去救山哥!"菜刀说罢起身向后跑去。宋大皮鞋无奈跟着跑,边跑边骂:

"你个没脑子的瘪三,你回去除了送命还能干什么?你死了我还得多养一个爹!"

5

荒木惟审问了一番,饶有兴趣地围着陈山边走边问。为什么会出现在化妆间,陈山已经如实相告。千田英子也已经放下了枪。

荒木惟继续问:"你是怎么知道黄莺就是那个要私奔的女人的?"

"她从台上下来的时候,第一个动作是看手表。很明显,她有急事。"陈山说,"那个服务生递给她的包袋里,露出了一张纸条,很像是行李寄存单的标签。包袋口外还露出一截围巾,我猜她是要去码头坐船,风大,所以才需要围巾挡风。"

"接着说。"荒木惟说。

"她的左手无名指上,戴了一枚不太华丽的戒指,在唐小姐请她过去喝酒的时候,她把这枚戒指褪下放到了手包里。这说明她不希望被人看到她戴了这枚戒指。但今天之所以戴上它,是因为她要去见送她戒指的这个男人,也就是一个见不得光的姘头。"

荒木惟面露欣赏之色,与千田英子交换了一下目光。

"还有,"陈山继续说,"外面的海报上明明写着她明晚还有一场演出,但她却打算今晚就走,说明她也知道她和姘头的事情已经被人盯上了,干脆拿广告当挡箭牌,其实是想今晚就跑路。"

陈山的语气有些不屑,但是心思极其缜密,麻田等人听得面面相觑。唐曼晴双手抱在胸前,听得饶有兴致,她甚至感觉在她面前的,不是一个小混混儿,而是一个神秘的侦探。

荒木惟的嘴角微微上扬,更加欣赏地望着陈山:"那你找到金条了吗?"

陈山瞟了荒木惟一眼:"要是我告诉你金条在哪儿,你是不是就能放我走,让我把金条带走?"

荒木惟笑了:"那要是找不到,你就得把命留在这里。"他看了千田英子一眼,千田英子迅捷掏出枪来又对准了陈山的脑袋。

气氛再次变得紧张。陈山一时变得犹豫起来。麻田冷冷地看着陈山和荒木惟。唐曼晴亦知此时自己再无帮陈山说话的机会,只有默默看着这一幕。

陈山的目光投向化妆间一角的鱼缸,仿佛下定决心般地说:"金条在鱼缸里,埋在沙子下面。"

荒木惟望了千田英子一眼。千田英子收起枪,迅速走到鱼缸前,打开鱼缸盖,探手伸入沙子当中,竟真的找到了一只油布包。她挥出小刀割开,二十根小金条赫然在目。

陈山大悦:"我说我能找到吧,我陈山要是在十六铺码头当老二,就没人敢做老大!"但是这句话刚说完,他就感到眼前一黑,即刻晕了过去。

荒木惟用手击中了陈山的后颈，唐曼晴和麻田均感意外。

荒木惟对麻田鞠了一躬，用日语陈述："麻田课长，这个人跟我今晚执行的抓捕任务或有关联，所以我要把他带回去进一步审问，请麻田课长和唐小姐包涵。"

千田英子看了荒木惟一眼，似乎明白了他的用意。

"既然荒木科长这么说了，我好像也没有不答应的理由。"麻田冷哼一声，然后脸色不悦，拂袖而去。其余日本军官尽数跟出。荒木惟并不打算上前讨好麻田，微笑着目送他离去。

唐曼晴等人亦随麻田离去，随后，唐曼晴吩咐一名保镖，务必对今晚的事情保密。

荒木惟缓慢踱步，将陈山先前丢失的钥匙捡了起来。

"科长，您是想……"千田英子揣测道。

荒木惟端详着钥匙："他刚才说他叫陈山？"

千田英子点了点头。

"把他的底细给我查清楚，马上。"

宋大皮鞋和菜刀回到米高梅舞厅时，陈山已经被带走了。他们也并没有如愿进入化妆间，而是被唐曼晴的一名保镖拦住了。

"我找山哥。"宋大皮鞋嘴里喘着粗气。

"就是上次被你们打断肋骨那个，陈山。"菜刀在一旁补充。

"打断了肋骨还不长记性？那是不是想找死？"保镖一脸怒气。这时，又有几名保镖出现在了他身后。

两人被人高马大的保镖阵势吓住了，宋大皮鞋朝对方笑了两声："不找死，我们找人，我们上别处找人去。"

6

千田英子把陈山的资料送到了荒木惟手中。

荒木惟慢慢地看着陈山的资料，知道了他住在宝珠弄，有一个叫陈夏的妹妹和一个叫陈金旺的父亲。根据千田英子的汇报，他还知道陈山以给人当包打听和捉奸讨债为生。陈山的妹妹是个瞎子，父亲因为突然受了工伤而痴呆。母亲早死，陈山还有个哥哥叫陈河，在清华大学读书，但战争爆发后学校南迁，不知下落。

荒木惟从资料中拿出陈金旺和陈夏的照片。照片上的陈夏清丽脱俗，笑容甜美，荒木惟的目光停留在她的脸上，说："你去帮我办件事。"

陈山醒来的时候发现自己躺在空荡荡的民房内，双手被手铐反铐在身后，后颈疼痛。然后他听到门外有人用打火机打火的声音。负责看守他的两个汉奸正在门口抽烟。

陈山奋力把手扭到左边鞋底，从鞋底里抽出一根铁丝。只三两下，他就用铁丝捅开了手铐锁。门外的汉奸听到屋内手铐撞击地面的声音后，用钥匙打开了房门。推开屋门，还来不及看清屋内的情形，一人已经被躲在门后的陈山踹翻在地。另一个准备开枪，陈山扑上去与之格斗。枪走火打在墙上，击出一溜火星。趁汉奸被枪声吓愣神的瞬间，陈山将他打翻在地，夺路而逃。

换上中国服装的千田英子带着两名便衣特工来到了宝珠弄弄堂口。

这是一条充满着烟火市井气息的弄堂，在这战火纷飞的年代，却依然是一片繁忙而平和的生活景象。有年轻后生在门口洗脸，有孩子背着书包出门去上学堂，老男人正在生煤炉，也有妇人抱着被子出来晾晒。陈夏挽着一只篮子正走在巷子里。篮子里是一些做好的针线活，她虽然双目失明，却依然能灵活地穿行在摆满了煤炉、马桶等生活杂物的弄堂里。一个小男孩在滚铁圈，铁圈不小心滚远了，滚到她身边。邻居张婶让她当心，而她通过声音就辨明了铁圈的位置，知道它并不会撞到自己，还在铁圈滚进阴沟前一脚钩起，还给了小男孩。

千田英子和两名特务在弄堂口远远地望着陈夏。陈夏面带微笑，沐浴在朝阳的光辉中，充满了温柔新鲜的气息。她转身面向张婶，说："张婶婶，你的衣服补好了。"她在篮子里摸索着，准确地找到一件衣服取出递给张婶。她的手巧，针线又密又平整，明眼人都做不出来。张婶心满意足地拿出几张零钱给陈夏，陈夏一摸就有数了，坚决还了两张。

千田英子向陈夏走去。当她们即将照面时，千田英子叫住了她："你是陈夏？"

"你认识我吗？"陈夏站住，"但我好像没见过你呢。"

"我是你哥哥——陈山的朋友。"

陈夏歪头笑了笑，她知道，哥哥的朋友都是男的，没有姑娘。

"你哥哥说过，我肯定可以从人群中一眼认出你来，看来他说得没错。"千田英子说。

陈夏笑了："你是来找我小哥哥的吗？可是他昨晚没回来呢。"

"他和一帮兄弟在一起，他让我带你过去找他。"

看到陈夏似有些警觉和犹豫，千田英子把陈山丢在米高梅的钥匙递到了她的手里："他给了我这个。"

陈夏一摸，露出了笑容："是小哥哥的钥匙。"

"现在你相信我了吧？"

"那，你叫什么名字呀？"

"我叫千田英。"

"这个名字真奇怪。"陈夏天真地说。

"可以走了吗？"

"那就请三位带路吧。"陈夏笑了笑。

千田英子略感惊讶，她瞟了身后两名特务一眼，试探性地问："三位？"

"是，三位。"陈夏浅笑，"还有两位先生。"

陈山被一名汉奸追着进了一条小弄堂。汉奸看到弄堂尽头陈山的身影时，就开了枪，但陈山已经转过了弄堂。这时，另一名汉奸带着叫来的三名帮手追赶而来。

陈山跑到了永盛锯木厂的仓库前。他迅速跑到门口，以铁丝捅锁。不远处，汉奸们正在追来。陈山藏身在阴暗中，一时未被发现。捅开门锁后，他便一头钻进了仓库。

五名汉奸追过了仓库门口。其中一人观察着四周的动静，手一挥，凑在一起轻声商量起了什么。

微风从荒木惟办公室的窗口漾进来。陈夏微笑着，像一棵青草一样新鲜，安静地坐在荒木惟对面。荒木惟报上了自己的姓名后，陈夏露出洁白的牙齿，问："有姓荒的吗？"

荒木惟笑了："只要愿意，姓什么都可以。"

"我小哥哥呢？"

"你小哥哥在做一件非常重要的事。"

陈夏笑了："我小哥哥说，他最重要的事，就是哄我开心。"

荒木惟和千田英子对视了一眼。此时他忽然觉得心脏一阵不适，不由得捂住胸口。千田英子关切地问询，荒木惟没回答。他开始掏身上的口袋，那里有他随身携带的药。千田英子迅速拿过桌上的水杯递给他。

陈夏忽然问："你是不是心脏不舒服？"

千田英子盯着陈夏："你在说什么？"

陈夏能确定坐在自己对面的那个男子心脏有些问题，因为他的心脏有时跳一下，有时跳两下，刚刚又连着快速跳了五下，他身上流血的声音，也不一样，一会儿快一会儿慢。

荒木惟就着水将药吞下，千田英子为他抚着后背。他的脸色终于稍微缓和了些，对千田英子挥了挥手。

千田英子会意，说："陈夏，我让人先带你去休息一会儿。"

陈夏又问了一遍："我小哥哥在哪儿？"

"你会见到他的。"千田英子拉开门，用日语吩咐门外的山口带陈夏去休息室。

荒木惟在窗口看着陈夏随山口走入另一幢楼。千田英子问他身体好些没有，荒木惟没回答。他的目光仍然盯着陈夏消失的位置，他说的话更像是在自言自语：

"这个陈夏，和她的小哥哥一样，都是天才。"

第二章

1

仓库里空无一物，只有一个狭小的气窗透进些许光线。陈山在仓库里焦急地走来走去。门外不断传来砰砰的声响，汉奸们正在往门上钉木板封条。陈山再一次朝仓库门冲过来，用力推但无济于事。汉奸们哈哈大笑着离开，他们的策略就是把陈山饿死在里面。

仓库恢复了冷硬的安静，唯一的声音就是陈山徒劳的叫喊。

喊累了，陈山冷静下来，观察四周。他解开几只麻袋，发现里面装的都是木屑。他抬头看一眼，库房天花板上悬着一只灯泡，灯绳就在门旁边。除了那些木屑和一张板桌以外，库房内空无一物。

陈山在板桌上坐了一会儿，忽然在桌子上站起了身。他将灯泡拆下，用衣服包好，小心翼翼地敲碎玻璃灯罩，保证里面的钨丝灯芯完好无损，再将灯泡重新接好。接着，他跳下桌，将麻袋拆开，捧起木屑撒在空中。空气中木屑的浓度越来越高，呛得他咳嗽。他脱下衣服捂住鼻子，继续抛撒木屑。之后，他躲到一张板桌后面，小心翼翼地移动着。移到了灯绳边后，他伸出手，狠狠将灯绳拉下。随着一道微弱的电光，爆炸声响了起来。

陈山和桌子一起被气浪抛起。一堵砖墙被炸开一个洞，板桌已然炸散了架。

陈山晕晕乎乎站起身。他的额上有些血迹，身上也全是木屑粉尘。他踢了一下那张散架的板桌，从墙洞中爬了出来。

他甩了甩脑袋，摇摇晃晃地向前走去。路上偶尔经过的汉奸和日兵让他下意识地躲避。他跑进弄堂，加快脚步，向家的方向跑去。

荒木惟安静地坐在办公室里。他面前的办公桌上放了一个闹钟。他把抽屉缓缓拉开，取出一支南部十四手枪，上了膛，放在闹钟边上。一切又安静了下来。

千田英子走了进来，朝荒木惟点了点头。这时，办公桌上的电话响了起来。荒木惟拿起电话，听着里面的声音，他满意地笑了。

陈山一路小跑，终于看到宝珠弄时，他无力地停下脚步，弯腰双手支膝大口喘息。汗水混着血迹在他额上流下一道道痕迹。此时，巷口电话亭的电话忽然响了起来。

陈山环顾四周,巷口偶有行人路过,但并无人留意那电话,也没有任何人在这里等候电话。起先,陈山没有理会,走过电话亭,继续向弄堂深处走去。但他心中忽然升起一种预感,这个电话是找他的,而且极有可能是荒木惟打来的。

陈山猛地回头,望向那个孤独的电话亭。一片死寂中,电话仍在诡异地响个不停,像在向他招手。陈山停了一会儿后折回,走进电话亭,犹豫一下提起了话筒。

"我叫荒木惟。"

果然是他。陈山的心提了起来。

"昨天晚上我们刚刚见过,我想你应该还记得。"

陈山沉默着,感知到了对方的强大和可怕,额头的汗流进了眼睛:"你怎么知道接电话的是我?"

"这不重要。重要的是,你要知道,我们马上要开始玩一个新游戏。"

"你到底想干什么?"

"如果你还想见到你妹妹陈夏的话,现在就来金家坊九十九号尚公馆。记住,你只有半个小时。"

说完这句,电话就断了,留下陈山握着电话焦急徒劳地大喊。荒木惟能想象到此时陈山的样子,他微笑着看了眼闹钟,12点整。

挂掉电话后,陈山扭头看到了张婶。他扑上前,问她有没有见到小夏。张婶困惑地看了他一眼,说:"不是被你的三个朋友带走了吗?两男一女,衣服都蛮考究的,拿了你的钥匙给小夏看,然后就带她走了。"

陈山一摸腰际,发现钥匙不见了,顿时脸色大变。他开始向弄堂外狂奔,跑到一个路口时,一辆按着喇叭的汽车快速驶过街头,差点撞到他。他躲过去,继续奔跑。跑过一家杂货店门口时,忽然从店里泼出一盆水来,打湿了他的裤脚。他没时间停留计较,继续向前飞奔而去。在这个时间里,荒木惟一直盯着面前的闹钟,当闹钟指针指向12点21分时,他安排千田英子把陈夏带回来。

陈山终于跑到了尚公馆。两名看守着尚公馆的日本兵立刻举枪对准了他,吼着他听不懂的话。

"荒木惟!"陈山喘着粗气喊,"是荒木惟叫我来的!"

日本兵端着枪继续吼叫,示意他往后退。

陈山冲着门口大喊:"荒木惟!我是陈山!我来了!"

日本兵拉动枪栓,对准了他的脑袋。他无奈举起双手,一名日本兵一脚踢在他膝弯,让他跪倒在地。在他喘息不止的时候,一双女人的皮靴出现在他的眼皮底下。他抬起眼,看到了千田英子冷漠的面容。

荒木惟坐在办公桌前,久久地望着办公桌对面的陈夏。他的声音也格外温柔:"能听见那么多细微的声音,究竟是一种怎样的体验?"

陈夏不无伤感地说："世界很热闹，但是我有点孤单，因为我看不到他们，也永远不可能跟别人一样想做什么就做什么，想上哪儿就上哪儿。"

荒木惟默默地看着她："不用跟别人比，你能做到的事，他们一样做不到。"

陈夏笑了："你这是在安慰我吗？"

"我只是说了句实话。"荒木惟很认真地说。

桌上的闹钟仍在一分一秒走着，此时已经12点29分30秒。荒木惟的手缓缓伸向闹钟边的手枪。

闹钟的嘀嗒声在陈夏听来格外响亮。同时她也听到了走廊上传来的脚步声，她微笑起来："那个叫千田英的姑娘和我小哥哥来了。"

话音刚落，满头大汗的陈山就被千田英子带了进来。闹钟恰好指向12点29分58秒。荒木惟很满意，伸向手枪的手也十分缓慢地缩了回来。陈山气喘吁吁地把自己靠在墙上，他分明看到了桌上的手枪和荒木惟收回去的手。

"小夏！"

"小哥哥，我等你好长时间了。"

陈山又望了那支手枪一眼，一把拉住陈夏的手：

"跟我回家。"

"小哥哥，要走也别这么着急啊，总得跟你的朋友打声招呼。"陈夏挣脱了陈山的手。

"朋友？"

此时，千田英子举枪对准了陈夏的脑袋。陈山绝望地望向荒木惟。荒木惟开口说："你小哥哥想要带你去一个地方，给你一个惊喜。"

"是真的吗，小哥哥？"

陈山望着千田英子的枪口，明白他此时任何的反抗都是死路一条，还会连累陈夏。他只得回答："对的。小夏，你先走。"

荒木惟冲千田英子挥了一下手，千田英子便抓住了陈夏的手肘："跟我走。"

陈夏对陈山的惊慌丝毫不察："那我先过去等你，小哥哥。"

"好。"陈山忧心地目送千田英子牵着陈夏离开了房间。荒木惟拉过一张长的靠背椅："你请坐。"

"咱们无冤无仇吧？你为什么抓我？"陈山坐了下来，"你抓我也就算了，还抓陈夏？你到底想干什么？"

"你没有问话的资格，我才有。"荒木惟平静地说。

陈山一愣："那是不是你问完话我就能走？"

荒木惟掏出一支南部式袖珍手枪："你要再问一句，我会直接开枪。"

荒木惟的问题是，陈山为何会知道金条藏在鱼缸里。这个问题对陈山来说非常简单：鱼缸里的沙子如果长期堆积，会在玻璃上留下一道痕迹。但昨天晚上的沙面却比玻璃上那道痕迹要高。这只能说明一件事，有人刚刚在昨天往沙子里藏了东西。

荒木惟对陈山的回答好像很满意，他微笑着说："不过，我们的游戏才刚刚开始。"

陈山不解地看着荒木惟，欲张嘴询问，但荒木惟的枪口再次顶住了他的脑袋，他只得闭嘴。

荒木惟继续问："刚才来这里的路上，那辆差点撞到你的车，车牌号多少？"

陈山不由得愣住了。荒木惟则开始读秒："5，4，3，2……"边报数，他边拉动枪栓。

"743！"陈山满头是汗地说。

"你在巷子里经过的那家杂货店，叫什么名字？"

陈山竭力回想，脱口而出："泰……昌泰杂货铺！"

"尚公馆门口的台阶，一共有几级？"

陈山慌了，他拼了命赶来，哪有工夫去记这些。而荒木惟冷冷地看着他，又开始数秒："5，4，3……"

"我不知道！"陈山喊。几乎同时，荒木惟扣动了扳机。

陈山下意识地一躲，子弹擦着他的脑袋飞了过去，射在墙上。一枪射空，荒木惟再次顶住了陈山的脑袋。

"你不想死，就得有活着的价值。"

陈山瞪着荒木惟说："我是不知道台阶有几级，但我知道你们想干什么！"

荒木惟饶有兴趣地看着陈山："哦？说说看。"

"你们想轰炸重庆。"

荒木惟愣了一下，不动声色："何以见得？"

"经过走廊的时候，透过窗我看到一间办公室的墙上贴着一张《支那最新大地图》。"

在那幅中国地图上，陈山看到，重庆的位置被画了红圈。那很可能说明，重庆是日本人的目标城市。地图的角落还贴着日语写的一些字条，上面依稀可见几个和中文一样的日文字，比如"天气"。字条上还有一排数天的天气数据。

"你明明人在上海，却记录着重庆的天气，说明你要做的事一定跟重庆有关。"陈山看着荒木惟没有表情的脸继续说，"为什么要知道重庆的天气？最大的可能就是，你们打算空袭，知道天气才能确保飞行的安全。"

荒木惟沉默地看着陈山，气氛再次凝结。然后他望向陈山背后的墙，说："你猜对了一半，还有一半答案，在那里。"

陈山扭头望向身后的墙，就在他的头部扭转四十五度角的时候，荒木惟再次开枪。子弹射向了陈山的脖颈。

陈山颓然倒地。在这个瞬间，荒木惟想象了一下肖正国颈部中弹倒地的情景，然后他把这支袖珍手枪小心翼翼放在桌面上。他曾在停尸房认真察看过肖正国颈部的伤口，医生告诉他，颈后四十五度角贯穿伤，如果不伤到大动脉并且抢救及时，就不会致命。

办公室的门被重重撞开了。千田英子带着两名日本军医冲进来,训练有素地打开救护箱,替陈山处理伤口。另有日本兵拉来了氧气瓶,日本军医迅速为陈山接上氧气。

忙碌而有条不紊的背景中,荒木惟悠闲地坐到窗下的钢琴边。他打开琴盖,开始弹奏《樱花》。窗前窗纱轻飞,他完全沉浸在自己弹奏出的悠扬的乐曲声中,身后嘈杂的一切都仿佛像一场黑白默片。

躺在地上的陈山双目微睁,气息微弱,只觉得钢琴声越来越遥远。终于,他昏死过去。

此刻,在另一幢楼中某个房间中的陈夏正安静地坐着。风吹起了她的头发。她也听到了钢琴的声音,不由起身走到窗边。阳光透过窗帘在她脸上留下斑驳的光影,让她看起来格外清纯柔美。她在旋律中静静地微笑起来。

2

陈山在一个又一个梦境中度过。

先梦到的是轰炸后的废墟。他抱着母亲的尸体,泣不成声。又一枚炸弹炸响了,他感到天旋地转,一片黑暗。当天光再次亮起时,他已化身成少年时的自己,他牵着七岁的陈夏在铁轨边玩。陈夏吃着一串糖葫芦在铁轨上蹦跳,大哥陈河在离他们稍远的前方走着。陈山让大哥等一等,但他没有回头。然后,陈夏让他也咬一口糖葫芦,于是他就美滋滋地咬了一小口,摸了摸陈夏的头。

当他再望向陈河时,陈河已经不见了。他不由得焦急大喊,四下张望。而随着他的四下张望,天地再一次旋转,七岁的陈夏溶解成灰尘飞向远处。现在,他站在黑夜中的码头,他面前的人是庆哥。

日本兵正在紧追,枪声不断。庆哥正在训斥他:"谁让你来的?"他说:"共产党能干的事,我也能干。""胡闹!"这时,五名日兵从前方街口奔过来,向他们开枪。庆哥猛推了他一把,让他先走,他便奔进了旁边的弄堂。庆哥边开枪边撤,接连射中了几名日兵,但还是被子弹击中了胸膛,鲜血在他的胸前绽出了血色花朵。

陈山朝庆哥大喊,但庆哥毫不理会,继续向敌人开枪。庆哥身上又连中数枪,再也支撑不住,单膝跪地,但屹立不倒。他怒目圆睁,一枪又一枪地击发,直到打光枪内的所有子弹,才仰面倒下。

陈山震惊又痛心地望着庆哥仰面倒下,发出轰然巨响。夜一下子变得更深了,像墨一样涂抹掉了整个世界……

醒来时,陈山发现自己躺在一张病床上。他身边挂着点滴瓶,除此以外,四周空无一物。他想要坐起,颈部却一阵剧痛。他的颈部裹着厚厚的纱布,纱布上隐约透着血迹。

站在窗前的荒木惟背对着陈山，并未转身。他看了一眼手表，说："你昏迷了一天零二十一个小时，比我预想的要早醒三个小时。你的身体素质也比我想象的要好。"

"我还活着？"陈山无力地喘息着。

"当然。我可以让你死，也可以让你活。"

"你不会让我死。"陈山无力地眨了下眼睛，"你花那么大力气弄死我又救活我，我就一定有活着的价值。"

荒木惟说："你和陈夏都很有天赋。"

"小夏在哪里？"陈山忽然激动起来，"你不要动她！"

荒木惟转过身，走到陈山面前，对他做了个嘘的动作："一个人想要谈条件，得先想想自己有什么筹码。"

"你想要我做什么？"

"那天你从地图上的信息推断出我想轰炸重庆，其实你猜对了一半。"

陈山喘息着望着荒木惟，等待他说下去。

"那些信息确实与重庆的轰炸有关，但这都是过去发生的事了。今年初夏，我们在那里完美地导演过一场空袭，那些躲进了较场口防空洞的人，因为缺氧踩踏也死伤有万把人。你看，战争面前，人如蝼蚁命如草芥。"

看着陈山愤怒又惶恐的眼神，荒木惟对他摇了摇食指："不要用这种眼神看着我，除了显得你无能之外，什么用也没有。"

陈山忍着怒气说："你到底想要我做什么？"

"能被我选中，是你的幸运。如果你的运气足够好，有可能成为一个被铭记在历史上的人物，你的人生从此就不一样了。"

"为什么偏偏选中我？"

荒木惟笑了："因为你很像肖科长。"

"肖……科长是谁？"

"一个死人。"

荒木惟从口袋里取出肖正国的照片弹了一下，递到陈山面前。陈山接过照片，和肖正国对视。两人大概有七八分相似。

"这也叫像？"陈山皱了皱眉，"就他这贼眉鼠眼、畏首畏尾的样子，哪有老子的英雄气概，你们什么眼神？"

"要想陈夏平安无事，你就必须变成他，去完成我需要你做的事。听明白了吗？"

陈山望着天花板叹了口气："陈金旺，你是不是在外头生了个野种？"

之后，两名整形医生给陈山进行了整形手术。他们对比着陈山的脸庞和肖正国的照片，用笔在他脸上画着线条，然后用手术刀切开了他的下颌角皮肤。当医生为陈山拆下纱布的时候，他的脸已经与肖正国有了九成相似。

千田英子把陈山带回房间，荒木惟正在房间里抽着雪茄等他。透过烟雾，荒木惟仿佛看到了重生的肖正国。陈山穿着国军军装，连发型也理得和肖正国一模一样。荒木惟的眼神中有一些惊诧，随即露出了满意的笑容。

"他和肖正国现在至少有九成相似。"千田英子说，"包括他的手指和牙齿，也已经被去掉了抽烟人的特征。"

荒木惟点点头看向陈山："以后你不可以再抽烟。"

"我还是觉得你们这是拿我去喂狗。"陈山苦笑了一下，"你要让我拍张照片跟肖正国搁一块，别人可能一时半会儿认不出来。可你让我去他的熟人堆里，我能活过半天就奇怪了。"

荒木惟说："我只能帮你从像他八分变成九分，剩下的一分，要凭你自己的本事，还有运气。"

"你的运气不错。"千田英子说，"你要去的地方，并没有多少人熟悉肖正国。"

千田英子之所以这样说，是因为肖正国是孤儿。但他有个妻子，民国二十八年八月初六，他和他的妻子余小晚初次相见就奉余父余顺年之命成婚。好在婚后第二天肖正国就奔赴战场，在国民革命军第八十八师服役。此后一直没有相见。一个月前他刚刚调任重庆军统局第二处侦防科科长一职，到任第一天即赴上海执行任务，然后死在了上海。也就是说，陈山要去的军统第二处，几乎没人认得他，除了一个叫李伯钧的昔日战友。

陈山说："现在我不想听这些，我想见小夏。"

荒木惟问："你听到她的琴声了吗？"

陈山侧耳倾听，听到一些生硬而跑了调的钢琴曲声。陈夏正在荒木惟的办公室里学习钢琴。

陈山说："你送她回家吧，你们让我做什么都行。"

荒木惟看了他一眼："你是怕我比你对她更好。"

陈山一时哑然，显然他是害怕的："小夏什么都不懂，我求你放过她。"

荒木惟笑了笑："我对女人没兴趣，只对天才有兴趣。这世界上女人很多，但天才很少。"

千田英子在一旁看了荒木惟一眼。陈山似乎略微放心了些。

"从今天开始，你要接受为期两个月的强化训练。"说完，荒木惟看了千田英子一眼。

"你要记住关于肖正国的一切，记住重庆军统局本部的内部纪律、准则、部门、人员。"千田英子语气冰冷，像在念新闻稿。

荒木惟抽了一口雪茄，接着说："你要变得比狗更厉害，然后，再打入狼窝。"

雪茄的烟雾中，陈山满脸迷茫。

陈山接下来所做的所有事情都是为了无限靠近肖正国。

他要阅读强记肖正国的相关资料。肖正国，1914年3月26日，农历二月三十出生，北平密云县人，五岁时成为孤儿。左撇子。十八岁参军，加入国民革命军第八十八师。因八十八师步兵旅旅长周汉民与戴笠是黄埔六期的同学，一个月前，周汉民推荐肖正国到了重庆军统局第二处。第二处处长叫关永山。副处长费正鹏与肖正国的岳父余顺年多年交好，也是余小晚的干爹。费正鹏和余小晚，是去重庆后需要最先熟悉的人。肖正国怀表里嵌着余小晚的照片。除了这两个人的档案，关永山、周海潮、张离、李伯钧、魏长铭等跟他有关联的人的档案也要一并记牢。

他要进行奔跑、匍匐前进、攀爬、越过障碍等体能训练。

他要练习射击，直到射出的子弹尽数命中十环。

他要进行收发报、电码文、模拟字迹等训练。

他还要在舞曲声中笨拙地与千田英子练习跳舞，直到脚步越来越娴熟，不再踩到她的脚。当山口带江元宝走进尚公馆的舞池时，陈山已经脱胎换骨，变成了一个彬彬有礼的绅士。他穿着西服，与身穿舞裙的千田英子娴熟而轻盈地旋转着。他们跳的是探戈，《一步之遥》。

江元宝看着舞池中旋转的陈山，诧异又惊喜地叫了一声"肖科长"。

一曲跳罢，陈山绅士地向千田英子鞠了一躬，转身走向吧台，用左手拿起酒杯轻抿了一口酒。荒木惟向山口使了个眼色，山口便将江元宝带到了他和陈山面前。江元宝谨小慎微地与两人打招呼，完全没有看出破绽。

陈山神色自若地为江元宝翻好衣领，说："江元宝，把腰杆挺直了。"

江元宝一愣，赶紧挺直了腰。他有些疑惑地看着陈山，说："科长，你的声音……？"

"你的后脖子上要是挨了一枪，也有可能变成我这样。"陈山满不在乎地说。

江元宝瞥见陈山颈部的弹痕，并不怀疑："是，伤着声带了？"

荒木惟对山口挥了挥手，山口便让江元宝跟他走。陈山向江元宝点了点头，江元宝一步一回头，随山口离去。

荒木惟喝了一口酒，慢条斯理地说："五分钟不被认出来，只代表你在过去五分钟还活着。到了重庆，你根本没有犯错的机会。"

"你还没有告诉我，你们在重庆有许多暗伏的特工，为什么非要弄一个肖正国过去，还冒那么大的风险？"

荒木惟晃着酒杯说："我从来没有认为，一大堆石头抵得过一小粒钻石。特工也一样，肖正国所处的部门很重要。"

"我去重庆究竟要完成什么任务？"

荒木惟似乎很满意陈山的提问，说："作为国军最后的大本营，重庆最大的秘密就是他们的兵工厂。我要你以肖正国的身份，拿到绝密的兵工厂地图。"

陈山心中不寒而栗，继续问："然后你们要做什么？"

荒木惟说："佛说慈悲为怀。如果能早点结束战争，对每一个身陷战火的中国人来说，何尝不是一种解脱？"

3

在大雨滂沱的郊外荒地上，陈山进行了最后一项训练。

一开始，陈山在泥地里与五名日本特务格斗。他的神色冷峻和沉着，眼中喷出的是警惕、果敢和凶狠的目光，像荒原上雨中奔突的苍狼。荒木惟站在一旁观察着，千田英子为他撑着一把巨大的黑伞。陈山以一敌五，动作漂亮，将对手一一打翻在地，然后喘着粗气望向荒木惟。荒木惟的嘴角露出一抹满意的笑容，眼前的陈山已经变了自己想要的那个肖正国。

然后，七名被绑的囚犯被押了过来。荒木惟对陈山说："你过来。"

陈山走到荒木惟面前，七名囚犯也被带到荒木惟面前，一字排开。

荒木惟开始擦拭一支国军制式手枪，这个动作让陈山心中有些莫名的恐慌。荒木惟却始终沉默着，擦完枪后，他给这支枪的弹夹填上了七颗子弹。接着他果断举枪，连开六枪，每枪都从囚犯的眼睛洞穿而过。

陈山愣愣地看着。

"子弹穿过眼睛进入小脑，可以让他们以最快的速度和最小的痛苦死去。这就是我能给他们的最后的慈悲。"

荒木惟把枪递给了陈山："这是国军常用的M1911手枪。射击训练时让你打出的上万发子弹，不是为了听听响声，而是为了能够准确杀人。"

陈山不敢接枪。

"不是他死，就是你死。"荒木惟的声音忽然高了一度，"接枪！"

陈山的嘴唇哆嗦着，仍然没有接枪。荒木惟的脸转向站在雨地里的最后一名囚犯，让山口打开了他的手铐。

手铐一开，囚犯的眼神就忽然亮了，仿佛忽然看到了希望。

"如果你能杀了他，你就自由了。"荒木惟指了指陈山，把枪抛向了囚犯。

囚犯抄手接住枪，陈山一惊，飞身上前，一脚把枪踢飞。两人扭打在一起，数名特工持枪挡在荒木惟面前，枪口对准了两人。

荒木惟透过人缝观看着陈山与囚犯的打斗。囚犯双眼通红，如同困兽般与陈山拼命。陈山不忍对他下杀手，连中数拳，被打得步步后退。终于，囚犯将陈山一脚踢翻，并纵身飞扑向地上那支剩有一颗子弹的M1911手枪。

陈山脸色大变，飞身扑向他。就在囚犯拿到枪的同时，陈山也扑倒他，并握住了他的手。囚犯奋力将枪口扭向陈山，而陈山亦奋力夺枪。终于，陈山将枪夺下，并将对方打倒在地。囚犯力气已尽，趴在地上喘息。陈山用枪指着他，内心仍在纠结。

荒木惟眼神冷漠地看着两人。囚犯再次抬起头，望了陈山一眼，忽然号叫着扑向他。

一声枪响，子弹击中了囚犯的胸膛。囚犯脸上狰狞的神色凝结了，露出了解脱般的表情。他跪倒在陈山面前，喷出的那口鲜血尽数溅在了陈山的鞋上。

囚犯栽倒在地，不再动弹。陈山举枪的手无力地垂下，失魂落魄地站在当场。

"对敌人的仁慈，就等于是自杀。"荒木惟的声音冷如雨水。

陈山虚脱般地低头看着手上那支枪，不停地喘着气。

"人生的每个第一次都值得纪念。"荒木惟看了一眼那支手枪，"这支枪留给你。"说罢他转身离去，千田英子撑着黑色巨伞紧紧跟上。

回到尚公馆的房间以后，陈山一直坐在桌前发呆。桌上放着那支沉甸甸的手枪。

他的头发还是湿漉漉的，眼睛发红。他望着自己刚刚杀过人的手，那只手有些颤抖。与囚犯搏斗的画面一遍遍在他眼前闪动，对方拼命求生的眼神、狰狞疯狂的神色，以及中枪后解脱般的笑容，唰唰唰更替。

他不由得抱住了脑袋，趴在桌上。

然后，他就看到了皮鞋上的血迹。他缓缓从口袋里取出手帕，弯下腰来擦拭。他的手有些颤抖，擦了很久，仿佛怎么都擦不干净。

在尚公馆的走廊，陈山与千田英子、山口以及江元宝相遇。江元宝盯着陈山的右脚，面现疑惑之色。他叫了一声"肖科长"，陈山对他点了下头。

"肖科长，我要走了。"江元宝说，"你呢？"

"我应该会……继续待在这儿。你知道的，像我们这样的人，已经回不去了。"

"谢谢你从前照顾我，什么时候能再请你吃一次毛血旺就好了。"

陈山笑了笑，说了声"后会有期"，就朝前走去。

江元宝跟着千田英子和山口走了一段路，回过头确定陈山已不在走廊上后，他低声对千田英子说："他不是肖正国。"

千田英子愣了一下，江元宝便向她陈述了他得出这个结论的原因：刚才那个人是右脚外八字，但肖科长不是。肖科长也根本不吃毛血旺，他刚才说要请他吃毛血旺的时候，他并没有反应。还有他的声音，也与过去不同了。

千田英子笑了笑："还有别的吗？"

江元宝想了想："暂时没有了。"

千田英子冷笑道："最终被他骗的人，不会是我们。"她向山口使了个眼色，山口便从后面猛击了一下江元宝的后颈，江元宝顿时晕倒在地。

"送去集中营。"千田英子低声命令。

在这一天，荒木惟第一次给陈山安排了任务。

根据江元宝的交代，他们的任务，一是把最新式的武器送交飓风队，二是传达行刺楠木将军的命令。除此之外，肖正国还有一个必须单独完成的任务，就是单线联系一名潜伏在汪伪的卧底"雄狮"，并将其启动。但至于"雄狮"潜伏在哪个机关，江元宝并不知晓。

千田英子将手中的《申报》递给陈山，她已经按江元宝交代的启动方式，在《申报》上发布了寻人启事。明天上午10点，他去霞飞路凯司令咖啡馆和"雄狮"接头。陈山接过报纸，有些茫然。

陈山重复了一遍接头暗号和要传达的任务后，荒木惟说："明天的接头，是你成为肖正国之后面临的第一次真正的考验。"

陈山说："你们是不是会杀了这个'雄狮'？"

荒木惟笑了："你说呢？"

陈山看着荒木惟："我猜你暂时不会杀他。"

"为什么？"

"留着他，找准时机再动手，才能拔出萝卜带出泥，挖出他背后更多的人。"

荒木惟赞许地点头："留着他还有一个原因：过了明天这一关之后，你就可以去重庆了。他能在上海活着，才是对你最好的掩护。"

千田英子接着说："但如果你露馅了，陈夏和'雄狮'都会给你陪葬。"

陈山不寒而栗。

4

第二天上午，一身西服的陈山按计划走在人群熙攘的街头。他和肖正国临死前的打扮一模一样，左手提着公文包，忧心忡忡，脚步沉重。繁华街区的人们多半衣着考究，但一个衣衫破旧的男孩正在街头翻着跟头。男孩的面前放着一只小碗，里面只有几张一元的法币。过往的行人几乎对他熟视无睹。陈山走过去，看了一会儿，掏出一张十元法币放在了他的小碗里。

此时的陈山心里很清楚，一旦成功接头，"雄狮"的身份就暴露无遗了。但除了继续前行，他别无选择。既不能输在今天，也不愿成为真正的汉奸，他必须于逆水行舟中寻求可能稍纵即逝的胜机。他必须坚持下去，而且不能输。他回头看了一眼仍在翻着跟头的男孩，眼神中忽然充满了斗志。

在咖啡馆门口，陈山从口袋里取出一块手帕假装擦了一下汗，然后折好手帕塞进右边的大衣口袋里，露出两个角在口袋外面——这是他和"雄狮"的联络暗号。

他的目光瞟向了咖啡馆对面的一幢二层小楼。在那幢二层小楼的某个洒满阳光的房间里，荒木惟正坐在一张单人圈椅上，悠然地抽着他最喜欢的蒙特克里斯托雪茄。在另一扇窗户后面，狙击手的枪口已经对准了咖啡馆。山口在一旁候命。另有一名日兵正在调试窃听器。

千田英子透过望远镜望向陈山。她看到陈山掏出怀表看了一眼时间，镇定地等待着"雄狮"的出现。

"科长,你觉得陈山能成功吗?"千田英子边看边问。

荒木惟微笑着说:"任何一场游戏,未知的结局才是它迷人的地方。"

这时,几个男子走过陈山面前。其中一个看了陈山一眼,陈山的目光与他对视,已经做好了迎上去的准备,但那人随即转开目光,走进咖啡馆。陈山有些尴尬,再次打开怀表看了一眼,9点55分了。他还特意看了一眼镶嵌在怀表中的余小晚俏丽的微笑,以求得到些许平静。这时,他听到了一个女人的声音:

"先生,请问你知道严月娴演的《夜明珠》在哪家影院还有上映吗?"

陈山愣了一下,这就是他和"雄狮"的暗号。他看到一个身穿白色大衣的美女站在自己面前,正眼神温柔地望着自己。这个女人并不知道,此时的自己正在千田英子的望远镜中。

陈山有些惊讶,没想到"雄狮"竟然是个女人。但他立即镇定下来,说出了暗号:"这部电影应该已经下映了。"

"太遗憾了,我特意从嘉定赶来,就想看这部电影呢。"白衣女子继续对接着暗号。

"既然来了,"陈山说出自己该说的最后一句,"就不要辜负这么好的时光,我推荐你看《木兰从军》。"

白衣女子的眼神中似有些激动,她就那么深深地看着陈山,过了一会儿才回答说:"谢谢。"

陈山的目光不由得再度望向了对面二楼窗户,他知道那里正有枪口对准了自己和面前的女子,一着不慎便有可能满盘皆输。他转身走进咖啡馆,"雄狮"跟随其后。

陈山带"雄狮"走向窗口的第三张桌子。那张桌子下面已经提前布置好了窃听器,他们之间的每句对话都会一字不落地传到已经戴上耳机的千田英子的耳朵里。"雄狮"想坐到另外一边,因为那里离暖炉近一些,而今天确实很冷。但陈山否决说,靠窗比较好,可以看到外面的……风景。

"雄狮"定定地看着陈山。从"雄狮"的眼神中,陈山似乎看出了一些不同寻常的温柔。

"没想到会是你。"

陈山心中一惊,他下意识地接茬:"我也没想到。"

"雄狮"黯然一笑,顿了一下,问:"你的声音……怎么有些变了?"

陈山把衣领拉下一点,露出了颈部的伤口:"这里中了一枪,伤到了声带。"

"雄狮"神情关切地问:"这是什么时候受的伤?"

"不提了,"陈山说,"两个多月前的事。如果不是因为受伤,那时候我就该来找你。"

"雄狮"心潮澎湃,两手合拢说:"谢天谢地,你没事。"

服务员走来了,"雄狮"点了蓝山咖啡,陈山说"一样"。服务员退开后,"雄狮"有些奇怪地说:"其实这里也有茶,你以前从不喝咖啡的。"

陈山心里又是一慌,没想到"雄狮"对肖正国这么了解。

"来咖啡馆如果不喝咖啡,应该会比较奇怪,而且有可能会让服务员留下印象。"陈山说,"像我们这样的人,就应该泯于众人。"

"可你从来也不是一个泯于众人的人,我总能从人群中第一眼看到你。"

"说说这次要给你的任务吧。"陈山转移了话题,"我们得到情报,明年3月5号,也就是惊蛰那天,日本关东军第一师团副参谋长楠木正成会来上海视察工作,所以你的任务就是,获取楠木正成的行程和他可能会去的地点的详细地址、地图等,秘密传回重庆。"

"好。""雄狮"的脸上多了一份郑重和谨慎的神色,"还有什么需要我做的?"

"得到你的情报后,上级会向飓风队下达具体的行刺计划和命令。"

"雄狮"点了点头。交代完任务,陈山喝了口咖啡,心里略微踏实了些。"雄狮"却一直盯着他看:"就这些?"

"我知道这任务其实很重,"陈山皱了皱眉头,"可我们处里掌握的线索就那么多。"

"雄狮"的眼神突然和刚才相比有了变化:"我的意思是,你今天想跟我说的,就只有任务吗?"

她的眼神热烈又哀怨,陈山似乎明白了些什么。

"你们潜伏在敌人的心脏,是党国……暗战阵线上最重要的先锋。"说起这些词儿来,陈山还是觉得有些拗口和不自然,"此前虽有中统郑苹如为刺杀丁默邨为国捐躯,亦有军统策反家仆成功砍杀傅筱庵的先例,但在上海暗伏于敌人的心脏,危机随时会发生,你要多加小心。"

"雄狮"眼含委屈,依然望着陈山的脸:"除了公事公办的这些套话,你能回答我一个私人问题吗?"

陈山终于避无可避,问:"什么?"

"上次我们告别时我问你的问题,你今天可以告诉我答案了吗?"

陈山的脑子一片空白,不知该如何应对。"我们已经逗留太久了,该走了。"说罢,他站起身来。

"雄狮"坐着没动,她的眼眶中泛出泪花:"可是如果你今天再不说,我不知道这辈子还有没有命听到。"

陈山尴尬地愣在当场。看着她的眼泪,他感到背心发凉,事态似乎要失去控制了。"我该走了。"他说。

但是"雄狮"根本不理会,完全陷入了哀伤之中。

"我每天都在伪装,都在担惊受怕,不知什么时候会暴露。身边没有朋友,没有说话的人,只有想到你的时候,想到只要我活下去就还能见到你的时候,我才重新有了勇气。你懂吗？"

陈山重新坐下，摸了摸脖子上的伤口："两个多月前，挨这颗枪子的时候，我以为我就要死了。昏过去之前的那一刻特别短，短到来不及去回想这一辈子；也特别长，好像什么都放下了。等我终于活过来的时候，我觉得能活着，就是最好的。"

"雄狮"有些不解地看着陈山，这让陈山心底的慌乱加剧了一些。他继续说："我只是想告诉你，放下吧。只有放下了，才能轻装上阵。"

"雄狮"幽怨地看着陈山，忽然摇了摇头："你不是肖正国。"

陈山心中大惊，一颗心开始狂跳。他紧张地看着"雄狮"，清楚现在任何一句不恰当的话都有可能让自己穿帮。

"你从来没有这样温柔地对待过我，你甚至不愿意直视我的眼睛，也不愿说任何安慰我的话。"

陈山的眼神开始躲闪，回想肖正国的资料。里面有对肖正国性格的叙述，内向木讷，沉默冷静。他努力让自己的眼神变得冰冷。

"如果你死过一次，就会知道人是会变的。"他也适当改变了自己说话的腔调，"很多过去在意的事，现在不在意了；过去生硬的，现在变柔软了。"

"雄狮"扭头拭去即将涌出眼眶的泪水。陈山的心悬着，不知道"雄狮"下一秒还会出什么难题。

这时，一个小姑娘背着一个卖烟的木架子进了咖啡馆。"雄狮"看见了她，回过头来冲陈山凄然一笑："你还记得以前给我买过烟吗？真好笑，你自己不抽烟，唯一给我买的，竟然是烟。"

陈山微微一笑："记得。"

雄狮说："我想再抽一次你买的烟。"她冲小姑娘挥手，小姑娘走了过来。陈山有点蒙了，因为小姑娘的架子上起码有十几种牌子的烟。

陈山站起身，把钱递给小姑娘，他的目光从架子上的烟上逐一扫过。"雄狮"走到陈山身后，说："买完烟，我们就走吧。"

陈山的手伸向一包白金龙，拿起，转身递给了"雄狮"。"雄狮"默默地看着陈山，陈山从她的眼神中看不出内容，不知道自己是不是赌对了，他的笑容因此有些僵硬。

"雄狮"终于伸手接过了烟。她拆开烟盒，抽出烟盒里的烟花牌，是一对跳舞的男女。

陈山悬着的心终于放下，他知道自己押对了。"雄狮"强忍着哽咽："这包抽完，我会戒掉烟，就像戒了你一样。"

"戒了也好。"

"雄狮"低着头，说："回答我吧，求你。"

陈山抱住了"雄狮"。

"雄狮"似乎有些意外，但过了一会儿，她也伸手环住了陈山的腰。

5

"你过关了,看来暂时还可以继续活着。"荒木惟坐在汽车后座,对身旁的陈山说。在陈山与"雄狮"接头的过程里,荒木惟感觉仿佛在看着拧琴弦。随着螺丝的旋转,弦越来越紧,随时都会断的样子。

一开始,端着望远镜的千田英子意外地告诉他"雄狮"是个女人的时候,荒木惟只是平静地抽着雪茄,享受着吞云吐雾的乐趣,丝毫没有感到惊讶。但是随着陈山和"雄狮"落座咖啡馆,两人对话的声音传入监听设备以后,拧琴弦的过程便开始了。荒木惟站起了身,接过望远镜,还把原本戴在千田英子头上的耳机取了过来。"雄狮"喜欢肖正国,陈山的应对没有疏漏,让荒木惟很满意,从而能继续以欣赏的态度看这场游戏。

接着,"雄狮"问陈山要答案。这时,荒木惟心中惊了一下,他仿佛能真切地看到那根虚拟的琴弦再次陡然绷紧。他把目光瞟向窗边的狙击手。很快,琴弦又紧了一下,因为"雄狮"说陈山不是肖正国。荒木惟不由得皱起眉头。

在陈山面对着一木架各种品牌的香烟无从选择时,荒木惟仿佛听到了琴弦崩断的突兀声。游戏很可能中断在此刻。他又看了一眼狙击手,狙击手的准星正对着"雄狮",食指已搭上扳机。如果陈山暴露,就不得不马上击伤"雄狮",并将其逮捕。

"最后你是怎么猜出她抽的香烟牌子的?"荒木惟问陈山,那根绷紧的琴弦仿佛还在他太阳穴的位置颤动。

"三九牌、茄力克和三五牌都是进口烟,富太太们才会抽。即使'雄狮'私下很有钱也不会抽这些牌子的烟,她既然是潜伏在汪伪的某个特务机关,必须处处低调不引人注意。"陈山说,"老刀牌、大前门、哈德门都是劳工阶层抽的烟,她也不会抽。剩下的是红锡包、白锡包、白金龙、翠鸟牌、三猫牌。'雄狮'喊那个卖烟姑娘过来时,她看了一眼就说要我为她买她经常抽的那个牌子。这说明在她的目光范围之内,一定能看到那个牌子的烟。但以当时'雄狮'的角度,架子最左侧的白锡包、翠鸟牌和三猫牌她是看不到的,那就只剩下红锡包和白金龙了。"

"然后呢?"荒木惟饶有兴趣,继续问。

"这两个牌子的烟,档次和口味都很相近,我也不知道该怎么选,所以我只好赌了一把。"

"怎么赌?"

"'雄狮'是个对爱情执着而又多愁善感的女人,白金龙这两年一直在烟盒里附赠爱情题材的烟花牌,所以我赌她会选择白金龙。"

荒木惟赞许地点头:"我果然没有选错人。"

但陈山并不兴奋。

荒木惟继续说："今天你虽然过了关，但做得并不完美。"

陈山不吭声。

"你没有把控住局面，一直很被动。你的心理、情绪都被她影响了，差一点就暴露了。"

"我没想到她是认识肖正国的。"

荒木惟紧盯着陈山的眼睛说："以后你想不到的事还会有很多，只有冷静和随机应变才能救你的命。"

陈山后背往座椅上靠了靠："那就听天由命吧。"

荒木惟让陈山准备一下，明天就出发去重庆。陈山想回家一趟，同他爹告别。但荒木惟不同意。陈山又提出见陈夏，荒木惟又拒绝了。陈山最后提出的要求是跟菜刀和宋大皮鞋告别，但再次被荒木惟否决。

"老子一天不去重庆就还是陈山，你要不让我见我就不去重庆了！"陈山气上来了，刚吼完，千田英子就忽然刹车，他准备不及，一头撞在了前排的椅背上。当他再次抬头时，千田英子的枪已经指住了他的脑袋。

陈山倔强地瞪着荒木惟，说："我要见我爹。我怕我这次走了，就再也见不到他了。"

荒木惟沉默了一会儿，说："英子，带他回一趟宝珠弄。"

"那陈夏、菜刀和宋大皮鞋呢？"

千田英子把枪用力顶住了陈山的脑袋。荒木惟说："你没有得寸进尺的权利。我之所以让步，是因为想要告诉你，有时候敢于叫板和反抗，也能救你的命。这一招到了重庆，也有可能用得上。"

陈山在千田英子的陪伴下来到宝珠弄附近。他穿着考究的西服，千田英子则穿了一身中式服装，站在宝珠弄半明半暗的光线里等他。

在弄堂口，陈山老远就看到了父亲陈金旺。他穿着厚厚的藏青色棉衣，抱着一台收音机，坐在家门口的一堆阳光里。陈山望着那台收音机，想起了陈夏。

每天，陈夏都孤独地坐在门口，听孩童从她面前跑过的声音，摸索着做针线活儿，神色却无比寂寞。那天，他在陈夏身旁啃甘蔗。陈夏忽然跟他说："小哥哥，我想要一台收音机。"他就吐掉甘蔗渣，拍了拍胸脯："哥有的是钞票，你想要几台哥就送你几台。"他记得自己当时是这么说的，然后陈夏就笑了，她说："小哥哥，你待我真好。"

此刻，父亲正跟着收音机里传出的乐声摇头晃脑。看陈山愣神，千田英子问他在想什么。陈山还记得，他爹抱着的那台亚美牌五灯电曲儿，一共花了六十七块钱，因为钱不够，最后八块钱是帮人讨债挣来后凑上的。

那次讨债，差点让陈山丢了命。他和宋大皮鞋、菜刀在吴淞口码头的货仓门口跟一群地痞流氓打斗。他被一块砖头砸中，顿时头破血流。他的手里提着铁棍，四下乱挥,仍无法抵挡。穿风衣戴礼帽的牙医刘芬芳端着一把破手枪跑了过来,站上一块大石头。他的耳朵里塞着棉花,双手笨拙地握着手枪,像聋子般地大喊:"都给我听着!老子刘芬芳,有枪!有枪啊!不怕死的都别跑。"他想开一枪,但怎么也打不响。陈山一把夺过枪,朝天就是一枪。地痞们这才都停下手,愣愣地不敢再向前。

此时,陈金旺想从椅子上站起来,但因腿脚无力又一屁股坐回了椅子上,倾斜的椅子还差点翻倒。陈山不由得往前迈出了一步。

千田英子冷冷地说:"你只能看看他,但不能再和你的父亲见面,这是科长的命令。"

陈山收住步子,远远地看着。陈金旺终于坐稳了,陈山轻声:"老东西,你得给我好好的。"

陈山大步向弄堂外走去,千田英子紧紧跟了上去。

"你爹叫什么名字?"

"老东西。"

"奇怪的名字。"千田英子皱眉,"其实……我也特别想念我的父亲,他在我的家乡札幌是一名酿酒师。"

陈山猛地站住,扭头朝千田英子嚷了一句:"那你不好好学酿酒,你来我们国家凑什么热闹?"

千田英子愣住了。

033

第三章

1

和千田英子回尚公馆的路上，陈山看见了刘芬芳。刘芬芳穿着一件月白色的长衫站在路边看海报墙。陈山看了一眼地形，瞥见不远处一个弄堂口，便向那儿走去。此时刘芬芳已经从海报墙上转过了头，他一看到陈山便开始大呼小叫，让他站住。

陈山加快了步子，刘芬芳快步追上去，一把按住陈山的肩头，说："姓陈的，想跑啊？"

千田英子站在一旁，冷冷地盯着刘芬芳。

陈山对刘芬芳说："我这不是想跑，是因为算到你今天诸事不宜。这是为你好。"

刘芬芳冷笑一声："你三个月前卖给我的那把手枪是生锈的，子弹是潮掉的，根本打不响。今天你得还钱，十块钱！"

陈山说："十块钱就想买把好枪？买弹弓还差不多。"

"弹弓也比你那把破枪好多了，还钱！你看看你……"刘芬芳的话没说完，便被陈山打断了。陈山压低声音让他赶紧走："识时务者溜得快，不然你的卖相会很难看。"千田英子伸手欲抓刘芬芳，陈山眼疾手快，一把拉住刘芬芳，把他扯开半米远："走！"

陈山向千田英子解释，这人像个疯子，见谁都让人站住，不用理会。然后，他向刘芬芳使了个眼色，拉着千田英子就走。没走几步，身后就传来了刘芬芳的声音："站住！"陈山无奈地望着千田英子："现在信了吧？"

"姓陈的，喂，别跑！你给我讲讲清楚，你说谁是疯子？！"刘芬芳边追边喊。陈山停步回头，不由得皱眉："你这是没被饿死、烧死、炸弹炸死、机关枪轰死，你是非要笨死，怎么拦也拦不住是吧？"

刘芬芳的手刚搭上陈山的肩，千田英子就突然出手，扣住了他的手腕，并将之别了过去。刘芬芳痛得哇哇大叫，千田英子毫不手软，把他的手腕别得更痛了。刘芬芳开始骂，骂千田英子这个臭娘们儿胆大包天，他的另一只手则拔出了腰间那把生锈的手枪。千田英子卷腕夺过枪，把刘芬芳踢倒在地。接着，她朝刘芬芳连开数枪，枪枪射在离他裆部一寸的地方。刘芬芳的裤子随即湿了一片，整个人颤抖得像是在抽风。

千田英子把枪扔在刘芬芳身边，拍了拍手上的灰尘："不但是个疯子，还是个傻子。"

陈山在刘芬芳身边蹲了下来，叹了口气，温和地说："芬芳，我说过你的卖相会很难看。你就是不肯听大哥的。"

"你这个骗子！"刘芬芳咬着牙说。

"我本来就是个骗子，你现在才知道？"

刘芬芳无言以对。陈山拍拍他的肩，站起身，和千田英子离开。千田英子问刘芬芳是什么人，陈山说是个没脑子的牙医，老是拔错牙。他曾卖过一把好枪给他，但他非得说那枪生锈了。"你说，这生意越来越难做了是不是？"陈山朝千田英子摊开双手，千田英子不由得笑了起来。

听着两人逐渐远去的声音，刘芬芳恨得直咬牙，一口一个骗子地骂着。有路人从刘芬芳身边走过，好奇地望着他屁股底下一摊湿漉漉的地面。他忙把枪捡起来插回腰间，一骨碌爬起来，大嚷："不许看，特工执行任务！"

回到尚公馆以后，陈山枕着手半躺在床上，回想与菜刀、宋大皮鞋一起在关公像前结拜的情景。三人各执一炷香，齐声念着"朝天一炷香，就是同爹娘。有肉有饭有老酒，敢滚刀板敢上墙"，然后举杯一饮而尽。他还记得，自己将香插在香炉中的时候，菜刀在一旁怯生生问他问题的样子。菜刀问的问题是他们会不会真的滚刀板。宋大皮鞋就在菜刀头上拍了一记，骂他光惦记着享福吃肉。菜刀回骂，嫌弃他每次都跑得最快。陈山截停了两人之间的玩笑："吵什么，你们跑得快我才没包袱。放心吧，山哥这么大本事，享福吃肉大家有份，滚刀板这种事轮不到你们的。"……想着想着，陈山脸上就露出了笑意，但随即，又浮起惆怅之色。

去码头前，荒木惟和陈山在门厅口站了一会儿。荒木惟递给了陈山一支蒙特克里斯托雪茄："对于那些和我并肩战斗的战友，我都会和他们分享一次好烟。"陈山有些诧异地接过来，荒木惟打着自己的打火机为他点烟。陈山用力吸了一口，吐出漂亮的烟圈。

在丝丝缕缕的淡蓝色烟雾中，荒木惟说："这是你完成任务前最后一次抽烟。"顿了会儿，他接着说，"今天是冬至。"陈山就看了一眼院中萧瑟的树木。

"我最喜欢的节气是惊蛰，惊雷一响，万物复苏，一切都充满了生机和希望，一年当中真正的好时节就此开始。"荒木惟看着院中的树木说，"而明年的惊蛰对我们来说，又有特殊的意义。"

陈山回应道："因为'雄狮'他们会在惊蛰那天刺杀楠木，所以必须在惊蛰之前拿到你要的重庆兵工厂分布图，否则一旦'雄狮'行动失败，我的身份也就暴露了。"

"不用多说一句废话，你就什么都能明白，这是我最喜欢你的地方。"

陈山苦笑。

"我还要给你一个忠告，"荒木惟看着陈山，"女人心，海底针。"

那个叫李伯钧的人,虽然是肖正国的好友,但只要小心应对,避免接触,还不至于有大麻烦。荒木惟告诉陈山,他最大的敌人,是肖正国的妻子余小晚。即使她跟肖正国只见过几面,即使他已经背熟了资料上的每一个字,但如果不能二十四小时保持警惕,这个女人依然有可能轻易把他识破。

"你是让我在关键时刻杀了她?"陈山嘴里含着一团烟雾问。

"杀人那是下策,你要攻心。你只有去读懂她的心,才能生存下来。"

"你好像很了解女人。"

"所以我离女人很远。"

陈山在烟雾中咀嚼着荒木惟的话,这时千田英子将车开到了院子的空地上。荒木惟说"走吧",陈山便向汽车走去。望着陈山用左手提着箱子的背影,荒木惟满意地笑了。

然后,荒木惟回到了自己的办公室。打开门的时候,陈夏正背对着一扇窗户安静地坐着。阳光透过窗户,打在她充满着细密绒毛的光洁的脸上。荒木惟感觉她宛如一株植物。

"我小哥哥呢?两个多月了,为什么我一直见不到他?"陈夏显然听得出进来的人是荒木惟。

"他有特别重要的使命,所以不能见你。但是有一天你会见到他。"荒木惟说。

"什么时候?"

"该见到的时候。"

陈夏咬了咬嘴唇,没再说话。荒木惟走到窗口,看到陈山坐着的那辆汽车缓缓驶出尚公馆大门,驶向街道。他的目光像在欣赏一件心爱的作品。

他走到钢琴边坐下,打开琴盖。他对陈夏说:"我教你弹琴吧,这首曲子叫《樱花》。我想念亲人、想念家乡的时候就会弹它,我觉得它是一首有治愈能力的曲子,希望你也能感受到这种力量。"

荒木惟指尖轻弹,一支优美的钢琴曲自他指下倾泻而出。陈夏不由得凝神倾听。荒木惟弹奏的是一台斯坦威牌三角钢琴。钢琴的正上方雕刻着两个栩栩如生的天使,但其中一个天使人像已经缺失,露出残缺的天使人形。

2

在隐隐传来的汽笛声中,陈山走向即将起航的客轮。这时候,菜刀正在家门口磨菜刀,宋大皮鞋站在他的小摊前询问陈山的消息。两个人先是在困惑中聊了下陈山是否一个人发财去了,然后又为发财这件艰难的事感到疲惫。两人像以往一样掐了会儿。菜刀担心起许久未见的陈金旺和下落不明的陈夏。他怀疑陈山是不是出了事,宋大皮鞋觉得不会,因为陈山滑得像条泥鳅,他要出事,整个上海滩都得出事。但是陈山作为大哥就这样不声不响地跑了,这事儿做得确实不地道。然后宋大皮鞋就从菜刀放钱的铝饭盒里抓了几张钱,去给陈金旺买生煎。两人盘算着这些钱能买多少个生煎,他们各自又能分几个来吃,边走边掐。

陈山左手提皮箱,右脚也不再外八字,大步向客轮走去。千田英子站在自己的汽车旁,目送他离开。即将踏上舷梯的时候,陈山站住,回头深深地望了一眼这个他生活了二十多年的大都市。他阴沉着脸低声说了一句:"老子陈山,一定会回来的。"

在汽笛的长鸣声中,他久久站立在甲板上,头发被风吹乱,黄浦江两岸繁华的风景渐渐倒退,渐行渐远。按船期,他会在1月28日早上抵达重庆。到重庆后他要做的第一件事是去老巴黎理发厅找一位裘师傅,裘师傅会给他布置到重庆后的第一个任务。而如果他不能在那天上午10点前找到裘师傅的话,荒木惟一定会让陈夏失去她美丽的手指。对于荒木惟语气平静的要挟,陈山说在中国这样做可不像个爷们儿。荒木惟轻淡地笑了笑,说"那我就征服中国,征服中国的爷们儿"。此刻,陈山不知道,荒木惟正准备带陈夏出去,用他的话来说是,"带她散散心"。

在1月28日寒风凛冽的清晨,客轮到达了重庆。两岸山景层层叠叠,陈山系着围巾,依然用左手提着箱子,站在船头。在一片白茫茫的水雾升腾中,他看到了穿行在河面之上的船只,岸上挑着沉重的担子走在台阶上的挑夫,以及台阶上奔跑的孩童。热气腾腾的早点摊上,有人买了刚出笼的包子。也有人正在小吃摊上吃着重庆小面。各种摊贩和挑着扁担的小贩用四川话叫卖小吃。一幅寻常的重庆清晨景象。在陈山看来,这一切显得是如此陌生。

在朝天门码头,陈山手提箱子走下舷梯,踏上重庆的土地。在行色匆匆的人流中,他停下脚步观察地形,回想着已经烂熟于心的重庆地图。他现在正在前往军统第二处必经的路线上,接下来他需要走左边那条路。他看到那条路口停着一辆吉普车,一名身穿军统制服的小胡子从车上下来,迎向了他。

那人叫沈平安,属于第二处人事行政科,他向陈山敬了个礼。根据沈平安的说法,当陈山持身份证明在上海上船的时候,军统上海区的外勤人员就已掌握了消息并告知了人事科。陈山虽感诧异,但他还是神色平静地回了礼。

沈平安主动接过陈山的箱子,带他上车。陈山坐在后排,脑中迅速回想重庆地图。他发现沈平安并未将吉普车开往军统第二处所在的罗家湾。

"你打算带我去哪里?"

"肖科长什么意思?"沈平安把着方向盘说。

"这条路不是去罗家湾的。"

"费副处长在磁器口的秘密审讯室公干,他说您一回来就带您先去那边见他。"

"是吗?"

"是。"

吉普车飞驰在路上。陈山的目光警觉地扫过街边的主要建筑物,试图记住具体的去路。最终车停在了磁器口一个仓库外边。

随即，仓库门被人从外面推开，沈平安领陈山进去。从阳光明媚的室外进入昏暗的室内，陈山一时有些看不清仓库内的情形。他没有发话询问，而是眯起眼迅速观察着仓库内的环境。仓库内堆放着一些劳保用品，在仓库尽头有一扇小门，他判断，费正鹏如果在这里，只能在那个小房间里。这时，沈平安的声音在他身后响起："肖科长，费副处长在里面等您。"

陈山向那扇小门走去。没走几步，忽然有几个人自货箱后跳出，从上下左右四个方向将陈山合围。陈山迅速拔出腰间的枪，但随即发现上方的两人已经用枪指住了自己。再一回头，他看见沈平安手中也举着枪，截住了他的退路。与此同时，小房间的门开了，走出了一个男子："肖科长，好久不见。"

陈山看着对方，脑中迅速掠过自己背过的资料。他叫魏长铭，是第二处审讯科的科长："魏科长，你们这是什么意思？"

"肖科长心里应该比我更清楚。不想让我们动手的，就把枪放下，把手举起来。"

陈山故作镇静地冷笑了一下："看来这个眼前亏，我是吃定了。"

他将枪挂在扣扳机的食指上，并将双手举起，装作是要把枪交给魏长铭的样子。就在魏长铭伸手去接枪之际，陈山手中的枪忽然猛地甩出，击中魏长铭的面门。与此同时，陈山飞身跃起，将他扑倒。

陈山和魏长铭扭打在了一起。其余特务皆用枪指着陈山，却不敢开。沈平安从地上捡起一根木棍挥向陈山的后颈部，却生生地砸在了魏长铭的后背上。陈山一脚踹向沈平安，沈平安连人带棍摔倒在地。原本站在货箱上的两名特务收枪飞身扑向陈山，将陈山和魏长铭一起扑倒在地。其余特务一拥而上，一番混战后，魏长铭得以挣脱出来。

沈平安瞅准机会抓住陈山的双肩，将他摔翻在地。魏长铭掏枪对准已被众特务制住的陈山，与陈山眼神对峙。陈山毫无怯意。

陈山的双手被麻绳反捆在了一根柱子上。在他面前不远处，凌空挂着一段木头。沈平安推动木头，那木头就像敲钟一样，狠狠地撞向陈山的胸口。这让陈山痛出了一身冷汗，他觉得胸口涌起了一丝丝的甜。

魏长铭拿着从陈山身上搜出来的肖正国的怀表看了看，9点10分。他说："三个月音讯全无，肖科长一定有很多故事可以告诉我，我有的是时间洗耳恭听。"

陈山看着魏长铭手中的怀表，荒木惟的话一次次在他耳边回放："如果你不能在那天上午10点之前找到裴师傅的话，我一定会让你妹妹失去她美丽的手指。"

"我要见费正鹏！"陈山焦急地说。

"以什么身份见他？功臣还是叛徒？"魏长铭笑吟吟地问。

陈山一惊，盯着魏长铭说："我九死一生才完成任务逃回来，你凭什么怀疑我？"

"那你又凭什么让我相信你没有投奔姓汪的？"

陈山暗自心惊，嘴上却死撑着："戴老板从不放过一个叛徒。我要真的背叛了党国，回重庆根本活不过一天，我又何必回来送死？"

"那你倒是告诉我，你明明中枪被日本人逮捕，是怎么活着逃出来的？"

"我中枪后为逃脱追捕，跳到了黄浦江中，被一位船工所救。"

魏长铭继续追问："颈部这么严重的枪伤还能跳到江里？"

"只要你想活着就一定能。"

"船工家住哪儿？叫什么名字？他怎么救得了重伤的你？"

"船工家住在崇明岛，姓乔，有个儿子同情抗日。我在神志还清醒的时候告诉他，送我去找一位叫秦沛然的华侨。"陈山继续说着荒木惟早已替他安排好的台词。

"这个秦沛然又是谁？"

"是江元宝的远房亲戚，一向暗中支持抗日。行动之前我和江元宝约定，如果情况有异就去他这位亲戚家中会合。"

魏长铭再问："这么重的枪伤你就没上过医院？"

"秦沛然自己就是医生，而船工的儿子学过中医，及时为我止了血，这才救了我一命。"陈山一面平静地回答魏长铭的问题，一面自袖中抽出一枚小刀片，暗暗切割绳索。

魏长铭把玩着肖正国的怀表，嘴角仍带着似有似无的笑意："看来早有准备，背得很熟啊。"

"我没有时间跟你废话，我现在就要打电话！我要面见关处和费处！"

魏长铭看着陈山的眼睛，说："你装得很像，但你忘了一件事。"

"什么？"陈山心头一紧。

"真正的肖正国不会像你这样说话的。他老实懦弱，绝不敢这样跟我叫板。"

陈山冷笑起来，他低沉的嗓音像是愤怒的狮吼："我要是真的懦弱，就不会成为军人，更不会走上战场。一个死过一次而且马上可能又会死的人应该是怎么样的？你告诉我！如果现在绑在这里的人是你，你是懦弱地等死还是拼死抵抗？你告诉我！"

"拼死抵抗？你以为你抵抗得了吗？"魏长铭用枪对准了陈山。

陈山继续切割着绳索，同时用倔强的眼神审视着魏长铭，努力拖延时间："你凭什么杀我？谁给你的权力？"

"凭我信不过你！"魏长铭陡然提高了嗓音，"枪在我手里，枪就是我的权力！"

陈山咆哮道："中国人的枪口应该对着敌人，而不是自己人！"

魏长铭的腮帮嗦着："汉奸可不是自己人，宁可错杀一千，不可放过一个。"

陈山笑了："如果我没有记错的话，这句话是汪精卫在中央紧急会议上说的。你是要以汉奸的话为纲领，来对付一名忠于党国的战士吗？"

"是忠是奸，你说了不算。枪说了算，"魏长铭拉了下枪栓，顶住了陈山的脑袋。陈山的额头冒出冷汗，魏长铭的手指扣上扳机。就在魏长铭即将扣动扳机的一刻，陈山终于割断了绳索并迅速一矮身子。

枪响了，却未击中陈山。魏长铭一愣之际，陈山已经用手臂卡住了他的脖子，并把小刀片架在了他的脖子上。

几名军统特工立刻举枪对准了陈山。陈山朝他们大吼："开枪啊，有一个垫背的，老子死了也值！"

"别乱来！"魏长铭额头有汗冒出。

陈山挟持着魏长铭来到仓库门口。魏长铭的脖子上已经有血珠冒出。仓库内，距离他们数米远的距离，沈平安等人用枪指着陈山。陈山让沈平安把车钥匙扔过来，沈平安无奈地看了魏长铭一眼，魏长铭点了点头。

沈平安将车钥匙掷给了魏长铭，陈山又让魏长铭把仓库门从外面锁上。魏长铭无奈照办。然后，陈山迅速将他打翻在地。

陈山解下魏长铭腰间的手铐，将他双手反铐。从他口袋中掏出肖正国的怀表后，陈山悠然地捡起了魏长铭掉落在地的车钥匙。

仓库内，沈平安等人正在不停地砸门，询问魏长铭的情况。这让魏长铭感到更加恼怒，他朝着陈山的背影大吼："肖正国，你跑不了的！"

陈山不理会，驾车离去。从倒车镜里，他看到了魏长铭挑衅般的笑脸。陈山看了看表，已经 9 点 35 分。他加大油门，飞驰在重庆街头。

3

老巴黎理发厅。

一名学徒为高度近视的曹先生洗好了头，并将他引至位子上坐好。学徒将曹先生的近视镜放在了镜子前的小桌上，让他稍等一会儿，师傅有点忙。

理发厅其余的座位上，也都坐着客人。理发师忙着为他们剪发或烫卷。男客人用的是美国进口的理发电剪，烫发的女士头上夹着火钳夹，还有理发师正在用电吹风给客人吹头发。一派新潮的气象。在曹先生模糊的视野中，一名西装革履的男子出现在镜中自己的身后，给他穿上了围单。

"师傅这么快忙好了。"曹先生朝镜中那个模糊的身影说。

"是的。"

"师傅贵姓啊？是新来的吧？"

"敝姓裘。"

裘师傅熟练地为曹先生剪起了头发，他修长的手指握着美国进口的理发电剪在曹先生头上推动，一片片碎发跌落在了围单上。曹先生忽然想起了什么，说："裘师傅，请问现在几点了？"

"9 点 55 分。"裘师傅看了一眼墙上的挂钟，说，"赶时间？"

"没事的，没事的。"曹先生笑了笑。

陈山驾车至老巴黎理发厅附近街道时，一辆黄包车被汽车撞翻了，挡住了他的去路。他焦急地按喇叭，同时看表，已经9点57分了。不远处已经能看见老巴黎理发厅的招牌，他索性弃车，下地狂奔。

当古老的座钟指向10点，并一下下开始敲击的时候，裘师傅已经为曹先生剪完了头发。他拿起刷子，为曹先生刷去脸上的碎发。

就在座钟敲到第十下的时候，陈山风一般地冲进了理发厅，扶着门框大门喘气。学徒过来招呼，陈山喘息着说找裘师傅。

"裘师傅今天刚来上工，就有客人上门找。"理发学徒心里嘟囔着，朝裘师傅喊，"裘师傅，找你的。"

陈山转脸看去，看到了裘师傅的背影。他解开了曹先生的围单在空中一转一抖，抖落了上面的全部碎发。围单落下的时候，陈山看到了荒木惟的脸。

荒木惟打扮成理发师傅的样子，还戴着一副眼镜："肖科长，你来得可真准时。"

"是啊，赶早不如赶巧。"

荒木惟带陈山去了一家面馆。荒木惟吃得很快，被面辣得满头是汗："每个地方的气味都不相同，重庆的辣，我喜欢。"

陈山的面几乎没动，他一直没好气地看着荒木惟。

"所以，没有什么裘先生，也没有什么人怀疑我，今天的事又是一场考验。"

荒木惟呼出一口气，说："说说，你是怎么看出来的？"

"他们用木头撞我，而不是军统最常用的皮鞭和老虎凳。这是因为他们不想在我身上留下伤痕，那样我才能迅速重回军统。"

"还有呢？"

"那个叫沈平安的小胡子，他把我摔在地上的动作，不是中国武术，也不是蒙古摔跤，更不是中国部队里的军体拳术。"

"哦？"荒木惟问，"那是什么？"

"是日本柔道。"

荒木惟满意地笑了，陈山果然保持着他一贯的水准。陈山很不满，在上海试了那么些次还不够，到了重庆还试，他妈的老这么真真假假的真的没有意思。荒木惟说："我得知道举枪对着你的，要是真正的军统，你能不能挺住。"

"你不放心我，所以才跟到重庆来的。"

"没有我的帮助，你真以为自己能做一个孤胆英雄？"

陈山咽了一口唾沫。

荒木惟接着说："我得替你设想所有你可能在这里碰到的麻烦，确保你不出一点纰漏，你才有可能完成任务。"

"你一个日本人，竟敢跑到军统的大本营来，胆子也是够肥的。"

荒木惟轻蔑地一笑："不过是一张证件就能解决的问题，况且我看起来比中国人更中国人。"

陈山打量了荒木惟一眼，此时的他身穿长衫，手摇纸扇，就像是一个地道的中国文化人。陈山问起了陈夏。荒木惟说："陈夏说，她小哥哥最重要的事就是逗她开心。现在你在为我做事，我会替你照顾好她。"

"你把她弄到重庆来了？"陈山一惊。

"她告诉我说，重庆的气味和上海是不同的，更潮湿，也更辛辣。"

陈山又提出要见陈夏，荒木惟照旧拒绝了他。陈山恼火又无奈地看着荒木惟："那你至少得让我知道她还活着。"

荒木惟点燃了一支雪茄，"合适的时候，我会让你们通一次电话。"他站起身来拍拍陈山的肩，"重庆越早投降，战争就越早结束。你在做的一切，是造福于国家和同胞的好事。"

陈山听到一阵脚步声，扭头便看到千田英子、魏长铭、沈平安等人来到了面馆门口。荒木惟向外走去，陈山跟出去。荒木惟边走边说："再给你提个醒，你还要小心一个人。"

"谁？"

"周海潮。"

三个月前，周海潮跟肖正国、江元宝一起去上海执行任务，当时逃脱的只有他。他也是曾经跟肖正国有过短暂接触的人。按江元宝的说法，他对肖正国的老婆余小晚，以及肖正国的科长之位，都很有想法。

"我这都回来了，女人和位子，就都跟他没关系了。"陈山微笑着说。

"很好，"荒木惟停步看着陈山，"你终于是把自己当作肖正国了。"

在面馆门外，荒木惟瞪了沈平安一眼，用日语低声说："川口君，看来要送你上前线了，你的演技一点也不好。"沈平安格外惶恐，身子绷直了，用日语回复："对不起，科长。"

荒木惟回头看了陈山一眼："记得去罗家湾的路吧？"

"不记得的话，你是不是打算送我过去？"陈山撇了下嘴角。

"如果让我送你过去，你可能会被送进地狱。"

陈山提着箱子来到了军统第二处大门口。面对在照片中熟悉的这幢楼，他深吸了一口气，定了定神，低头看表，两点整。此时一个男人从办公楼走了出来，陈山立马就认了出来，是肖正国的密友李伯钧。李伯钧正要去白公馆送材料，见到陈山，非常诧异，难以相信。

"老李，"陈山微笑地叫了一声，"不是我是谁？"

李伯钧兴奋地走上前来，激动地捶了他一拳："真的是你！他们说你可能已经在上海牺牲了，我都不敢相信。只要一天没见着你，我就觉得你一定还活着。"

陈山像兄弟一样笑呵呵地用左手回了李伯钧一拳："我八字硬，阎王哪敢收我？"

挨了陈山一拳的李伯钧明显愣了一下，用左手按住了被打的左臂。陈山忽然意识到了什么，觉得应该补救刚才可能的破绽。他仰起脸让李伯钧看自己颈部的伤口："这里挨了一枪，声带伤着了。你有没有觉得我声音变了？"

"可不是吗？光听声音根本就不像你了。"

陈山咧嘴笑了笑，继续说："脑袋也伤着了，就像被驴踢了似的，好多事都糊涂了。"李伯钧摸着自己的左臂说："怪不得呢。我这手有伤，你该不是忘了吧？""故意的，"陈山笑笑："让你疼一下，你才相信我是真回来了，对吧？"

李伯钧也嘿嘿笑："那倒是，不然我自己还得掐一下。"

两人又聊了会儿，约好忙完见面后，陈山便向楼里走去。他的右脚因为紧张而有了一点外八字，他低头看了一眼，立刻纠正。而李伯钧一直目送着他走进办公楼，脸上若有所思。

陈山心事重重地走在办公楼里。一回来便遇见肖正国最好的朋友李伯钧，他明显地感觉到，李伯钧似乎看出了自己的破绽。他揉搓了几把脸，要求自己不再去想，因为下一关马上就又来了。他脑中闪现出去费正鹏办公室的路线：上楼左转，第二间办公室门口挂着副处长办公室的门牌。上楼的时候，他不断遇见昔日同事。众人都对他的归来表示了惊喜和诧异，他朝他们微笑，以肖正国腼腆的模样不断与人招呼寒暄。

陈山十分清楚，和荒木惟设置的那些考验不同，从踏进这幢楼的这一刻开始，每一点小小的失误都有可能要了他的命。每一个人的笑容背后都暗藏杀机，他如履薄冰的潜伏生涯才刚刚开始。

4

费正鹏是个五十来岁却保养考究的男人。陈山敲响他办公室门的时候，他正坐在办公桌前，慢条斯理地给自己泡着工夫茶。他办公室的墙上，安静地挂着一把琵琶。

陈山推门进来，对费正鹏微笑着说："我回来了，老费。"

"正国？！"费正鹏激动地站起了身。他迎向陈山，打量着他，又忽然把他抱住。陈山有些手足无措，但随即也伸手抱住了费正鹏。费正鹏确实有些激动，拍着陈山的后背，重复说着："回来了就好，最高兴的一定是小晚。是小晚，肯定是小晚。"

放开陈山后，费正鹏退后一步打量他，喃喃地说："回家了，比啥都好。"陈山露出颈上的伤口："到阎王殿上转了一圈，差一点就回不来了。"

"周海潮回来时说你凶多吉少，我真怕没法跟小晚交代。"费正鹏拉着陈山的手到沙发上坐下，"这几个月都发生了什么，你得慢慢告诉我。"

陈山跟费正鹏讲述了早已烂熟于心的上海经历以后，费正鹏感叹了几句"大难不死必有后福"的话。然后，费正鹏嘱咐陈山先去见关永山，向他汇报一下基本情况。一定要主动提出接受防谍科的例行问话，一切按规矩办。见完关永山，再去宽仁医院让小晚全面检查一下身体，再回家休整几天。陈山说不用了，在上海养了三个月，伤都好了，明天他就来上班。

"让小晚检查完了再说。"

"真的不用了。"

"听我的！"费正鹏仍坚持着，"给小晚一个惊喜！"

"好。"陈山笑了笑。

陈山去见关永山之前，关永山就知道肖正国回来了。他的秘书小董打开手中的文件夹，问他周海潮的这份委任文件还发不发。关永山接过文件，沉吟着，肖正国……既然回来了，这事只能先放一放了。他抬起头，让小董把周海潮叫来，但是小董说周海潮今天下午有事请了假。关永山便皱起了眉，怒骂周海潮。

"战时他哪有那么多鸡零狗碎的事请假！他命中注定当不了科长，谁也别怪！"

陈山把自己过去三个月的经历又给关永山复述了一遍。关永山起身来到他面前，语重心长地说："正国啊，能完成任务，平安归来就好。你知道这三个月，我时常对小董提起，我说正国不回来，我这当老大的，一颗心落不下啊。"

"对对，处座经常念叨，"小董利索地接话，"说肖科长刚上任就出任务，要是有个三长两短……"

陈山目不斜视，啪地立正："谢处座关心。所幸正国不辱使命。请处座按规定对属下进行例行甄别。"

关永山拍拍陈山的肩："嗯，规矩就是个照妖镜，是人就不用怕它，照一照嘛，大家安心。"

陈山敬礼："是，处座。那我现在就去防谍科录口供。"

关永山面带笑容地说："去吧。"陈山离去后，关永山的笑容就逐渐收了起来。他转身叮嘱小董，跟防谍科知会一声，务必认真查一查肖正国。三个月能发生的事太多了，带枪伤还能全身而退，谁知道这中间发生了什么？现在最应提防的，就是日谍。

在防谍科录完口供以后，陈山坐着费正鹏的专属吉普车去了宽仁医院。吉普车走后，陈山望了一眼门诊楼。他有些忐忑，又打开怀表看了一眼余小晚的照片，才硬着头皮走了进去。

也是在此刻，一名叫小邱的军统特工向费正鹏递上了他刚刚在防谍科做的陈述。防谍科已经联络了军统上海区，让他们查实一切。小邱怀疑，关处这动静整得那么大，可能是因为肖科长是他费正鹏的人，所以特意想抓他的小辫子。身正不怕影子斜，费正鹏让小邱也去一趟上海，秘密查证一下肖正国这三个月来的行踪，尤其要查明那个叫秦沛然的的底细。越是自己人，越要确保他的清白。

在医院走廊，陈山把皮箱从左手换到右手，又从右手换到左手，内心忐忑。他听到一位胖胖的护士小白在他身后喊了一声："余医生，二病区十三床的病人家属想见你。"接着他又听到了一个女医生的回应："知道了，我这就过去。"

余小晚。

陈山紧张地站住，呆了一会儿才转过身去。当他看到那位女医生的脸时，才发现她并不是余小晚。陈山莫名地松了口气。这时，一阵喧哗声自医院大厅传来。

陈山扭头望去，只见两名护士推着一辆平板车冲过来，车轮滚滚，脚步凌乱。车上躺着一名人事不省的病人。疾行的平板车上，一名身穿白大褂的女医生正跪在伤者身上，为其做着心脏按压急救。那才是余小晚。

疾行的平板车带起的风吹拂着余小晚两鬓的碎发，让她看起来有一种别样的美。她一边做着心脏按压，一边喊着："让开，全都给我让开！"

胖胖的护士小白迎了上去，余小晚让她准备氧气，直接送二号手术室："马上通知陈医生来二号手术室帮忙。"

护士小白跑开了，似乎只一会儿工夫，平板车就已经冲到了陈山面前。陈山看到余小晚，张了张嘴，想着要怎么跟她打招呼，而余小晚也看到了他，眼中闪过一丝诧异。

陈山站在通道上，眼看挡住了平板车前行的道路。余小晚大喝一声："让开！别挡道！"同时，她伸出一条腿，一脚将已经闪身躲避的陈山踹开。

陈山被踹到了走廊墙角，而平板车载着余小晚已经风一般地向手术室而去。护士推开手术室的大门，车入内，手术室的大门即将合上之际，余小晚回头对陈山喊了一句："你给我在这里等着！"

余小晚的身影消失在合上的门后。陈山低头一看，衣襟上留下了余小晚的脚印，不由皱了皱眉，轻声自语："肖正国你还真不容易。"他拍了拍脚印，看了看表，下午3点了。

他在走廊上的一条凳子上坐了下来。一会儿，小白带着一名医生匆匆过来，进了手术室。

余小晚一直没有出来。4点40分的时候，陈山揉着胃出了医院大门，他显然有些饿了。医院对面有家陈麻花店，他便往那里走去。

这时，一名身穿长衫，样貌普通的中年眼镜男子出现在了医院门口。男子拿下头上戴着的帽子，并将自己的围巾放在了帽子里，用左手端着。而一辆黄包车和陈山擦肩而过，也在医院门口停了下来。乘客从黄包车上下来，他的手上用手指头钩着一块用牛皮纸包着的丝绸。是周海潮。他拿着丝绸，一脸喜气地进入了医院。

5

　　一辆两轮六座马车停在了医院附近的街口。张离从马车上下来,马车又载着其余客人继续向前驶去。

　　张离身穿米色风衣,脚穿黑皮鞋,头戴宽檐帽。她压低帽檐,挡住自己的大半张脸,向宽仁医院门口走去。她戴着一对珍珠耳环,仪态端庄,气质优雅。远远地,她看到了医院门口那个把帽子和围巾都拿在手中的眼镜男子。她手上拿着一份《世界知识》,报头醒目地显露在外。

　　眼镜男子也看到了张离和她手中的报纸,两人有一瞬的眼神交流。张离的步伐没有任何变化,平稳地向他走去。她的手下意识地按着身上的背包。背包内有一个袖珍胶卷。

　　而此时,陈山正吃着麻花向医院门口走去。注意到眼镜男子时,他本能敏感地多看了一眼。就在此时,忽然有数名军统特务向眼镜男子靠近,其中一人把手搭在了他的肩上。

　　张离看到这一幕后,又多走了几步。她在一间文具店门口停下,装作看店内柜台上毛笔信笺的模样。

　　眼镜男子问:"你是什么人?"

　　那名特务出示了军统工作证,他的腔调忽然变得严肃并具有杀气:"证件拿出来!"

　　陈山咬着麻花,不禁在数米外站住,看着这一幕。

　　眼镜男子不再吭声,伸手掏证件。忽然,他将帽子和围巾扔在军统特务脸上,并将他推开,迅速掏出了枪。

　　另外两名离得稍远的特务立刻掏枪向眼镜男子射击。眼镜男子一边朝陈山那边跑,一边开枪回击。街上的行人混乱地奔跑起来。张离回头看了一眼眼镜男子,平静地放下手中的毛笔,转身离去。她的脚步略微加快,却并无慌张之态。陈山眼角的余光扫到张离的背影,恰好看到她仿佛随意地将手中的报纸丢进垃圾桶的动作,立刻察觉她或许就是前来与眼镜男子接头的人。

　　"他还有同伙!往那边追!"一名特务喊。另一名特务便跑向奔逃的人群,向张离追去。张离的余光瞄到追来的特务,不禁加快了脚步。

　　另外两名军统特务仍在与眼镜男子枪战。眼镜男子跑至陈山身边时,迎面又看到两名军统特务包抄上来。明白自己已被包围,他便停下了脚步,回头看了众特务一眼,忽然决然地一笑,竟将枪口塞进了自己的口腔。

　　砰的一声枪响,站在附近的陈山来不及躲避,被眼镜男子的鲜血溅了一脸,麻花上也满是鲜血。陈山不禁愕然。

　　军统特务们上前查看眼镜男子的尸体,感叹着共谍还真是一个个都不要命。其中一人注意到了始终站在一旁的陈山,质问他是什么人。陈山愣愣地看着眼镜男子的尸体,没回过神来。

"问你话呢!"军统特务喊道。

陈山从上衣口袋里掏出肖正国的工作证给军统特务,军统特务一看证件上写着第二处侦防科,赶紧向陈山敬了个礼:"我们是第三处行动科的。"

陈山并不理会他。他看到追向张离的军统特务的身影跑进了一条巷子,下意识地向军统特务追去。

刚才来自身后的那声枪响,张离显然听到了。她的脸上现出了悲痛的神色,但她不能停下脚步。她奔跑在巷中,那名军统特务紧追不放。"站住!再不站住我就开枪了!"他朝张离大喊。张离只得站住。

军统特务持枪上前,盯着张离,问:"你跑什么?"

张离不说话,她低头看着地面,那里有一块凸起一角的青砖。

"把手举起来。"军统特务说。

张离并不转身,默默举起了双手,背包仍然搭在她的左肩。

军统特务走到张离身后,一手搭上了她的肩膀,想取下背包。张离忽然扣住他的手腕,以一个无比利落的背摔姿势将特务摔翻在地。她左肩的背包滑落并随着她的动作甩了出去,待她站定之时,背包仍然稳稳地挂在她的臂弯。

军统特务落地之时,后脑正好磕到地面上那块凸起一角的青砖上,顿时晕了过去,枪也跌出老远。但张离大幅度动作时,她的风衣下摆被旁边堆放着的竹竿尖钩住撕开了。她没有察觉,已经来到巷口的陈山却看到了。看到背对着他的张离重新把背包背上左肩,镇定自若地离去,陈山似乎松了口气。

走出手术室的时候,余小晚有些疲惫。她吩咐小白送病人去病房,一会儿再把手术报告交给接班的庄医生。小白说:"你家肖科长回来了,你见着了吧?"余小晚说见着了一眼。小白说看他在外边等半天了。

余小晚在走廊上扫视了一眼,没看到陈山,却看见了匆匆过来的周海潮:"你怎么这个点来了?"

小白有些兴奋地叫了声"周副科长",周海潮对她点了下头,立刻将手中的丝绸递给余小晚。这是他托华华公司的张经理预留的,是余小晚喜欢的湖蓝色。

"这批新到的湖州丝绸俏得不得了,不认识华华公司的人,根本就买不到。"周海潮殷勤地说,"你看,这盒骆驼油护肤品,也是张经理送的。"

余小晚说:"张经理是你爹?"

周海潮愣了一下:"不是,是朋友。"

余小晚不客气地接过:"刚好做条裙子,谢啦。"

小白说:"周副科长,肖科长他……"

小白话没说完,两名推着病人从手术室出来的护士就让她去搭把手。小白略显委屈地说:"周副科长再见。下次教我跳那个慢三步啊。"

看着推着病人远去的小白的背影,余小晚说:"我们小白好像对你有意思啊。"

周海潮说:"在我眼里,世界上只有一个女人,你懂的。"

余小晚笑了一下,周海潮继续说:"小晚,你今天晚上……"

余小晚并没听周海潮说话,她的目光在医院走廊上搜索着,小声嘀咕着:"就这么走了?胆子够大的,行啊,那你就慢慢等着吧。"

"小晚,你说什么?"周海潮问。

余小晚略一沉吟:"想请我吃饭吗?"

"我就是想请你吃饭。"周海潮满脸兴奋,"你看啊,我已经订了麦利西餐馆的位子,一会儿我们先去那儿吃个饭,然后呢,再去军人俱乐部跳舞。"

"那你等我一会儿,我去换衣服。"

眼镜男子的尸体和围堵他的特务都已消失不见,只留下一摊鲜血。街头的人们行走如常,只有附近店铺的目击者们还指着那摊鲜血议论纷纷。

已经换好了洋装的余小晚和周海潮从医院走了出来。余小晚问周海潮刚才有没有听到枪声,周海潮不以为意地说:"有啊。这年头哪天要没有枪声,那才奇怪了。"

两人上了一辆驶来的马车。马车离去后,陈山有些茫然地走了回来。他看着那摊鲜血,觉得心惊。

进医院后,小白告诉他,余小晚已经走了。陈山愣愣地走到走廊角落,在一张椅子上坐了下来。他的脸上还沾着眼镜男子的血,他还有点回不过神来。

第四章

1

　　陈山拎起皮箱走在重庆黄昏的街头，他脸上的血迹已经清洗掉了。走在高低起伏不平的街道，陈山的目光不时扫过街头的标志性建筑物，与他刻在脑海中那幅地图一一融合。他走过一条巷道，看到一众男子躺在路边的竹躺椅上。椅前摆着茶几。茶客们吸烟吃茶聊天，那是重庆特有的茶馆。

　　日头西斜。陈山差不多走遍了肖正国家附近的主要街道，记住了附近主要的小吃店、杂货店甚至公共厕所。这个在脑海中描绘过无数次的城市在他的脚下一步步变得立体，并充满了生机。陈山忽然觉得这个城市一点也不陌生，很多场景仿佛在梦中见过。他开始相信命运，也许命中注定他要来这里寻找这种熟悉的气息，注定他要变成肖正国，并在这里孤军奋战。身为"日谍"，刚刚那个自杀成仁的"共谍"的结局，或许也是日后某一天他必须面对的下场。他忽然无限想念同样在这座城市的妹妹陈夏，还有远在上海的父亲和好兄弟们。

　　如果他具有一双可以无限透视的眼睛，那么此刻他就可以看到以下画面：陈夏正坐在一幢挨着河道的小楼的房间内。她坐在窗前的桌子旁，有风吹拂着她的长发。荒木惟在门外看着她，眼神很温和。而在上海宝珠弄，陈金旺正在专心地吃一大碗大壶春的生煎，吃得满嘴是油。那只陈夏留下的亚美公司生产的收音机陪着他，收音机里正放着江淮戏《秦香莲》。陈金旺一边吃生煎，一边跟着戏曲的节奏摇头晃脑。菜刀正在帮陈金旺生煤炉，宋大皮鞋光着脚踩着陈金旺的一大盆脏衣服。两人因为什么事拌起了嘴，宋大皮鞋随手拎起自己的鞋向菜刀掷去，菜刀狼狈躲闪，跺脚叫骂。

　　陈山走在重庆的街头。远处，巨大的红灯笼升上了一处高大的建筑，这意味着又有轰炸了。这时，短促的警报声从遥远的城内传了过来，一会儿传来的还有一些零落的爆炸声。身边的行人骚动起来，脚步变得匆忙，瞬间就消失了。一场黄昏的轰炸，开始降临重庆。陈山抽了抽鼻子，闻到了火药的气息。

　　他大步而从容地向前走去。来到肖正国和余小晚门口时，他手中除了行李箱，还有一瓶比利时的樱桃牌啤酒。他转头看了看，表示警报解除的绿灯笼在一片雾气中挂了出来。

　　肖正国家内一片漆黑，陈山敲了敲门，无人应声。他走到窗边，观察了一下窗户，发现插销并未插牢。他打开箱子，取出一把折叠刀，插入窗框间的缝隙，撬动了两下，窗户的插销便松了。他拉开窗户，提着箱子翻身入屋。

此刻，军人俱乐部里正放着舞曲《一步之遥》。身穿舞裙的余小晚正与周海潮在舞池中不停地旋转。在战火蔓延的这座城市中，歌舞升平仍然与火药气息并存。余小晚容貌甜美身材姣好，与长腿英俊的周海潮共舞，俨然是舞池中最引人注目的一对，几乎所有男人的目光都忍不住在她身上停留。余小晚春风满面地对周海潮说："这么长的腿，你天生就是跳舞的。"周海潮说："不，我是上帝派来陪你跳舞的。"余小晚说："说得跟演戏似的，你不当演员真是可惜了。"

"你别不信，都是真话。"周海潮很认真地看着余小晚的眼睛，"平常我也不爱说话，但一见到你，就有说不完的话。跳舞其实也挺累人，可如果搂着你，我只想这舞曲永远停不下来，就这样一直跳到老，跳到死。"

"换了别的女人，一定会被这迷魂汤酥得骨头都软了。"

"那你呢？"

余小晚笑了："可惜我不是别的女人。"

陈山打开灯，把箱子放在桌边地上。他提着樱桃牌啤酒，走动着打量屋内的摆设。客厅内有沙发和餐桌，除了厨房和卫生间，只有一个卧室。而卧室的边柜上，放着一叠军用被褥和垫被、枕头。陈山摸了一下那床垫被，若有所思。卧室书桌上，有个相框倒扣在桌上，陈山拿起那个相框，发现相框里是肖正国和余小晚的结婚合影。照片上肖正国一脸憨笑，余小晚却神色冷淡。

肖正国，看来人家是勉强嫁给你呀，陈山嘀咕。他重新把相框倒扣在桌上，喝了一口啤酒，因为资料上说，肖正国爱喝樱桃牌啤酒。结果陈山被酸得龇牙咧嘴，他觉得，喝这个不如直接喝醋。

陈山把啤酒瓶随手放在桌上，一转身，便看到墙上已故的余顺年及妻子庄秋水的两张遗照。陈山想了想，下意识地对着余顺年和庄秋水拜了拜："两位前辈，小婿从上海来，人生地不熟，从今往后，请多关照。"

周海潮和余小晚也坐在一起喝酒。周海潮的目光像糖一样粘在余小晚的脸上。余小晚的目光瞟向别处，说："我脸上有花吗？"周海潮说："你一天不答应跟我，我就这么一直盯着你，我盯死你。"

余小晚似笑非笑："你就不怕肖正国揍你？"

周海潮说："那他也得有本事回来揍我。他失踪这段时间里，你照样出来喝酒跳舞，我就知道，你心里从来没有过他。"

余小晚不屑地说："不喝酒跳舞？难道要我天天哭？哭就能把他哭回来？"

"够洒脱，够明白，我喜欢。"周海潮举起了杯。

余小晚咯咯地笑了："干！"

周海潮放下杯子，别有深意地看着余小晚："再喝我该醉倒了，那样谁送你回家呀？"

余小晚白了他一眼："我劝你别送，否则只怕会挨揍。"

"走！"余小晚放下酒杯就往外走。

第二处党政科的乔瑜和老魏也在俱乐部喝酒，他们看到周海潮正追着余小晚向外走去。老魏说："这周海潮对肖正国的老婆还真够明目张胆的，他还不知道肖正国回来了吧。"乔瑜冷笑说："等着看好戏吧，除非肖正国就是个尿包。"两人对视一眼，有些猥琐地笑了。

余小晚的高跟鞋踩在夜晚的街头，她已经微微有了些醉意，不时发出阵阵笑声。周海潮扶着她的手臂陪她一路走来，他们已经走到了余小晚家门口的马路上。周海潮说："过几天，咱们去心心咖啡馆吃咖喱鸡饭，听说孔二小姐每次去那儿，就喜欢点这鸡饭。"余小晚笑着说："再说吧，看我到时候有没有心情。"

坐在余小晚家门口的陈山远远看见了余小晚和周海潮。他本想站起，犹豫了一下，还是坐着没动，举起啤酒瓶灌了一口酒，凝神听着两人的对话。

周海潮说："你就折磨我吧。"

余小晚说："周海潮，话可得说清楚，我怎么折磨你了？"

"小晚，你可别把我当成那些逗你玩的登徒子，我可是有诚意的。这么告诉你吧，肖正国拥有的一切，我都会有的。明天处里就会公布我的升职令，以后我就是科长了。我会继续让你做科长夫人。"话音刚落，周海潮就听到一个声音冷不丁在身后响起：

"姓周的，在我跟前明目张胆地惦记我老婆，是不是想挨揍？"

周海潮吓了一跳，一转身，看到了不知何时站在自己身后的陈山。他提着一瓶樱桃牌啤酒，正喝着。周海潮脸上露出仿佛见鬼的神情："肖正国？"

余小晚晕乎乎地回头看了陈山一眼，却并不感意外。她甚至又似笑非笑地看了周海潮一眼。

周海潮一眼瞟见了陈山颈上的伤痕。那是他打的，他本想打肖正国的后脑，但是打偏了。他还清晰地记得，肖正国栽倒在地以后，他的眼睛并没有闭合。所以，周海潮非常慌张。他勉力挤出一个笑容，磕磕绊绊地说："肖科长，你……你怎么回来了？"

陈山冷冷地盯着周海潮还扶着余小晚的手："你是希望我回不来？"

周海潮一脸尴尬，赶紧放开了余小晚："不是，你去了上海之后这么久没消息，大家都以为你凶多吉少。小晚，"周海潮朝向余小晚，"你是不是知道肖科长回来了？"

"不是告诉过你，小心挨揍吗？"余小晚似笑非笑地说。

周海潮满脸尴尬。陈山不理会周海潮，他看着余小晚问："你明知道我回来了，为什么还这么晚回家？"

余小晚反问:"我让你在走廊上等着,你跑哪儿去了?"

"我就走开了一会儿……"

余小晚却好像并不在意陈山的答案,自顾自向自家方向走去,不回头地说:"我让你走开了吗?"

原地只留下周海潮独自尴尬。他说:"抱歉,我真的不知道你回来了,刚才的话你别放在心上。"陈山喝了一口啤酒,盯着周海潮说:"以后这种话,如果不是铁板钉钉,我劝你还是放在肚子里。这些天谢谢你关照我家小晚。以后,咱们自己的事自己来。"

"都是自己人。"周海潮特意在语气里加上责无旁贷的意味。

陈山笑了:"自己人可不会挖墙脚。"周海潮不敢再看陈山的眼睛。陈山不再理他,拎着啤酒瓶转身回家。余小晚打开门点亮了灯,他就跟了进来。余小晚看到了地上的箱子,说:"本事不小啊,跟个贼似的,这都进过屋了。"陈山说:"我要是连进门的本事也没有,还不得真被周海潮挖了墙脚啊。"余小晚冷冷地说:"你们要挖墙拆房子都跟我没关系,但你最好别忘了当初的规矩,咱们开着门叫一家人,关了门可就不是了。"她看也没看陈山一眼,转身走进卧室,随即就合上了门。

陈山想了想,也走进了卧室。余小晚刚换上素净的睡衣,正在铺被子。她说:"你怎么进来了?"陈山看到卧室床上只有一个枕头,枕头还是放在床的正中,并没有让出半边给他的意思。陈山看了一眼柜子上的军被,晃荡着走到床边,靠在床沿上坐下来。

"我不在重庆的这段时间,你活得挺滋润的。"

余小晚凌厉的目光向陈山扫了过来:"你干什么?你把我被子坐脏了。"

"脏了洗啊。"

"说好的井水不犯河水,老规矩,回你自己的地盘。"

陈山终于把目光定在了那床军被和垫被上,起身下地,缓步离开:"火药味够浓的啊。总有一天我会灭了你的火药味。"

余小晚愣了一下,让他站住。陈山说:"想打架?"余小晚说:"你和以前不一样了。"

"怎么不一样?"陈山略怔了一下,无所谓地问。

"以前……没得这么硬气。"

陈山笑了:"这算什么,以后会硬气得让你不敢相信。"他走到柜子边,搬下垫被在地上铺起来。余小晚瞪了陈山的背影一眼,莫名有些恼怒,转身去了卫生间。陈山听着卫生间传来余小晚洗漱刷牙的声音,专心打地铺。

在见到肖正国妻子余小晚之前,他的内心充满了忐忑。荒木惟说过,在余小晚面前任何欲盖弥彰的行动,都会要了他的命。但他明白,要在曾经见过肖正国的人面前完全变成另一个人,这简直是不可能完成的任务。与其勉强伪装,倒不如创造一个全新的肖正国,毕竟余小晚与肖正国不过新婚一天即分开,看起来,余小晚也并不喜欢肖正国。从今晚的初次交锋来看，他感觉似乎暂时赢得了主动。

2

周海潮来到关永山的办公室，将一个锦盒放在了关永山的桌上。他说："刚好一位朋友去宜兴，碰巧替我收罗到了这只邵友兰所制的紫砂壶，还请处座鉴赏。"关永山把玩着紫砂壶，爱不释手，感叹着这可遇不可求的宝贝。周海潮说："那也得您这样的行家，才识得它的好。"

关永山问这壶多少钱收来的，他想买过来。周海潮笑笑，说："处座说这话就见外了，他也不懂得这些风雅的东西，这样的宝贝要是落他手上可就糟蹋了。"

"那我就先替你养着。"关永山很高兴，"这好壶啊，还得养。"

"是是是。处座您费心了。"周海潮连连点头。关永山高兴地欣赏着紫砂壶，拿过茶叶和开水，用此壶泡茶。

周海潮沉吟着："处座啊，我这委任文件听说都已经打印出来了，就这么说算就算了？"

关永山说："肖正国既然回来了，按规矩，这坑就还是他的。"

周海潮还是不甘心："可他的身份甄别报告不是也还没出来吗？谁知道这几个月他都干什么去了？万一他叛变了……"

"万一他叛变了，你觉得咱们这么多人盯着他，他的狐狸尾巴能藏得住吗？"关永山用茶水浇淋着紫砂茶壶的壶身，"他要真有那个本事，那就是咱们党国无人了。"

周海潮无奈地感叹肖正国早不回晚不回，为什么偏偏这个时候回来。关永山说："时也，运也，命也，你的时候还未到，还年轻，不急，啊。"

"是，处座。"周海潮说，"我一切都听您的，您要往东指一下，我绝不往西。"

"还有啊，听说你最近跟肖正国老婆走得挺近。"

周海潮尴尬否认，说就是有时候在俱乐部跟她跳个舞，纯属友谊。

"友谊？这世界上男女之间有友谊吗？我呢就是提醒你一声，人家既然回来了，你也要注意点分寸。"

关永山端起紫砂壶把玩着，壶身透出微润的光泽："要想升得快，还得学会夹着尾巴做人，就像这壶，要漂亮，就得花工夫养，急不得。"

"海潮谨遵处座教诲。"周海潮连连点头。

陈山去费正鹏办公室的路上，迎面看见一个怀抱一堆文件的女子正从走廊的另一头向他走来。她穿着一件风衣，略低着头，目光望着地面，似乎在想着什么。她行走如风，气质如莲，及肩的直发温柔地垂下来遮住了右侧的脸。陈山立刻认出了她。她叫张离。

陈山在费正鹏办公室门口站住，就这样远远地望着张离。资料中张离的照片上，头发比现在要更短。还有一些文字信息：二十八岁，上海人，军统第二处中共科科员，余小晚的闺密。陈山就么望着张离一步步走到自己面前，他几乎是在一瞬间喜欢上了张离的头发。

这时，张离看到了陈山，脸上顿时露出了惊诧的表情。陈山知道张离应该是认出了他，就叫了她一声。

张离恢复了淡然的神色："正国你回来了？我已经听说了。"

"你的头发……比三个月前长了。"

张离笑了笑："我来给费处送文件。"正说着，她手上大堆文件中最上面的一份忽然滑落。陈山下意识地伸出左手欲接文件夹，但没接住。文件夹掉在地上，里面的文件飘落出来掉了一地。张离弯下腰去捡，陈山瞥见有两份文件的标题分别是《限制异党活动办法》和《共党问题处置办法》。张离的目光迅速扫过第二份文件，上面有一个名字：马向山。陈山敏锐的目光同样没有放过这个细节。

重新放进文件夹夹好后，张离站起身来："小晚都差点以为你真的牺牲了。"

陈山笑了："你老家大上海的风光太好，让我乐不思蜀。总有一天我要住到上海去。"

张离说："你喜欢上海？"

陈山点了点头："待了三个月，就喜欢上了那里的生煎。有家叫大壶春的，特别好吃。"

"我也有好些年没吃到正宗的上海生煎了。你是要去见费处吧？"

陈山点头。

"那一起吧。"

陈山让到一旁，让张离走到自己前面。突然，他看到张离风衣的下摆，有一个极小的破洞。

此刻走在他前面的张离，很可能就是昨天被军统特务追到巷子里的那个女子。

陈山平息着内心的惊讶，他跟着张离往前走，最终决定开口："张离，你风衣的下摆破了一个小洞。"

张离停下，掀起风衣下摆看了一眼，神色自若："前两天在家里清理杂物的时候不小心被钉子钩破的，正打算今天下班去裁缝店补。"

陈山笑了笑，没说话。两人来到费正鹏的办公室。费正鹏接过张离递来的文件夹，翻开看着，签下了"已阅"和他的名字。然后他将文件放进文件夹中，安排张离交到档案室存档。张离对陈山点了点头，离去。陈山一直目送她的身影消失在关上的房门后。

费正鹏说："说什么国共合作共同抗日，还不是各自打着小算盘，表面一团和气，底下明刀暗枪的谁也没闲着。委员长下达的指令，防共谍比防日谍还卖力。"

陈山想到了刚才张离掉落在地的文件，以及自己目光扫过的第二份文件上的那个名字马向山。费正鹏让陈山先休整休整，再安排具体工作，接着又问陈山昨晚怎么样，小晚见到他一定很高兴吧。陈山笑了笑，说："我看还是惊吓比较多。"费正鹏笑了两声，说："小别胜新婚。"

"她就是爱耍小性子，当初你岳父执意定下你们婚事的时候，她闹得多凶？要不是顺年忽然意外过世，她为了完成父亲的遗愿才答应嫁给你，你也未必娶得了她。"

陈山点点头："我明白，我会包容她的。"

"那就好。这没爹没妈的孩子，咱们要再不疼爱她，谁疼她呀？"

陈山拿着报纸走进自己的办公室，一名手下正背对着他，帮他擦桌子。陈山看着那人的背影回想，肖正国手下有两人，一个叫齐云，一个叫李龙，但资料中都没有照片。所以他不知他究竟是哪一个。他故意看着报纸装作没抬头的样子，叫了声"齐云"。对方抬起身，说："肖科长，齐云打开水去了。"

"哦，好，"陈山抬起头，"李龙啊。"对方答应着，陈山便安排他去档案室借阅自己不在的这段日子里处里的主要文件和会议纪要。李龙刚走，另一个男子提着一把热水壶进了办公室。看到陈山，他高兴地说："肖科长您可回来啦。今天中午您想吃什么，一会儿我给您去买。"

陈山眨了眨眼，说："齐云啊，你看着办就行。"

"这哪行？"齐云说。

陈山放了心，没叫错。

"我只知道您不爱吃辣，可重庆不辣的菜太少了，不如您直接告诉我您想吃什么。"

陈山脑中快速回想自己一路走去看到过的店铺招牌，他记住了几家饭店招牌，鼎生记，味真鲜，吉祥饭店。他说："那你去吉祥饭店看看，点几个招牌菜，今天我请大家吃饭。"

"吉祥饭店那是上海菜呀。"齐云说，"您现在改口味了？"

"在上海待了这几个月，也慢慢习惯了。"

"好，那我去订位子。"

3

张离提着一个保温桶，挽着一个小包走出了办公楼。她来到一条僻静的街道，在一个邮筒旁停下来，对着旁边商店的玻璃打量了一下自己的衣着妆容，整了整头发。事实上她是自玻璃中观察着过往行人。确定无人注意自己之后，她从小包里取出一封信丢入了邮筒。

那封信是她给联络员的情报，内容是：昨日接头失败，眼镜同志牺牲，文件未能送出。另，被捕的马向山同志后天将被处决，是否需要营救请指示。蒲公英。

接着她继续向前走去，走到一家小吃摊旁，要了一碗小面打包。

此时，在肖正国的办公室，李伯钧正和陈山坐着喝茶。他嘱咐陈山可得提防着点周海潮："他不光对你的位子感兴趣，对你的太太也感兴趣。"

陈山翻着报纸，不以为意："那他也得有这个本事。"

李伯钧问："你忘了你岳父以前跟你说的话了？"

陈山内心不由得一阵紧张，说："我岳父和我说过的话多了，你指的是哪一句？"

李伯钧有些起疑。陈山不敢直视李伯钧，转身把手中的报纸扔到了桌上。李伯钧提示着："他告诉过你，要你怎么治余小晚。"

陈山心中暗暗叫苦，而李伯钧还在等他的回话。幸好，桌上的电话在这时响了起来。陈山如遇救兵般地接起了电话。

"喂……我是肖正国……好的，我马上过来。"李伯钧听着陈山讲电话，脸上的疑惑更深了。

"老费找我有事。"陈山放下电话，转身对李伯钧说。

李伯钧说："那你先忙。"

"小晚的事我能处理好，你不用担心。谢谢你。"说完，陈山和李伯钧一起走出了办公室。在走廊，陈山让李伯钧中午去吉祥饭店和他一起吃饭，然后就独自向费正鹏办公室走去。转过身之后，他稍微长出了一口气。他看不到身后的李伯钧此刻望着自己背影时那一脸疑惑的表情。

"奇怪啊。"李伯钧喃喃自语。而周海潮此时从后面走上来，在他身边站定，问什么奇怪。李伯钧愣了一下，见是周海潮，立刻警觉地说没什么。说罢，他便离去，留下周海潮意味深长地望着自己的背影。之后，周海潮回到了自己的办公室，想了一会儿，他给洪京军打了个电话，让他过来一趟："别让别人看见。"

洪京军走进周海潮办公室后，轻轻地关上了房门。此时，李龙和齐云正在走廊里招呼其他军统特工去吉祥饭店吃饭，周海潮听着，一脸不悦地冷笑了一声。一个月之前他就在吉祥饭店订了位子，预备举行升职宴。洪京军感叹肖正国回来得不是时候，觉得周海潮差了点儿运气。周海潮说："他得意不了太久的。"

洪京军忽然压低了声音，笑容猥琐，说："那他老婆，你摆平了吗？"

"摆平她还不容易？"周海潮说得云淡风轻，"我也就是喜欢慢慢吊着她，逗她玩。"

洪京军更加猥琐地笑了。

"你得替我打听点事。"周海潮眼神认真起来，"我总觉得这个肖正国和从前有点不一样。"

"你是说他的声音？声音确实好像换了个人似的，可人家不是说了，子弹打在脖子上伤了声带，这也不奇怪。"

周海潮不以为然地摇头。他跟肖正国去上海出任务，一路同行了好多天，他觉得肖正国和那时不一样了，不光是声音，他的眼神、语气、腔调，还有很多说不清的东西。

洪京军并没觉出来，他就在肖正国来这儿报到那天见过他一面。而尽管周海潮和肖正国同行多天，但肖正国话很少，所以他对肖正国的了解也很有限。而周海潮知道，李伯钧和肖正国在国民革命军第八十八师的时候就在一起，两人彼此知根知底。所以，他向洪京军问起了李伯钧。

"你们处的李伯钧是他最好的朋友，他跟你是同乡吧？"

洪京军点点头："他也是泸州的，有时候找我喝两杯。"说完，洪京军觉察出了周海潮的意思，"你是说，要是肖正国有什么问题，咱们可能看不出来，但李伯钧能看出来？"

周海潮点头："而且我觉得，李伯钧已经看出来了。"

下班之后，张离来到了余小晚家。她亲手给余小晚戴上了一条珍珠项链，余小晚爱不释手地摸着圆润的珍珠，望着梳妆镜中的自己，双眼满是光彩。张离看着镜中的余小晚说："好看。"

余小晚想起了她干爹费正鹏说过的话。他说当初他第一次看到她娘弹琵琶的时候，她穿着青色的旗袍，戴着一串珍珠项链，珠子衬着人，人又比珠子更温润，那真是她最美的样子。从那时候起，余小晚就想，要是有一天她也能有这样一条项链就好了，她也要像她娘一样美。

张离说："你都已经是跳舞皇后啦，再美下去，别的姑娘哪还有活路？"余小晚笑笑说："放心，给你的活路我还是留着的。"张离说："哎呀真得谢谢你，忽然觉得我这半串珠子的钱出得太值了。"说完，两人就搂着大笑了一会儿。

然后，余小晚拍拍张离的手臂，看着镜中张离的脸，说："说真的，你也给自己留条活路，该相亲就去相亲，别老等着那个三年也没个音讯的男人了。"

张离略一黯然，随即神色如常："那好啊，我就等你参加舞会的时候去相亲，项链归我，你不许跟我抢。"

"那你还是等他吧，没准哪天他就像肖正国一样，满以为他死了，结果又从地底下冒出来了。"

开门声响了起来，陈山提着公文包走进了客厅。余小晚从卧室出来，说了声"回来啦。"陈山注意到了她项上的珍珠项链，说："你今天回来得挺早啊。"接着他看到张离也走出了卧室，对他点了点头。

余小晚仿佛随意地抚弄了一下项链，说："你还发什么呆呀？去杀鱼！"

陈山明白了，肖正国一定会做菜。他懒洋洋地放下包，走向厨房。张离也进了厨房，帮忙洗菜。余小晚在沙发上坐下来，抄起《良友》杂志，毫不客气地说："顺便帮我削个苹果。"

陈山从菜篮子里找到鱼，又在厨房环视一圈找到剪刀，开始杀鱼。鱼儿蹦跳，鳞片飞到了他的衣襟上。张离看了一会儿陈山的背影，从门后取下一条围裙："杀鱼怎么能不穿围裙呢？这可不像你的风格。"

  这让陈山意识到，肖正国可能是一个谨小慎微的人。但他没有回头，也没有接围裙："杀人的时候都不穿围裙，杀条鱼而已，不穿也罢。"

  张离拿着围裙的手就那么悬在了半空，想了想，把围裙挂了回去。看着陈山的背影，她的脸上露出了饶有兴致的笑容。

  十分麻利地将一条刚做好的醋鱼出锅后，陈山又用生粉和着肉糜捏成了狮子头。刺啦一声，狮子头下了油锅。张离一直在一旁帮他洗菜和切菜，自然得仿佛他们才是一对夫妻。炸狮子头的间隙，陈山瞟了客厅一眼。余小晚已经吃完苹果，嗑起了瓜子。陈山说："我怎么觉得，她像客人，我们才是主人。""谁让我是她姐。"

  陈山看到张离一低头，及肩的头发又垂下来遮住了她的半边脸，这一低头的温柔忽然又让他莫名心动。

  "听我一句劝啊，你还是把头发留长好看。"

  张离正在洗青菜，听到这话，手上的动作没停，眼神却闪烁了一下。停顿了一会儿她才不抬头地说："那也得有人想看。"陈山给锅里的狮子头翻了个身，说："会有很多人看的。""那也得我有心思想让人看。"陈山歪了下脸，看到张离正对着水盆中的纤长手指发呆："我不需要有人看……以后你少管闲事。"

  陈山笑了笑，不再说话，他伸手从盐罐里舀了一勺盐倒入锅中，接着又将手伸向了糖罐。张离此时恰好洗完菜，她显然注意到了陈山的这个动作。陈山的手在碰到糖罐之前停住，又迅速转向盐罐。他用勺子把盐罐里的盐搅了搅，说这盐都结块了。张离笑笑没说话。

  张离开始切菜，同时想着陈山刚才那个想放糖又忽然掩饰的动作。她觉得，肖正国仿佛本来就有做菜放糖的习惯。而这分明不是北平人肖正国该有的习惯。张离是上海人，对上海人的口味闭上眼睛都能随时想得起来。眼前这个死而复生的肖正国，这个杀鱼不再穿围裙的肖正国，这个做菜忽然风格大变的肖正国，和三年前与余小晚结婚时那个拘谨内向的肖正国截然不同。她的心中一下子打了好多个问号。

  这一晚，陈山做了三道菜：醋鱼、狮子头和炒青菜，摆上桌子，芳香四溢。余小晚的面前还有一杯酒，她尝着陈山做的菜，赞不绝口。她说肖正国，你可以啊，去上海待了几个月，都学会做上海菜了。陈山问她合不合胃口，余小晚说离姐肯定喜欢，她是上海人呀。陈山与张离对视一眼，在此之前，张离就在不动声色地看着他。

  这时灯忽然灭了，是战时应急停电。这让陈山一呆。余小晚埋怨着，让陈山快去点桐油灯。桐油灯放在屋子一角的一只五斗柜上，昨晚进家的时候，他已经记清楚了。在他起身去找桐油灯的时间里，余小晚自顾自和张离聊天，她问张离，父母还有没有催着她去美国。张离说催了这么多年，他们应该也死心了。余小晚说，我可舍不得你走，你要是走了，我该多孤单。张离说你不是有正国吗？余小晚大惊小怪地说，他哪能跟你比？陈山端着点燃的桐油灯来到餐桌旁，借着桐油灯幽黄的灯光,他看到俏丽的余小晚和婉约的张离脸上温柔的光彩,感觉她们美得仿佛画一般。

饭后,余小晚安排陈山送张离回住处。两人相隔半米,步伐偏缓慢地走在重庆潮湿的冬夜里。张离让他早点回去陪余小晚,陈山苦笑了下,说:"她吩咐我务必把你送到家,我觉得我还是照办的好。你知道的,军人以服从命令为天职。"陈山刚说完,张离的背包就忽然从肩头滑落。他下意识地一把接住,当他接住包的时候,才发现自己用的是右手。

陈山用右手把包递给张离,忽然感觉张离的目光格外尖锐,他下意识地回避开。

这是绝不应该出现的疏忽。他曾努力让自己和肖正国一样,也变成左撇子。荒木惟也曾在他训练的时候忽然偷袭他,那时他下意识地用左手格开。但是刚才,他又变回了自己。荒木惟的话在他耳际回响:"你要记住,到了重庆,你的每一个微小的失误都有可能要了你的命。"陈山惶恐地看了张离一眼,张离目视前方,若有所思。

夜风有些大,张离缩了缩脖子。陈山立刻脱下自己的大衣给她披上。张离没有拒绝,说了声"谢谢"。

"张离,你和小晚感情真好。"陈山说。

"女人之间也有割头换命的情谊。"张离不假思索地说。

"张离……"

张离忽然打断了陈山:"你以前是叫我离姐的。"

陈山一愣:"对对,离姐。你冷……不冷?"

张离平静地看了陈山一眼,陈山却仿佛在她的眼中看出了寒意。

"不冷,你的大衣不是在我身上吗?"

"不冷的话就不要总在脸上结冰,你笑起来更好看。"

"我不需要让人觉得好看。"张离说。

这时,他们已经走到了离局本部宿舍不远处的街口。张离停了下来,把大衣脱还给陈山:"回去吧。前面就是局本部的守卫,附近还有游动哨。给人看到了,半年禁闭。"

"披件大衣也犯罪?"

"戴老板每年'四一大会'都重申的,局本部同事之间谈恋爱,半年禁闭。"

"我们这算谈恋爱?"

"如果人家认定我和你这个有妇之夫不清不楚,我们恐怕连申辩的机会也没有。"张离说罢独自向宿舍走去。陈山重新穿上大衣,目送张离的身影消失在门后。

陈山到家的时候,余小晚已经换上了睡衣。她从卧室走出来,一边啃着苹果一边倚在门框上打量他。陈山问她看什么。余小晚斜着眼笑,说你不会看上我离姐了吧。

"瞎说也不打份草稿。"

"那怎么送个人送那么久，我以为你把离姐送上海去了。"

陈山咧开嘴笑了："那下次你别让我送。"

"什么意思？"

"让周海潮送！"说完，陈山从余小晚的边上侧身而过，进了卧室。余小晚不禁有些发愣，她回头望了陈山一眼："看不出来你原来这么刻薄？"

陈山一边脱大衣一边说："离姐说，你们是割头换命的姐妹。"

"你怎么……也叫她离姐了？"余小晚看着陈山，有些疑惑。

陈山愣了一下，背后爬上一阵寒意。他勉强笑笑："没啥，你姐不就是我姐吗？"他拿着柜上的军被蹲下，开始打地铺。他脸上的笑容渐渐消失了，取而代之的是难掩的恐惧。他起身站到窗前，望向窗外漆黑的夜，咽了口唾沫，然后顺手抓起桌上一瓶比利时的樱桃牌啤酒喝了一口，握着酒瓶的手竟有些颤抖。

换上睡衣后，张离给自己倒了一杯热水喝。陈山脱下自己的大衣给她披上的情景在她脑海里闪现，大衣的重量也一次次触碰她的肩膀。钱时英也曾为她披上外套，她记得自己对他回眸一笑。她喝了一口水，似乎有点怅然。她定了定神，走到书桌边坐下，开始翻阅小说《子夜》。

4

陈山提着公文包走进了办公楼。在走廊上，他不时与路遇的同事点头招呼，目光却瞟向张离的办公室。当他走到张离办公室门口时，看到她正在给窗台上的吊兰浇水。陈山看着她的侧影，却不防她忽然扭过头来，对他笑了笑。

"早。"张离说。

陈山一愣，看不透张离的笑容后面究竟藏着怎样的深意，也只得回以微笑，道一声早，然后径直走向自己的办公室。他不知道，此刻周海潮正在关永山的办公室，向关永山询问防谍科对自己陈述的查证结果。关永山说昨天刚派人去上海查证，需要时间。周海潮问关永山，如果他能找着肖正国的把柄，是不是也管用。关永山回答说，只要证据确凿，党国绝不会放过任何一个叛徒。

"任何事情，要做就要做得漂亮。总之要让大家心服口服。"关永山看着周海潮的眼睛似乎别有深意。

"处座的意思是……？"周海潮问。

关永山打着哈哈："我没啥意思，别多想啊，我就是随口说说。"

齐云进办公室的时候，端着一盆吊兰。那是张离的吊兰，处里就数她最喜欢弄这些花花草草。她刚给吊兰分了盆，让齐云拿一盆给肖正国。陈山故意问，这挺好一姑娘，怎么到现在也不找个人家。齐云说，听说她原来有个相好的，三年没音讯了，但她死心眼，一等就等成了老姑娘。

"这事儿您太太肯定清楚啊,她俩不是好姐妹吗?"

"对,我太太说过。"陈山点头,"我就是觉得张离老这么等着也不是回事儿。"

"就是,何必在一棵树上吊死?其实处里好几个单身汉对她有意思,党政科乔瑜追了她好一阵子,碰了一鼻子灰。"

陈山笑笑,却有点忧心忡忡。齐云帮他整理茶几上的杯子和报纸。陈山走到窗口,看到张离走出了办公楼。他顿时紧张起来,迅速快步走出办公室。

追出一段路,却看不到张离的身影,陈山不由得焦急起来。就在此时,张离的声音在他身后慢条斯理地响起:"你在找什么?"

陈山吓了一跳,回头看到张离正拿着一本新买的《新月》杂志站在他身后。陈山掩饰道,刚才在办公楼门口看到一个熟人往这边来了,所以过来找找。

"哪个熟人?"张离眼神锐利,"你在重庆的熟人我应该都认识,上海的……就不一定了。"

陈山又愣了下,笑得尴尬:"也可能是我看错了。"

"那你要接着找吗?"张离笑了笑。看陈山点头,她说,"那我先走一步。"

转过身前,她的目光仿佛不经意地瞟向了陈山身后墙上的布告栏。那上面有一条给她的嵌字情报:今天中午12点,执行C方案,接收电台。

张离走后,陈山转过身去观察着周围的情形。他注意到了身后的这面布告墙,却未能从布告墙上发现什么。再转身望向张离的背影时,他心中思绪翻涌。他明白,张离一定已经对自己的身份产生了怀疑,但她应该还不想立刻揭发自己,否则今天一早,等待他的或许就是手铐和酷刑。是因为还不能确认自己并不是肖正国,还是另有原因?张离冷静又锐利的目光像一把悬在头顶不知何时会落下的剑,让他不寒而栗。

5

在一间临江的屋子里,陈夏和荒木惟坐在窗前的桌边。荒木惟正在泡玉露茶,给自己和陈夏各倒了一杯。

陈夏把自己听到的一切告诉荒木惟:窗外的江面上应该有四条船,离他们最近的船上,有个孩子正在哭。应该是因为他打碎了碗,所以他的母亲正在责骂他。最远处的船上,有个姑娘在唱歌,她唱的是南津关一过就过了关,三溜子上水是一长潭。

"你总能把你听到的一切描述成一幅画,陈夏,你是个天才。"

"但这又有什么用处?"陈夏淡淡地说。

"用处?"荒木惟说,"那些明目之人对他们看到的一切习以为常,甚至根本不能发现这世界的美丽,他们的眼睛又有什么用处?"

"荒木君,你说的话,和我从前那些朋友说的完全不一样。"

"陈夏，你要相信自己是独特的，而我会让你变得更好。"

"怎么变？"

"让你重新看到这个世界。"

陈夏激动起来："真的可以吗？"

"当然可以，"荒木惟说，"因为跟对人很重要。当然，你们中国人可能做不到，但日本人一定可以办到。"

荒木惟喝了一口茶，告诉陈夏，他们现在喝的茶，叫作玉露茶。它是所有日本茶中最珍贵的一种。每年5月，茶叶开始出新芽的时候，茶农会用竹帘为茶树遮住阳光。这些茶树在最初二十天内长出来的新芽制成的茶叶，就是玉露。陈夏伸手在桌上摸索茶杯，荒木惟右手端起茶杯，左手握着陈夏的手，将茶杯交到她手中。

被荒木惟握住手的瞬间，陈夏只听到自己的心跳忽然加速，忽然就面泛桃红。她有些慌乱地双手握住杯子，赶紧低头喝了一口，生怕被荒木惟看出自己的心乱。荒木惟似乎没发现陈夏的情绪变化，继续跟她说，这种上好的茶叶，不能用滚水泡制，只有用与人体温相仿的温度的水泡制，才能品尝到它最美妙的风味。

"果然很香啊。"陈夏一脸欣喜，"荒木君，你真是有学问。"

"同样的道理，你们中国是一个很好的国家，但只有由日本人治理，它才能更加强大和繁荣。"

"可是你们来了，外面才开始打仗的。"

"如果不是那些愚昧的中国人闭关自守，盲目抵抗，就不会有那么多中国人和日本人白白流血了。"

陈夏似懂非懂地点点头。荒木惟继续说："如果你能看到这个世界，你就会发现，我们来了之后，一切都在变得美好。"

"好想看到啊。"

"任何进步都必须以暂时的痛苦来换取，就好像母亲阵痛过后才会迎来新生命的降生。战争结束的那一天，就是大东亚共荣实现的时候。"

"荒木君，这一定是你向往的事吧？"

"就像你希望重新看到这个世界一样。"

"也许我不能帮你做什么，但我一定会为你日夜祈祷的。"

荒木惟看着陈夏，不由得露出了温和的微笑。他一定要请东京顺天堂医院的竹也医生来给陈夏治眼睛，因为她本身就是一台最精密的电波探测仪，可以训练她帮他监听电台信号。她和陈山一样，天赋异禀，他要做的就是把这样的璞玉打磨出光泽，让他们为他所用。

张离拿起电话，打给余小晚。她的桌下放着一只行李箱。她想中午约余小晚吃饭，下午去较场口看刘营长的遗孤。余小晚问是不是慈幼堂孤儿院那个叫小豆子的，张离说是。她们把吃饭地点定在了较场口的心心咖啡馆。然后，张离听到了李龙跟陈山说话的声音。她意识到陈山或许听到了自己与余小晚电话的内容。

陈山确实听到了张离打电话的声音，他听到张离说了声12点见。这时，李龙走了过来，告诉他费处在找他。陈山走进费正鹏的办公室，费正鹏交给了他一个处决文件。被处决的人是共党马向山，费正鹏让他秘密完成。陈山接过文件看了一眼，说："老费，共党也是中国人，这人宁死不招，也算是条汉子，干吗就非得杀了，把他关起来则让他坏事不就完了？"

费正鹏诧异地看了陈山一眼，陈山才意识到自己说错了话，立刻换成更加慎重更像肖正国的语气："我的意思是，现在是国共合作时期，对自己人赶尽杀绝，这合适吗？"

费正鹏瞪大了眼睛，说："正国，你这是同情共党，这样的话你在我面前说也就算了，出了这个门可千万不能提一个字。你知不知道现在共党有多厉害？他们对我党人员的策反已经到了无孔不入的地步。"

陈山不信，费正鹏便告诉他：第一处上月刚查了一个部门，这部门一共六个人，竟然有五个是共党。中共简直是把军统当成自家的跑马场了。戴老板怕这事传出去丢人，才瞒着不让通报。

陈山吃了一惊，然后笑了："我猜，这种事戴局长肯定也没少做。"

"那也生气。我点灯可以，你放火可不行。"

陈山笑笑，对费正鹏竖了个大拇指。费正鹏倚了下椅背，说："看着吧，等打跑了日本人，国共早晚必有一战。不跟我们一条心的，就都是敌人。"

陈山带着李龙和齐云走进牢房时，满身伤痕的马向山正坐在牢房一角，有些眷恋地望向牢房唯一的狭小窗口。李龙端来一个盘子，里面有些简单的饭菜，还有一只鸡腿。

陈山说："马向山，好好吃一顿，吃饱了我送你上路。"

马向山的目光转过来，怔怔地望着那只鸡腿。陈山把一份处决执行书展示给他看。马向山苦笑，笑着笑着哭了起来。他坐到桌前，端过那碗饭吃了起来，一边吃一边抹泪。陈山在马向山对面坐了下来，说："看来你还有许多放不下的。"马向山大口扒饭，塞满了饭的嘴鼓鼓囊囊，无声地流泪。陈山问他，死之前还有什么想说的。

马向山终于咽下了嘴里的饭，说："我已经三年没见到我娘了……她一直以为我在上海做生意。"

陈山默默地听着。

"我们全家七兄妹，只剩下我了，我娘每年都盼着我回家。"

陈山问："你想回去吧？"

马向山含泪用力点头，不断用手背擦着滑出眼眶的泪水。

"现在说这些都晚了。"

"为什么?"马向山瞪了眼陈山,"我只想打鬼子,结果却要死在自己人手上?"

陈山无语。

马向山说:"我不想死。"

"这狗日的世道就是这样,谁也不知道什么时候会死在谁手上。"

"我不想死……"

"虽然我敬你是条汉子,但按规矩,我还得问你一次,要是你还有什么想交代的,现在还来得及。"

齐云在一旁,有些泄气地说:"怕是来不及喽,他都被捕这么多天了,还能供出什么呀?他的同伙肯定早跑了。"

马向山像是忽然想起了什么:"已经是腊月了,今天是腊月多少?"

陈山与齐云对视一眼。齐云说:"腊月十七。"

马向山眼神一亮,急切地说:"腊月十七!要是我提供有用的情报,是不是就可以不死?"

陈山的神色一下子凝重起来。

第五章

1

在马向山被捕前一晚,他的表弟(也是一名中共地下党员)曾经到家中借宿。这个表弟在睡梦中反复用暗语说着,腊月十七,让老邓去心心咖啡馆给"蒲公英"送一部电台。按马向山的推测,老邓应该是联络员,"蒲公英"则是潜伏在军统内部的共党。

"'蒲公英'是谁?"费正鹏问。

"马向山也不清楚。"陈山说。

费正鹏呼了一口气,皱起眉,他觉得马向山把陈山耍了,梦话怎么能当供词?但是陈山并不这么认为,因为马向山说他的表弟从小就有说梦话的习惯,而且在他醒来之后,马向山曾经旁敲侧击问过这事,表弟好像很紧张。所以,陈山认为这个情报很有可能是真的,而且,虽然马向山被捕多日,但表弟跟他不是同一条线上的人,所以这任务很可能还会照常执行。

陈山对老费说出了他的主意,就是让马向山把口供改一改,把梦话改成他偷听到表弟接电话。如果情报是真的,就能立一功。万一扑了空,就把责任推到马向山头上,就说他谎报军情,是为了拖延时间好伺机越狱,毙了就好。

"这主意可行。"费正鹏满意地看了陈山一眼,"正国,脑子转得够快的,你岳父余顺年当年就夸你聪明,他看人还是很准的。"

陈山故作谦恭:"正国愚钝,一向不太懂得做人,还需要您多多栽培。"

"好。"费正鹏笑了两声。他要先去见这个马向山一面,再做决定,让陈山在办公室等他的消息。费正鹏说着站起身来,只迈了一步,却又停住,面露痛苦之色。每次要变天,他的关节炎就先发作。他觉得这老毛病估计得带进棺材里。陈山问要不要紧,费正鹏说没事,慢慢走过去就成。

陈山走回自己的办公室,到桌边坐下,他思索着马向山的供词和张离打电话时说的话。时间都是今天,地点都是心心咖啡馆。然后他又想起了张离仿佛不经意地瞟向他身后的布告栏的画面。荒木惟曾经在授课时对他说过,国军和共军都有通过报纸和布告传送情报的习惯,如果能破译他们的密码,就等于掌握了他们的核心情报。

陈山的眉头皱紧了,更多的画面闪现出来。张离弯腰捡拾掉在地上的文件,而那两份文件的标题分别是《限制异党活动办法》和《共党问题处置办法》。张离的风衣下摆破了一个洞。那天在巷子里，一个穿着和张离一样风衣的女子将军统特务踢晕，随着大幅度的动作，她风衣的下摆在竹竿尖上钩了一下被撕开。

这让陈山觉得，张离的身份绝不简单。可所有的蛛丝马迹并不足以证明张离就是中共特工。他忽然有些为她担忧，但随即就被自己的这个念头吓了一跳。他忽然发现，在此之前，除了妹妹陈夏，他还从未为一个女人如此担忧过。他决定，不论张离是否与此事有关，他都必须为此做点什么。他拿起电话拨到宽仁医院，找余小晚。

接电话的正是余小晚，陈山问她中午能否抽出空，余小晚说中午她要和离姐吃饭。

"那正好，"陈山说，"老费的关节炎又犯了，你看你要不要给他送点药过来，再跟张离一块儿去吃饭？"

"这倒是可以。"

"你们约在哪儿吃饭？"

"心心咖啡馆。"

"那儿好像有点远。"陈山说。至此，对话步入了正题，他向余小晚推荐了后市坡新开的那家祺春西餐厅，生意特别好，听说请了德国来的大厨，他可以帮她们订位子。余小晚挺开心地同意了。

"我看你11点前就得过来，"陈山说，"晚了就怕张离提前出发去较场口了。"余小晚说了声"知道了"，陈山挂了电话。

陈山回到费正鹏办公室又等了一会儿，费正鹏回来了。宁可信其有，不可信其无，他决定听从陈山的主意，让陈山马上带队出发，包围心心咖啡馆。电台这东西目标不小，遇有可疑分子，直接抓捕。

"现在你的甄别结果还没出来，总有些人背地里说你的闲话。再立新功，才能堵上他们的嘴。"

"我明白。"陈山点头，"那咱们出去的动静是不是应该小点儿？这'蒲公英'万一就在咱们楼里，动静一大，对方必有察觉。"

费正鹏深以为然，感觉陈山考虑得很周全："不能整车出动，要分头出发，到心心咖啡馆附近再集中布置任务。"

"是！"陈山转身欲走，又停住，对费正鹏说："小晚知道您的关节炎犯了，中午会送药过来。"

"小晚对我细心，我已经知足了。"费正鹏满意地感叹了一句。

陈山说："她中午要约人吃饭，我已经帮她订了祺春西餐厅的位子，麻烦您转告她。"

陈山走出了第二处办公楼，李龙驾驶的吉普车已在等候。上车前他瞥了一眼张离的办公室窗口,看到了张离的身影。张离此刻正在窗口向外张望。她看到陈山望向了自己,下意识地缩了缩身子,从窗口退开。

陈山看到张离的身影一闪消失在窗后,转身上车。路上,李龙告诉他,周海潮和齐云已经分别带两队人去较场口集合了。陈山不知道,在将近10点30分余小晚还未来到第二处的时候,张离就提起桌下那只箱子,走出了办公室。

为费正鹏细心地贴好膏药以后,余小晚去找张离,但是门关着,人不在。路过的档案室女职员告诉她,张离已经请假走了。余小晚看了看表,此时已经是11点15分。

陈山和李龙来到了心心咖啡馆,齐云、周海潮和一些军统特工已在此候命。陈山一下车,周海潮就过来问他,什么紧急任务弄得神神道道的。

"我们得到情报,今天中午12点,会有两名中共特工在心心咖啡馆接头,任务是送交一部电台,其中一名代号'蒲公英'。"

周海潮问哪儿来的情报,陈山说这个你不用知道。周海潮愣了一下,阴阳怪气地说,肖科长这次回来像变了个人啊,说话是越来越硬气了。陈山走向周海潮,为他整了整衣领:"等你有本事的时候,就会有底气。有了底气,你也会硬气的。"陈山盯着周海潮,盯得周海潮莫名心虚,不敢再与他对视。陈山松开周海潮的衣领,让他马上带人封锁心心咖啡馆周围的所有道路,一旦锁定目标,立刻抓捕。

周海潮一脸讪讪地说:"是!"

"诸位切记不要把动静闹得太大,"陈山环顾左右,"毕竟还是国共合作时期,大家都听明白了吗?"

众军统特务齐声回答"明白"。接着,陈山带李龙、齐云及两名手下走到心心咖啡馆对面的树下站住,让两人分别守住前门和后门。他则整了整衣衫,独自向咖啡馆走去。

陈山推开咖啡馆门,门上悬挂的铃铛一阵轻响,立刻有服务生向他打招呼。

"欢迎光临,请问先生几位?"

"两位,我的朋友还没到。"陈山尾随服务生入内,目光迅速扫过此时店中所有的客人。他看到有两位外籍男子正在商谈。一对小情侣热切地对视微笑,聊着天,吃着饭,眼中仿佛再也没有别人。一位中年女子有些不安地坐着,她的衣衫半新,还有些皱褶,她试图用手抚平那些皱褶却不成功。一个衣着体面的中年男子此时走进咖啡馆,中年女子目光殷切地望着男子,男子亦微笑着向她走去。

服务生将陈山引至靠窗的一张桌前,陈山打量了一下那张桌子后面的屏风,说他喜欢清静,便走到了屏风内。那是咖啡馆尽头的一个半封闭雅座,屏风挡住了座椅的位置,外面并不能看到里面的客人。

他坐下来,点了一杯蓝山咖啡。

陈山面向墙,透过雅座墙上的镜框反光,可以看到咖啡馆内的大致情况,而掀开身边的窗帘一角,也能看到街上的动静。他看到李龙正站在街对面的树下抽烟,而目光所及的两个巷口,也可见到周海潮和另一名军统特工阿光的身影。陈山看了下怀表,11点30分了。

此刻,张离正坐在一辆奔跑的黄包车上,身穿黑色大衣,头戴黑色礼帽,怀中抱着那只箱子。

从镜框反光中,陈山看到有个清洁工老人推着清洁车从后门进入了咖啡馆,随即又进入卫生间。他走出雅座,也走向了卫生间。

清洁工正在打扫坑位,清洁车就停放在卫生间中间的空地上。陈山入内,弯腰掀开清洁车的帘子,看到下面放置着一排垃圾桶和水桶,略感失望。当他放下帘子站直身子时,发现清洁工老人正站在某个坑位旁警惕地看着他。

陈山镇定地回应:"刚丢了个打火机,师傅有没有看到?"

清洁工没有说话,摇了摇头,然后就推着清洁车走了出去。陈山佯装小便,清洁工一离去,他又开始在水箱、窗口处等位置查看,但也没发现异常。于是他走回雅座重新坐了下来。他并没有察觉,自己在卫生间查看的时候,清洁工推车进了女厕。

看到张离坐着黄包车来到咖啡馆门口后,李龙赶紧藏身于树后。周海潮躲在巷中,对身边的军统特工阿光嘀咕了一句:"她怎么来了?"

坐在咖啡馆雅座内的陈山也从窗帘的缝隙中看到了张离,她拎着一只箱子。陈山皱了皱眉,放下窗帘,若有所思。

张离仿佛无意地环顾了一下四周,并未发现异常,便提着箱子进入了咖啡馆。周海潮露出了头,看着张离手中的箱子,脸上浮起了冷笑:"林子大了,果真什么人都有。"

从镜框玻璃的反光上,陈山看着张离在服务生的指引下走入咖啡馆,坐到了与他只有一个屏风之隔的那张桌子旁。张离并没有坐下,她把帽子放在桌上,提着箱子去了洗手间。陈山从屏风的缝隙中向外张望,看着她的背影消失在卫生间门口。

之后的画面,陈山就看不见了。他先前见过的那名清洁工与张离相遇,并有一瞬间的眼神交会。然后,清洁工推着车走出了后门。

齐云和另一名军统特工正在后门的巷子里抽烟。看到清洁工推着车子出来,齐云对同伴使了个眼色,同伴就跟了上去。

进入卫生间后,张离检查确定了厕所内再无别人,迅速将厕所门反锁。她走到一个通风管道口下,踩着马桶推开了屋顶通风管处的盖板。在上面,有一只和她提的一模一样的箱子。

张离将那只箱子取下放在地上,用随身所带的钥匙打开。里面装的是一部电台。

她迅速将这只箱子锁上,又将自己带来的箱子重新放入通风管内,并将通风管口盖板盖严实。此时门口传来有人扭动门锁的声音。随即,一位女客在门外喊起来,问有没有人。

"有人,来了来了,请稍等一下。"张离用随身所带的卫生纸将自己踩过的马桶擦拭干净,又看了一眼通风管口,确定并无痕迹后,提着装有电台的箱子走到门口,打开了女厕所的门。

"不好意思,"张离微笑着跟对方说,"大概是我不小心把门给反锁了。"

此时,余小晚亦坐着黄包车来到了心心咖啡馆。李龙赶紧藏身。看见余小晚,周海潮皱了皱眉。陈山当然也从窗帘后面看到了余小晚,不满地吁了一口气。

余小晚走进咖啡馆,四下张望,却没有找见张离。看到被屏风遮挡的雅座后,她径直走了过去。陈山从镜框中看着余小晚走来的身影,有些紧张。眼看着余小晚走到了屏风前,他的心提到了嗓子眼。

就在余小晚即将踏入雅座之际,张离在她身后叫了她一声。这时,陈山甚至已经看到了余小晚的高跟鞋。

2

透过咖啡馆的玻璃窗,周海潮和阿光监视着坐在一起吃饭的张离和余小晚。阿光说:"肖太太和张离本来就是好朋友,她们在这里吃饭也没什么奇怪的。"周海潮白了阿光一眼,道:"都是当间谍的,你要来接头能不找个人掩护下?"

余小晚边吃牛排边说,肖正国已经在祺春西餐厅给她们订了位子,都怪自己迟到。听到这话,张离不禁回想起陈山上车前瞥了一眼她办公室窗口的细节。她望向窗外,发现树后和巷口躲着两个似曾相识的身影。

余小晚说:"离姐,你有没有觉得,肖正国这次回来好像和从前不一样了?"

张离的眼神一闪。屏风后的陈山也是心头一紧。张离神色如常地问:"怎么个不一样法?"

"他同我结婚那天,加上去上海之前,我们在一起总共也就处过两天吧。那时候我觉得他又呆又闷,无聊透顶。可这些天处下来,我怎么觉得……他还挺有男人味的?"

张离斟酌着:"我之前就不赞成你在完全不了解他的情况下结婚。"

"那不是父王旨意吗?结都结了,那就慢慢了解喽。"

张离点了下头:"可得把眼睛擦亮,把人给看清楚了。"

余小晚咯咯笑了:"你就放心吧,什么虚情假意的男人我没见过?"

屏风后的陈山不由得一笑。

张离让余小晚快点吃,完了她还得去看小豆子。余小晚瞟了一眼张离身边的箱子,说:"这么大一箱,你给孩子带什么了?"

"也没什么，都是书和衣服。"

饭后，张离和余小晚一起走出了咖啡馆。门口有一部黄包车正在候客。张离让余小晚坐黄包车走，她这边近，走过去就行。陈山依然在雅座内，掀起窗帘望着张离和余小晚。他看了一眼表，12点45分。他沉吟着，发现周海潮正盯着自己时，他向周海潮做出了下令包抄抓捕的手势。

阿光问："肖科长这是连自己的老婆也要抓吗？"

周海潮说："余小晚只是烟幕弹，要抓的当然是拿箱子那个。"

余小晚坐着黄包车走远后，张离的目光再次扫视四周。此时，李龙和周海潮等人都已隐至暗处。她走出几步，似乎又想起了什么似的，回了咖啡馆。她走向吧台，放下箱子，拿起吧台上的电话打了起来。

从周海潮的角度，可以看到张离打电话的样子。电话大约打了一分钟，张离提起箱子离开了咖啡馆，朝附近的慈幼堂孤儿院走去。巷中的周海潮向阿光使了个眼色，两人便从巷中横道向张离所走的小巷包抄而去。

张离提着箱子走在空无一人的小巷中。此时，阿光出现在她身后。张离感觉到身后不远处有人，故意停下脚步，把箱子放在脚边，装作系鞋带。阿光当即闪身到巷子的转角，但张离还是看到了他一闪而过的衣角。

张离提起箱子，瞬间加快了脚步。等阿光探身出来的时候，巷中已无张离的身影。阿光快步跑去，在下一个巷口，看见的却是周海潮。

"人呢？"周海潮问。

"不知道，一眨眼不见了。"

这时，李龙带着数名军统特工也赶了过来，周海潮查看了下前边的两个方向，决定分头追。

众人奔去，脚步声逐渐听不见以后，巷子旁边的一口水缸盖子被打开了。张离从水缸中爬出来，提着箱子，向另一个方向快步走去。

追出一段路的周海潮一直没有找到张离的身影，就停下了步子。不对头。她不可能跑这么快，一定是躲起来了。他随即带阿光跑向来时的方向。

张离脚步匆匆地走在另一条巷子中。一群孩子笑闹着迎面奔过来，她侧身让到一旁。孩子跑过去，显露出的是周海潮的身影。周海潮站在她面前，喘息着，露出了不怀好意的笑容。

"张离，你跑得可真够快的。"

"原来刚才跟踪我的，是周副科长。"张离镇定地说。

"咱处里果然人才辈出。张离，你藏得可够深的。"

"我不明白你在说什么。"

周海潮瞄了一眼张离手中的箱子，冷笑道："不明白，那你跑什么？躲警报？"

"上周电讯科有位同事被日谍暗杀的事，周副科长应该记得吧？"

周海潮没回答，打量着张离。张离继续说："跟着我的万一是日谍呢？我不跑，难道等着挨刀子？"

"大白天的，你提着这么大只箱子，是要去哪儿？"

"这是私事，我可以不回答。"

"我们得到情报，今天有共谍会在心心咖啡馆交换一部电台。你和你的这只箱子都很可疑，"周海潮又瞟了一眼箱子，"所以，麻烦你配合一下，开箱接受检查。大家同事一场，你就不要为难我了。"

"开箱检查可以，你的行动令呢？"

"行动令不在我身上。"

"既然这样，恕我不能配合。周副科长隶属侦防科，我是中共科的，行政隶属不同，没有行动令，我不需要听你的。"

话音刚落，张离就听到了来自身后的陈山的声音：

"那如果有行动令，是不是就可以开箱检查了？"

张离一怔，回过头去。陈山已手执行动令走到了她面前。

"肖科长？"张离叫了他一声。

"离姐，"陈山笑眯眯地看着张离，"不好意思，大家都是为了公事。"

张离亦笑着："肖科长，那箱子里要是没有你们要的东西，你打算怎么向我赔罪？"

"离姐想要我怎么赔？"

"我想要怎么赔都可以吗？"

"只要别要了我的命，"陈山顿了一下，"要不然余小晚就真成了寡妇。"

张离笑了，递上箱子。陈山瞥了一眼箱上的锁，说："还有钥匙、枪，都请离姐暂时交出来。这是规矩。"

周海潮走上前，接过箱子。张离冷冷地说："我一定会让你赔得很惨。"

张离打开手中的包，向陈山展示。陈山从包里取出钥匙，扔给了周海潮。接着，陈山又取出了张离的手枪，在手中转了两圈，插入腰间。整个过程中，他一直用似笑非笑的目光望着张离。张离的眼神中没有任何波澜。

周海潮迅速用钥匙打开箱子，但随即他的眼中就露出了失望的神色，与阿光面面相觑。陈山朝箱子里瞥了一眼，里头装的都是书和衣物。

张离微笑道："你输了，肖科长。"

"愿赌服输。"陈山把枪还给了张离。

陈山带人回心心咖啡馆盘问。陈山没亲自进去，他和齐云站在吉普车旁，看着周海潮、李龙等人搜查盘问。齐云向陈山汇报了那个从后门出去的清洁工的情况，一个弟兄跟了那人一段路，但没看出有什么问题。陈山点了点头，说："再搜一遍，要是还没有收获就收队，我还有事，先走。"说完，他便开车离开了。

陈山悠然自得地开着车,看着后视镜中的心心咖啡馆越来越远,嘴角露出了一抹微笑。

在张离和余小晚离开心心咖啡馆之前,余小晚去了一趟洗手间。在这段时间里,陈山隔着屏风,低声叫了张离一下。张离愣住了。

"不要有任何令人怀疑的动作,现在外面至少有十几双眼睛正在盯着你。你只要听我说就好。"

张离以手帕掩口装作擦嘴:"你怎么在这里?"

"我知道你是来干什么的,如果不想被外面的人人赃俱获,就按我说的去做。"

张离望一眼自己脚下的箱子,沉默了。

"你脚下的这只箱子会要了你的命,所以你得告诉我,另一只安全的箱子在哪里?"

张离略一犹豫,说:"女厕,通风管内。"

这时,陈山从镜框的反光中看到,余小晚已经出了卫生间,正朝张离走来。他低声说:"你送余小晚出去,再回来到吧台换箱子。"

张离提着箱子与余小晚一起走出咖啡馆时,陈山在窗帘后面向周海潮做出了抓捕的手势。然后,陈山就放下了窗帘。

陈山迅速脱下外套,招呼一名侍者过来。他用枪指着侍者,要求对方与他交换衣服。换上侍者的衣服后,陈山迅速走向卫生间。此时,周浩潮等人的注意力都在张离身上,并未注意他。

陈山打开通风管口盖板,看到了里面的另一只箱子。张离去而复返,走到吧台边,却看不到陈山的身影。她观察了一下角度,弯腰将箱子放在了脚下。因桌椅阻挡,窗外的人看不到箱子的位置。

陈山提着箱子走出卫生间时,张离和她那只箱子都已在他安排的位置。他走过去,趁无人注意,弯腰将箱子调了包。打着电话的张离用余光瞥到了这一幕,调整一下身体,掩护陈山的动作。陈山将装电台的箱子放到了角落,然后走到后门,向守在那里的齐云挥了挥手,把他支走。

打完电话,张离十分自然地弯下了腰,提起脚边的箱子,走出了咖啡馆。

事情的发展完全在掌控之中,想到这里,陈山得意地笑了。他把车开去了慈幼堂孤儿院,他到的时候张离正从大门出来。她手中的箱子左右摇摆,显然里面已经空了。

陈山在她身前停车,一脸坏笑地问:"想好怎么让我赔罪了吗?"

张离冷静地审视着他,说:"别给我嬉皮笑脸的,你到底是什么人?"

"不入虎穴焉得虎子?想知道答案,你得敢上贼车。"

张离看了陈山一会儿,上了车。吉普车随即向前驶去。

"贼车我已经上了,答案呢?"

"开贼车的当然就是贼喽。"

"你是谁派来的贼?"

"那你呢?"

"现在是我问你!"

"别那么凶,做人要学会知恩图报,现在我是你的救命恩人。"

顿了一下,张离试探地说:"我知道,你根本就不是肖正国。"

陈山一笑,索性承认了:"但你失了先机,所以现在我们打平了。"然后他字字顿开地叫了一声"离姐"。

"为什么救我?"

陈山笑了笑:"因为你还算是挺好看的,所以舍不得你死。"

张离不接茬儿,说:"把那只箱子还给我。"

"这部电台暂时放在我这儿,现在它是你的命,也是我的。"陈山说,"我们的命,已经连在一起了。"

3

"闹剧,简直就是一出闹剧。"听完陈山的汇报,费正鹏有些哭笑不得。

陈山也苦笑了下,说:"幸亏张离跟小晚关系好,我好说歹说,她才没跟我计较。要是碰上别人不依不饶地闹到关处跟前,那麻烦可就大了。"

"麻烦我倒能应付,可张离要真是'蒲公英',那小晚到底是被她利用,还是她的共犯,这就真的说不清了。正国,你立刻处决马向山,免得夜长梦多。"

在一片废弃的荒地上,李龙和齐云将戴着镣铐的马向山推到了山坡前。

李龙和齐云走远后,陈山对马向山说:"阎王要你三更死,谁敢留你到五更?这是命,没多牵连一条人命算是为你积德,下辈子还是做条硬汉的好。"

马向山面如死灰,沉默不语。

陈山拍了拍他的肩膀说:"你供词上写的你家的地址,我记下了。"

马向山愣愣地望了陈山一眼。

陈山说:"以后有机会,我替你去看看你老娘。"

马向山忽然就泪流满面,跪倒在地。陈山默默转身走开。李龙举枪对准了马向山。

马向山开始哭泣,声音由轻至号哭,像浪潮一样不断推涌着陈山的背。陈山明白,马向山也不想害别人,他只是想自己能活着。忽然一声枪响,一切声音都消失了。陈山默默地走在山间道上,没有回头。

陈山驾车回了家。下车后,他四下打量着,确定无人经过,他才打开了吉普车的后备厢,提起那只装有电台的箱子进了家门。

他在客厅里站定，想了想，进了书房。在书房，他拎着箱子来回踱步，四下观望。他蹲下身，敲敲地面，发出沉闷的声音。他又打开书柜，敲敲书柜里面的板壁。这回，板壁发出了他想听到的空洞的回音。他重重地扳开一块木板，把箱子放进了木板背后的墙洞里，然后把木板复位。这时，客厅的电话响了起来。

电话是余小晚打来的，她说不回家了，要去跳舞。陈山也不以为意，放下电话，靠到了沙发上。敲门声又响了起来。陈山起身开门，看到了站在门口提着面粉袋子的费正鹏。

"老费？你怎么来了？"

"上门来给你和小晚当厨子啊，还不赶紧让道？"

费正鹏利落地走进厨房，穿上围裙，和面烧水擀面条。陈山又给宽仁医院打了个电话，这会儿余小晚已经走了。陈山走进厨房，跟费正鹏埋怨："这个余小晚，一约人跳舞，就跟撒开了蹄子的马一样，追都追不回来。"

"小晚是匹烈马没错，可能不能拿缰绳套住她，得看你的本事啊。"费正鹏擀着面条，不回头地说。

"我就怕我没这个本事。"

"哎，这可不行啊。你要是没本事套住她，那等于是说我和你岳父顺年的眼光不行。你可是我俩都看中的人。"

"那一会儿您教教我，这缰绳得怎么套。现在您先去歇会儿，这里还是我来吧。"

"手擀面可是我的绝活，你要觉得你比我强，那就你来。"

"不敢。"陈山笑着说。

"那就不用管我，你们家厨房啊，我比你还熟。"

费正鹏做的辣子手擀面确实好吃，陈山吃得满头是汗。费正鹏吃得神闲气定，说："辣这种滋味，其实是舌头觉着了疼。人呢，都怕疼，可最后人记住的，却又都是疼的那些事儿。"

费正鹏这话让陈山回想起了为了帮人讨债被人打得头破血流的往事。当他抱着新买的电曲儿收音机给陈夏，看到陈夏一脸惊喜的笑容时，他抹着头上的血笑了，明白这点血绝对值得。

"您这么一说，还真是这个理儿。老费，有时候我觉得您就是一哲学家。"

"年轻人，等你积攒了一堆教训之后，你也能成哲学家。"

陈山说："我还是算了吧，我觉得我没那悟性。"

费正鹏说："是啊，好好把小晚这匹烈马看好了。别学我。当年没心没肺的，这才伤了人家的心。要不是我不知好歹，小晚她娘也就不会嫁给顺年了。"

陈山立刻明白了费正鹏与余小晚母亲的关系，他说："老费，事情都过去这么久了，您应该洒脱点儿。"

费正鹏叹气："你知道我为什么要在办公室墙上挂着那把琵琶吗？"

"那是小晚娘的琵琶?"

费正鹏点头:"像我这种半截入土的人,心里已经没啥念想了。可看到那把琵琶的时候,我这心哪,就还是觉得会揪起来,跟吃这辣子面似的,我才能觉得,老子还活着。"

"这种滋味我还真不懂。"

"有的人在你生命里来了又走,就是为了让你知道,她真的不一样,别人谁也替代不了。"

费正鹏这句话让陈山愣了一下,眼前浮起张离一低头头发垂落的温柔。

"不说这些陈年旧事了。"费正鹏把碗一推,"收了桌子,咱爷俩下盘棋。"

陈山回过神来,略有些紧张:"下棋?"

"听说你棋艺不错,一会儿可别让我输得太难看啊。"

陈山笑了:"这话该我说才对。"

桐油灯下,费正鹏和陈山下起象棋。陈山输了,费正鹏大感不解:"我可听说你的棋艺当年连你们八十八师的参谋长张柏亭都不是你的对手。"

"那时候是初生牛犊不畏虎,乱拳打死老师傅。参谋长那是故意让着我,逗我玩呢。"

费正鹏笑了:"那现在是你逗着我玩?"

"我哪敢呀?我其实是想说,最近得了您的教诲,我觉得做人还是该收敛锋芒,一时得意未必是好事。我这人一向愚钝,日后还要您多多指点提携。"

费正鹏被陈山的马屁拍乐了,笑了会儿,神情忽然认真起来:"都是自家人,不说提携。但是我确实要给你一句忠言。你还年轻,以后的路还长。虽说大难不死必有后福,但也得提防小人。"

"您的意思是……?"

"周海潮,"费正鹏推进一个炮,"他的小动作可没停过。"

陈山飞象:"鹿死谁手还不知道呢。"

"光周海潮一个人,当然掀不起什么浪花。但他和关永山都是大同人,你懂的。"

陈山飞马:"我们也未必输了。"

"他还对小晚有想法。"

陈山将军:"要欺负到我头上来,那我一定不会跟他客气的。"

此刻,周海潮正搂着余小晚在国际俱乐部的舞池里翩翩起舞。周海潮问余小晚最近和肖正国怎么样,余小晚反问什么怎么样。周海潮说,我猜他现在对你的态度,肯定和从前不同。余小晚说,那倒是。周海潮还想知道他现在怎么不一样了,但余小晚说,这跟你没关系。

两人在舞池中旋转了很久,周海潮感觉时间仿佛又回到了肖正国回来之前的那时候。那时候的他以为肖正国死了,余小晚迟早会对他敞开心扉。所以周海潮对余小晚说:"小晚,就算肖正国回来了,你还是我最喜欢的女人。我不会放弃的。我会证明给你看,我比他强。"

"你想多了,"余小晚咯咯笑了两声,"我只关心你舞跳得好不好,别的事呢,跟我没关系,你也用不着向我证明。"

"总有一天,我会让你改主意的。"

周海潮话音刚落,余小晚就扭了脚,身体顿时失去平衡。周海潮赶紧扶住她,关切地问:"没事吧?我给你揉揉,有没有伤到脚?"

余小晚低头一看,发现右脚高跟鞋的鞋跟断了。她推开周海潮,没好气地说:"没你的事。"

周海潮开车送余小晚回家,想送她进去,但被余小晚拒绝了。她看了一眼从自家窗户里透出的桐油灯昏暗的灯光,心中泛起丝丝暖意。她一手提着鞋,一手提着一网兜苹果,光着脚摇摇晃晃地下了车。

听到开门声,正在下棋的陈山和费正鹏望向门口,看到潮红着脸的余小晚摇晃着进来了。费正鹏和余小晚打了个招呼,陈山不悦地说:"老费都等你一晚上了。"

余小晚刚关上门,便有些站立不稳,眼神迷离地摇晃着靠在门上:"肖正国,你这口气是埋怨我呢。"

陈山再次抬脸看过去,才发现余小晚手中有一只高跟鞋的鞋跟断了。然后,他听到屋外传来吉普车远去的声音。他沉着脸拿起了一颗"炮",重重地敲在棋盘上:"炮二进一,将军!"余小晚不屑地笑了下,光着脚走向沙发。费正鹏笑着说,他输得心服口服。

陈山扭头望向沙发上的余小晚,说:"他要是真有本事,应该背着你进屋,光着脚会受凉的。"

余小晚说:"谁有本事都不成,什么事都得我自己乐意。"

费正鹏说:"小晚,不是我说你,都结了婚的人了,就得多顾家,多照顾男人的面子。"

余小晚说:"干爹,当初我同意嫁给肖正国的时候不都说过吗?我原来怎么样,从今往后还怎么样。他肖正国要能接受就接受,接受不了就别娶我呀。怎么,现在有意见了?反悔还来得及啊。"

陈山沉着脸没说话。费正鹏瞟了一眼陈山的脸色,说:"别任性了,小晚,你先赶紧把鞋穿上再说。"

费正鹏走后,陈山为余小晚修鞋。他把一张板凳反放在地上,高跟鞋反套上凳腿,用锤子将钉子钉进鞋跟。余小晚在一旁沙发上坐着,啃着苹果,依然光着脚,好奇地看陈山修鞋。陈山让她过去,她就顺从地走过去。陈山抓过她脚后跟,她有些站立不稳,伸手扶在了陈山的肩上。

陈山把鞋子套在余小晚的脚上,说:"行了。"余小晚落地踩了踩,很兴奋:"行啊,原来你连鞋也会修。"

"比你当医生简单多了。"

"还有什么本事是藏着掖着我不知道的?"

"压箱底的本事多了去了,轻易不拿出来。"

"不说拉倒,我还没兴趣知道呢。"

"这样就对了,"陈山说,"不管你心里对我多有兴趣,你都应该像个皇后一样高高在上,千万不要对我动了凡心,这样才符合你一贯的气质。"

余小晚反而愣了。

陈山笑了:"你可以看不上我,但你只要一天还是我老婆,我就不会容许你看上别人。那个油头粉面的浑蛋要敢再缠着你,总有一天我会让他连肠子也悔青。"

"好啊,"余小晚笑了,"你最好自己亲口跟他说去。"

陈山不理余小晚,收好板凳和工具进了卧室。

4

陈山走到张离办公室门口时,张离正出门去打开水。他笑眯眯地看着张离,张离看出了他眼中的揶揄,却仍然神色如常地说了声"早"。陈山说:"不早不晚,刚刚好。"话音刚落,上班的铃声就响了起来。

有同事经过,张离客套地微笑一下,提着热水瓶离去。陈山意犹未尽地看了张离的背影一眼,才走向自己的办公室。

在办公室,齐云告诉他,明天下午局里会组织机关人员去国泰大剧院看话剧《卢沟桥之战》。这次义演,意在募集费用制作寒衣送往抗日前线。很多百姓都抢着买票去看,关永山就也让总务科买了票,明天下午没有特殊情况的,处里人人都得去。

齐云一走,陈山就来到窗前,把目光投向了对面的徐记书店。他看到,书店门口立上了一块"今日盘点"的牌子。

每天早上8点30分,陈山都会从他办公室窗口朝徐记书店看一眼。这是荒木惟布置的任务。如果那里挂出了"今日盘点"的牌子,那么他就务必在当天10点,去后市坡邮政电话亭等他的电话。陈山掏出怀表来看,现在是9点。

他迅速走出了办公楼,在街边买了几个包子,一边吃着包子一边朝后市坡邮政电话亭走。到电话亭的时候,正是10点。铃声准时响起,陈山迅速进入电话亭,接起电话。

电话那头传来荒木惟的声音:"和记的小笼包跟上海的小笼包比,味道怎么样?"

陈山差点噎住,他咳嗽了一下,把嘴里的包子一下子咽下去,问荒木惟在哪里,同时警觉地四下张望。

荒木惟说:"不用找了,你看不到我的。"

陈山咽了口口水，试图平静自己。

"三天了，你还活着，看来你暂时已经蒙住了所有人，干得不错。"

陈山默默听着。

"所以我打算给你一个奖励。"

陈山激动起来："是我可以和陈夏说话了吗？"

荒木惟望向坐在自己身边的陈夏，陈夏同样一脸激动。他将话筒交到了陈夏手中。

"喂，小哥哥。"

"是我，小夏！"陈山使劲握着话筒。

"小哥哥，我已经整整八十九天没听到你的声音了。"

陈山笑了："算数有长进啊，超过手指脚趾的数也能数清了。"

"蒙你的，你自己也数不清的。"电话里传来陈夏的笑声，以及轮船发出的鸣笛声。

"长本事了啊，都能糊弄你哥了。你在哪儿呢这是？"

"我在重庆，荒木君说你也在重庆对不对？"

"对。哥是来干大事挣大钱的。"

"小哥哥，你又吹牛皮。"

"不骗你。"陈山说，"没了菜刀和宋大皮鞋那两个拖油瓶，哥现在干啥啥都行。等哥挣到钱就带你回上海，再给你买台留声机，怎么样？"

"嗯。"陈夏握着听筒使劲点头，"那我就继续数日子等着你。我要数到什么时候呢？"

"你都说了哥算数不好，现在我还真说不上来。就先数到一百吧。"

"嗯，就先数到一百。"

"这些日子你都干啥了？"

"哥哥，我正想跟你说呢，你的朋友荒木君对我特别好，这里的饭菜都很好吃，住得也舒服，荒木君还教我弹琴，给我讲外面的故事。除了想念你和爹，这段时间简直是我从小到大最快乐的日子。"

荒木惟看着陈夏一脸天真的笑容，禁不住微笑。一旁的千田英子将荒木惟的神色看在眼中，似有一丝不悦。

"这么好，那我回头该好好谢谢荒木兄。他都带你去哪儿玩了？不会成天把你关屋里吧？"

"他有带我出去，这附近有个水产市场，特别热闹，还有一个公园，他会带我去散步。"

荒木惟听着，并不阻止陈夏说下去。

"那些地方有什么好玩的？重庆好玩的地方多着呢，回头哥带你去国泰大剧院看戏、听戏。"

陈夏很开心地答应着。荒木惟在一旁提醒她，话说得多了，她的小哥哥就会有危险。陈夏便对着话筒最后说："小哥哥，你自己一定要小心。你答应要带我去看戏的，说话要算数。"

说完，陈夏主动将话筒递还给了荒木惟。千田英子扶她离去后，荒木惟对着话筒说："你不用算计我们住在哪儿。下一秒钟，我们都有可能离开。"

陈山说："拉个家常而已，你多心了。"

"你是我驯出来的良驹，你的小心思我不可能不知道。我会代替你像照顾亲妹妹一样照顾好陈夏，但你也要代替肖正国做好该做的事。"

"那接下去我要做什么？"

"三天后，军人国际俱乐部会有一个舞会，我会去那里给你布置新的任务。"

"下次我什么时候可以再跟小夏通话？"

"这要看我的心情。"

陈山听到咔的一声，荒木惟挂断了电话。

打完电话，陈山独自走在江边，仿佛漫无目的地在寻找着什么。他所有的身不由己，都是因为小夏在荒木惟手上。如果能找到他们的藏身地，救出小夏，他就不用在这里提心吊胆地伪装肖正国，更不用替荒木惟找那个他根本不知道长什么样的兵工厂分布图。那声汽笛让陈山断定，他们就住在江边。可荒木惟警觉地制止了他继续探问方位的企图。那种毫无还手之力的感觉让陈山深深无奈。当他的目光从江边的一幢幢小楼间扫过时，他才发现自己竟然已经走到了张离宿舍附近。

第六章

1

抱着《子夜》下班归来的张离被陈山堵在了街角。

"真巧,离姐。"陈山对张离笑了笑。张离一愣,四下看看:"你怎么在这儿?"

"昨天特地在祺春西餐厅给你和小晚订了位子,你们没去,我想今天补上。就我们俩。"

"你就不怕我告诉小晚?"

"尽管告诉。"陈山满不在乎,"她能做初一,我也能做十五。"

"我不去。"张离冷冷地说,说罢经过陈山身边,向宿舍走去。陈山一把拉住了她的手臂,问:"那箱子你还想不想要了?"

"看样子你是想一直拿它要挟我了?"

"要挟这种事太不怜香惜玉了,这不是我的风格。我们之间,应该是共享秘密的关系。"

张离甩开了陈山的手,盯着陈山的眼睛质问他:"昨天在心心咖啡馆的事,你们哪来的消息?"

"这事说来话长,但也不用很长,差不多就是一顿饭的时间。跟我吃顿饭能得不少情报,你不亏。"

张离瞪了陈山一眼,当先一步向前走去,陈山笑嘻嘻地跟上去。

听完陈山的叙述后,张离低头切起牛排。陈山一边吃一边盯着她看。张离不抬头地说:"一句梦话也敢当情报,你们也真信。"

"箱子打算什么时候还我?"

陈山依然笑眯眯的:"求人的时候都不正眼看人,离姐,怪不得别人都说你冷。"

"送你一句话,任何时候都不要得意忘形。"张离的声音依然冷冷,"一旦你暴露本性,露出马脚,你会死得很惨。"

"谢谢提醒,也不是谁都能有机会看到我的本性的。"

张离低头吃牛排,不再理陈山。陈山顿了一下,很认真地告诉张离,那个从第二天就开始请假的心心咖啡馆清洁工,已经被他们列为重点怀疑对象。如果她不想让人顺藤摸瓜再次怀疑到,就让他回来继续照常工作一阵子,那或许是对她最好的掩护。张离终于抬起脸，有些意外地看了陈山一眼。

"是不是觉得我机智聪明，也没那么讨厌？"

"没见过像你这么恬不知耻的人。"张离垂下眼帘的表情像翻了一个白眼。陈山十分开心地笑了起来："能让你增长见识我很荣幸。"

"你到底是什么人？"

"中国人。"陈山盯着张离的眼睛说。

"为什么要帮我？"

"中国人不帮中国人，帮谁？"

"别给我油腔滑调，给我正经点！"

陈山便不再说话了。

"你为什么不说话？"张离问他。

陈山正色说："这样看上去会不会正经点？"

离开祺春西餐厅后，张离来到了一处民房。民房里，她的上级老梁正在等她。

张离把马向山叛变、肖正国为她解围并带走电台的事情向老梁进行了详细的汇报。交通员眼镜同志牺牲，是因为交通线C线小组长陈国才的叛变。但派电台给张离的事，是A线的任务，之前老梁一直想不通这个情报是如何走漏的。

张离叹了口气，说："之前我去审讯室看过他一次，他扛了这么多天，也是受了不少罪的。"

"你可不要同情他。"老梁抽了口大前门，"要是这次因为他出卖组织导致你被捕，谁又来同情你？"

张离点了点头。

"这个肖正国花这么大力气帮你，他的底细和用意，你都清楚吗？"

张离略一沉吟，说："其实他并不是真正的肖正国。"

"他不是肖正国？"老梁面色凝重起来。

去上海执行任务之前，张离只见过肖正国两面。第一面是三年前他跟余小晚结婚那天，第二面是三个月前，他被调到军统第二处侦防科任科长。报到当天，他就奉命去上海执行秘密任务。当时同他一起去的，还有周海潮和江元宝。但半个月后只有周海潮一个人回来。就在大家都以为他牺牲了的时候，这个人回来了。

"之前我还只是怀疑过他的身份，但他前天救了我之后，亲口承认了自己不是肖正国。"

"那你为什么不直接向军统局甲室汇报？"

"万一他是我们另一条线上的同志……"

老梁夹着烟略一沉吟："不可能。如果他真是上级派来的人，你就是掩护他潜伏的最好人选，组织上不可能不通知我们。"

"我的直觉，他不像日谍。"

但老梁显然有不同的看法：那个假冒的肖正国救张离应该只是为了利用她。如果她不能为他所用，或者威胁到他的安全，他大概就不会再对张离手下留情。

眼镜同志牺牲和马向山背叛的事情刚刚过去，现在又出了个身份不明的肖正国。为了安全起见，老梁命令张离立刻进入休眠期，并且要马上起草一封检举信，向军统局揭露这个肖正国的假冒身份。

"我会帮你抄一遍。"

"好。"张离点点头。

老梁感觉到内心黑潮涌动，老邓也要马上调走，这样一来，就算那个假的肖正国想拖张离下水，没有别的证据，他也拿她没办法。但张离还是想把电台拿回来，毕竟电台是在她手上丢的。

老梁将烟头扔到地上踩灭，恍惚中感觉自己是悬空踩在一根钢丝上。皖南事变之后，党组织很重视军统方面的政治军事动向，所以才破例给张离配备了电台，主要目的是防范国军，为可能发生的内战做准备。电台这次虽然失手，但所幸没有造成更大的损失。他建议张离，可以试试能不能拿回来，但如果有暴露的危险，就选择放弃，毕竟，每一位同志的安全才是最重要的。

离开前，张离从包里取出一个袖珍胶卷交给老梁。那是上次原本打算交给眼镜同志的近期军统下发的防共文件。

2

国泰大剧院里，正在上演话剧《卢沟桥之战》。枪炮声的音效中，一群男女演员正在浴血奋战。一名已经受伤的男演员被女演员抱在怀中。男演员说着台词："在民族最危急的时刻，若我们贪生怕死，那谁来保护我们的家人？若我们畏惧不前，那谁来捍卫我们的家园？……"女演员被感动得眼含热泪。

台下，关永山、费正鹏、陈山、周海潮等第二处未出勤人员均在观看。在座的还有一些商人、官员、学生和军人。

"愿我们今日之鲜血，换明日太平盛世，虽无人铭记，但死而无憾！"男演员慷慨激昂的声音在剧场里回荡，让陈山心潮起伏。然后，一群演员上了台。男主演振臂高呼："让我们为全民族而战！"众演员齐声跟随："让我们为全民族而战！"

这时，陈山听到台下有人高呼了一声"打倒日本帝国主义"，然后差不多所有观众都跟着重复高呼起这句话。剧场内一时群情激动。陈山默默地坐在人群中，但没有跟着喊。不久，陆续有人走出剧场，陈山也在嘈杂的人声中走出了剧院。

遇到陈山之前，张离独自走在返回局本部机关的路上，回想着与陈山在祺春西餐厅吃饭的情景。她问陈山到底是什么人，陈山说中国人。她问他为什么要帮她，他反问中国人不帮中国人帮谁。她让他正经点，他就不说话了，然后问这样看上去会不会正经些。接着在她耳边回响起的，是老梁的话："他救你应该只是为了利用你。如果你不能为他所用，或者威胁到他的安全，他还会对你手下留情吗？"

张离边走边从口袋里掏出那封老梁抄好的检举信，然后又塞回了口袋。这时，全城的汽笛突然连续短促地鸣放起来，红灯笼相继亮起。张离听到了一阵瞬间袭近的飞机飞行的噪声，街头的路人惊慌地奔向防空洞。

一时，街上脚步凌乱，景物晃动，小孩的哭声和大人的喊叫连成一片。日机来袭的速度超过了人们的想象，张离只跑出十几步，就有炸弹在她身边轰然爆炸。气浪把她掀翻，她瞬间失去重心，摔倒在混乱的人群中。她看到自己的小腿血流如注，鲜血迅速浸湿了裤子。

在四处仓皇奔突的人群中，陈山发现了摔倒在地的张离，并毫不犹豫地向她奔去。匆匆奔向防空洞的人流中，只有他逆向奔跑，不时被奔逃的人群撞得趔趄。半空中轰炸机扫射而来的子弹击打在他身边，不断有人中枪倒地。他借着路边一辆杂货车的掩护，躲过了一排机枪子弹的射击。火力刚有所消减，他就再度奔跑。

张离试图站起来，但逃难的人群密密麻麻地涌过来，她刚起身便又被人撞倒在地。她的手也被地上的碎石磕出了血，这时候她看到了远远地逆向向她奔来的陈山。而这时，又一轮轰炸机飞到了他们所在位置的上空，并开始空投炸弹。

勉强起身的张离艰难地奔跑着。眼看着炸弹向她坠落而来，陈山冲过去，一把扶住她，抱着她跑向旁边的货堆。

炸弹落在了张离刚才所在的位置。气浪中，陈山抱着她飞身倒地。他紧紧护住张离的头部和身体，自己却被气浪震晕，额头和手臂被擦破数处。

待硝烟略散，张离发觉护着自己的陈山双目紧闭。她推开他，见他没反应，又摇了他两下。陈山醒了过来，一睁眼就一把扶住张离的双臂，问她有没有事。

张离摇摇头："你呢？"

陈山晃了晃脑袋，眨了眨眼，似乎想让自己清醒一点："好着呢，还能蹦跶。阎王爷他不敢收我。"

他再次抱起张离，在四处开花的炸弹中奔跑。那一刻，张离望着陈山棱角分明的脸，忽然有一瞬间的心动。

在不断溅起的碎石和泥沙之中，陈山将张离抱得更紧，用自己的臂弯紧紧地护住她的头，而他自己的脸颊却被飞来的弹片划伤，渗出了鲜血。张离的手伸进口袋里，紧紧地握着那封检举陈山的匿名信。

又一枚炸弹落下，巨大的气浪将两人再次掀翻在地。陈山紧紧护着张离，飞起的石子重重击打在他身上，划破了他的衣服。张离腿部的伤口仍在流血，鞋袜都已被鲜血浸透，陈山的裤腿上也沾染上了。

张离虚弱地推了陈山一把："你不要命了？你快走！"

陈山咬着牙说："要是见死不救，我还有脸要这命吗？"

张离提高了声音："再不走你也会死的！"

陈山咬牙背起张离，大吼："老子今天就跟阎王爷赌上这条命了！现在你给我闭嘴，要是赌输了那就全怪你嘴臭了！"他看着不远处的宽仁医院大楼，背着张离向那里狂奔而去。张离靠在陈山的后背上，嗅着他粗犷的气味，有些恍惚。渐渐地，她失去了意识。

荒木惟此时正站在窗口，悠闲地抽着雪茄，偶尔看一眼在重庆上空飞过的轰炸机。这些飞机低空飞行，不停地投掷牛粪一样的炸弹。荒木惟可以清楚地看到轰炸机机身的日本国红色膏药旗图案。在浓重的烟雾中，他把右手缓慢而坚定地举了起来，向飞机敬了一个礼。

陈夏坐在荒木惟身后的椅子上。此起彼伏的爆炸声不时地响起，陈夏睁着蒙然的眼睛，侧耳倾听。她说："荒木君，我听到你的血流得更快了，心跳也加快了。"

荒木惟吐出了一口烟："是的，因为爆炸的声音会让我热血沸腾。"

"这些炸弹，会炸到老百姓吗？"

"每一次爆炸都会离胜利更近一步，一切都是值得的。"

陈夏双手合十，说："但愿吧。"

终于背着张离跑到宽仁医院门口时，陈山腿一软，跪倒在地。迷迷糊糊中，他看到护士小白从医院大门奔出，迎向他和张离。此时他只听得到自己粗重的喘气和沉重的心跳。全身都已被汗水湿透，他用尽最后一丝力气，将张离轻轻放在地上。他看到的最后一个画面是，奔到他面前的小白对他说着什么。但他什么也听不见了，只是在不停的喘息中笑了一下。

倏然，无声的世界被黑色涂抹。

张离在一间两人病房醒来。这时，她腿上的伤口也已做了包扎，左手上正挂着点滴。她扭头看了一眼另一张病床，看见了陈山。陈山闭着眼，头发凌乱而柔软。他脸上的伤口已经做了止血，在张离看来，这道伤口反而让他更有男人味。

两张病床之间的床头柜上，放着一份《大公报·重庆版》。张离的目光在报纸上停留了一会儿后，她猛地意识到口袋里那份揭穿陈山的匿名信。她掀开被子，看到信件的一角从衣服袋口露了出来。她取出信件，揉成了一团，藏在手心。

"我以为你和我一样，都不愿意对付中国人，想不到你和他们是一样的。"

说话的是陈山。张离一惊，扭头望向他。

陈山其实早已醒来，他坐起来，并不看张离，只是语气平静地说着话。

张离问："你到底是什么人？"

余小晚从手术室出来，有些疲惫地擦了擦汗。小白焦急地迎上，告诉她肖科长和张离也受伤入院了。

在余小晚随小白奔向陈山和张离病房的时间里，陈山和张离的对话仍在继续。

陈山缓缓扭过头，正色地看着张离说："我承认，我不是肖正国，但我来这里是被迫的。"

张离问："指使你的是日本人？"

"我叫陈山，上海人，就因为老子跟肖正国长得像，被日本人逼着扮成肖正国来重庆。"说完，陈山向张离展示了自己脖子上的枪伤，"为了以假乱真，连这一枪都是实打实挨的，差点小命都没了。"

张离审视着陈山，不说话。陈山继续说："你以为我想过这种脑袋别在裤腰带上的日子？要不是他们抓走了我妹妹，我陈山一条贱命，大不了陪他们玩到底。可我不能不管我妹妹的死活。"

"你妹妹？"

"是，她差不多就等于是我的性命，我不能让她受一点委屈。"

张离将信将疑地看着他。

"我承认我救你是有私心的，我得有帮手。日本人把我妹妹也带到了重庆，只要能找到她，救出她，老子就两脚抹油跑路了，谁还替他们卖命？"

"他们要你做什么？"

陈山眼珠一转，说："现在当然是先混着，别让人看穿。以后的事，还没说。"

"我凭什么相信你？"

"凭我们都是中国人，凭我把家底都告诉了你，凭我……差点把命都给了你。"

张离动容中，走廊上传来了余小晚匆匆的脚步声。

陈山目光坚定地看着张离说："要是我把你供出去，等于是立了大功，军统局本部一定会视我为忠臣，那样我替日本人做事就更方便了。可我没有，所以你应该信我。"

余小晚跑到病房门口时，张离半躺在病床上，陈山盘腿坐在另一张病床上看报纸。余小晚说："离姐，你没事吧？"

陈山从报纸上抬起头，看了余小晚一眼。余小晚连正眼也没看他。陈山的嘴角露出一抹微笑，又埋头看起报纸。

余小晚快步走到张离床边，要看她的伤势。张离说不碍事，多亏了正国送她来医院，连累他也受了伤。余小晚打量了陈山两眼，说他有什么要紧的，就破点皮也好意思叫受伤。陈山依然埋头在报纸中，仿佛自言自语："我怎么就不要紧了？我可不能让你一个人活下去，那样这世上就多了一个寡妇。"

余小晚很深地看了陈山一眼。陈山仍然头也不抬地翻着报纸："用不着不服气。这是乱世，没有男人，寸步难行。"他突然想起了在国泰大戏院看戏时学来的一句台词，就学着那名男演员的腔调低低地吼了一声："我们为全民族而战，他娘的，日本人想要攻下重庆，简直就是做梦！"

张离问,这是下午看的话剧台词吧。陈山说,整个局本部机关的人差不多都在,但你去哪儿了。张离愣了一下,说去看个朋友。陈山说要是你也在看戏,没准就碰不上这场轰炸了。

"那你怎么就赶上了?"余小晚问道。

"我?也就是早走了五分钟。"陈山吊儿郎当地说,"我能掐会算,算准了时辰把离姐从鬼门关拉回来。是不是又多了解了我一点?"

余小晚的眼睛忽然就亮了一下,脸也仿佛红了一下。她踮了踮脚尖叫了声:"鞋匠。"

张离一愣:"你刚才叫他什么?"

"我叫他鞋匠。"余小晚指着自己的鞋,"你看我这鞋,昨天断了跟,就是他给修补的。"余小晚看向陈山,说:"补得还不错。"

"我连天塌了都能补。"

余小晚噗一声笑了:"越来越会吹牛皮了,哪天我把天捅破了,你补去。"

陈山也乐了:"行,而且绝不收钱。"

3

洪京军请李伯钧到家中做客,两人吃着火锅喝泸州老窖。没多久李伯钧脸就红了,大着舌头说,这么多年了,喝来喝去,还是家乡的酒好。他已经记不清是四年还是三年没回家了。

李伯钧想起了他爹。他爹大字不识一个,心倒是硬得很。当年他离开家的时候,他爹嘱咐他不打跑鬼子就别回家,不干出一番大事光宗耀祖就不用想他们,赶快走,别回头。可他走到村口的时候,一回头就看到他爹在谷子堆旁抽着旱烟抹眼泪。

想到这个情景,李伯钧叹了口气,说:"仗还没打完,出息也谈不上,没脸回去啊。"

洪京军问:"说起打仗,从前你在第八十八师的时候也算打过几回胜仗吧?"

李伯钧摇了摇头:"我去得晚了,差不多全吃的败仗,能从淞沪会战和南京保卫战里活着回来,那都得谢老天爷多给了几条命。"

洪京军察言观色,说:"我记得肖正国是跟你一起回来的吧。"

"是啊,从八十八师调到局本部的,也就我跟他了。我比他早来半年。"

"那也算得上出生入死的兄弟了。不像我,除了你,在这儿也没几个能说话的人。"

李伯钧大着舌头连连说是:"出生入死,无话不说的兄弟啊,最近也不知道是怎么了……"

"怎么啦?"

"自打他从上海回来，就……就没怎么搭理我，我……我几次约他喝酒，他都推三阻四的。"

"这是升官了就撇开兄弟了？"

"我怀疑他昏迷过，脑子坏掉了……"李伯钧抚着自己的左臂，"我这条手臂在南京保卫战的时候被打断过，当时是他把我从死人堆里背出来的。但后来接骨没接好，到现在也使不上劲，一碰就疼。这次他回来，一见我就猛拍了我一下，好像根本不记得这事了。"

洪京军若有所思地听着。李伯钧继续说："从前的事他好像也总不想再提，老是岔开话题。反正啊，他现在不爱搭理我了。"

"你说，这个肖正国会不会有问题？"洪京军试探地问。

"什么问题？"

"你说他会不会已经背叛了？"

"不可能！"李伯钧一挥手，提高了嗓门，"那么多战友都先走一步，死在了鬼子手上，想想他们，那咱们这些人啥时候死都够本了，绝不可能做汉奸！"

"那会不会……他根本就不是肖正国？是别人假冒的？"

"瞎说什么？这可是要割头的。"李伯钧愣了会儿，然后闷闷地招呼洪京军继续喝酒。

李伯钧显然没有发现那枚装在桌子底下的窃听器，他更不会知道，周海潮正在洪京军家隔壁窃听并收录着两人的对话。听完李伯钧的话，周海潮有些失望。

陈山已经做好了晚饭，他将一盘红烧肉、一盆香肠和两个蔬菜放上了桌，对着卧室的余小晚喊了声："想吃饭的赶紧出来，可没轿子抬。"

余小晚穿着睡衣出来时，陈山正往两个饭盒里装菜，连同已经装好的一盒饭一起拿棉衣包好，装进了一个布包。余小晚在桌前坐下，看着陈山，眼神有些复杂。她瞟了桌上的保温壶一眼，问里面是什么。

"鸽子汤，只有张离一人份。你在家慢慢吃吧，我趁热先给张离送去。"

"那你自己不吃了？"

"我晚点吃不要紧。"

"要不你把你自己的也带上，去医院陪她一块儿吃？"

陈山感觉到了余小晚语气中似是而非的醋意，笑了："你这脸都三尺长了，我要是真听了你的，还不得变六尺啊？"

余小晚反而笑了，说："怎么会？离姐是我割头换命的姐们儿，你对她好，不就是对我好吗？肖正国，这一点我还是欣赏你的。"

"最近老听你夸我，还真不太习惯。"

陈山坐下，拿起筷子迅速扒起饭来。陈山注意到余小晚在看他，说："你也快点吃，一会儿一块儿去。"

"我就不去了，"余小晚说，"一会儿吃完饭我还要去国际俱乐部跳舞，你去医院的路上送我一程。"

"原来这就是你们割头换命的交情。"

"我和离姐的交情你不会懂的，咱不玩虚的。她需要我的时候我一定到。用不着的时候，谁也不用做那些表面功夫。"

陈山把余小晚放在国际俱乐部门口，问她用不用他接她回家。余小晚说不用了，还想说句什么，但陈山利落地说了声"好"，就开车走了。余小晚走向俱乐部大门，走了两步，想起把披肩落在了车上。她回过身，对着陈山走远的吉普车徒劳地叫了声。

余小晚看着陈山的车，幽幽地嘟囔了一句："这心得有多热，才能跑这么快啊？"

陈山把饭菜放在桌上，给张离递上筷子，又盛出了一碗鸽子汤，看得张离哭笑不得。

"我哪吃得了那么多？你带这么多真是太浪费了。"

"这不叫浪费，这叫圆满。"

"圆满？"

"对啊。"陈山说，"一看你就是有钱人家的小姐，你是不会懂的。像我这种二十岁前没吃过饱饭的穷小子，打小的梦想就是，等老子有钱了，我吃一碗看一碗，吃一盘扔一盘，这日子就圆满了。"

张离笑笑："幸亏你不是真的肖正国，不然小晚跟着你，有苦日子过了。"

陈山说："也幸亏我不是肖正国，我才能这样看着你。"

张离心中一跳，脸上却迅速冷了下来："你要再敢对我胡说八道，我随时可以检举你。"

"好，"陈山立刻正色，"我保证以后不说，君子动眼不动口，就看看。"

张离对陈山无可奈何，只能低头吃饭："也不许看。"

"那只有一个办法了，你挖了我的眼。"

"你还觉得我不能治你了？信不信我把这些事全告诉小晚？"

"你不会告诉她的。"

"何以见得？"

"因为我们的秘密，得由我们俩一块儿守。"

陈山说罢离去。他一路向外走去，脸上却有难掩的笑意。在他看来，张离看似有些困扰的反应，是她也对他渐渐有些在意的表现。

此时的张离确实正因为自己不够平静而懊恼。她皱眉长出一口气，尽力平静自己。

4

早上，李伯钧夹着公文包路过单位门房时，被告知有一个他的包裹。李伯钧签着字问包裹是从哪儿寄来的，门房说是上海。此时走进办公楼的洪京军刚好听到这些话。

李伯钧刚一转身，洪京军就走到他身旁，搭上了他的肩膀，与他一起上楼。

"哟，你上海还有朋友给你寄东西啊？"

李伯钧看了看包裹单上的姓名，是刘成，也有些不解："他怎么想到给我寄东西？"

"这人谁呀？"

"从前跟我一起从村子里出来的，现在在飓风队，在上海呢。"

回到办公室，李伯钧拆开包裹，取出一封信和一个小布包。他打开布包，从里面掉出了一块怀表。他一脸疑惑地打开了信，只看了两行，脸色就变得格外凝重。而此时，洪京军拿着一瓶酒走了进来。

李伯钧赶紧把信放下，盖住了桌上的怀表，但眼尖的洪京军还是看到了。洪京军不动声色地说："今天早上我娘刚托人捎来几瓶好酒，分你一瓶。"李伯钧客气了一下，把酒接了过来。

洪京军一走，李伯钧就紧张地关上房门，回到桌边继续看信。信上讲述了三个月前发生在黄浦江码头的那次枪战。李伯钧一遍遍反复地看，越看思维越凌乱。"码头""内部人员自相残杀，枪杀一名自己人""凶手在现场遗落一块怀表"这三处关键字从信纸上跃出蹦跳，让他满脸惊恐。

洪京军向周海潮汇报了李伯钧收到包裹之事。寄包裹人的身份、姓名以及包裹中的那块怀表让周海潮感到紧迫，仿佛被一只手攥住了心脏。

周海潮当然记得那个叫阿成的飓风队队员。当时阿成被一颗流弹击中，倒地不醒。而他纵身跃入一堆货包，他的怀表大概就是在那个时候丢的。后来，他走到肖正国背后，扣动了手枪的扳机。

周海潮的呼吸不由得急促起来，他紧闭上眼，驱赶不断闪回的画面，仿佛将其从记忆中抹除，事情就真的能没有发生一样。洪京军在旁边问他怎么了，是不是会出什么事。周海潮睁开眼，顿了一会儿才开口：

"你不用多问，你就告诉我，你看到那块怀表长什么样了吗？"

"好像是之前蒋委员长参加戴老板主持的'四一大会'时，嘉奖给立功人员时发的那一款怀表。我听说每块表的编号都不一样，一查就知道表是奖给谁的。"

周海潮的眉头皱得更紧了。

洪京军问："这表你是不是也得过一块？"

周海潮脸上浮起了略显紧张的神色。他不安地站起身，得知肖正国今天没来上班后，他吩咐洪京军盯紧李伯钧，有任何异动，都要立刻向他汇报。

李伯钧给陈山打了电话。他先问了陈山的伤势，然后说晚上过来一趟跟他杀一盘。陈山略一犹豫，拒绝了他：

"不巧，晚上我还得去趟医院，张离也受伤了，小晚让我给她送饭。"

"送饭也要不了多久，8点你能回来了吧？"李伯钧坚持说道。

陈山想了想，说："应该能。"

李伯钧说："那我8点到你家找你，我有要紧事跟你说。"

陈山不由得神色凝重："好，8点见。"

洪京军在另一个房间里完整地窃听了两人的电话。他与身后的周海潮对视一眼，周海潮向他点了下头，眼神中突现杀机。

这晚，陈山给张离带了一碗红烧牛肉面。余小晚坐在张离的床沿说："昨天我都说他了，带那么多菜做什么，一头猪也吃不了那么多。"

张离说："他只要知道你能吃多少就行了，别的女人能吃多少，他也不用知道。"

"是不是这样啊，肖正国？"余小晚瞟了一眼陈山。陈山盯着自己的脚趾，说："听着像是给我下套啊，怎么回答都至少得罪一个人，这坑我可不跳。"

余小晚瞪了陈山一眼："越来越狡猾！"刚说完，小白就来叫她了，让她去看一下一个突然情况异常的病人。病房里只剩下陈山和张离两人，气氛一时安静又尴尬。

张离埋头吃面，而陈山微笑看着她。张离头也不抬，说："你还是早点走吧。"

陈山没走，他给她讲起了他的妹妹陈夏。陈夏最爱吃他做的面，可她长这么大，牛肉做的面，他就给她做过一次，还是她生病发高烧的时候。大夫说，要是烧再不退，这丫头怕就扛不过去了。所以他爹说，真要是留不住丫头的命，那也得给她吃顿好的。

听到这里，张离不禁抬起了头。

"我找菜刀和宋大皮鞋凑了点钱，割来了二两牛肉，这才做了碗牛肉面给她吃。小夏说，这是她这辈子吃过的最好吃的面。我就跟她说，那你赶紧好起来，才有口福天天吃哥做的牛肉面。"

陈山的眼中满是心酸，他深吸一口气调整了一下情绪："后来她小命是保住了，眼睛却看不见了。其实我哪有钱给她天天做牛肉面吃？妈的，就这么成了个骗子。"

"看来你是个好哥哥。"张离的眼神深邃而凝重。

"所以哪天我要是能找到她，带她走，就再也不会在你跟前讨人嫌了。"

张离听了这番话，莫名有些失落。

陈山看了看表，说："李伯钧8点会来我家找我。来重庆之后，我最怕打交道的人，其实是他，因为他太了解肖正国了。我不知道什么时候就在他眼皮底下栽了跟头，要是哪天我送了小命，你能帮我回家看一眼我爹吗？"

"这么重的任务，你交给一个非亲非故的人，这合适吗？"

"你要非跟我划清界限我当然拿你没辙。但我晓得，你愿意的。小夏就老说我眼睛毒，自从她看不见后，她的眼力肯定是全长我的眼睛上了。我看人哪，没走过眼。"

张离似乎在犹豫。陈山继续说："我来重庆这么折腾着，就是不想小夏跟我一块儿送命，我总得拼一拼。"

张离沉默了一会儿，终于问："你家在哪儿？"

陈山笑了："宝珠弄。我爹除了火气旺，其他一点也不旺，可他的名字却叫陈金旺。"

5

李伯钧走出办公室，四处张望了一下。夜风灌进他的脖子，他把自己的围巾裹得更紧了些。

余小晚值夜班，陈山独自在家。他摆开棋盘，给自己倒上了一杯茶。8点钟，李伯钧准时敲响了门。

陈山让李伯钧喝茶，李伯钧接过茶闻了闻，是老荫茶："你也开始喝重庆本地茶了。"

"重庆老婆都娶了，入乡随俗嘛。"

"这可不像你，你从前一股子别扭劲，烟不抽，酒不喝，毛血旺不吃，除了铁观音别的茶都不喝。现在不一样了啊。"

"那你觉得，我是变了好，还是没变好？"

李伯钧看着陈山，很认真地说："正国，最近咱说话少了。"

"刚回来，处里和家里的事都不少嘛。对了，你不是说有要紧事要跟我说吗？"

李伯钧似乎有些犹豫，但他还是伸手向怀中摸去，"我想让你看样东西。"但随即他的表情一惊，"我明明放口袋里的，去哪儿了？"

陈山问什么东西，李伯钧忽然脸色大变，口吐白沫，捂着胸口连人带椅子栽倒在地。陈山大惊，上前扶住他。他的脸色已经发黑，费力地只吐出一个字：表。

陈山翻开李伯钧的眼皮看了下，背起他就往医院走。在医院急救室门口等候时，张离拄着拐杖陪在他身旁。

"到底怎么回事？"

"有人想害我。"

张离脸色一变："是谁？"

这时周海潮和洪京军从不远处向他们走来。陈山与周海潮对视，周海潮眼中暗藏着得意，脸上却是平静无比。张离顺着陈山的目光望去，也看到了周海潮和洪京军。此时急救室门开了，余小晚走了出来。她摇了摇头："李伯钧的症状属于中毒引起的急性心肌梗死，毒性发作太快，没救了。"

"中的什么毒？"陈山问。

"这个问题，最清楚的人应该是肖科长你吧？"周海潮字字顿开地说。

陈山扭头望向周海潮："你这是什么意思？"

"没什么意思。李伯钧既然是死在肖科长家里，那按程序，就要请肖科长回局本部把话说个清楚了。"

张离关切地看着陈山。

余小晚说："周海潮，你这是想干什么？"

周海潮说："公事公办而已。肖科长，请吧。"

陈山神色镇定，内心却有些恐慌。

在陈山接受审问之前，军统的专业验尸员对李伯钧的尸体进行了勘验。李伯钧的脖子上有一处极小的针扎的痕迹，针眼处明显发黑。

关永山和费正鹏主持会议，陈山坐在两人对面。周海潮站在关永山身旁，手中拿着李伯钧的验尸报告念着：尸检结果显示，李伯钧的致命伤为颈部一处针孔大小的伤口，伤口有乌头碱毒液，说明李伯钧是被人以毒针刺中，急性中毒后引起心肌梗死致死。

"肖科长，你有什么话说？"念完报告，周海潮望向陈山，仿佛成竹在胸。陈山注意到会议室的角落放了一台录音设备。

陈山说："我也想知道是谁杀的他。"

周海潮语气咄咄逼人："李伯钧身上没有别的伤痕，说明他被杀之时并没有跟凶手发生打斗。如此近距离的攻击，一针致命，应该只有熟人才能办到。肖科长你说是不是？"

陈山审视着周海潮，说："倒也不是没有道理。"

"那么你刚才说，李伯钧刚到你家的时候还一切如常，到你家不到五分钟后就突然毒发，是这样吗？"周海潮继续发问。

"是。"

周海潮又问："在李伯钧毒发之前，你们都说了些什么呢？"

陈山回想了他与李伯钧最后的几句对话，然后看了周海潮一眼，镇定地说："拉家常，叙旧，没什么特别的。"

"那我能不能这么说，既然这五分钟里只有你和李伯钧两个人在家，而且你跟他的关系又这么好，如果你突袭将他杀死，是完全可以办到的，对不对？"

陈山笑了笑："周海潮，这个坑我可不跳。李伯钧是我最好的朋友，我为什么要杀他？"

费正鹏开口了，他问周海潮："正国和李伯钧的关系处里谁不知道？你说他杀人，动机是什么？"

周海潮说："费处，我这么推断，也不是空穴来风，其实最近我在处里也听到不少风言风语。"

"什么风言风语？"费正鹏继续问。

"李伯钧时常跟人提起，说肖正国这次回来之后，有很多可疑之处。"

陈山暗自心惊。

费正鹏说："可疑的事当然不能放过，但李伯钧人都死了，他到底是不是说过些什么，又有谁知道？"

周海潮说："纸包不住火。天总是要亮的。"他走到录音设备旁，按动了播放键。

陈山看到费正鹏向自己投来忧心的一瞥，故作镇定。关永山神色悠闲，显然他是知道周海潮有所准备的。

录音设备里传出了李伯钧的声音：

"自打他从上海回来，就……就没怎么搭理我，我……我几次约他喝酒，他都推三阻四的。"

陈山眼神一闪，垂下双目，掩饰内心的紧张。费正鹏有些诧异地皱起眉。关永山神色平静，显然，他已经不是第一次听到这盘录音带了。周海潮微笑着观察陈山的神色。

录音设备里接着传来的是洪京军的声音："我虽然之前跟肖正国接触也不多，也觉得他好像变化挺大的，但又说不上来哪儿不对劲。"

李伯钧说："我怀疑他昏迷过，脑子坏掉了……我这条手臂在南京保卫战的时候被打断过，当时是他把我从死人堆里背出来的。但后来接骨没接好，到现在也使不上劲，一碰就疼。这次他回来，一见我就猛拍了我一下，好像根本不记得这事了……从前的事他好像也总不想再提，老是岔开话题。反正啊，他现在不爱搭理我了。"

陈山心中急速盘算，表面平静。周海潮关掉录音设备，似笑非笑地看着陈山。而陈山也抬起头来，与周海潮对视，眼神中毫无怯意。

陈山不说话，看着周海潮。周海潮继续他早已设计好的话语："肖科长不是问我，你为什么要杀李伯钧吗？那么我来告诉你，李伯钧早就认为你身份可疑，但直到他死前的五分钟才确认你是个冒牌货，你怕他揭发你，所以才杀人灭口！"

关永山和费正鹏都是神色一震。在会议室一时死一般的寂静里，周海潮满脸得意。

陈山神色平静地望着周海潮笑了笑："你说我杀人灭口，而且还在自己家里动手？"

周海潮依然振振有词："就是你认为所有人都不会相信你敢在家杀人，所以最危险的地方就是你心目中最安全的地方！而且因为没有其他目击者在场，你完全有足够的时间处理掉凶器，再假装送他去医院抢救。其实你知道经过这段时间的耽误，他根本就已经没有救活的希望。"

"是吗?"陈山问,"那么我倒想问问,这个录音是怎么来的?"

"这是昨天李伯钧在洪京军家里吃饭的时候说的。"

"吃饭的时候说的话,这么凑巧给录了下来?"陈山审视着周海潮的眼睛,"这是提前装了窃听器?"

周海潮犹豫着说:"不是……"

陈山打断周海潮,使劲瞪着他:"你要敢说你不是故意给我下套,我还真不信。"

周海潮有些尴尬地解释:"洪京军是处里负责窃听器安装的,按规矩,每台窃听器正式使用之前,都要先做测试,以免故障错失重要情报。"

"要测试窃听器的事,是我特意交代下去的。"关永山帮腔道。

费正鹏沉吟不语。

陈山说:"是吗?洪京军可真是有心啊,刚好就在李伯钧来的时候,测试了这么久,还恰好把他说的话全录下来了。"

周海潮冷笑道:"这是天网恢恢,疏而不漏。要不是留下了这段录音,肖科长所做之事可真是天衣无缝了。"

陈山反问周海潮:"要是李伯钧这些话能证明我的杀人动机,那周海潮你成天惦记我的职位和老婆这些事,是不是也算你陷害我的动机?那我也可以这么说,你也有可能处心积虑引诱李伯钧说出这些话,再杀了他,目的只是为了嫁祸给我呢?"

周海潮脸色难看地回应:"肖科长,别以为你倒打一耙就能转移大家的注意力。事实是李伯钧人就死在你家,而且你有充分的作案时间。你在上海失踪这么久,你的身份本来就是最大的疑点,也是对局本部的最大威胁。"

关永山叫停了两人,说:"在事情没查清楚之前,肖正国,你就先在处里待一阵子。配合组织的调查,也是身为军人的职责。"

"是,关处。"陈山无奈地点头。

关永山故意看了费正鹏一眼,问他有什么意见。费正鹏说,就按关处说的办。说完,他看了陈山一眼,面现无奈之色。

散会后,周海潮带着一个锦盒去了关永山的办公室。他小心翼翼地把锦盒打开,里面躺着的是一只青花碗。关永山目不转睛地盯着碗,慢慢伸出手去,在手里仔细把玩着:"元末明初的。"

"也值不了几个钱,在我那儿放着是浪费,说不定什么时候不小心失手就打碎了。"

关永山斜了周海潮一眼:"那我替你先保管着。"

"对对对,就是这意思。又得让您操心了。"

关永山把玩着青花碗,说:"都是自己人,不说两家话。你这饭碗,放心吧,破不了。"

周海潮沉吟着,仿佛有话要说。

"想说什么就直说!"关永山腔调豪气。

"听说……咱们处中共科科长阮思民调到一处去了,这位置刚给挪出来。处座,你知道的,我这人主要就是为了把咱们处里的工作搞上去,所以……"

关永山将碗小心地放回锦盒上,收起笑容,直直地盯着周海潮。

周海潮关切地问:"关处,您这是……怎么了?"

过了一会儿,关永山终于露出了笑容:"年轻人,心急吃不了热豆腐。得找机会啊,机会,永远是最重要的。"

6

余小晚家中的摆设还保持着李伯钧死去时的样子。桌上的老荫茶早已冰凉,李伯钧倒地时带翻的那张凳子依然横陈在地。李龙和齐云正戴着手套查验桌上和茶杯上的指纹。余小晚从卧室收了几件衣服出来,让李龙给肖正国带去。

余小晚没好气地说:"查案就查案,干吗不让回家?真是的。"

齐云说:"还不知道能不能回来呢。"

余小晚一愣:"齐云,你这话什么意思?"

李龙让齐云别说了:"费处都没跟嫂子说,就是怕她担心,你多什么嘴?"

余小晚说:"齐云,你得把话给我说清楚。你们要一个个都瞒着我,我才睡不着觉呢。"

齐云说:"周海潮根本就是公报私仇,非说肖科长身份可疑,被李伯钧看出来,说他是冒牌货,所以才杀了李伯钧灭口。"

余小晚失笑,说:"这么离谱的事儿他也能想得出来,他怎么不去《新蜀报》写连载小说啊?"

齐云说:"就是嘛,周海潮这是想当科长想疯了,变着法子想整肖科长。"

余小晚不满地将衣服重重扔进箱子:"他想整就能整?我倒要看看,他怎么让嘉陵江倒着流!"

荒木惟站在窗前,望着外面的江水。他已经知道了陈山被怀疑的事,来自"樱花"的情报说,周海潮一口咬定现在的肖正国是假冒的。千田英子问他需不需要做些什么,他轻淡地笑了。

"没有风雨的人生未免太无聊,无人注意的间谍也会很寂寞。"荒木惟说,"我提醒过陈山要提防周海潮,要是他连周海潮这样的小人物也搞不定,我们也不用指望他能成大事了。"

在军统第二处大楼门外,张离和余小晚相遇。两人分别坐黄包车来到这里。张离腿上缠着绷带,手里拄着拐杖。余小晚则提着一口小箱子。

余小晚跑到张离面前,问她怎么不在医院待着。张离说,听说正国出了事,回来看看情况。

余小晚让张离陪她去找费正鹏。进到办公室,余小晚把那口小箱子往费正鹏桌上重重一放,砸出砰一声响。

"为什么你们都反对我去为肖正国做证?他是不是冒牌货我还能不知道吗?"说出"冒牌货"三个字的时候,余小晚的眼神游移了一下。她这个细微的神色当然没有逃过张离的眼睛。

费正鹏细心地跟余小晚解释,关永山已经把这事汇报给了戴老板。出了人命,还事关叛国,现在可不是她几句话就能帮正国洗脱嫌疑的。他让她先回家待着,一切由他来办。

余小晚跺着脚说:"那我要先见肖正国一面。"

费正鹏说:"最好先不见面。按理现在除了处里的人,肖正国不能见外人。"

"我什么时候成外人了?"

"规矩就是这样,家属可以送衣物,但不让见面。你要真是相信正国的清白,就别任性,先回家去等消息。"

"难道我就什么都不做?"余小晚又跺起脚。

张离说:"小晚,我替你去看正国吧。费处,我觉得这时候我去应该比较合适。毕竟关处在上面盯着,您这时候还是置身事外比较好。"

"行,你去。"费正鹏同意了,"回头如果有线索,我派人给你,一起把事情查清楚。"

第七章

1

陈山独自坐在昏暗的审讯室中。他的目光停留在高高的窗口泻下的光柱里，看着光柱中飞舞的尘埃。

看了一会儿，他索性闭上了眼睛。这时，审讯室的门开了。睁开眼睛，他看到张离拄着拐杖走了进来。陈山看着张离笑了，一直看着她来到自己面前。

张离递上余小晚带来的一箱子衣物。陈山说："原来何仙姑和铁拐李合一块儿，就是你这模样。"

"找不到杀死李伯钧的真凶，以戴局长疑罪从有的个性，一定不会让你活着。"

陈山依然微笑着看着张离："这么说，你是来还我人情的。你想救我？"

"我是来听你说实话的。"

"人不是我杀的。"

李伯钧的致命伤是在脖子上，乌头碱毒液如果剂量不大，它的毒性有一定的延迟性，所以李伯钧完全有可能是在去他家的路上遇害的。听周海潮读完李伯钧的验尸报告以后，陈山就大概明白了。他回想了下李伯钧进他家时的情景，李伯钧身上有一个细节和以往不同，那就是平时他都会戴着他那条灰色的羊毛围巾，但这天外面明明风很大，晚上也比白天冷，他却没有戴围巾。那么，他的围巾去了哪里？

张离对李伯钧那条围巾当然也有印象，如果李伯钧是在去陈山家的途中丢了围巾，那么围巾的去向可能会与凶手有关。

"所以，"张离看着陈山说，"你是怀疑凶手拿走了围巾？"

"如果凶手下手的时候，李伯钧还戴着围巾，这毒针穿透围巾扎进了他的脖子，是不是也会在他的围巾上留下毒液？"

张离恍然大悟："所以他拿走围巾，就是怕留下物证。"

陈山笑了："你这神仙掐指一算，果然把我们这些凡人的心思全摸透了。"

张离立刻站起了身："我这就去查，等我的消息。"

"要辛苦你了。谢谢。"

"不用谢，我是为了小晚。"张离避开陈山炽热的目光，起身拄拐离去。陈山就那样看着她离去，眼神温柔如同刚才她来时一样。而张离也似乎感觉到陈山灼热的目光在身后一直盯着自己，所以直到她走出审讯室都没敢回头。在关上审讯室门的那一刻，张离终于松了一口气。

听到关门声，陈山脸上的笑容慢慢消失了。他深知，如果此事是周海潮蓄意陷害自己，他一定会把证据彻底消灭，不会给自己机会翻盘。即使设想过无数次暴露的可能性，但如今以这样的方式身陷险境的时候，他还是有着万般的不甘。他还没有找到陈夏，他还没能带她远离危险，他不能就这样一败涂地。这时，有几只麻雀从窗外飞过，让他感到了些许自由。

陈山并不知道，就在审讯室的桌底，暗藏着一个窃听器。他和张离的对话，被周海潮一字不漏地听到了。周海潮摘下耳机，冷笑了一下，吩咐洪京军给毛老四打个电话，约他在老地方见面。

从陈山眼前掠过的那几只麻雀飞过陈夏的窗前时，荒木惟与陈夏正在四手联弹那曲《樱花》。窗外的风将窗纱吹起，窗纱飘至陈夏的脸旁，拂过她的秀发。荒木惟扭头看着，陈夏吹弹可破的脸在晨光中散发出青春四溢的光彩。荒木惟的眼神也变得温柔。

陈夏微笑着，说："荒木君，你在看我吗？"

荒木惟愣了一下，问："目光也可以被听到吗？"

陈夏笑了："目光当然听不到，但我能听到你的气息。当你的气息面对我的时候，我就能感觉到温暖。"

荒木惟微笑道："幸亏你听不到人心。"

"人们都不希望被听到心里所想的事吗？"

"大部分人是的。"

"可我觉得，如果一个人的心能被另一个人完全听懂，那是多么美妙的事啊。"

听到陈夏的话，荒木惟露出了讶异的神色。他久久凝望着光线中美好的陈夏。

"荒木君……"陈夏轻声呼唤，她似乎变得有些害羞，"荒木君，你可以让我听到你的心吗？我的意思是，如果没有人能懂自己，那你会不会觉得孤单呢？我只是觉得你对我那么好，我也想为你做些什么。"

荒木惟沉吟片刻，说："人的本质就是孤独的。"

两人继续弹奏着。荒木惟本来的梦想是，一辈子做一个孤独的钢琴家，因为只有与自己的内心为伍，才可能远离这个世界令人厌恶的一切人和事。陈夏不是太懂荒木惟这些，但她知道他和一般人是不同的，他的心是干净的。但荒木惟并不这样认为，曾经的他确实有一颗渴望干净的心。但是战争来了，身为军人家族的后裔，荒木家的男人必须征战沙场，所以他不能是个懦夫。

"那现在的生活是你想要的吗？"陈夏说完，就听到荒木惟的心脏急速地跳了几下，听到他不由得捂住胸口。他的弹奏当然也停了下来。陈夏不由自主地扶住了荒木惟的手臂："荒木君，你没事吧？"

荒木惟立刻从口袋里取出药吞了下去。陈夏从钢琴旁的桌子上迅捷而准确地摸到了水杯，递给他。荒木惟迅速喝下几口水，喘息着。陈夏抚着荒木惟的后背，这让荒木惟的身体有些异样地变得紧张起来，他挺直后背，扭头看向陈夏。

"好些了吗？"陈夏关切地问。

"陈夏，我是一个随时会死的人。我害怕在孤独中死去，只有热血沸腾的感觉才会提醒我，我还活着。我想成为一个英雄。"

"你已经是英雄，在我心里，你就是。"

荒木惟看着陈夏，一种微妙的情感在他们之间悄然滋长。

2

余小晚坐着黄包车归来，看到家门口地上放着一束玫瑰花。付钱下车后，她有些诧异地拿起那束花，四下张望了下，却未发现异常。

将李伯钧那条冬不离身的围巾消失的疑点报告给费正鹏后，张离便带齐云、李龙等人外出寻找线索。她已问过门房，门房告诉他，昨天晚上，李伯钧大约7点30分离开办公室，而且他亲眼看见李伯钧出门的时候戴着围巾。所以，他们去了从局本部到肖正国家的那段必经之路，李伯钧就是在这段路途中遇害的。

此时，周海潮正和毛老四在江边碰面。周海潮问东西呢，毛老四就递上了一块怀表。周海潮打开怀表，细看表盖内侧那一排钢印的数字编号。确认就是他三个月前遗失的那块后，他又要信。但是毛老四告诉他，没有信，李伯钧口袋里只有那块表。

周海潮皱眉说："那怎么行？两样东西我都得拿到。"

毛老四也吼了起来："那他也得带在身上我才能拿得到！怎么？"毛老四迅速举枪瞄准了周海潮，"你是想赖账？"

周海潮冷冷地看着毛老四："我身后至少有十杆枪正对着你。如果我是你，至少得对雇你的东家客气一点。"

毛老四瞥了一眼周海潮身后。不远处，有几幢房子，看起来很容易埋伏人。事实上，在其中一幢房子内，洪京军正端着一把狙击枪，瞄准了毛老四的头。毛老四垂下握枪的手，说："你用不着威胁我。人我已经替你杀了，该给的钱，你一分也别想少。"

"那也得替我把事情做干净了！"

"还有什么不干净的？"

"让你杀的那个人，他的围巾去哪了？"

"我哪知道？"

"那你毒杀他的时候，他是不是戴着围巾？"

毛老四回想当时的情景。他走到李伯钧身边，装作不小心撞了李伯钧一下，不仅从李伯钧怀里偷到了表，还用针筒扎了他的脖子。针头不是直接插进李伯钧的脖颈的，而是先穿透了围巾。而且，在李伯钧踉跄的时候，那条围巾还在他眼前飘了一下。

"对，他戴着围巾。"

"但现在他的围巾不见了。"周海潮脸上难掩急迫，"如果被人找到那条围巾，发现围巾上残留的毒液，你这单活儿就等于白干了。"

毛老四皱眉说："我上哪儿去找他的围巾？"

周海潮拿出张离的照片在他眼前晃了晃："这个女人在找围巾的下落，跟着她，抢在她找到围巾之前毁灭证据。"

周海潮走回洪京军藏身的那幢房子，站在窗口看毛老四走远。周海潮分析，肖正国肯定没有得到那封信，否则他不会被动到被关起来的程度。

李伯钧一出事，洪京军就搜查了他的办公室，并没有找到那封信。但李伯钧的宿舍他还没有查。周海潮有些急了，让他赶紧去找。

齐云和李龙等人在街头拿着李伯钧的照片询问路人，问了不少，没有收获。李龙只得又往墙上贴印有李伯钧照片的告示。张离忽然想到了什么，挂着拐上前，从李龙那儿问到了李伯钧的住址。

李伯钧住在清风巷135号小院。那是军统第二处的单位宿舍，对外保密。白天宿舍人很少，要么在处里上班，要么出外勤。李伯钧住107，李龙已经去那儿看过了，没有发现围巾。

张离向清风巷内走去。她并没有发现，戴着帽子的毛老四正站在远处的街角监视她，并悄悄跟了上去。

在李伯钧宿舍门前的地上，张离发现了一个新鲜的左脚泥渍脚印。她循着脚印回望，看到了不远处地上的水洼。她当即明白，有人进入了李伯钧家，此刻极有可能仍在李伯钧家中。

张离掏枪在手，俯身贴到李伯钧家门上倾听，听到了里面翻箱倒柜的声音。

张离后退两步，对准门锁开了一枪，然后挂着拐杖，一脚踢开了门。

在李伯钧房间里的是洪京军。听到枪响后他跳着蹲向床后，并向张离开了一枪，张离迅速闪身到一旁，没有看清楚他的脸。忽然，张离听到了飞速过来的一阵风声，下意识一躲，看见一个亮光掠过她的衣袖，钉在了她身边的门板上。

一把飞刀。

张离看向自己的衣袖，已经破了，破口处迅速被鲜血浸湿。

射出飞刀的是毛老四，他趴在一个屋顶上，以为张离在这里找到了围巾的下落。张离向毛老四开枪，毛老四闪身消失了。接着，张离冲入李伯钧家中，然而此时后窗大开，屋内的人已不见踪影。她不知道刚才在这里的人是谁，在找什么，但是她能确定，这个东西一定跟李伯钧的死有关。

听到枪声，李龙和齐云带人赶到，和张离一起在李伯钧家中翻找围巾。洪京军并未跑远，就在屋顶上趴着。听着张离等人的对话和翻找东西的声音，他不禁暗暗叫苦。

对于洪京军和张离的狭路相逢，周海潮有些气急败坏，好在张离应该没有看到洪京军的脸，也没有在李伯钧家里找到什么。

"我还是低估了张离。"周海潮长吁一口气，"再这么下去，只怕这个女人会坏了我的大事。但是事情还没那么糟，连他们也没找到信，那说明信应该不在李伯钧家里。现在，表已经拿到了，信暂时就不找了，免得打草惊蛇。"

3

余小晚把张离扶到沙发上，给她递上了一杯水，张离一口气喝下半杯。余小晚问起她手臂的伤，张离说没事，是在路上不小心被钉子划伤的。

"瞎说，钉子能在衣服上划出这么平整的口子？你糊弄外行还行，我可是外科医生，这明明就是刀伤。"余小晚忽然脸色大变，"难道你遇袭了？是不是替肖正国找证据的时候，有人想对你不利？"

"没有，真的就只是个意外。就出了一丁点儿血，没事。"

"你可别骗我。"

"不骗你。再说有齐云、李龙他们跟我一块儿呢，怕什么？"

"好吧，那你自己千万小心，不然我放心不下。你要是有个三长两短，我不答应。"

张离看到了茶几上的那束玫瑰，问哪儿来的，余小晚也不知道。

"上午我从你们单位回来的时候，就看到这花放门口了。"

张离若有所思。余小晚见张离腿上的伤口又渗血了，便起身去拿药箱。包扎的时候，张离说："这花要不是别人送你的，会不会跟李伯钧有关？"

余小晚愣住了。这时，桌上的电话响了起来。余小晚腾不出手，让张离接。是费正鹏的电话，听到是张离，费正鹏说："我就是想找你。"

"费处，什么事？"

"我刚刚得到消息，戴局长对李伯钧一案十分重视，要求关永山明天就审结此案。"

"这么快？"

余小晚关切地问怎么了，张离对她故作轻松地摇了摇头。

费正鹏继续在电话里说："明天上午，我会尽量拖延时间，你让小晚也来处里。最晚10点，我估计关永山就会把正国送去白公馆。要是不能在那之前找到证据，只怕夜长梦多。"

"明白！"张离思索着放下了电话。

101

"干爹到底跟你说了什么,离姐?"

"他让你明天一早去找他。"

离开余小晚家后,张离又去了第二处见陈山,告诉他明天结案,以及他家家门口白天出现一束玫瑰花的细节。

"小晚不知道是谁送来的,但它又出现得蹊跷,所以我想问问你,这束花会跟李伯钧有关吗?"

陈山再次回溯李伯钧到他家时的情景。他给李伯钧泡了茶,李伯钧接茶后闻了闻,说"老荫茶"。在这个瞬间,他看到李伯钧的衣袖上依稀可见一些棕色粉末,那正是花粉。

张离问那些花粉跟玫瑰是否有关,这一点陈山并不能确定,他只是猜测,也许李伯钧在到他家之前去过花店或者有花的地方。

"我知道该上哪儿去找了。"张离说罢起身就走。

"其实我挺高兴的。"陈山忽然说。

"你还高兴?"张离站住,"如果明天10点之前,我还找不到证据证明你的清白,你就会被送走。白公馆是军统局本部的直属看守所,进了那儿就没几个人能出来了。"

陈山微笑了下:"尽人事听天命。不管明天我会不会死,看到有人为救我而奔波,忽然觉得我福分还不错。"

"那要是我救不了你,你有什么遗言吗?"

陈山微笑看着她:"你还是长发好看,留长了,就别再剪了。"

张离莫名心动,但她什么也没说,转身离去。

两人这一次的谈话当然又被周海潮完整窃听。他摘下耳机,露出猥琐的笑容,自言自语:"这肖正国死到临头,还有闲心对别的女人风花雪月。"

他吩咐身边的洪京军,跟着张离,要是她真找到了什么,务必让毛老四赶在她之前下手。

张离拄着拐杖,独自走在人流已渐稀少的街头。街头的墙上,张贴着一些李伯钧的寻人启事。李伯钧生命的最后一刻曾从这里走过,张离想。她仿佛看到李伯钧在路上与各色行人擦肩而过的情景,风很大,他把围巾又系紧了一些。

走到一个路口时,张离望向四平巷,她发现那里的地面上有一些被丢弃的残花和枝叶。

此时,毛老四正像一条无声的野狗一样尾随着她。他当然也看到了那些花枝。

张离快步走到四平巷,看清地上的花枝后,她的眼神亮了。她走向旁边一个小吃摊,向摊主询问这里是不是有人卖花。摊主说,有个十五六岁的小姑娘,叫小凤,隔三岔五来卖花。

张离兴奋地问:"昨晚她是不是来过?"

"来过。今天不知怎么的，到现在还没来。"

张离又从口袋里取出李伯钧的照片，问他见没见过。小吃摊主看了一眼照片，说这就是昨天那个大主顾。

"大主顾？"

"对啊，昨天这个大主顾经过，一下把小姑娘的花全买了。钱全给了，花却没要，还把自个的围巾给了小凤。"

张离大喜："你知不知道这小凤的住处？我要找她，人命关天！"

暗处，毛老四的目光隐然一闪。他把张离的照片给另外两个年轻袍哥看，让他们分头找，必须赶在这个女人之前找到那个叫小凤的小姑娘的下落，把围巾抢到手。

已经是上午9点30分，余小晚正在费正鹏的办公室等张离。她看了一眼表，更加焦躁不安了。张离昨晚让人给费正鹏捎话，说10点带证人过来。她又望望楼下，还是看不到张离的身影。

费正鹏让她耐心点，顿了下，问她跟肖正国的感情究竟怎么样。他皱紧了眉头，说："李伯钧那段录音并不是假的。"

"干爹，难道你也怀疑肖正国？"

"我是想问你，现在这个肖正国到底有没有问题？"

余小晚看了费正鹏一会儿，说："干爹，我不知道你们怎么想的。本来他要真在上海牺牲了，我也就认了。可现在人回来了，好不容易我也算看他顺眼了，你问我这样的话？"

费正鹏耐心地说："问题是这件事一旦闹到了戴老板那里，如果没有证据证明他是清白的，我就是拿人头担保，也救不了他。所以，你得有心理准备。"

余小晚有些慌了："不会的，离姐不是说她会找到证人的吗？"

"那万一10点前她到不了，正国就被送走了，以后的事就不是我能控制的了。所以我特意让你今天早上来，是想让你单独见一见周海潮，探一探他的口风。这件事如果正国确实是清白的，那么最大的可能是，周海潮在设计陷害他。"

"周海潮这个人虽然功利，但杀人陷害这种事，他敢做吗？"

"知人知面不知心。这件事，最大的两个可能性就是，要不肖正国是假的，要不周海潮想陷害他。现在我来问你，你更愿意相信哪个？"

余小晚沉默了。

4

张离、齐云、李龙三人走在一片贫民窟中，不时钻过低矮的晾衣竿下，避过各种堆积的杂物。他们已经找了一夜，谁也不知道卖花的小凤住哪儿。

但张离并不认为找错了方向。小凤要照顾生病的奶奶，她去卖花时就不会走远。

她家境贫寒，所以只能住在贫民区。而离她卖花地点最近的贫民区，就是这里。张离看到一个挎着菜篮的大妈拐出街角，再一次过去询问。这次，终于有了结果——小凤就住在金钱寺旁的草屋里。

三人快步赶到草屋，还没靠近，就听到了从屋里传出的女孩的尖叫和脸盆落地的声音。

三人对视，脸色大变。李龙和齐云立刻掏枪奔去。两人冲入草屋，看见床上躺着一个昏迷的老妇。床前有一只打翻的水盆。后窗开着，显然有人刚从那儿离去。李龙和齐云越窗追出。

张离拄着拐杖，稍落在后。她跑到屋门口，看到李龙和齐云追出窗外，立刻转身，望了望两旁，并迅速选定右方，向前追去。

跑出几步后，她就看到了地上有一只女孩的鞋。她继续往前追去，在金钱寺门口站住，前后望了望，决定进去。

此时，在金钱寺后院，小凤已经被毛老四反扣了双手。毛老四用枪顶着她的脑袋，问她围巾在哪儿。小凤害怕地问什么围巾，毛老四就用枪托狠狠击了一下她的脑袋。

"少他妈给我装傻。那个男人给你的围巾，在哪里？"刚说完，他就听到身后传来了叫喊。回头一看，张离正举枪对着他。

"放开她！"

毛老四一惊，猛地胁持着小凤转身，将她挡在自己身前。小凤看到张离，眼中满是惊恐与期望。

"你为什么要杀李伯钧？"张离质问毛老四。

"你少管闲事！别过来，不然我杀了她！"

张离打量了毛老四一眼，看到他衣襟下露出的那一截衣带："你一个袍哥，敢杀堂堂军统的人？所以你是收钱替人办事，是不是？！"

"不关你的事！你再不滚蛋，老子连你一块儿杀！"

"那你也得有这个本事。"张离的枪口始终稳稳地对着毛老四的头，"我们的人已经包围这一带了，你杀了我也走不了。为了一点小钱杀人，结果把自己的命赔上，这生意你真的想做？只要你说出是谁指使你杀的李伯钧，我可以放你一条生路。"

毛老四犹豫起来，开始思考张离的话。张离忽然将拐杖朝他抛了出去。毛老四一慌神，立刻用小凤去挡，小凤不由得一声惊叫。小凤被拐杖击中的同时，毛老四和小凤的身体也隔开了一段距离。张离趁机向毛老四开枪，击中了毛老四的腹部。

此时已经是9点50分。

费正鹏来到了关永山的办公室，在他办公桌前坐下。关永山告诉他，十分钟后，他得把肖正国送去白公馆，戴局长要亲自审问。

"可这才两天就移交到局本部的直属看守所，用得着这么着急吗？"

"这话你不用问我,可以直接去问戴局长。"

费正鹏哑然。关永山继续说:"防谍这事儿,戴局长的弦比谁都拉得紧。咱们谁也担不起这个责任。"

费正鹏一声长叹。

"虽然肖正国是你好兄弟的女婿,但事关叛国重罪,你要是管了他的事,万一这人的身份有一丁点不清白,你不但乌纱不保,还要视为同犯。悠着点吧,老弟。"

听完关永山这句话,费正鹏便走回了自己的办公室。余小晚还在等他,见他进来,焦急地站起了身。

"10点整,他们就要送正国去白公馆。"费正鹏的语气有些无力。

但是张离还没有回来。费正鹏沉吟了下,告诉余小晚,押送任务一定会让周海潮去执行,她兴许能想办法拖延一下。

张离此时还在和毛老四周旋。毛老四朝张离开了一枪。若不是齐云赶到,猛地将张离推开,子弹就会射进张离的身体。李龙也冲进来,一枪击中了毛老四的胸口。

"别杀他!"张离冲李龙大喊,但这时,毛老四已经圆瞪着双眼向后倒去,死了。

小凤吓得浑身打战,惊恐地望着张离。张离上前搂住小凤的肩,向她出示了李伯钧的照片,问她认不认识。小凤说,那是李大哥。

10点钟,周海潮准时接到了关永山吩咐他把肖正国送去白公馆的电话。放下电话,他一脸得意。这时洪京军跑进来,告诉他余小晚来了,在会议室等他。

周海潮猥琐地笑了,平日都是他求着她,今天就让他尝尝被她求着的滋味。他走进会议室,看到余小晚在椅子上坐着。他说:"小晚,你怎么来了?"余小晚说:"我丈夫两天没回家了,听说今天你在审问他,我就来等消息喽。"周海潮让她去他办公室坐,余小晚说:"这不好吧,怎么说我也是肖正国的太太,这个节骨眼上去你办公室单独待着,不合适吧?"

周海潮笑了:"也是。"

余小晚说:"从前你说你总有一天要取代肖正国,得到他的职位,得到我,我一直以为你只是说说而已,原来你是来真的?"

"小晚,我说过我会证明给你看的。公平竞争嘛,我要让他输得心服口服。"

"所以你整了他的黑材料,说他是假冒的肖正国,都是为了得到我?"

"我当然想得到你,但不用我整虚的,一切都是证据确凿。他如果是清白的,什么黑材料也整不倒他。可他是不是肖正国,你心里难道不清楚吗?"

余小晚莫名心惊,一时哑然,舒了口气后,才重新开口:"就是因为我太清楚了,所以才觉得周海潮你太卑鄙了。"

"小晚,这个人根本就不是肖正国。肖正国是个什么样的人?尿包,闷罐子,他跟你结婚之后总共跟你在一起不到两天,但你也说过,你叫他往东他不敢往西。你根本就不喜欢那种对你百依百顺的男人。现在这个肖正国呢？他竟然敢对我说，让我别想再打你的主意。李伯钧都能看出来他不是肖正国，你能看不出来？"

余小晚仍然嘴硬地回应他："人是会变的。我也会变，以前喜欢的，现在不喜欢了，以前不喜欢的，现在觉得顺眼得很。"

"小晚，你不会是喜欢上现在这个冒牌货了吧？"

"周海潮，本来我一直想不明白，为什么你长得也不错，对我也不错，我就是对你不感兴趣呢？"

周海潮的脸色有点难看。余小晚继续说："你不光是个孬包，还成天想着使阴招，惦记那些不属于你的东西，偷不成就抢。我瞧不起你。"

"那你说他就是如假包换的肖正国，那你倒是说说，他身上的胎记，是长在哪儿的？"

余小晚一愣，说："这么隐私的事，我自己知道就好，为什么要告诉你？"

"你是不知道，所以不敢说吧。或者你就告诉我，那胎记是在左后腰呢，还是右后腰？"

余小晚心中紧张，她不由得交换了一下双腿叠坐的姿势。洪京军跑进来向周海潮禀告，白公馆那边来电话催问了，让他赶紧把肖正国送走。

让洪京军出去后，周海潮重新看着余小晚，说："小晚，别自欺欺人了。我把这个奸细抓出来，对党国，对你的幸福，都是大功一件。"

说完，周海潮就走了出去，留下余小晚独自发怔。

5

张离、李龙、齐云与小凤一起回到草屋时，屋里已是一片狼藉，连原本躺在床上的奶奶也摔倒在地。两个年轻袍哥从后窗翻越而出，显然他们刚刚就在屋中找围巾。李龙上前向他们奔逃的方向开枪，但没有击中。

小凤扑到奶奶身上哭喊起来，张离试探奶奶的鼻息，她只是昏过去了。"小凤，没时间了。我马上让人把你奶奶送去医院，但你现在得告诉我围巾到底在哪儿。"

小凤解开奶奶的棉袄，露出缠在奶奶腰间的那条围巾。害怕奶奶着凉，小凤就给她缠在了腰上。

张离、齐云大喜，李龙则万分焦虑，因为这时已经10点了。

周海潮在陈山对面坐了下来。

陈山质问周海潮："杀人凶器呢？目击证人呢？两天了，你们什么也没查到，就这样也能收押我？凭什么？"

周海潮笑了笑，拿起录有李伯钧说话的那盘录音带，说："肖正国，收不收押你，不是我能决定的。但只要把这盘录音带交给戴局长，相信他会告诉你，你再也别想见到重庆的太阳了。请吧。"

陈山站起身，与周海潮对视："周海潮，你最好有本事弄死我，不然我一定会让你后悔。"

周海潮冷笑了一下："你不会有那个机会的。"说着亮出了手铐，"委屈你了，肖科长。"

周海潮、洪京军把陈山带出办公楼时，外面已经有一辆汽车在等候。

关永山和费正鹏站在门口。关永山说："肖正国，服从命令和服从组织调查都是军人的天职。去吧，希望你尽快回来。"

"谢谢处座。"

说完，陈山看向费正鹏，费正鹏正有些无奈地看着他。余小晚忽然跑了出来，大叫了一声"肖正国"。

"你们为什么铐着他？"余小晚大声说，"关处长，肖正国他犯了什么错？"

费正鹏说："小晚，好好跟关处长说话，正国这是去配合调查。"

关永山说："肖太太的心情我理解，但这是工作需要，也请肖太太理解。"

"工作需要配合调查是吧？那应该沐浴更衣整整齐齐地去见戴局长才对。铐着算什么？肖正国招谁惹谁了？自己的好朋友刚死，伤心还来不及，还要被人怀疑是他杀了人。你们凭什么怀疑他？哦，对了，周海潮，刚才你是说，他不是真的肖正国，是个冒牌货是吧？我自己的丈夫，是真是假我能不知道？关处长，你们连我这个夫人都没问一声，就想定肖正国的罪，这是不是太草率了？不带这么欺负人的吧？"余小晚连珠炮式的发问让在场的男人面面相觑。

周海潮说："余小晚，李伯钧的死事关重大，不是一条人命那么简单。所以让肖科长去总部接受问话，也是戴局长的意思。"

"要不是你搞了一堆小动作，戴局长那么个大人物会有空见我家肖正国？刚才你不是问我，肖正国身上的胎记长哪儿吗？"

余小晚上前一把掀开了陈山的衣服。陈山下意识地躲闪，小声问她干什么。余小晚瞪他一眼说："别动！"陈山只得任由余小晚扯出他塞进裤腰的衬衣，露出了他后背肌肤，后腰上根本没有胎记。

余小晚对周海潮说："看到了吧？根本什么胎记也没有，你还问我他的胎记长在左腰还是右腰，你也就这点讹人的本事了。"

余小晚又看向关永山："关处长，不是我这个做家属的不配合处里的工作，实在是有的人恬不知耻，为了追求我到了不择手段的地步。"

周海潮的脸色很难看："余小晚，你可不能在这儿瞎说。"

"你在俱乐部成天缠着我的事，大家都心知肚明，你成天说你早晚要取代肖正国的话，旁人也不是没听见过。要是李伯钧说肖正国不对劲，肖正国就有杀人动机，那你成天惦记着我，你也有陷害肖正国的动机啊。要不干脆大家一块儿铐上，去戴局长跟前评评理。"余小晚说着向周海潮伸出双臂，"来啊，铐上啊，让你铐上呢！"

"够了。"关永山说，"肖太太，肖正国涉嫌叛国罪和杀人罪，这可不是开玩笑的事。戴局长跟前，也不是谁想去就能去的。"

"你吓唬谁呢？我余小晚在手术台上见过多少人就那么死去，我余小晚可不是吓大的！"

"小晚！"费正鹏喝止了她，然后低声呵斥，"懂点规矩。你这是在和谁说话?！"

余小晚还欲再说，陈山一把拉住她的手。余小晚的手被陈山握在手里，忽然一阵心跳，她望向陈山，眼里满是亲切和委屈。

"你都说了，你丈夫是如假包换的肖正国，那我去见一趟戴局长也不会掉了脑袋。"陈山对余小晚说，"我媳妇一开口就能震倒一片，你男人也不会丢了你的颜面。等着，没准我因祸得福，还得了戴局长的赏识也不一定。"

周海潮在一旁无声地冷笑。

陈山对关永山说："关处，肖正国不会让您失望的！"他又看向费正鹏，"老费，这两天麻烦你帮我照顾小晚。"

说完，他放开了余小晚的手，走向那辆等待着他的吉普车。周海潮看了洪京军一眼，洪京军点点头，跟着陈山上了车。车内前排的阿强和阿国也都与周海潮交换了一下眼色，显然他们都是他的人。周海潮已经吩咐好了，等车子到七星岗一带，就动手，先让陈山"畏罪潜逃"，再击毙他。

余小晚关切地看着陈山坐进车后座，陈山从车内向她笑了一下："等我回来。"

余小晚什么也没说，目送吉普车离去。

关永山让费正鹏去他办公室商量事情，费正鹏走到余小晚身边，拍了拍她的肩膀："别太担心了。"余小晚收回目光，望向费正鹏："肖正国说他会回来，就一定会回来的。"她似乎是说给自己听。

费正鹏离开后，余小晚独自茫然地站在办公楼门口，望着渐渐远去的汽车，直到它消失得无影无踪。

忽然，她的眼睛亮了起来，她分明看到了匆匆赶来的齐云、张离和小凤。

<h2 style="text-align:center">6</h2>

押送陈山的吉普车行驶在街头。

洪京军在酝酿着情绪。陈山没有说话，但从洪京军不时调整的坐姿里，他感觉到洪京军似乎有些紧张。很快，车子驶近了七星岗，渐渐驶入一片偏僻地带。

洪京军的手伸入口袋准备掏枪，就在此时，一辆吉普车从横道里冲出，拦在了路当中。陈山分明看到，坐在副驾驶座上的人就是张离。而陈山所坐吉普车的司机来不及刹车，两辆车眼看就要相撞。陈山不由得大喊了一声"停车"。

随着一声尖锐的刹车音，陈山所坐的吉普车在离张离所坐吉普车十厘米处停下了。

洪京军的头重重撞在前排椅背上。他气急败坏地下车，问张离想干什么。

张离说："我有人证和物证，可以证明肖正国的清白。费处有令，让我来带肖正国回去当面对质。"

洪京军愣住了。陈山望着张离，露出了感激欣慰的笑容。这一回的对视，张离也终于朝他露出了一丝笑容。

第二处会议室里，关永山、费正鹏、周海潮、陈山都在。小凤抱着李伯钧那条灰色羊毛围巾，怯生生地看向张离，张离对她鼓励地点点头。

小凤开口说："那晚，我在四平巷口卖花。"

那晚，小凤在四平巷口卖花。有个男人买了她五枝花，该付五块钱却只给了两块，还骂咧咧地踢倒了她的花篮。整理花篮的时候，她无声地哭了。然后她看到一块手帕递了过来，她抬起头，看到了李伯钧。

李伯钧问她为什么要出来卖花，她告诉他，奶奶病了，没钱买药。李伯钧就买走了她所有的花。见她冻得直哆嗦，还把他的围巾给了她。

周海潮打断小凤的讲述，他说张离："这就是你找来的证人？她能证明什么？能证明李伯钧是个好人？你在跟我开玩笑。"

陈山凝眉回想，他曾看到李伯钧打开钱包时露出来的那张全家福合影。照片上他的妹妹与小凤颇有几分相似。他便开口说："李伯钧之所以特别照顾小凤姑娘，是因为她长得像他的妹妹。李伯钧从小和妹妹感情最好。这么多年没回家，他最惦记的就是妹妹。"

关永山说："让这个丫头接着说。"

小凤说："李大哥买下了我所有的花，却不肯要我找给他的钱。"

陈山想象当时的情景。小凤执意将花交给李伯钧，李伯钧推辞，这个过程中，有百合花的棕色花粉掉落在了李伯钧的衣袖上。

小凤继续讲述。那晚李伯钧走后，她就一直悄悄跟着他，直到看到他进了家门。她曾想把花给他放在家门口，可这时有人撞倒了她，花被摔坏，她只能先走。

张离接话说："小凤以为李伯钧是回了自己家，但实际上她看到的那个家门口是肖科长家。"

陈山说："所以小凤第二天又特意在我家门口留下了玫瑰，作为对李伯钧的回报。"

周海潮非常不屑："说了半天就这点事，这能证明肖正国的清白？"

张离接过小凤手上的围巾，说："这些话或许不能，但这条围巾能。"

所有人的目光都停留在那条围巾上，周海潮眼中有惊慌一闪而过。

张离展开围巾，露出上面一处针孔。针孔周围似有一些液体浸湿过的痕迹，已干枯并泛白，非常清晰。

"这就是证据。"

周海潮的脸色变了。

张离继续说："李伯钧到肖正国家之前，已经把围巾送给了小凤，如果围巾上的液体和李伯钧所中之毒相同，那就能够证明李伯钧在见到小凤之前，就已经中了毒针，肖正国是清白的。"

关永山沉吟不语。费正鹏精神一振。

周海潮说："李伯钧到肖正国家的时候到底有没有戴围巾，谁知道？这条围巾完全有可能被肖正国先藏起来，现在再临时拿出来做伪证。你怎么能证明这个小姑娘说的就是实话呢？"

小凤说："我没有撒谎。李大哥给我围巾的时候，好多人都看到了的。"

"街对面的小吃摊老板和送客人出来的当铺伙计都看到了。"张离说，"如果有必要，我可以把那两位目击证人找来。"

陈山感激地看了张离一眼。

"更蹊跷的是，今天在我们寻找证人和证物的途中，有人试图抢在我们之前毁灭证据，甚至杀人灭口。"

张离望向周海潮，周海潮一阵惊慌，强自镇定。张离说："我猜那个人，才是周副科长要找的真正的凶手。"

周海潮硬着头皮问："那凶手人呢？"

张离停顿了一会儿，观察着周海潮的反应。会议室的气氛一时凝结。陈山望着张离，关永山瞥了一眼周海潮，费正鹏则观察着陈山。

"可惜他企图开枪杀我，最后死在李龙的枪下。"

周海潮似乎松了口气，说："那你怎么知道，这个人就是凶手？"

张离望向小凤，小凤说："我见过这个人。那天李大哥要付钱给我的时候，有个戴帽子的男人走过他身边，撞了他一下。李大哥当时就捂着脖子，好像脖子被什么东西给扎了。今天他来我家找我要围巾的时候，我就认出来了。"

张离说："这个人的尸体现在在停尸房，从他的装束看，应该是个袍哥。"

费正鹏问："袍哥为什么要杀李伯钧？"

周海潮故意问道："难道李伯钧得罪了袍哥会的人？"

"错了。"张离盯着周海潮的脸说，"他说，他只是收钱替人办事。"

周海潮暗自心惊，不再开口。

"这么说来，应该是有人知道李伯钧这天晚上会来找我，所以故意让他在路上下手，这样等李伯钧到我家的时候，正好毒发，就能神不知鬼不觉地嫁祸给我。"陈山也看向周海潮，"看来这个主谋不是跟李伯钧有仇，而是跟我肖正国有仇。周副科长，你说是不是？"

周海潮心脏狂跳，故作镇定："只可惜人死了，肖科长的推理恐怕很难证实了。"

"行了！这些日后再查。"关永山截住了两人的对话，"既然证人和证物都在了，当务之急，还是先把围巾送去化验。"

"对！"费正鹏赞成道，"这围巾上要确实有乌头碱的痕迹，肖正国也就清白了。"

陈山和张离对视一眼，均感欣慰。

第八章

1

张离把小凤送到第二处大门口,她从口袋里拿出一些钱,塞到小凤手里。小凤还在为李伯钧的事抹眼泪,不肯收,张离微笑着说:"从明天起,每天给我送束花好吗?"

陈山从办公楼内走出来的时候,看到了张离的背影,她正在目送小凤远去。他走到张离身后,说了声"谢谢"。"不用客气。"张离没有回头,"只不过是还你的人情,现在我们扯平了。"

"怎么可能扯平?"陈山说,"我这人没什么别的好处,就是见不得别人待我好。你这腿都快为我跑瘸了,是我欠了你一个大人情。"

此刻,关永山和费正鹏正在办公室里相对而坐。关永山问接下来怎么办,费正鹏沉吟了一下,说:"要不就不查了。"关永山看着费正鹏,没说话。

"关处,您看,肖正国和周海潮他俩,为了这职位和女人的事,闹不和也不是一天两天了。这件事要接着查,真查出点事儿来,咱们第二处的脸在军统局本部可就丢大了。"

"那戴老板那里总也得有个交代。"

"让周海潮写个结案报告,就说人是日谍杀的,上个月电讯科小蒋被杀的事,不是也没找到凶手吗,就说是同一伙人干的。"

关永山沉吟着,不置可否。费正鹏思量了一下,继续说:"我呢,回头也跟您一块儿到戴老板那里做个汇报,就说肖正国受伤后脑子受了影响,所以有些事儿记不起来了。要不是因为这样,周海潮也不会怀疑他,所以整件事就是个误会。可不能让戴局长以为咱第二处管理无方,瞎搞内讧。您看这样行吗?"

关永山还没开口,敲门声就响了起来。进来的是李龙,他手上拿着一份化验报告,向关永山报告,围巾上的液体是乌头碱。

李龙出去后,关永山拿报告,叹了口气:"结了,就按你说的,结了吧。这两个人要总这么斗下去,早晚丢的还是咱们第二处的脸。"

"那您的意思是……?"

"这件事结了之后,就把周海潮调去中共科吧,免得他俩成天抬头不见低头见的，闹心。"

"那是顶……阮思民的职位，当中共科长？"

"先平调副科长。人要是上得太快，自己以为自己有本事，还会遭别人恨，栽跟斗摔死是谁下的绊都搞不清楚。"关永山看了费正鹏一眼，"费处，咱们在机关里混着，你懂的。"

"我懂。"费正鹏笑笑，"其实大家都懂。懂归懂，但大伙儿还是削尖脑袋往上蹿。"

费正鹏回了自己的办公室，心里松了一大口气。陈山和余小晚在等他，他让陈山跟余小晚回家，休息两天再来上班。余小晚说不能就这么走了，她跟周海潮还有几句话说。

余小晚去了周海潮的办公室。费正鹏没叫住，又让陈山去拦。陈山摇摇头说："她这口气要不出了，她是不会走的。她的脾气您还不了解吗？"

"我就怕她没分寸，让人家看笑话。"

"我不怕！"陈山说，"现在大家看的，是周海潮的笑话。"

余小晚走进周海潮的办公室时，周海潮正沮丧地坐着，不仅功亏一篑没把肖正国除掉，平调到中共科也只是个副科长。见余小晚进来，他愣了一下，说："小晚，你还没走啊。"

"我家肖正国还没走，我当然要等他一起走。"

周海潮的脸耷拉了下来。洪京军要出去，却被余小晚拦住，让他做个见证。

余小晚对周海潮说："你不是说你要公平竞争，你要得到肖正国的位置，还想得到我吗？"

周海潮尴尬地看了洪京军一眼，说："对事不对人，这事我没有故意针对肖正国的意思。但凡可疑的事情，我都不会放过，这是职责所在。"

听到余小晚的声音，李龙、齐云、乔瑜等同事闻声来到了周海潮的办公室门外。张离拄着拐从自己办公室出来，听到余小晚的声音，她也站住了。

余小晚开始拍桌子："少跟我打官腔！你满肚子做贼的心思我是管不了，但你要想惦记我家的东西那可没门。现在我就把话给你撂这里，你能不能升职，能升多高我一点也不关心。我跟我家肖正国好着呢，想挖墙脚？小心墙塌了压死你！"

周海潮不说话，脸色十分难看。

齐云、李龙、乔瑜等人无不窃笑。张离听着余小晚的话，内心复杂，轻轻叹了口气。

"周海潮铐我的时候我跟他说，他最好有本事弄死我，不然我一定会让他后悔。"

张离一惊回头，陈山已不知什么时候来到了她的身后。

"你看，报应来得多快，余小晚这就替我把仇给报了。"

张离沉默了一会儿，说："小晚是个好姑娘，你要好好待她。"

"你怎么知道我没有好好待她！"陈山说，"苍天可鉴，我连她的鞋都替她补了。"

余小晚忽然从周海潮办公室怒气冲冲地出来，齐云对她竖起了大拇指："肖太太，你这几句话说得太带劲了，周海潮的鼻子都气歪了！"余小晚一脸嘚瑟地走到陈山和张离的身边，十分自然地挽起陈山的手臂："走，回家！"

陈山有些尴尬。余小晚让张离也一块儿走，去她家吃饭。张离瞟了一眼她挽着陈山的手，说不了，她得早点回去休息。

"对啊，这两天最辛苦的就是你了，今天你还是好好休息吧。"余小晚说，"改天让陈山做饭谢恩。"

"炖一百只鸽子。"陈山利落地接话。张离笑了。

余小晚挽着陈山走到门口，迎面碰上了秘书小董。小董说了几句两人很恩爱的话，余小晚说羡慕啊，明天晚上来俱乐部参加舞会，我介绍姑娘给你认识。说着，她的另一只手也挽住陈山，还往陈山身上靠了靠。

小董道着谢离开，陈山瞅了眼余小晚挽紧自己手臂的手，余小晚瞪了他一眼，说："看什么，不行啊。"

陈山略有些尴尬，又不宜挣脱她的手，笑笑说："今天是我在第二处最长脸的一天。"

"那还不赶紧把车给我开过来？"

陈山笑笑，向一旁的吉普车走去。他脸上的笑容渐渐消失，陷入了思索。此事仿佛到此为止，风波仿佛已经暂时平息，但他知道，李伯钧之死绝非表面看来这么简单。幕后黑手杀死李伯钧绝不仅仅只是为了栽赃嫁祸给自己，李伯钧原本将在当晚透露给自己的秘密才是关键所在。而只有杀死李伯钧才能继续保住秘密。李伯钧口中那件要紧的事还没有对他说，那个东西也在到他家时下落不明。他死前说的最后一个字是，"表"。

陈山神色凝重地上了吉普车，继续思索着。李伯钧要给自己看的究竟是什么东西？是一块表吗？这块表又藏着什么秘密？他没有把与表有关的信息透露给任何人，它既已从李伯钧身上消失，最大的可能便是已经落入敌手。他故意佯装一无所知，这或许是对自己最好的保护。种种迹象显示，周海潮想除去他。那周海潮会是这个幕后主谋吗？所有的谜底，恐怕只有待那块表的线索再次出现时，才能解开了。

陈山发动了吉普车。

当晚，陈山依旧在卧室地上打地铺。余小晚捧着水杯走进来，斜靠在书桌旁看他铺。

"我算是看出来了，关键时候男人全都靠不住，还是女人靠谱。今天要不是离姐跑前跑后地替你找证人，你这小命怕是不保。"

陈山边铺铺盖边说："你这么一说，我也觉得离姐对我可真够情深义重的。"

余小晚白了他一眼："离姐那全是为了我,她跟你有什么情什么义？"

"我知道了,她是怕你成了寡妇。"

"笑话。你都死过一次了,当了那三个月寡妇,我不也过得挺好？"

陈山笑笑,说："余小晚,今天你在处里跟关永山、周海潮叫板的时候,够威风。"

余小晚一愣,笑了："那是,想欺负我余小晚的男人,我可不答应。"

陈山愣了一下,余小晚说罢把水杯放在书桌上,转身跨过地铺,走向自己的床。

熄灯不久,陈山就睡熟了。余小晚却有些辗转反侧,她听着陈山细若游丝的鼾声,脸上慢慢露出了笑容。她坐起身来,光着脚下了床。

她打开台灯,光着脚跨过正打着鼾的陈山,拿到书桌上的水杯,又跨过陈山准备回床上。这时陈山忽然翻了个身,鼾声却未停。余小晚生怕踩到陈山,脚提在半空便不敢踩下去,身子一晃,杯里的水洒在了陈山脸上。陈山含糊地说了一句"小心着凉",余小晚就捧着水杯呆在了原地。

她看了陈山一会儿,蹲下来继续看,不禁露出温柔的笑意。而这时陈山又翻了个身,依然没有醒来。她就那样看着陈山,喝着水,盘腿坐在了他的身边。温暖的台灯光映在余小晚脸上,让她看起来有种别样的柔情。

直到第二天她在医院为张离包扎伤口的时候,她脸上的柔情还在。她问张离觉得肖正国这人到底怎么样。张离打量了余小晚一眼,说："你是不是开始喜欢上他了？"余小晚叹了口气,说："本来我以为,我这辈子永远不会喜欢他的。他去上海出任务的时候,听说他死在了上海的时候,我都觉得心里好像松了口气。他真从上海回来了,我还觉得这人怎么阴魂不散,老天爷到底还是不肯放过我。"

张离默默地听着。余小晚继续说："可这次李伯钧的事,在昨天他回家之前,我这心一直是提着的。等到他终于跟我一起回了家,我这心里又有了那种松了口气的感觉。我好像已经习惯了有他的生活,我不想他再有什么事,不想他再离开了。离姐,你说,这算不算是喜欢？"

张离不能告诉余小晚陈山并不是肖正国,又不知该如何劝慰。余小晚突然皱了下眉："哎呀,真烦。"

张离字字斟酌地说："我只是觉得……你对他的了解可能还不够。"

余小晚脑子里全是肖正国。他去上海之前,她跟他待在一起总共不到两天,那时候他成天畏畏缩缩的样子,她都懒得搭理他。但是从上海回来后,他就牛皮烘烘的,像换了个人一样。

"那你觉得他喜欢你吗？"张离问。

余小晚说："我这么好,他能不喜欢我吗？他不喜欢我他还能喜欢谁？！"

张离欲言又止,余小晚转而又有些患得患失。她试图从陈山对她说过的话里寻找他也喜欢她的证据。他曾对周海潮说他要是敢打她的主意,就让他肠子悔青,这是不是代表他喜欢她？还有昨天他要被带上车的时候,见她跟关处长闹,他就跟她说了一句,我媳妇一开口就能震倒一片,你男人也不会丢了你的颜面。想到这两句话,余小晚一脸欢喜:"哎,离姐你说,这是不是代表他喜欢我?……离姐,你倒是说句话啊。"

张离说:"这我还真不好说,我不了解他。每个人表达喜欢的方式,可能也不一样吧。"

2

周海潮已经在关永山对面坐了一会儿了。关永山以茶水浇养着壶,抬眼看了他一眼,说:"有什么牢骚你就发吧,我知道你有话要说。"

"属下不敢。"周海潮满脸没精打采的神色,"这次的事一场乌龙,还惊动了戴局长,千错万错,都只怪海潮无能。"

"这跟能力没多大关系。诸葛亮尚且还要借东风呢,天不作美,时运不济,再大的本事也成不了事。谁都一样!"

"所以事没办好,处座让我去哪儿我就去哪儿,海潮绝无怨言。"

关永山抬脸看着周海潮:"你以为我把你调去中共科,就仅仅是平调?"

周海潮无语。关永山继续说:"用你的脑子好好想一想,中共科没其他人了,不还是得你副科长往上提?再说,中共科是个要害部门,打完日本人,对付中共就是党国的重中之重,我在这部门能不放自己人?"

周海潮甚为惊喜:"您的意思,我很快就可以往上提?"

关永山又斜了他一眼:"这话我可没说过。咱党国提携年轻人,一向量才录用。"

周海潮不停点头:"关处有什么吩咐,随时跟我说。"

"那你给我听着,这事儿虽然过去了,但你跟肖正国的梁子算是结下了。所以你还是让一让,避其锋芒,免得他找机会灭你威风。"

"谢谢关处为我着想。"

"在中共科好好干,日后的事,慢慢再做打算。天又不会塌下来。"

"是,是,处座目光高远,海潮望尘莫及,只能谨遵处座教导,鞍前马后,愿肝脑涂地。"

随后,周海潮去了张离的办公室。办公室门开着,张离正将一束花插入花瓶。听到敲门声,她回过了头。

"早啊,周科长。"

"早啊,张离。"周海潮说,"这个……还是叫我周副科长吧,名不正言不顺的,我就是个副的。"

"行。周副科长,有事吗?"

周海潮拿着一份文件进屋,交给张离:"这份文件我看过了,你拿去档案室存档吧。"顿了会儿,他继续说:"那个……我呢,刚调来中共科,很多业务还不熟悉,以后还要时常向你请教。上次在较场口查箱子的事，我当时态度可能不够客气，你不要放在心上。"

张离微笑了一下："几时的事？我怎么一点儿都不记得了？"

周海潮也笑了："都说你是咱们处里最通透的姑娘，果然名不虚传。"

"就冲周副科长这么会夸人，以后有什么事尽管吩咐。"

周海潮哈哈笑了两声："大家通力合作。之前李伯钧的案子虽然最终没破，但你查案的本事我是见识了，巾帼不让须眉啊。"

"周副科长过奖了。"张离淡定地笑着。

"以后科里的行动，你多参与，多出力。"

"职责所在。"

周海潮点头，转身离去。他脸上的笑容随即消失，换上了冷漠不屑的神色。张离脸上的笑容也即消失，看着周海潮的背影，她的眼神中有些戒备。

荒木惟陪着陈夏在四下无人的江边散步。荒木惟望着江边成片的绿树，问陈夏想不想看看春天。陈夏说想，但她更想看看荒木君的样子。荒木惟很满意陈夏的回答，他告诉陈夏，他已经找了日本最好的眼科医生，过几天他就会来重庆为她做手术。

"我想要这个美丽的世界对得起你。"

陈夏很激动："我真的可以重新看到吗？"

"会的。"

"荒木君，你对我太好了。我真不知道该怎么报答你。"

"你想报答我？"

"是啊。"陈夏说，"我有什么可以为你做的吗？"

荒木惟语速轻缓地回答："等你看到这个美丽世界的时候，我会告诉你的。"

"好。我等着。"

此时千田英子来到了附近，听到荒木惟与陈夏的对话，有些怅然。

"是英子姑娘来了吗？"陈夏望向逐渐靠近的脚步声。荒木惟回头，看到千田英子已经来到他们身后。千田英子用日语对他说："你对陈夏真好，科长。如果我是她，也会对你感激涕零的。"他也用日语回答："要想征服一个国家，最终需要征服人心。我们需要他们为我所用。"

"我只是从未见过你这样温柔地对待一个女人。"

荒木惟不由得看了千田英子一眼。千田英子不敢与他对视，垂下头，用日语汇报"樱花"刚刚传来消息，陈山已经脱险。

"惊蛰快要到了，"荒木惟看着阳光下的世界，"是时候让他真正开始为我们做事了。"

"是。"千田英子回应。

117

当陈山喝着茶走向窗口时，看到对面徐记书店挂出了"今日盘点"的牌子。他掏出怀表看了一眼，此时是8点30分。

10点钟，后市坡邮政电话亭的电话准时响了起来。

电话那头依然是荒木惟。"今晚8点，"他说，"我们在心心咖啡馆碰头。"

"我会准时到。"陈山说，"现在我能跟陈夏说话吗？"

电话那头的荒木惟看了一眼窗外，阳光照在江面上，泛起刺目的金光，反射得他有些睁不开眼。

"今天的天气不太好，所以我没心情成人之美。"说完，荒木惟就挂掉了电话。

荒木惟面对着窗外闪烁的江面，感到了一种惶恐。有太阳的日子意味着阳光每一寸的西斜都能被人看到，他不喜欢看到时间的流逝，所以他转身走开了，在千田英子眼里留下一个孤独的背影。

陈山懊恼地走出电话亭，立刻被明晃晃的太阳照得眯起了眼。"册那，"他看着天骂了一声，"这也叫天气不好？重庆就没有比这更好的天气了。"

傍晚时分，张离从办公楼出来。她已经不用拄拐了，但步伐缓慢。一辆吉普车忽然在她面前停下，陈山从车窗里露出了头。

"上车，小晚让我带你回家一起吃饭。"

上车后，张离一直看着前方摇晃的道路沉默，直到陈山把车开向了另一条路。

"这不是去你家的路。"她看着前方说。

"要是我不换道，你大概就打算一直不跟我说话了吧？"

"我觉得我跟你没什么话说。"

"不说也行，"陈山看了张离一眼，"咱俩就是不说也能彼此明白的人。"

张离白了陈山一眼："你明白什么？"

陈山笑着："那我要有不明白的，能问你一句吗？"

张离没有说话。

"你也并不属于这里，那么，要是我能活着离开这里，你要不要跟我一起走？"

张离笑了笑："我不明白你为什么会有这样的想法，我为什么要跟你走？"

陈山也自嘲地笑了："是啊。能不能活过惊蛰都还不知道，我痴心妄想这些不着边际的事干什么呢？"

见陈山伤感，张离心中又对他生出了同情，但安慰的话到了嘴边，还是咽了下去。

陈山说："如果你刚才欲言又止是想安慰我，那么，谢谢。"

晚饭后，陈山开始收拾桌子。余小晚坐在张离旁边，问他要不要跟她一块儿去跳舞。陈山不抬头，利落地说了句"不去"。余小晚说："你不是挺爱跟着我的吗，临去上海前那天，你非要跟着去，在舞厅一坐一宿也不嫌闷，赶都赶不走。"陈山说："过去我那是怕有人挖我的墙脚。现在威胁最大的周海潮，都让你自己赶跑了，我还用得着去吗？"

"爱去不去。"余小晚有些不高兴了，扭头让张离陪她去。张离也不去，她不喜欢那种地方。

"平时你不去我也不管你，今天不一样，全局联谊舞会，局里所有适婚的青年才俊都会来，你一定得去看看有没有对眼的。"

"每次舞会，所有男人的目光都在跳舞皇后身上，我才不去当炮灰。"

余小晚咯咯笑了两声，说："虽然我很喜欢你这么实诚地夸我，但男人也不是全喜欢我这样的。这样吧，一会儿那条咱们一起买的珍珠项链归你戴，我就不信男人没一个识货的。来吧，快进屋帮我挑衣服，你也挑一件换上。"

"我真的不用啦，腿伤还没好，也跳不了舞，铁拐李似的。"张离仍推辞着。

"不跳也没关系，你往那儿一坐，花香自有蝶飞来。"说着，余小晚拉着张离进了卧室。

陈山驾车，把穿着盛装的余小晚和张离送到了军人俱乐部门口。他看了眼怀表，7点整点："几点来接你们？"

"不用啦。今晚我们离姐这么光彩照人，想送我们回家的男人，一定多如牛毛。"

陈山看了张离一眼，说："行吧。那些牛毛可千万别打起来了，悠着点对自己有好处。"陈山说着环视了一圈周围，看到走向俱乐部大门的男士们都不由自主地望向张离和余小晚，目光火热。他一拍方向盘，说："你看，到处是狼一样的目光，绿莹莹的一大片。"

余小晚挽着张离，说："别听他酸溜溜的瞎扯。我们进去吧。"

目送张离和余小晚的身影进入俱乐部大门后，陈山发动汽车，驶向了心心咖啡馆。

3

一辆黑色的轿车行驶在路上。驾车者是身穿旗袍的千田英子，荒木惟穿西装坐在后排闭目养神。快到心心咖啡馆的时候，千田英子看到了前方所设的临时关卡。

千田英子叫了声"科长"，荒木惟不睁眼地说："这里是重庆，不是上海。在外面任何可能被人听到的地方，你都要跟我说中文。"千田英子便用中文说："前面有临时卡哨。"

荒木惟睁开眼睛，看到了关卡旁的四名军统特工，而且其中一人已经朝轿车伸出了手。

千田英子把车停下。那名特工走过来，敲了敲窗玻璃。千田英子摇下车窗，问："长官，有什么事吗？"

特工看了千田英子和荒木惟一眼，不耐烦地说："证件！"

千田英子回望荒木惟一眼，荒木惟神色自若地从口袋里掏出一张证件递上。千田英子也递上了自己的证件。特工辨认着证件上的名字，一个叫李元培，一个叫葛素兰，工作单位都是重庆临江学校。

特工没好气地问了句在临江学校干什么的，荒木惟说校董，便还了证件。特工一挥手，另一名特工搬开了原本拦在路中间的木篱笆。

特工回到关卡旁，目送着驶离的汽车，对身边的兄弟说临江学校的校董还真有钱，居然开得起汽车。其中一人问车里的人叫什么，他应该认识，干这行之前，他在那里当教员。

"姓李，叫什么李……元培。"

"不可能，临江学校的校董没有叫这个名字的。"

特工们跨上摩托车，向荒木惟的汽车追去。

"科长，他们发现我们了。"千田英子从后视镜里看到了那辆追上来的三轮摩托车。

荒木惟仍闭目养神，平静地说："甩掉他们。"

这时，心心咖啡馆已经出现在千田英子的视野里，只能改道。她加大油门，在即将到达心心咖啡馆的前一个路口左拐，加速向前驶去。后面那辆摩托车仍紧追不舍。

陈山坐在心心咖啡馆靠窗的座位上等待。他看了一眼怀表，7点40分。然后他听到窗外街上传来了一声刹车音，循声望去，只见一辆坐着两个军统特务的三轮摩托车在前面的路口迅速转弯，似乎在追赶什么人。陈山想会不会出了事，但还是决定耐心等待。这时，侍者送上了他点的蓝山。

千田英子猛踩油门，不时看向后视镜。那辆三轮摩托车仍在追赶，看样子恐怕很难再回心心咖啡馆，今晚和陈山的会面只能取消了。

荒木惟看着前面的路口，脑中思索着。重庆的地图，他记得和陈山一样熟。现在从路口往左不远处就是国际军人俱乐部。荒木惟让千田英子在前面左拐，把他放下，再想办法打电话通知陈山，让他到军人俱乐部见面。最危险的地方，也就是最安全的地方。

千田英子驱车拐上了左边的道路，在距离俱乐部大门五十米处猛然刹车。荒木惟迅速下车，千田英子继续前行。荒木惟走到路边，混迹在行人中，缓缓前行。

军统特工的三轮摩托车此时转弯到了这条路上，继续盯着千田英子的汽车穷追不舍。荒木惟平静地目送他们绝尘而去，然后大摇大摆地走进了军人俱乐部。

8点10分的时候，陈山意识到荒木惟或许有了麻烦。忽然，吧台上的电话铃响了起来，侍者接起，说了几句，开始大喊："哪位是肖正国先生？"

陈山快步过去，接起电话。

"是我。"千田英子说。此时，她在路边的一个电话亭。

"你们迟到了。"陈山说。

"出了点小麻烦，先生现在在军人俱乐部等你。"千田英子听到摩托车的引擎声，回头看了一下，那辆追赶她的三轮摩托车飞速掠过。幸好她已经把汽车停在了附近的黑巷子里。

"军人俱乐部？"陈山不禁皱眉苦笑，"他还真能挑地方。"

军人俱乐部里一片歌舞升平，盛装的男女们在舞池中翩翩起舞。荒木惟端着一杯酒走到角落的一张桌子旁，坐下来默默观察。他看到盛装的余小晚、张离坐在一张圆桌旁。张离颈上戴着她和余小晚一起买的那条珍珠项链，显得格外温婉动人。两位男士来到她们桌旁，一位请走了余小晚去跳舞，另一位想邀请张离跳舞的男士则遭到婉拒，尴尬地离去。周海潮和洪京军共坐一桌，周海潮的目光仍不由自主地盯着舞池中的余小晚。

乔瑜向周海潮走过去，带着些许嘲笑的意味说："今天这是怎么了，舞后都忙得脚不沾地了，舞王的屁股倒像是长凳子上了，怎么不去跳啊？"

"我要想跳，什么时候都行。今天这全局的联谊舞会，就是给那些不常来的后生们机会。我不用跟他们抢。"

"是吗？舞王还真是高风亮节啊。"

荒木惟喝了一口酒，远远地看着乔瑜和周海潮说话。之后，乔瑜走到了小董的桌旁，两人低声嘲讽了几句周海潮，一起坏笑起来。

陈山来到舞厅，环视一圈后，找到了角落里的荒木惟。但他的目光并没有停留，随即他又找到了在舞池里的余小晚和独坐的张离。陈山向张离走去。乔瑜看见陈山，指给小董看，两人笑着，等着看好戏。

周海潮和洪京军也看见了陈山。洪京军说："还好你没请他老婆跳舞，要不然……""要不然他还能吃了我？"周海潮瞪了他一眼。洪京军赔着笑脸说："那肯定不能。"

没一会儿，千田英子也进了舞厅。她去吧台给自己拿了些点心，走向荒木惟的桌旁。但她没坐下，背对着荒木惟，一边吃点心，一边告诉他，出去左拐，穿过走廊，上二楼有个包房，204房没人，可以去那里说话。荒木惟不动声色地站起身来，向吧台走去的同时，眼睛望向了陈山。

这时，陈山已经在张离身边坐了下来。张离有些诧异，问他怎么又来了。陈山说："闲着也是闲着，来看看热闹，看都有谁为你打破头也好。"他的目光瞟向吧台边的荒木惟，显然他已经注意到了之前荒木惟向他投来的一瞥。他站起身，说去拿点水果。

走向吧台的途中,陈山不时与遇见的同僚微笑点头打招呼。他在吧台一边选水果,一边观察周围,看到了周海潮向他投来的锐利的目光。

他转过身背对着周海潮,靠近荒木惟压低声音说:"在这种地方见面,你是生怕我不会暴露吗?"

荒木惟低声说:"204,我等你。"

周海潮注意到,陈山和荒木惟站得很近,虽然他看不到陈山是否在说话,但从荒木惟的嘴型上,可以判断出他正在与陈山说话。周海潮问洪京军那人是谁,洪京军看了看说眼生,没见过。

"不对,他明明在跟肖正国说话,眼睛却不看他。他们俩,有问题。"周海潮机警起来。

"要不要去查一下?"

周海潮盯着已经离开吧台的荒木惟说:"你让阿强去盯着他,弄清楚他的身份。"

荒木惟端着一杯酒走向了舞厅门口。洪京军去跟阿强和阿六说了几句,两人就跟向了荒木惟。千田英子看在眼里,仍镇定自若地继续吃着点心。

舞池中,余小晚看到陈山端着一盘水果走到了张离身边。她有些意外,接着露出了笑容。随即她又被舞伴旋转着带往了舞池深处。陈山边吃水果,边瞟向盯着自己的周海潮,周海潮随即转移了目光。陈山说,今天晚上周海潮一定老实多了吧。张离笑笑,说人家可不笨,这时候要再请小晚跳舞,说不定又被她一番羞辱,这不是自讨没趣吗。

余小晚一曲跳罢,回到了座位上,假装刚看见陈山,"咦"了一声:"你怎么来了?"

"来看看墙脚是不是还结实。"陈山说着话,眼睛却望向舞厅门口。他看到,阿强尾随着荒木惟走出了舞厅。这时,乔瑜过来跟他打招呼,问能不能请皇后跳个舞。余小晚利落地站起身,说:"这事儿你问我就成,我可不归他管,我归我自己管。"

陈山坐着余小晚跳舞,余光仍注意着周海潮。周海潮正一直阴魂不散地盯着他,他只能暂时按兵不动。

这时,荒木惟已经来到了204门口。他推门而入,里面一片漆黑。阿强跟到二楼,看到了他进入204的背影。

荒木惟点亮了灯,在沙发上坐下,施施然喝了一口酒。阿强悄然掩近,掏枪在手,敲响了204的门。

荒木惟镇定自若地说了声"进来",阿强便推门而入,举枪对准了他。

"这位先生眼生啊,哪个单位的?麻烦出示一下证件。"

荒木惟微笑着说:"连我是谁都不知道,你就敢拿枪指着我?"

阿强被问得发愣,一时摸不清荒木惟的来历。忽然,他感到脑后一阵剧痛,眼前一黑，颓然倒地。千田英子放下手，朝荒木惟点了点头。

舞池中的余小晚翩翩起舞，不时偷瞄陈山。她希望陈山能看见自己最美好的样子。忽然，她被乔瑜踩到了脚，险些摔倒。她自感狼狈，再次望向陈山，陈山却已经不见了。

周海潮顺着余小晚的目光转头，也发现陈山的座位空了，立即向洪京军使了个眼色。洪京军立刻起身，在舞厅里搜寻，却找不到。他走到阿六身边，问有没有看见肖正国，阿六有些茫然地告诉他，肖科长刚才好像出去了。

千田英子走回舞厅时，迎面碰到了脚步匆匆的洪京军和阿六。她认出洪京军就是刚才站在周海潮身边的人。与之擦肩而过时，千田英子忽然叫住了他。

洪京军一愣。千田英子嫣然一笑，说："先生，我们应该在哪儿见过？"

洪京军被千田英子笑得有点犯晕："有……有吗？"想了想，他继续说，"这位小姐，我应该不认识你。"

"那我能请你跳支舞吗？跳完舞，自然就认识了。"

洪京军有点心动，依依不舍，被阿六捅了下才回过神来："不好意思，小姐，我现在有点要紧事要走开一下。如果你愿意等我一会儿的话，我很快回来找你。"

说完，洪京军就与阿六向舞厅外快步走去。在门口，两人茫然四顾。洪京军有些恼怒，他说："分头找！他妈的破任务，连陪美人跳个舞都没有时间。"

两人分别向走廊的不同方向走去。

此时陈山来到204包房，看到晕倒的阿强躺在沙发后面。

陈山有些紧张，说："你可真够胆大包天的，你知不知道我的死对头就盼着我出差错，好置我于死地。你还约我在这种地方见面，是怕我死得不够快吗？"

荒木惟淡定地笑了："听说你刚把他挤去了中共科，像他这样智商和能力都不足为虑的小角色，我相信他一定死得比你快。"

"你果然什么都清楚。那你是不是应该告诉我，第二处还有谁是你的人？"

"这个你不需要知道。但眼下有件事，需要你跟你的死对头再过一过招。中共科刚抓了一个我们的人，叫冯大奎。"

陈山皱起眉："你之前不是说，我来重庆唯一的任务是找兵工厂分布图吗？"

荒木惟看着陈山，面不改色："错了，你的任务从来只有两个字，服从。"

"好吧，"陈山无奈地喝了口酒，"那我要做什么？"

"救这个人出来，但不能暴露自己。"

"这个人身上有什么秘密？"

"这不是你要打听的事。你要做的是，了解审讯进程安排营救计划。我会在外围配合你的行动。"

"那这事要干好了，是不是有额外奖励？"

荒木惟看了陈山一眼，说："你倒是从不放过任何一个讨价还价的机会。"

"我只要跟陈夏通电话。"

荒木惟喝完最后一口酒,说:"等你完成最后的任务,你一定能见到一个更好的陈夏。"他站起了身,

"有人已经盯上我了,你必须想办法掩护我出去。"

洪京军走上二楼楼梯的时候,正好与荒木惟擦肩而过。荒木惟看都没看他一眼,洪京军也没有在意他。在楼梯口,洪京军迎面与陈山相遇。

"肖科长,你怎么在这儿?"

陈山手插在裤袋里,说:"舞厅里人太多,空气不好,外面人少的地方才适合热身。"

"热身?"洪京军问,"热……什么身?"

他听到陈山裤袋里的拳头捏得咔咔响。

"一会儿你就知道了。"说着,陈山下楼而去。

洪京军有些不解地看了陈山一眼,然后决定继续向前找一找。

4

一曲终了,乔瑜忙着跟余小晚道歉。余小晚说:"你要再踩我几脚,回头该赔我一双新鞋了。"

乔瑜牵着余小晚的手来到了周海潮桌前。"来来来,"乔瑜兴奋地抬高声音,"有请舞王舞后为我们共舞一曲,暖暖场子!"

小董、李龙、齐云等人也跟着起哄。周海潮一脸尴尬。这时,陈山回来了,朝那边观望着,脸上露出了意味深长的微笑。

余小晚说:"算了,你们别为难他了,他今天哪还敢请我跳舞啊?"

周海潮受激站了起来,满脸微笑说:"跳个舞而已,又不是上刀山,有什么不敢的?应该是肖太太不敢当着肖科长的面跟我跳才对。"说罢,他向余小晚做出了一个请的姿势。

余小晚看到了回来的陈山,瞥了他一眼,把手交到了周海潮手中:"我余小晚想做的事没人拦得住,不想做的事,八抬大轿也抬不动。"

陈山目送周海潮和余小晚滑入舞池。他的眼神急转着,终于在一个角落发现了荒木惟和千田英子。《一步之遥》的音乐声中,周海潮与余小晚在舞池中默契地起舞,两人出众的舞姿顿时吸引了全场的目光。坐在一边的张离玩味般地看着陈山。陈山说:"你这是等着看我笑话吗。"张离说:"等着看笑话的不是我,是另一群人。"陈山环顾四周,果然发现有好多人的目光正盯着自己。他笑了,说:"我会让他们看个痛快的,免费。"

张离忽然收起笑容,机警地审视着陈山问:"你刚才去哪儿了?"

陈山答非所问,说:"你不是说一群人等着看笑话吗?现在我就演给他们看。"

"你想干什么？"

"热个身。"说完，陈山把杯中酒一饮而尽，将空酒杯缓慢而稳妥地放在了圆桌上，对张离笑了笑，"要是我因为热身被关禁闭了，你会不会来禁闭室看我？"

张离没有回答。

"项链很美，特别衬你，别人谁戴了都不如你好看。如果我说我心动了一下，也不知道你会不会信。"

张离一愣，陈山已脱掉外套，扔在椅子上，大步走向舞池。他不回头地说："信不信由你！"

张离下意识地轻抚了一下颈间的项链。

而此时，挨个房间检查的洪京军已经进入了204包房，看到了桌上的红酒杯，还看到一只脚从沙发后露出来。他立刻拔枪，绕到沙发后面。看到是晕过去的阿强，洪京军吃了一惊。他已经非常明白，刚才那个楼梯口的男人一定是混进来的奸细。

这时，阿六也跑了进来，洪京军让他去通知周海潮，自己则去追人，那人肯定还没跑远。

舞池中，《一步之遥》的音乐还在继续。陈山远远地看了眼角落里的千田英子和荒木惟，走到跳舞的人群中，伸出手臂，搂着空气，随人流在舞池中旋转。舞客纷纷侧目，余小晚也有些诧异。而陈山依旧旁若无人地陶醉地旋转。

周海潮嘲笑般地看了陈山一眼，说："肖科长这是想干什么？"

余小晚恼怒皱眉不说话。而陈山此时已经转到了她身边。

余小晚说："肖正国，你干什么？"

周海潮挑衅般地看着陈山。陈山朝他笑了笑，忽然一把拉开他搂着余小晚的手，把余小晚搂入了自己怀中。余小晚不禁瞠目结舌，挣扎了一下，但随即被陈山带着旋转起来。两人的舞步很快相融。

周海潮反倒在舞池中落了单。他立刻感觉到周围向他投来讪笑的目光。他满脸尴尬，走也不是，站着也不是，被舞池中的舞者冲撞得站立不稳，只得一步步退到了舞池边。张离看着这一幕，叹了口气，露出了微笑。

陈山搂着余小晚旋转，脸上是胜利者的笑容："你说我干什么？我只是想和我的女人跳个舞而已。"

余小晚说："原来你会跳舞啊。"

"其实杀人放火，我什么都会。你说我和他谁跳得好？"陈山张开手放开余小晚，又将她带动旋转回自己身边。现在舞池的焦点变成了他们俩。余小晚脸上有惊喜的微笑，但嘴上却说："你很没教养。"

陈山瞟了一眼舞池角落的周海潮，说："对任何居心不良的人，本来就不需要教养。"他脸上荡漾着笑容，而舞厅一角的周海潮却正阴冷愤怒地盯着他。

阿六匆匆向舞池中的周海潮跑去。看到阿六焦急的神色，陈山明白，晕厥的阿强已经被发现了。

余小晚笑了:"你又让我认识了你一点。"

"肖正国从来不是个软柿子。"陈山又远远地看了眼平静地抽着烟的荒木惟,然后带着余小晚转到了周海潮身边。

陈山迎上周海潮愤怒的目光,话却是说给余小晚听的:"有些人不教训一下,永远不知道天高地厚。"

说罢,他便放开余小晚,忽然转身,一拳猛击在周海潮的鼻梁上。

周海潮顿时倒地,鼻血长流。人群发出尖叫,舞者们迅速闪身让开。余小晚吃惊地望着陈山和周海潮。

周海潮愤怒地起身还击。灯光下,舞池变成了陈山和周海潮的战场。余小晚被冲到她身边的张离拉到一旁,站在那儿,徒劳地劝架。

齐云、李龙、乔瑜、小董等人都围了上来。阿六被围观的众人挡在人墙外,焦急地喊着:"周副科长!周副科长!"洪京军也匆匆赶来,在人群中观望。

荒木惟和千田英子从容地从座位边起身,并肩向舞厅后门走去。洪京军看到两人的背影,让他们站住。两人不停步,反而加速向前跑去。洪京军追了几步,举枪对准了荒木惟的后背,但随即就被晃动奔走的人群隔开了。

在与周海潮扭打翻滚的时间里,陈山想起了自己和宋大皮鞋、菜刀在上海里弄打打杀杀的往事。那时的他提着长刀,领着两人,血溅衣衫,耀武扬威。记忆让他充满了暴烈的血性,他把周海潮压在身下,一拳猛击在周海潮脸上。

阿六和洪京军被挡在人墙外,数次被推开。洪京军焦急不已,却又无可奈何。周海潮的长腿奋力挣扎,竭力把陈山掀翻。李龙和齐云上前拉架,被两人分别推开。张离和余小晚被人流冲撞得又远离了一些,眼神中带着难掩的关切。陈山摸到一张凳子,重重地砸在周海潮身上。

周海潮被砸翻在地,满脸是血。那一刻,陈山看到的不只是周海潮,还有曾经被他一砖拍晕的流氓。而此刻,洪京军终于找到了向荒木惟开枪的机会。

但洪京军枪还没端稳,千田英子就忽然转身,向他开了一枪。洪京军大惊,卧倒在地。荒木惟和千田英子趁机跑出了舞厅后门。

舞池大乱。洪京军再抬头时,荒木惟和千田英子的身影已经看不见了。他起身去追,跑到舞厅后门口时,茫茫黑夜中,荒木惟和千田英子早已不知去向。

陈山望向余小晚,看到余小晚一脸兴奋的笑容,眼神闪亮。在余小晚眼中,此时的陈山虽然衣衫不整,头发凌乱,嘴角还有些红肿,却格外高大迷人。她没有意识到,陈山顽皮的眼神已经望向了她身边的张离。

张离也不禁对陈山报以微笑。陈山笑容满面,突然大吼了一声,转身再次扑向周海潮,将他从地上提起来,连连击出重拳。

周海潮只觉得眼前一黑,什么都看不见了。

第九章

1

禁闭室里很昏暗,唯一微弱的光线来自门下的缝隙。陈山坐在昏暗中闭目养神,他的嘴角红肿,衣衫不整。清脆的高跟鞋声从走廊里传来,越来越近,停在门外。他睁开眼,从门缝下看到了一抹阴影。

他知道门外的人是谁,所以微笑了起来:"既然来了,为什么不说话?"

"一时过瘾,关三天禁闭的滋味怎么样?"

"特别好,觉得好像在钓鱼,这才第二天,就有条鱼来看我了。没白等。"

"我只是路过。"

陈山到门边坐下,摸着张离投在地上的那片阴影:"走过路过不要错过。余小晚知不知道你来?"

"我从不食言。"张离想了想,回答道。然后她就听到陈山开心的笑声。他说:"我就知道那天你嘴上不说,心里是答应我的。"

"我只是想知道,那天打架之前你去了哪里,见了谁?"

陈山倚着门说:"你要是早一天来不就早一天知道了?可你让我等了两天,像我这样睚眦必报的人,逮着机会我也必须让你再等等。"

"不说?那我走了。"

陈山对着门又笑了笑:"这算是威胁我吗?你以为我会服软?我告诉你,对你……我还就是服软。"说完,他听到张离也笑出了声。他问:"不会隔墙有耳吧?"

"不会。"

"那天有个日本人来军人俱乐部找我。"

"就是在吧台前跟你说话的男人?"

"我就知道,哪怕瞒过所有人,也瞒不过你,你的眼睛毒。"

张离面露担忧:"怕是周海潮也起了疑。"

陈山笑了:"那他也毒,否则,我又何必揍他一顿?"

"用关三天的代价,掩护他撤离,你很称职。"

"要不然怎么办?我妹妹在他们手上。"

"他敢来这么危险的地方明目张胆地跟你见面,一定有非见你不可的原因。"

"对,他给了我一个新任务。"

陈山对张离说起了荒木惟让他营救的那个叫冯大奎的人，现在应该就在张离所在的中共科手上。张离想了想，确实有这么个人。陈山告诉她，一定是抓错人了，如果冯大奎是中共的人，日本人绝不会让他不惜代价营救。另外，这人手上一定有十分重要的情报。而要知道他手里到底有什么情报，他就需要张离的帮助。

"我没瞒你。"陈山说，"我得救这个人，暗中截下他手头的情报，那样的话，他的情报就构不成对我们的威胁，然后我再用这废物去换我妹妹的平安。"

张离想了想，说："周海潮这次被你打得够惨。这几天他去医院换药的时候，我应该会有很多事要忙。"

陈山靠在门背后，脸上洋溢着幸福的笑容，轻声自言自语："我知道，你嘴上不说，心里是答应我的。"

"我要走了。"张离说。

"等等，我还有几句话要说。"

陈山告诉张离，这两天他想通了一件事。从前，他觉得自己挺冤的，为什么日本人偏偏就盯上了他，还掳走了他的妹妹，逼着他来重庆干这些提着脑袋的破事。现在他算是想明白了，老天爷那是把一切都安排好了，他来就是为了遇见她。所以他忽然就觉得老天爷待他还不错，他不冤，就算是死了，这辈子也不冤。说完，他嘿嘿笑了起来。

张离怔怔地听着，内心波涛汹涌。她的手不由得拉住了禁闭室的门把手。呆立了一会儿，她转过身，决绝地离开了。

陈山听着张离的高跟鞋声再次响起，渐渐远去，脸上满是幸福的笑容。他大声说了一句："恕不远送！"

此时，周海潮正在办公室发脾气。他头上缠着绷带，表情气愤到出现了疯狂的意味。在他看来，从军人俱乐部跑掉的那一男一女，一定是日谍，一定是来跟肖正国接头的。一旁的洪京军觉得不一定，重庆可是党国的大本营，日谍再嚣张，也只敢干些偷偷摸摸的勾当，没有胆量明目张胆地来军人俱乐部。洪京军这么一说，周海潮又觉得他们是共谍。

"那一男一女一定有问题，"洪京军说，"可要说肖正国是不是真的跟他们见过面，那也没人看见。"

"他冒着关禁闭的风险也要跟我打架，就是为了掩护他们逃跑！"周海潮恼怒地喊。

"他……你说他会不会有可能是因为你和他老婆……"

"我和他老婆怎么了？"周海潮瞪了洪京军一眼，"我和他老婆就跳个舞而已，真要有什么，那这一架还打得值了。"

"那你认定了他和那一男一女是一伙的，没证据啊。"

周海潮一拍桌子："我就不信我逮不着他的把柄！"

一天以后，禁闭室的门打开了。坐在屋内角落的陈山以手遮眼，被光线射得睁不开眼睛。他听到了费正鹏的声音：

"出来吧。"

陈山一关上费正鹏办公室的门，费正鹏的训斥就开始了。费正鹏沉着脸盯着他，说："让我说你什么好？"陈山没吭声，盯着墙上那把风姿绰约的琵琶。

"当初我和顺年就是看上你稳重老实，才把小晚嫁给你。你看看你现在变成什么样了？"

陈山无所谓地说："自己老婆成天被别人惦记，还不敢吭声，这就是你们要的稳重老实？"

"那你也不能打人。"

"我已经打了。"

"还不知错？闹出人命怎么办？你出事了，余小晚怎么办？"觉出自己的声音高了许多，费正鹏瞅了一眼门。

"人善被人欺，马善被人骑。我要是个软柿子，能保护得了余小晚吗？"

"真是年轻人。"费正鹏懊恼地走来走去，"你要敢再惹事，小心我揍你。"

"你揍得过我吗？"

费正鹏冷冷地盯着陈山："长本事了啊，敢这么跟我说话？"说着他拉开抽屉，掏出一把手枪拍在桌上，"子弹揍得过你。"

陈山毫无惧意，还是那副无所谓的面孔："老费，谢谢你提醒我，下次揍人的时候，除了拳头，我还会让敌人吃枪子。"

"那我就再提醒你一句，你要再让余小晚担惊受怕，我也会让你吃枪子的。"

陈山笑了，说："你崩了我，才是最让余小晚伤心的。那样你就亏大了，这么吃亏的生意你也做？"

张离已经走进了牢房大门，思索着走向关押冯大奎的牢房。

要不要相信陈山？张离内心充满了纠结。正处于"休眠期"的她无法与中共上级取得联系，明知陈山是"日谍"仍然选择相信他这件事，分明是极大的冒险。但内心深处，她强烈地感觉到陈山不是坏人，也不是敌人，他只是受制于人。如果自己拉他一把，或许他就能远离深渊，甚至成为和她同一战线的同志。也只有拉他一把，才能洞悉日本人营救冯大奎背后的真正隐情。她决定赌一把。这个念头让她的神色变得坚定。她走到牢房门口，看到了那个名叫冯大奎的日特。冯大奎被绑在柱子上，遍体鳞伤，已然歪着脖子像瘟鸡一样晕了过去。

张离徐徐吸了一口气，走了进去。见阿光在收拾刑具，她便叫了他一声，说按科长的要求，科里所有审讯资料必须按日记录存档。

"你跟周科长刚从侦防科调过来，可能不太清楚我们科里的规矩。"

阿光没多想，利索地收拾好桌上那几页纸，夹入文件夹，交给了他。

"等我回去录一份存档，再把这些原件还给你。"张离说，"这人是为什么被抓进来的？"

"三天前，我们凑巧逮着一个日谍，那家伙说自己只是个小喽啰，他只知道他上面有个代号'樱花'的，可以直接发电报给日本人，而且这个'樱花'马上要替日本人干一票大的。"

"'樱花'？"

"对。这天晚上我们截获了一个电报信号，是从会仙桥的皇后饭店发出去的。"

"电报内容破译了吗？"

阿光脸上露出失望的神色："没密码本，破译不了。"

张离继续问："日谍的事怎么也归我们中共科管？"

"周副科长说了，人落我们手上，这事我们就得管到底，谁立了功功劳归谁呀。"

张离看了冯大奎一眼："他就是'樱花'？"

"等咱们扑过去的时候，冯大奎一见有人封锁现场就想跑，不是他是谁？"

"皇后饭店那不是许忠五的地盘吗？他从'密查组'时期就是戴老板跟前的红人。这'樱花'敢在那里发报，胆子也真够大的。"

"可不是吗，这明摆着就是在饭店门口摆粥摊嘛。"

"那他招了吗？"

"不肯招，"阿光说，"打了三天，咬死了说是跟胡靖安的情妇在皇后饭店偷偷幽会，以为是老胡派人捉奸来了，一心虚这才跑的。"

张离又问起发报机，也一样没找到。两人又寒暄几句，张离知道阿光的媳妇马上就要生了，临走前道了声祝贺。

5点钟，张离走出了办公楼时，见陈山的车还停在一旁，她扭头向楼上望了一眼，看见陈山的办公室窗户正好关上。

她向陈山回家必经的方向走去。陈山驾车在张离身边停下时，是5点15分。他笑着说："有辆贼车可以捎你一程，你看你要不要上车。"

张离不理会陈山的调笑，四下张望了下，一声不吭上了车。

"你是专程在这里等我的吧？"陈山握着方向盘，瞟了一眼副驾驶座上的张离。

"'樱花'是谁？"

"'樱花'？"陈山问，"难道是冯大奎？"

"虽然他不承认，但他是在'樱花'发报的皇后饭店被捕的。而且周海潮得到的情报是，'樱花'有可能在筹划一项日方的重要行动。"

陈山沉吟着。冯大奎就算不是"樱花"，也一定是个重要角色，否则荒木惟不会这么紧张。张离问他，荒木惟就是抓走你妹妹的人？陈山点点头，说也就是那天在军人俱乐部找过他的人，他的身份是日本设在上海的特务机构尚公馆特务科科长。

在关禁闭的那三天里，陈山不知道自己是不是已经错过了什么。但他必须得知道有什么办法可以把冯大奎捞出去,这样才好去摸荒木惟的底细,看他究竟在筹划什么阴谋。他也不知道,张离提起的"樱花"是否知道他的身份,他能确定的就是,在他身边,一定还有荒木惟的人,因为荒木惟对他的举动一清二楚。

陈山望了一眼张离,看她神色凝重,就笑了起来。

"你笑什么?"

"你能告诉我这些,证明我们已经成了真正的同谋,我终于不再是一个人了。"

张离愣了一下,扭过头去:"如果冯大奎就是那个知道你身份的日谍,你还有心情笑吗?"

"反正也不知道几时会死,能笑的时候,我当然还是要笑的。"

张离看了下路,说:"这条路不是去我宿舍的。"

"是啊。"陈山说,"既然上了贼车就由不得你了,上我家吃了饭再送你回去。"

张离擦完桌子,陈山就端上了一盘热气腾腾的红烧鱼。

余小晚下班的点早过了,陈山说不管她,晚了就请她吃鱼骨头。说着话,门就吱呀一声开了,余小晚顶着一头新烫的流行卷发,扭着腰肢进了屋。

"哟,谁想请我吃鱼骨头啊?"

张离笑着说:"肖正国说,有道上海菜叫作油炸鱼骨头,特别松脆,他想做给你吃。"

陈山看了余小晚一眼,说:"你这烫成一颗卷心菜似的头发,是为了欢迎我回家吗?"

"看来这自以为是的德行,关了禁闭也治不好。你以为我会为了欢迎你去烫头发?"

陈山让她别再啰唆,赶紧坐下吃饭,吃完饭,他还要回处里一趟,加班处理这三天落下的事儿。张离看了陈山一眼,她很清楚,他是去筹谋冯大奎的事。

饭后,陈山驾车前往军统第二处。快开到办公楼门口的时候,他看到周海潮从办公楼出来,去了审讯楼。陈山把车停在办公楼门口,确认无人注意自己,也去了审讯楼。

周海潮与阿光走向冯大奎所在的牢房。路上,他吩咐阿光,"樱花"在处里一定有内应,审讯室除了他们二人,谁也不能进。阿光告诉他,张离来拿过资料。

周海潮有些火了,张离和余小晚、肖正国的关系非同一般。"以后她要的东西,你给她送办公室去。审讯室,闲杂人等一律免进,就说是我说的!"

刚进走廊的陈山听到了周海潮的话。他看到周海潮和阿光在走廊的中间一拐弯,去了转角处的一间审讯室。

2

刑架上的冯大奎满身伤痕，奄奄一息。

周海潮把审讯记录往桌上一丢，冷笑地看着冯大奎。他面前这个小货色竟然交代自己搞上了胡靖安的情妇。胡靖安从前是戴老板的上司，现在风头虽然不及戴老板，但他还不能真拿这事去问胡靖安，因为那等于打胡靖安的脸。

"所以你是吃定我不敢深究是吧？"

冯大奎喘息着："我没撒谎。"

共谍骨头硬，周海潮还能理解，老毛子洗脑有一套，把共产主义吹得天花乱坠，让他们觉得姓共才是正统。但是做日谍做汉奸，那就是混口饭吃，犯不着搭上性命。所以他问冯大奎："'樱花'，你这么死扛着图的是什么？"

"要我说多少遍，我不是'樱花'。"

周海潮走上前，揪住了冯大奎的脑袋，咬着牙说："你以为你不招就能出去？我告诉你，我有一千种办法可以在牢里弄死你，像捏死一只蚂蚁那么简单。"

见冯大奎愤怒地瞪着自己，周海潮笑了："想活命吗？想活命就收起你这种欠揍的眼神，乖乖听我的。"

他用手捏住冯大奎身上的伤，痛得冯大奎发出凄厉的号叫。待他松手，冯大奎奄奄一息地哼哼着，再也无力逼视。

周海潮走到一旁洗了洗手。他欣赏般地望着在水盆中漾开的冯大奎的鲜血，说："实话告诉你，现在隔壁牢房还关着一个人，你的同伙。不论你们谁先招，我都可以给他一个全新的身份，让他远走高飞重新做人。不识时务的那一个也有用处，可以留下来试试我们的一千种花式死法。你要试吗？我给你十分钟时间思考。"

冯大奎脸上露出惧意，但他仍在犹豫，不知道周海潮是否是在讹自己。

这时，陈山就在审讯室外面。听到这里，他神色凝重，少顷，转身离去。他明白，在周海潮的严防死守下，自己甚至无法进入审讯室接触到冯大奎，营救他更是一个不可能完成的任务。而且面对刑讯逼供，冯大奎分分钟都可能招供。所以当务之急，他必须提醒冯大奎不能落入周海潮的圈套，继续等待荒木惟的营救。可要怎样才能提醒他呢？陈山陷入了深深的迷茫之中。

陈山回到了自己的办公室，在办公桌前坐下后，他下意识地拉开抽屉，对着里面的便签和纸，茫然地看着。忽然，他想到了什么，忙拉开办公桌侧面最底下的抽屉。这个抽屉里，有半盒蒙特克里斯托牌雪茄。荒木惟曾递给他一支蒙特克里斯托雪茄，他说："对于那些和我们并肩战斗的战友，我都会和他们分享一支好烟。"

陈山将雪茄放进口袋，再次出了办公室。

周海潮给冯大奎的十分钟思考时间结束了，他对冯大奎说："我已经给过你机会，既然你不想活了，我现在就去问问隔壁那位老兄，看他是不是想通了。"说罢，他向外走去。

冯大奎看着周海潮离去的背影，眼神中露出恐惧和渴望。他的嘴唇动了动，几乎就要张嘴叫住周海潮。敲门声忽然响了起来。

周海潮和阿光对视一眼，问："谁？"

"我。"

周海潮打开审讯室的门，看见陈山站在审讯室门口，冲着他满脸笑意。

"周科长，这么晚还在忙呢？"

趁周海潮走出来的瞬间，陈山向审讯室内迅速瞟了一眼，看到了冯大奎。

"肖科长？这么快就从禁闭室出来了？"

陈山看了看周海潮头上的绷带，不厚道地笑了："是啊，一想到这些天没来得及慰问周科长的伤势，我这心里就过意不去。怎么样？没伤着什么要害吧？"

陈山想去拍周海潮的肩膀，周海潮退了一步，他的手就悬在了半空。

周海潮气得脸发黑，勉强挤出笑容："肖科长的诚意我收到了。我周海潮是个知恩图报的人，等我忙完了这一阵，有机会一定还你一个人情。"

"好啊，"陈山依然满脸笑意，"我们，来日方长。"

"我还有事，恕不奉陪。"周海潮说罢向外走去。陈山的手握着口袋里的雪茄，叫了声阿光。不料阿光跟出，看了他一眼，就把审讯室的门锁上了。阿光向周海潮追去，只留陈山独自站在门口。

陈山手握口袋里的雪茄，无奈地目送周海潮走远，自己也走向另一间属于侦防科的审讯室。

齐云正在审讯室里整理房间，看到陈山，有些意外。跟齐云寒暄了几句后，陈山盯着走廊上的动静，轻声问："这两天最忙的是周海潮吧？"

"可不是吗？被你揍了，成天忙着在关处跟前撒娇。逮了个日谍，又恨不得跑去戴局长面前邀功。"

陈山笑笑："等我收拾好了，一会儿叫上李龙，我请宵夜。"

说着，陈山看到阿光去而复返，折回了冯大奎所在的审讯室。他拍拍齐云的肩膀，说："一会儿来办公室找我。"

陈山看看表，走了出去。在走廊上，他叫住了匆匆而回的阿光。他抽出口袋里的雪茄，塞到阿光胸前口袋里，让他尝个鲜。那支雪茄从阿光口袋里露出一截，恰好可以看清品牌的标签。阿光低头看了一眼，客气地拒绝。陈山不停摆手："别人送我的，不花钱。我不抽烟，刚才本来是想送给海潮，因为咱们之间有些误会，想跟他谈谈。看来他还对我有成见，那就你拿着。我放着也是浪费。"

这时，齐云也从另一间审讯室走了出来。陈山叫住他，也给了他一支。"高级货！"齐云看着雪茄，"一个字都看不懂的肯定是高级货。"说罢齐云笑了起来，阿光

133

也跟着笑，不再推辞。

阿光进入审讯室后，陈山边走边压低声音对齐云说："周海潮现在抓的这个人看来不是小角色，不管他是不是'樱花'，真要被周海潮审出什么，对咱们也不是好事。他们的审讯情况你多留点儿心，明早向我汇报。"

陈山向前走着，眉间仍有忧色闪过。如果冯大奎见过荒木惟，那他或许能认得，这正是荒木惟最喜欢抽的雪茄牌子，那样他便会明白，有人正在设法营救他。但如果他并不认得这种雪茄，他的这一举动便毫无用处。然而事到如今，他既不能见冯大奎，也无法向其明示，也唯有用这种方式去赌一把了。

这晚，陈山离家以后，余小晚就拿出了毛线和针，让张离教她织围巾。李伯钧那条围巾让她意识到，肖正国一条围巾也没有。但是张离示范了一遍又一遍，余小晚还是笨手笨脚织不好。余小晚泄了气，把针线一扔："织个毛线怎么这么难？"

"比跳舞可容易多了。"

"我跳三个时辰的舞也不累，让我织个五分钟毛线，估计我就得犯困。"

"那一天织五分钟，等织到明年冬天，肖正国差不多也就能用上了。"

"反正今年冬天也快过去了。"余小晚忽然又来了劲，对着张离坐直，"离姐，你说我这新烫的头发好不好看？"

"没听肖正国夸你像卷心菜吗？"

余小晚认真地看着张离，问："离姐，你真觉得他这是夸我？"

"小晚，以前你可不这样。"

"你看出来了？"余小晚叹了口气，"我也觉得你能看出来。"

张离笑笑："在乎别人是不是觉得你好看，愿意做以前不爱做的事了，以前你可不这样。"

"是啊。以前我也觉得我是不会变的，我会永远喜欢跳舞，永远不在乎别人怎么看我，自己开心就好。但是，看到肖正国为我跟周海潮打架的时候，我觉得……"余小晚欲言又止，脸都红了，"我觉得，这个男人好像在发光，让我挪不开眼睛了。你可别笑话我。"说完，她就嘻嘻地笑起来。

陈山把车开到家门口的时候，已经快12点了。家里的灯还亮着。陈山打开门，见余小晚正在洗一个青苹果。她说："哟，回来了，我还以为你在禁闭室里乐不思蜀了呢。"陈山说："这三天不能白关。出来后头等大事必须落实了，觉才睡得安稳。"

余小晚咬一口苹果，问："什么头等大事？"

"当然是看望我的情敌，这些天他没少借着包扎伤口的名义去骚扰你吧？"

"我余小晚是谁都骚扰得了的吗？"

陈山手中忽然多了一把旋转的手术刀，那是余小晚的。他说："别以为这世上只有君子，男人里多的是无赖。"

他吹了一下手术刀的刀锋，接着就在自己手指上轻划了一下。一粒鲜红的血珠冒出来，像突然开出的花。

余小晚看着陈山，问："你想干吗？"

陈山举着那只手指头在余小晚面前晃了晃："我就是想拿这刀练练手，要是周海潮那小子敢再缠着你，我一定会干净利落地……让他断子绝孙。"

"是吗？"余小晚毫不示弱，"这手术可不小，我怕你做不了。不过你要是敢跟我离婚的话，我的外科手术肯定做得比你干净利落。"

陈山对着余小晚看，余小晚笑了，说："不信可以试试！"

3

朝阳升起，清晨的嘉陵江面雾气缭绕。

陈山打开窗户，将一盆兰花放在了窗台上。

从他的角度望出去，可以看到后巷的一条小路。在住所的后窗台放一盆兰花，是陈山有紧急情况要求见面的信号。看到兰花，荒木惟就会尽快来找他。

来到办公室后，陈山问齐云昨晚上周海潮审得怎么样。齐云说："前半夜还挺安静，不知道周海潮使了什么攻心计。但只消停了半宿。后半夜周海潮好像又发飙了，又开始动刑。"陈山心中松了口气，应该是冯大奎认出了那支雪茄。既然暂时稳住了冯大奎，他就得找时间面见荒木惟，商议营救事宜。可是要从军统大牢救一个人谈何容易，他只有把难题抛给荒木惟，让他自己去解决。

陈山让齐云早点回去休息。齐云走后，他看了看表，8点40分。他站起身走到窗前，望向街对面的徐记书店，赫然看到那里挂出了"今日盘点"的牌子。

电话接通后，荒木惟说："本来你应该在三天前就联络我了。"

陈山说："要不是临时打的那一架，那天晚上我怕你就走不成了。"

"你应该庆幸冯大奎的骨头还算硬，如果这三天内他已经招供，你可就误了大事。"

"我可以肯定的是，我已经稳住他了。现在要向你请示的，是怎么样营救他。"

"还记得我们在重庆吃的第一碗小面吗？我在那家面馆等你。"

在面馆，荒木惟边吃面边听陈山说话。陈山告诉他，军统截获的情报里，提到了那个潜伏在军统内部的特务，代号"樱花"，而且他们怀疑冯大奎就是"樱花"。

"但我知道他不是，对不对？"

荒木惟并没有正面回答陈山，他说："我们在吃面，只需要关心面好不好吃，不用知道面的配方。如果你想知道配方，那只能证明一件事，你有野心。"

陈山苦笑掩饰："我他妈自保还来不及呢，我能有什么野心？"

荒木惟问陈山有没有想过救人的方案。陈山想过，但是要从军统的大牢里救人太难了，军统的重重关卡和那么多特务可不是摆设。除了死人，没人能离开军统的审讯室。所以不是救人不容易，而是根本办不到。

"那你的意思是就这样让他死掉?"荒木惟冷冷地说。

"有没有一种可能,先让他死掉,再把他救活?"

荒木惟不说话,埋头吃面,一脸严肃。好久以后他才从面碗中抬起头来,笑了。

"你的运气不错,我这里恰好有一种药,可以让他先变成死人,等你救出他来,他就会死而复生。"

"什么时候能给我药?"

荒木惟推开面碗,说:"晚上7点,英子会去军人俱乐部后面的巷子找你。"

"还有什么吩咐吗?"

荒木惟用手帕擦了下嘴,说:"这面好吃,有嚼劲,过瘾。"

6点50分,陈山把车停在了离军人俱乐部稍远的阴暗处。下车后,他观察了一番地形,确定无人注意自己,才走向俱乐部旁边的一条巷子。

陈山走在黑暗的巷子里,有一个黑影悄无声息地跟了上来。察觉后,陈山假装随意地停下脚步,回望了一眼,那影子便躲到了暗处藏身。那是千田英子。待千田英子再探出头时,陈山已经不见踪影。

千田英子快步追赶,在一个巷口,她停下了脚步。她预感到陈山或许躲在巷子转角处,便掏枪在手,迅速就地滚向巷口,并对准了巷子的转角。

令她意外的是,那里并没有人。而陈山的声音此时在她身后响了起来:

"如果刚才我手上有枪的话,你已经死了。"

千田英子回过头,镇定地说:"如果不是确认你有这样的本事,我们也不会派你来重庆。"

"下次可以直接现身,用不着对我用这一套。"

"我必须知道你身后有没有尾巴,还得确保你没有同伙。"

"我知道,"陈山说,"特工不应该信任任何人,你教过我。"

"你学得不错。那天你的舞,跳得也不错。"

"那得谢谢你教得好。"

千田英子的脸上毫无笑意,从口袋里取出两瓶针剂交给陈山。那是一种强效的神经麻痹药物,从南欧的一种杜鹃花中提取的。把它注射到静脉里,只需半个小时,人就会心跳呼吸暂停,像死去一样。

"两瓶全用上?"

"对,一瓶药水只够他死去四个小时,万一不够时间把他送出来,就坏事了。"

"所有敌人的尸体军统都会运往七星岗掩埋,白天各处室都有可能去那里投尸,傍晚5点时再由总务处派人将尸体统一填埋。你得给我一个能立刻联络到你的方法,到时候只要冯大奎一被送出罗家湾,我就通知你们去七星岗接人。"

千田英子递上一张纸条,上面有一个电话号码:367。

陈山把针筒和针剂放在了张离的办公桌上。他很清楚，周海潮防备森严，尤其提防他。他一个侦防科的人要想混进中共科的审讯室，几乎没有可能。所以来找张离之前，他只是在审讯室的鞭子上下了点药。

不过，光靠鞭子上的药量是不够的，必须再补打一针假死药。除了找张离，他不知道还能找谁。他的下一步计划是，赶在荒木惟之前从七星岗把冯大奎弄走。他可以向荒木惟解释，由于注射时药量难以控制，冯大奎提前醒来，自己跑了。

"然后呢？"张离问，"你打算等他醒了再自报身份，让他跟你说实话？"

这一点，陈山已经想过。要是直接问冯大奎，他未必会说实话。可冯大奎既然扛了这么多天，一定是因为日本人承诺给他足够多的好处。为了得到这个好处，他必然会按原来的接头方法去找日本人。所以，陈山只要跟着他，就能查到他的接头人是谁，拔出萝卜带出泥，他就有机会把他背后的阴谋挖出来。

张离觉得陈山的计划可行。她看了陈山一会儿，垂下眼帘，又拿起那瓶毒药，心说，原来莎士比亚笔下朱丽叶服下的毒药，真的存在。

"为什么认识你以后的每件事都像是在赌博？"

陈山笑了："人生本来就是一场赌局。不过，我的赌运一向特别好。"

"但我不知道我的运气够不够好。"

"尽力而为吧。我会掩护你。"

4

那条被陈山涂抹过药水的鞭子此时正放在审讯室的桌上。周海潮手中拿着一只精巧的打火机，为自己点燃了一根烟，然后吐了个烟圈走到冯大奎面前。

"我的耐心十分有限，想死你就继续扛着。"

冯大奎笑了："我太想活了，但我真不是'樱花'。别在我身上浪费时间了，你不是还抓了一个人吗？你问他就好了。"

周海潮用力抽了一口烟，把烟头摁在了冯大奎的胸口。冯大奎满脸痛楚，却强忍着没有叫唤。

"好！那么就让我在你身上试试那一千种死法吧。"

周海潮从桌上拿起鞭子，猛地转过身，劈头盖脸地抽打起冯大奎。冯大奎被抽打得皮开肉绽，鲜血渗透衣衫，留下一道道新鲜的血痕，与旧的血痕叠加起来。冯大奎仰天惨叫，周海潮面容狰狞，抽打得更加凶狠了。

不久，冯大奎开始两眼翻白，口吐白沫，脸色通红，抽搐不止。鞭子上的毒液已经渗进他的血管，侵入他的心脏，并让心脏急速收缩跳动。阿光见状，阻止了周海潮。由于打得用力，周海潮的头发凌乱地垂在了额头上。

冯大奎在一阵急剧抽搐之后垂下了头，再无声息。

周海潮赶紧上前试探冯大奎的鼻息，感觉不到。他慌了，又把手探向冯大奎的颈动脉，也探不到跳动。他气急败坏地大喊："快！快把医生给我找来！"

陈山在院子里听到冯大奎的惨叫声时，是 10 点 07 分。他收起怀表，拿着一份账簿走向了一旁的库房。再出来，他手里的账簿已经不见了。阿光正慌张地从审讯室跑出来，向医务室奔。陈山又看了下表，10 点 10 分。他脚步不停地走回办公楼，到目前为止，一切都在按计划进行。

李军医和一名护士被阿光带入审讯室时，冯大奎已经被周海潮平放到了地上。试过冯大奎的脉搏后，李军医又以手电筒照冯大奎的瞳孔，冯大奎全无反应。他开始给冯大奎做心脏按压，并吩咐护士注射强心针。周海潮皱眉等在一旁，十分沮丧。

没多久，李军医就放弃了抢救，站起身来。接下来的程序，便是他出具死亡证明，交由周海潮签字。签完字，周海潮就懊恼地离开了审讯室。

这时，张离正心绪不宁地坐在办公室里。她已经把那一瓶针剂吸入了针筒。

办公桌上的电话响了起来，她接起来，是宽仁医院来的。打电话的人是阿光的母亲，她想告诉阿光，他的老婆生了个儿子。

"好，我会通知他尽快来医院的。"

放下电话后，张离的眼睛亮了起来。她走到窗边，看到周海潮从审讯室走了出来。随后，李军医和护士也出来了。张离回到桌边，想了想，提起电话听筒放在桌上，然后开着门出去了。

在门口，张离遇上了陈山。陈山望了望前后，走廊上并无旁人。张离低声说："我现在去引开阿光，看有没有机会下手。"

"快去快回，我掩护你。"

张离点头离去，她插在大衣口袋的手心中，握着那支针筒。

张离匆匆走进审讯室，对正在整理资料的阿光着急地说："阿光，我找你半天了！"

张离告诉阿光，刚刚医院来电话，他的老婆生了。"电话还没挂呢，就在我办公室，你快过去接。"

阿光道声谢，放下审讯资料就兴冲冲跑了出去。张离瞥了一眼地上的冯大奎，跟着阿光走出审讯室，站定，目送着阿光跑出一小段路。她的手摸向了口袋中的针筒。但阿光还未跑出走廊，忽又折回："差点忘了锁门。"

张离有些失望，但脸上笑容如常："别着急。"阿光匆匆锁上房门，又飞快地向张离办公室跑去。

张离回到办公室时，阿光正拿着电话不停地喊着"喂"。见张离进来，他说没声音。张离接过话筒，说："大概是等久了那边挂断了吧，也有可能是断线。"

"那怎么办？"阿光满脸焦急。

"不急。我可以打给余小晚，哦，就是肖太太，让她去产科找一下你的家人接电话。"

"那会不会太麻烦？"

"不麻烦，肖科长太太是熟人，不找熟人帮忙还找谁帮？"

此时，洪京军告诉周海潮，电讯科刚又截获了电报。密码应该是改了，但发报的地方还是皇后饭店，发报的手法，也和之前的"樱花"一模一样。周海潮叹一口气，看来这冯大奎真不是"樱花"，白浪费了几天时间。

"他不是'樱花'，死了也就死了，这事就算过去了。"

"说得也是。"周海潮说，"他要真是'樱花'，我亲手把那么值钱的线索给掐断了，这才是大麻烦。"

阿光终于打通了电话，十分高兴。注意到挂在他腰间的那串钥匙以后，张离端着水杯故意走到阿光身后，等他打完电话。

阿光挂下电话，一个转身，正好撞到张离。张离如愿失手地摔碎了手中的水杯。阿光激动地道着歉，并主动去捡杯子的碎片。就在他弯腰捡杯子碎片的瞬间，张离悄然盗取了钥匙。

张离从门后拿来扫帚，说："别捡了，我用扫帚扫吧。你还是去找周科长请假，赶紧去医院看老婆孩子吧。"

阿光站起身，将几块大的瓷片丢入垃圾桶，疾步离去，又很快折回身，拿起桌上的审讯资料，朝张离嘿嘿笑着："你看，连审讯资料都忘了！"

阿光的脚步声远去后，张离迅速放下扫帚出了门，并带上了房门。

对于阿光的请假，周海潮非常不满。他将审讯资料扔在桌上，说："这时候你跟我请假？冯大奎的事儿谁来扫尾？"

阿光嗫嚅地说："能不能让别的兄弟办一下？"

"你晚点去医院你儿子还能飞了？"

"我……也是好不容易才当的爹。"

周海潮的情绪稍微平复了些，说："我理解，生儿子是喜事。我也不是不讲情面。"他掏出两张钞票来递给阿光，让他什么时候把尸体处理掉，就什么时候去医院，毕竟尸体不能在这里过夜，而冯大奎的案子只有他从头跟到尾。

阿光道了谢，这时，总务科的阿平过来了，问中共科有没有尸体要送。阿光便带着阿平和另一特务离开了。刚走到门外，阿光下意识地摸了一下腰间，发现钥匙不在。他有点慌，怯怯地看了一眼周海潮。

他让阿平和那个特务等他一下，接着快步向张离办公室走去。但是张离办公室关着门，无人应声。不远处，阿平和那个特务还在等着。阿光只得再次跑向阿平，说那跟我来吧。

张离此时已经到了审讯室门口。确定无人后，她取出钥匙，试图用其中的一枚开锁，不成功，又试第二枚，直到试到第三枚才对上。她镇定进入，并关上了门。

　　她先摸了摸冯大奎的脖子，果然没有脉搏，然后迅速从口袋里掏出针筒，给冯大奎注射。

　　刚注射了一半，走廊上就传来了阿光和阿平的说话声。将针筒中的药水尽数注射完毕已经来不及，张离只能迅速拔出针筒，离开审讯室，并将那串钥匙插上门锁。

　　张离迅速推动另外几个房间的门，但连推几扇都是锁着的。此时，阿光故意加快了脚步，比阿平走得靠前一些。他们的脚步声已经越来越近。终于，在三人转过弯道到达冯大奎所在审讯室门口的时候，张离推开了没有上锁的刑具室房门，闪身入内。

　　阿光用身体挡住了阿平和那个特务的视线，看到锁上挂着的钥匙后，他松了口气，然后十分自然地伸手拧开了门锁。

　　打开门，阿光看了一眼审讯室，没有异常。地上的冯大奎一动不动，和他离去时也并没什么不同。他松了口气。接着，阿平和那个特务就把冯大奎抬了出去。

　　张离听着脚步声远去，看了一眼手中尚余一半药水的针筒，有些忧心。

5

　　办公桌上的电话一响，陈山就接了起来。

　　"是我。"张离说。

　　"怎么样？"陈山低声问。

　　"有突发情况，所以只注射了一半。"

　　"你没有被人发现？"

　　"应该没有。"张离说，"但药量不够，会不会有问题？"

　　"半瓶药水怎么也能有两个小时药效，再加上鞭子上的药量，让他睡上三个小时应该不成问题。你们科里通知总务科把尸体拉走了吗？"

　　"通知了，但以他们的办事效率，最快也得午饭后才出发。"

　　陈山看表，11点30分，冯大奎已经"死"了一个半小时了。就算总务科12点出发，下午1点之前，怎么也到七星岗了。

　　"应该能撑得过去。"

　　"那就好。"张离稍微松了口气。

　　"那我现在出发，先去七星岗等着。"

　　张离想了想，问："跟踪冯大奎的事，你一个人行吗？"

　　"这事就交给我吧，一有眉目我就向你汇报。"

第十章

1

太阳很好，千田英子和山口坐在一个茶铺里看似悠闲地喝着茶。不远处的一辆汽车中，一名日本特务坐在驾驶座上待命。千田英子看了看表，已经是 11 点 45 分。她回过头，有些焦急地看了一眼旁边的公用电话亭。

此时，陈山正坐在自己的吉普车里。总务科的运尸车已经停在了审讯室所在的小楼门口，阿光看着阿平和另一名特务将冯大奎的"尸体"抬上车。11 点 55 分的时候，陈山发动了吉普车，先行驶离。洪京军出现在了办公室窗口，看着陈山驶离的吉普车，若有所思。

把车停在七星岗附近后，陈山下车观望。从他的角度，可以看到低处马路上的车辆和行人。那条马路是总务科运送冯大奎车辆的必经之路。在之前的那通电话里，他已经告诉了张离自己的计划。他会在这里等待运尸车出现，之后再给日本人打电话。那样一来，他就有足够的时间赶在日本人之前带走冯大奎。

运尸车出现在他视线内的时间是 12 点 30 分。陈山走向电话亭，拨通了号码 367。此时，运尸车上的冯大奎处在昏迷和苏醒的边界，他的手指轻轻动了一下。

电话通了，那边传来千田英子的声音。陈山低声告诉她，尸体已经送出了罗家湾，现在正运往七星岗。

陈山走出电话亭时，运尸车转了个弯，离他越来越近。他上了车，向七星岗驶去。

没多久，空袭警报声就响了起来。路人仓皇逃窜。紧接着传来的，是飞机的轰鸣声。炸弹猛然在陈山附近炸响，沙石飞扬，车身抖晃。

陈山迅速弃车躲藏，直到警报声解除。陈山重新上车时，已经是下午 1 点 15 分。陈山想了想，下车走到前一个路口。从那个路口，可以看到停在不远处的总务科运尸车。

他看到一些汽车正超过运尸车，向自己驶来。而那辆运尸车驾驶室的门开着，却不见人影。事实上，原本在车上的阿光、阿平和另一名特务已经弃车跑向了洪崖洞。

陈山忽然听到运尸车方向传来一声枪响，但他只能看到车头，看不到后车厢，所以不知车上发生了什么。下意识地，他拔枪在手，向运尸车迅速跑去。

陈山在运尸车前停步，双手举枪观察。车门大开，驾驶室内空无一人。他举枪绕到后车厢，冯大奎也已无踪影，里面躺着的却是三名已经昏死过去的军统特工：阿光嘴角流血，不知死活。阿平和另一名特务胸口中枪，已然死去。

陈山大惊，就在他欲转身寻找冯大奎之际，后脑勺被一把枪顶住了。

"你果然是个骗子。"

是张离的声音。

陈山举起双手，缓缓转身，看着张离："你不会以为他们是我杀的吧？"

"要不然呢？你告诉我计划万无一失，现在人不见了，你还想怎么骗我？"

陈山忽然冷笑了一声："难道你就没有骗我？你要是真心帮我，为什么要带着我的对头一起来？你们这是想联手对付我吗？"

张离愣了一下："谁联手？"

陈山忽然对着她身后喊："周海潮，不用躲了，出来把话说清楚！"

张离不禁侧过脸望向身后，陈山忽然出手，夺下她的枪并迅速反扣她的手臂将她制住，同时用枪顶住了她的太阳穴。

张离不敢动弹，满脸愤怒。

"跟我走！"

陈山用枪抵着张离，把她带到了附近一个僻静的街角。

"你为什么会来这儿？"

"我信不过你。"张离冷冷地说。

"你应该信我，这只是一个意外。"

"我不听理由，我只看结果。如果你把冯大奎弄丢了，查不到真相，我们就是在为虎作伥。"

"我承认是我没有料到这个意外。"陈山有些无奈，"现在冯大奎已经不见了，我们不应该浪费时间争吵，而是应该尽快把他找回来！"

"我得想想，你到底还值不值得我信任。"

"上了赌桌，押大押小已经选定，没开宝之前，你改不了，也不应该改。"陈山忽然放开张离，将枪放在掌心递到她面前。

张离有些发怔。陈山继续说："信得过我，就马上放我去找冯大奎，空袭警报解除还不久，他一身的伤，跑不远。要是信不过我，也可以一枪崩了我。快决定！"

就在张离犹豫之际，陈山忽然听到运尸车方向传来了动静。两人同时望向运尸车，只见阿光已经从后车厢爬了下来，脚步踉跄，并迅速向罗家湾军统驻地方向逃跑。

陈山和张离大惊。陈山迅速举枪对准了阿光。他很清楚，如果他听到了他和张离的对话，再回去告诉周海潮的话，不但他会死，张离也会有麻烦。

但张离按下了陈山举枪的手臂。

"你不是说过中国人不打中国人吗？"

陈山愣住了。张离接过陈山手中自己那把枪，接着说："阿光交给我来处理，你去找冯大奎！马上！"

陈山一愣，明白张离已经再次选择了相信自己，感激地对她点了点头，让她小心。他观察了附近的地形，那是一个三岔路口。冯大奎肯定没有去七星岗，因为他就是从那边过来的。也不可能往罗家湾方向跑，因为张离是从罗家湾来的。所以，冯大奎只能是往东边跑了。陈山迅速向东边那条路跑去，张离也在同时追向阿光。

阿光没命地奔逃，直到军统办公楼出现在自己的视野之后才停下脚步，他扶着墙喘息不止，但还没喘两口，就看见了张离。

张离平静地站在阿光面前，堵住了他的去路。阿光大骇，后退两步，想摸枪。张离冷静地说："恭喜你当爹了，阿光。"

阿光愣住了，按在枪上的手没有再动。

张离继续说："如果我是你，多一事不如少一事。你老婆儿子还在等着你。"

"我什么也没看到，什么也没听到。"阿光满脸恐慌，声音都变得有些陌生了，"你千万别动他们！"

"我当然不会动他们。"

"我听离姐的，不该说的我一定不说，下班了我就去看儿子。"

"好。我相信你是聪明人。"

张离笑了笑，转身离去。看着张离的背影，阿光恐慌得浑身颤抖，像一只藏在草丛中听猎人脚步徘徊的兔子。

此时的冯大奎正在街上跌跌撞撞地奔跑。他衣衫褴褛，一身血痕。陈山追到了这条路上，远远就看见了他奔跑在马路斜对面的背影。陈山迅速追赶，但一辆疾驰的汽车忽然冲过来，闪避之中他摔倒在地，擦伤了手臂。等汽车过去，陈山挣扎着从地上爬起时，冯大奎已无踪影。

陈山不甘地追到刚才冯大奎所在的位置，四下张望后，追进了一条小巷。接连跑过两条小巷，依然没有看到冯大奎。他沮丧地站在原地喘息。终究还是跟丢了。

2

周海潮猛地一拍桌子，冲着阿光一阵咆哮。洪京军站在一旁咋舌："死人还能跑了？"

一脸惶恐的阿光也说不清究竟是怎么回事。空袭的时候他们下车躲避，再回来，冯大奎就忽然活了过来。他刚一上车就被打晕了。等他醒来的时候，冯大奎已经不见踪影，车上只有阿平和另一名兄弟的尸体。

洪京军问现在怎么办，周海潮便又是一阵咆哮。不小心把人打死，处座已经不高兴了。现在人死而复活，还跑了，他不知道该怎样解释这一切。

洪京军与阿光对视了一眼。阿光偷看着周海潮说："这事儿不能说。冯大奎既然已经死了，只要别人不知道，就当他已经在七星岗被人埋了，后面再有什么事，也都跟我们没关系。"

周海潮没好气地问："那他要是活着跑回来，再告我一状呢？"

"就算他没死，他装死逃出去这事肯定不简单，他要回来，不等于出卖他的同伙吗？"

"阿光说得有道理。"洪京军在一旁附和着。

"至于死了的两名兄弟，把这事推给空袭，他们是被日军的机枪扫中而死，也说得过去。"阿光继续说。

洪京军再次赞成："只要统一口径，就不会有别人知道。"

阿光眼神闪烁着，不时瞄周海潮一眼。周海潮很烦躁，揉着鼻梁思索。事到如今，也只能先这么着。他安排阿光马上带人，去把两人的尸体和总务科的车子给弄回来。

阿光从周海潮办公室走出来，松了口气。在张离办公室门口，他扭过头，看到张离正坐在办公桌后看着他。他不安地回视，讪讪然地对张离点了点头。张离嘴角露出一抹微笑，什么也没说，低头继续看手上的《子夜》。

周海潮还是觉得这事儿太蹊跷了。洪京军觉得，这事儿可能会跟肖正国有关。尽管肖正国连审讯室都进不了，但是今天运尸车出去之前，肖正国就先开车出去了。

周海潮两眼放光，问："你是说，冯大奎有可能是他半路劫走的？"

"我倒是不能确定，但冯大奎要想从这里出去，肯定得有人帮他。"洪京军思索着说，"如果肖正国真像你认为的那样，被日本人收买了，如果冯大奎是'樱花'，肖正国肯定得帮他跑。"

"赶紧去查一查肖正国今天中午都干了什么。"

已是傍晚。陈山把车停在军统第二处办公楼附近的一个街口，坐在车里等候。从他的角度，可以看到军统办公楼的门口。正是下班时分，军统特务陆续走出了办公楼。他看到张离和小董等人一边打着招呼，一边向他所在的位置走来。

张离走过街口时，陈山驾车转弯上前，在她身边停住。张离看了陈山一眼，又看了看四周，上了车。

在车上，张离把怎样唬住阿光的事情告诉了陈山。阿光最害怕家人受到伤害，所以一句含义模糊的话，落到他耳朵里，都会变成威胁。重庆暗流涌动，各方势力盘根错节，他不会不怕。

但是陈山并不能放心，阿光今天不说，不代表以后不会说。现在阿光对他们两人来说就是一颗定时炸弹。张离倒是不太担心这一点，因为定时炸弹至少现在不会炸，现在的麻烦在于，他可能把他们都当成了冯大奎的同伙。找不到冯大奎，等于放跑了日谍，即使解释也没有用。

陈山懊恼地在路边刹车，狠捶了一下方向盘。要不是那辆开得疯掉了似的车，他已经抓住冯大奎了。他接下来能做的，就是想想冯大奎可能会去什么地方。

汽车继续前行，张离从包里取出一个文件袋递给陈山。那是她复制的冯大奎的所有相关资料，上面兴许可以找到冯大奎下落的线索。

陈山一愣，接了过去。他有些感激地看着张离，说："人是我丢的，豁出命我也要找回来。"

"人要找，命也得留着，你还要救你妹妹呢。"

陈山动容地看着张离。张离避开他的目光，说："送我去医院！"

千田英子向荒木惟汇报了未接到冯大奎之事。她一直在七星岗等到天黑，都没有等到运尸车。在她看来，问题可能出在陈山那里，比如他谎报了军情。

荒木惟抽了口雪茄，笑笑说："他不敢开这么大的玩笑。"

这时，一阵敲门声响起。荒木惟和千田英子对视了一眼。

门外传来的是陈夏的声音："荒木君，我可以进来吗？"

荒木惟对千田英子挥了挥手，让她去查清楚，他要的是结果。千田英子点头领命，打开门时，她看到陈夏手里拿着一双布鞋。陈夏有些拘谨，说："荒木君，英子小姐，我没有打扰你们说话吧？"

荒木惟说："我说过的，任何时候你有需要，都可以直接来找我。"

千田英子眼神一闪，心中有些不悦。但她没有回头看荒木惟，而是径直走了出去。

张离去了宽仁医院的产科。在产房门口，她看到了房内躺着的阿光的媳妇和躺在她身边的婴儿。床边陪伴的老妇应该是阿光的母亲。张离扭过头，望向走廊，看到了拿着食盒匆匆赶来的阿光。一见张离，阿光的脸色顿时就变了。

张离迎向阿光。阿光眼神略带紧张，看了看房中的母亲和妻儿，压低声音说："你想干什么？"

张离笑了，说："出去说话吧。"

阿光随张离来到了医院院子的一棵树旁。张离一站定，阿光就说，他什么都没跟周海潮说。

"阿光，"张离的语气依然清清淡淡的，"今天下午，冯大奎要是对你再下手重一点，你就看不到你儿子出生了。"

阿光畏缩着咽了口唾沫："我知道，我们扛的这活，本来就是脑袋别在裤腰带上的，不算是好行当。"

"刚从鬼门关回来，又有了儿子，我想你一定特别想好好活下去。"

"你不要动我的老婆儿子。"

"我绝不会动他们，但日本人却未必。"

"你们真的是替日本人做事的？"

"当然不是。"

阿光又问起了他的钥匙，他现在觉得他的钥匙其实并不是他忘在门上的。张离回答说这不重要，他只要知道，他们也想从冯大奎身上查到日本人的阴谋。但这件事不能让任何人知道。

"如果周海潮知道了，误会了，这件事就会变复杂。只怕人最后没找到，他和肖正国先打起来了。"

"你们怎么斗我不管，我只想混口饭吃，我只想回家守着老婆孩子热炕头。这国家大事，单位里的大事，都不是我这样的小人物想要管的事。"

"那就走吧，离开这里。"张离说，"就算周海潮和肖正国不找你的麻烦，所有跟冯大奎案相关的人，都有可能被日本人盯上。"

阿光嘴唇哆嗦着，有点茫然。张离从口袋里取出一小沓钞票递给他。

"再晚，我只怕你连老婆孩子也保不了。"

阿光犹豫了一下，接过了钱，哆嗦着点头，不停道谢。

陈夏坐在荒木惟对面，手里紧攥着那双布鞋。她有些怯怯地问荒木惟，有没有她小哥哥的消息。虽然她不太明白之前荒木惟和千田英子在说什么，但她听到他们提到了陈山这个名字。荒木惟看着陈夏，没有说话。

"你们是在说他吗？他是不是出了什么事？"陈夏又问了一遍。

荒木惟说："我想，就算你亲自去问陈山，他应该也不会告诉你他都干了些什么。"

陈夏叹了口气。她的小哥哥正是这样，他挣钱养家很不容易。为了不让她担心，哪怕在外面被打得头破血流，回家他也从来不说。

荒木惟看了陈夏一会儿，问："那你相信他有足够的聪明吗？"

"相信。"

"那就行了。"

陈夏还是不放心。她又问荒木惟，如果她小哥哥有麻烦，他是不是会帮他？荒木惟说，帮他就是帮我自己。陈夏脸上就露出了笑意。

"谢谢你，荒木君。"陈夏将手中的布鞋递向荒木惟，"这是我给小哥哥做的鞋，荒木君，你能替我交给他吗？"她曾答应过陈山，她会一直做鞋给他穿，直到他把嫂子娶进门。

荒木惟接过那双布鞋，说："有你这样的妹妹，他很幸福。"

"我也有东西送给你……谢谢你这些日子对我的照顾。"说着，陈夏有些慌乱地把另外一双鞋放在了桌上，"我……我先走了。"

荒木惟有些意外，陈夏已经独自走向了门口，打开房门离去。她扶着走廊的墙壁，脸颊通红。一回到自己的房间，她就关上房门，背靠在门上，心怦怦跳个不停，脸上漾着甜蜜。

　　荒木惟打量着那双布鞋，虽然只是一双普通的黑色布鞋，但后帮处绣了暗金色的如意图案，绣工精巧。

　　荒木惟拿过布鞋，上脚试穿，并不意外地，鞋很合脚。柔软的布鞋不松不紧地包裹着他的脚，给他一种温暖的感觉。他的脸上露出了一丝温柔的笑意，随即又把鞋脱下，收进了柜中。

3

　　关于肖正国下午做了什么，洪京军已经查到了一些眉目。下午，就在大轰炸之前，肖正国的车曾出现在较场口城门。洪京军是从总务科老纪那儿问到的，他正好在那一带公干。

　　周海潮思索着，肖正国去的较场口城门离运尸车出事的地点非常近，而较场口城门又是去七星岗的必经之路。肖正国在那儿做什么？是为了接应冯大奎吗？那他一定知道冯大奎没死，营救冯大奎的事一定就是他干的。但是他到底是怎么让冯大奎死了又活过来的？除了他和阿光，谁也没进过审讯室。如果肖正国真是要救冯大奎的那个人，而冯大奎现在又跑了，那么他们现在肯定还没联系上，肖正国一定还会去找冯大奎。

　　周海潮吩咐洪京军跟踪肖正国，并拿出一些钞票扔给了他。阿光老婆刚生孩子，这两天只能让洪京军多辛苦，兵分两路，一面盯着肖正国，一面派人去查冯大奎的下落。

　　陈山把吉普车停在了打铜街附近的一个路灯下。借着路灯的光亮，他又看了一遍冯大奎的档案，确认冯大奎家的地址：打铜街75号。

　　陈山下车，向打铜街走去。在打铜街口，他听到了来自身后的有跟随着自己的特意压低的脚步声。他警觉地回头，却不防有人从巷子里猛地扑出，用麻袋套住了他的脑袋。

　　扑出来的是五名黑衣人。他迅速反抗，但目不能视，寡不敌众，终被打晕，并捆绑了起来。一辆汽车驶过来，陈山被扔了上去。

　　汽车迅速驶离不久，洪京军骑着自行车来到了附近。他看到了陈山的吉普车，却不见陈山的身影，满心疑惑。

　　陈山被带进了一个小黑屋，又被倒挂在刑架上。他的头部下面，是一个洗手池。水龙头开着，池内已经蓄了半池的水。一盆水泼到脸上，陈山顿时一个激灵，醒了过来。而与此同时，水龙头也被开得更大了。水往上涨，很快就浸湿了陈山的头发。

　　陈山极力睁开眼，看到荒木惟倒映在自己的视野中。荒木惟正坐在屋内的一盏灯下，悠闲地抽着雪茄。千田英子站在一旁，将手中的水盆扔到了一边。

荒木惟不紧不慢地说："冯大奎活不见人，死不见尸，你得给我一个交代。"

"放我下来！"陈山叫喊着，"该做的事我全都做了，可这是意外！"

"我不要理由，我只看结果。人丢了，你必须付出代价。"

陈山拼命晃动身子，但无济于事："人不会丢的，一定能找回来！"

"怎么找？"

此时，池中的水已快到陈山的鼻子了。陈山奋力抬着脑袋说："找到你就能找到他！"

"是吗？"荒木惟笑了一下。

陈山急促地回答："你费尽心机救他出来，一定是他身上有你想要的东西。他能扛住大刑，就是寄希望于你能保他一条性命，他要不把东西交出来，你也不会放过他。所以他一定会去找你！"说完最后一句话，水已漫过他的鼻子。他再也说不出话。

荒木惟好整以暇地抽一口烟，说："一个人知道得太多，还不懂得装傻，一样要付出代价。"

陈山已经无法呼吸，耳中荒木惟的声音也变得模糊而遥远，溺水的绝望感渐渐将他包围。他挣扎着想抬头浮出水面，但身体被捆在柱子上根本无法动弹，他几乎陷入了绝望。千田英子站在一旁，冷冷地看着他。

就在此时，陈山听到隔壁传来了一阵电话铃声。过了一会儿，敲门声响了起来。千田英子前去开门，山口递上一部电话机，用日语报告，"樱花"来电。千田英子接起了电话。

陈山努力在水中睁开眼，看到接完电话的千田英子走向荒木惟，在他身边耳语了几句。荒木惟一边听着千田英子的汇报，一边看着他。此时，陈山的意识已渐渐模糊，他开始大口地吞水。迷糊中，他看到千田英子向他走来。

千田英子拉动绳索，水池底部的塞子就松动了，同时水池的水位迅速下降。重获呼吸的陈山大声咳嗽着，涕泪横流，奋力喘息。

荒木惟走到陈山面前，向他吐出了一口烟。陈山艰难地睁开眼，视野中的荒木惟像忽然被烟雾包围了一般。他听到荒木惟平静地说："下次再出娄子，我会直接把你送给军统处置。"

陈山兀自喘息，无力答话。他看到荒木惟把一双布鞋在他面前晃了晃，小心而缓慢地放在了他的面前。

"你有一个好妹妹。她的手艺不错。"荒木惟说罢转身离去。

千田英子用匕首割断陈山身上的绳索，陈山虚脱般地从刑架上滑落，栽倒在地。他无力地睁开眼，看着荒木惟和千田英子的脚步渐远，走出了房门。接着，房门将他们的脚步关在门外。陈山闭上眼，喘息着，听着渐渐远去的脚步声，逐渐平静下来。

他很感谢那个突如其来的电话,濒临死亡的恐惧让他深深后怕,如履薄冰的寒意让他像筛子般地抖动起来。他从来没有距离死亡如此之近,仿佛已经能闻到死神的气息。他翻了个身,仰面躺在地上。他的手摸索着,终于摸到了那双布鞋。他将鞋子紧紧抱在怀里,喜极而泣。

他知道,他不能输。他也没有输,他的推断一定是正确的,冯大奎一定会去找荒木惟。而荒木惟刚刚接到的电话,一定与冯大奎相关,否则荒木惟绝不会轻易容忍他的失手。只要冯大奎还会现身,他就还有机会弥补一切。而陈夏一直都是他所有力量的源泉,几乎就是他生命的全部。

陈山像是忽然振奋了精神,猛地坐了起来,开始解绑在那双布鞋上的麻线。

周海潮来到打铜街的时候,陈山的吉普车仍停在原地。洪京军推着自行车向周海潮汇报,他已经巷里巷外找半天了,也没见着肖正国。他只能确定,肖正国没有进过冯大奎的家,因为冯大奎家他进去看了,上次搜完什么样,现在还什么样。这让周海潮感觉,肖正国兴许也不知道冯大奎的下落。

洪京军问:"他会不会是故意把车停在这儿,虚晃一枪?"

"妈的,这个老狐狸。"周海潮有些懊恼,望了下四周,"车在这儿,人肯定跑不远,等着!"

在车上,千田英子向荒木惟汇报,冯大奎已按备用联络方式与"樱花"取得了联系。他提出的要求是,让他们为他提供明日离渝的船票及美金一千元,以交换他手上的物品。

"'樱花'问是否需要交易,请您指示。"

荒木惟坐在汽车后座闭目养神,缓慢地说:"答应对方的条件。我们的东西,必须万无一失地拿回来。"

陈山穿着陈夏为他做的布鞋,向自己的吉普车走去。他的步伐疲惫,衣衫还有些湿。守在附近的洪京军一见到他,便闪身到树后阴暗处,默默盯视。

陈山走过吉普车,向打铜街走去,最终来到了冯大奎的家门口。黑暗中,周海潮正在不远处的水缸后监视着他。陈山似乎听到了一点动静,他看了一眼门牌,忽然快步向与周海潮相反的方向走去,并迅速在一个交叉路口左转,走向了另一条横向巷道。

周海潮迅速追上。但来到横巷后,却看不到陈山。他继续快步追赶,来到另一处巷口,仍不见陈山的踪影。他懊恼地张望着,冷不防,陈山的声音在他身后响了起来:

"周科长是在找什么吗?"

周海潮吓了一跳,猛地转身,只见陈山正似笑非笑地看着他。他恼怒地定了定神,说:"肖科长半夜三更地跑这里来,应该也不是来闲逛吧?"

"那当然。大路朝天,各走一边。我要找的跟周科长要找的,应该不相干吧?"

"难得我能和肖科长观点一致。不过我还是要提醒肖科长一句,在我身后捡漏的好事,是不可能发生的。"

"我也奉劝周科长一句,等着兔子撞上枪口这种事,也只在寓言里有。"

陈山说罢离去。周海潮望着他的背影,冷笑着说了声:"老狐狸。"

4

陈山驾车回到家时,看到不远处有一个男子的身影一闪躲到了黑暗里。

一个男人挑着担子走街串巷,叫卖红烧肥肠。有人拦下了他,买了一碗。陈山走过去,也买了一碗。

陈山还没进屋,余小晚就看见了他。之前,她坐在床沿上,笨手笨脚却又专注兴奋地织了很久的围巾。10点时,她没好气地起身,从客厅窗口向外看了一眼,看到一束车灯光从远处渐近。吉普车在家门口停下后,她回到卧室,把围巾和针线藏进衣柜,再坐到床边,翻看起《良友》。这时,陈山打开了家门。

陈山把那碗肥肠放到桌上,到卧室门口说了声"我回来了"。余小晚坐在床上,看着杂志,眼皮也没抬一下:"不回来的时候才应该汇报,现在我不聋也不瞎。"

陈山没说话,去厨房拿了筷子,吃起了肥肠。香味飘来,余小晚用力嗅嗅,扔下杂志来到了客厅。她走到陈山身后说:"肖正国,胆越来越肥了,买了宵夜回来也不叫我。"

"你不聋不瞎,鼻子也没毛病,这不你自己闻着味就出来了吗?"

"那还不赶紧再去拿双筷子?"余小晚在桌边坐下,瞪着陈山。陈山无奈起身,又去厨房拿了一双筷子。两人一起吃了起来。陈山边吃边说:"我以为你不吃这玩意儿,好多姑娘怕胖,不吃这个。"余小晚说:"看不见我也不惦记,看见了我可不管,吃了再说。"陈山笑了笑,说:"还是别惦记的好,要是胖了,回头该穿不下舞裙了。"余小晚大口嚼着肥肠,说:"穿不下正好有借口做新的。倒是你,从前不是不吃这些吗?什么毛血旺、猪下水之类的通通不吃,讲究得哟。"陈山说:"这不想明白了吗?不想等死的时候,才想起还有那么多没吃过,还有那么多事没干过。"

余小晚不由得看了陈山一眼:"哎,你今天在外面是不是出什么事了?"

"没事。"陈山又夹了一块肥肠,"你说天上这炮弹每天都在往下掉,哪天落到谁头上也不一定,是吧?"

余小晚脸上忽然有了些温柔,"那,这肥肠你也吃上了。还有什么事是就算你现在马上要死了,也想干的?"

陈山一愣,警觉地看了余小晚一眼:"剩下的肥肠没人跟我抢,我就心满意足了。"

余小晚一看，碗中的肥肠只剩下三块，索性一把将碗夺走："巧了，刚好我也这么想。"

"明天晚上过大年，我非煮上一大盆不可，看你有没有本事把所有的裙子都撑破。"陈山朝端着碗躲进厨房的余小晚喊。余小晚的声音从厨房传来："明晚我叫了离姐和老费来跟咱们一块儿过年，买菜的事就交给你啦。"

"说得好像你什么时候买过菜似的。"

余小晚睡着以后，陈山依然在地铺上睁着眼。他脑子里不停地闪现余小晚先前说的那句话和一些人。

"还有什么事是就算你现在马上要死了，也想干的？"

如果他马上要死了，他一定要见见张离，见见陈夏，见见菜刀和宋大皮鞋，以及他爹陈金旺。这些人让他辗转难眠。深夜像一团巨大的黑云，时刻变动着形状，一点也不安分，随时暴露着危险的信息。他不知道，他先前看到的那个一闪即逝的黑影此刻就在某个角落里，边跳着脚御寒，边盯着他家的窗口。他叫阿六，是周海潮的人。

上午，洪京军把阿光送刚生娃的媳妇和老娘回老家的事情报告给了周海潮。阿光并没有直接见洪京军，而是找人捎的信儿。周海潮有些纳闷，因为阿光老家在江西赣县，刚生了孩子就往老家赶，再赶也来不及回家过年。忽然，他神色一变，觉察到了不对劲。

除了他，阿光也进过审讯室。而且，他调到中共科的时候，阿光主动要求跟他一块儿调过去的，说是自己一向站在他这边，担心肖正国给穿小鞋。周海潮十分恼怒，让洪京军马上派人去把阿光找回来。但洪京军说，今晚就过年了，人手实在不够。

"还想过年？"周海潮瞪着洪京军，"找不着人是失职，找着了是立功！你找不找？"

"找，找，我这就让人去找。"洪京军答应着，"可又要盯肖正国，又要找冯大奎，我怕人手不够啊。"

周海潮眼神阴冷地说："我和阿强盯肖正国，你和阿六去找冯大奎，一分钟也不能耽搁！"

陈山敲了敲张离办公室开着的房门，张离从小说中抬起头来。陈山说："我算是知道什么叫不食人间烟火了。人人都赶着回家过年，就你还有闲心看书。"

张离又低下了头，继续看书："一个人过年，怎么过都一样。"

"谁说你是一个人？小晚应该给你打过电话了吧。"

"说了，今晚让我上你家吃年夜饭，还有老费。"

陈山看了张离一眼，说："还有我。"

张离的眼神一闪，面容镇定自然，"看来这年夜饭工程不小，你是来派活给我干的吗？"

"不敢。这些日子光受你照顾了。"

张离笑笑："你的贼车果然不那么好上，上了车就得替人做事，我认栽了。"

陈山压低了声音，问阿光那边怎么说。张离告诉他，今天早上他应该已经离开了重庆。她开始收拾桌子，说下午她先回宿舍整理下，傍晚自己过去。

陈山从菜市场买了不少菜。把菜放到车后座后，他并没急着上车。他的眼角已然瞟到了街角的阿强，于是他转身走向了附近的公共厕所。进去以后，他看了看，各厕位无人，便从厕所后窗翻了出去。

他去了打铜街。临近过年，路上几无行人。他走过冯大奎家门口，往前走出一段路，躲到一个开着门的院子里等了一会儿，再探头出来，确定无人跟踪，才走回冯大奎家门口，用铁丝捅开了门锁。

进了屋，陈山开始搜查。他拉开衣柜，看见柜里的衣物已经被翻乱了。他翻了一遍，没什么发现。又敲了敲衣柜壁板，实心的，没有暗格。衣柜底部也没发现异常。之后，他又查看了床底和书桌的抽屉，依然一无所获。

最后，陈山走到了书柜前。柜内既有碗筷、杯子，也有书报刊。主要是报刊，但是顶层放着一本全英文版本的书，崭新的，厚得像砖头，与书柜里的东西格格不入。

陈山把那本书抽了出来。看样子，冯大奎家已经被人彻底搜查过不止一遍了，但这本英文书还是太奇怪了。陈山翻开书，看到内页上敲有知乎书屋的印章和地址。地址为督邮街188号。

那本书封面上的数字1是陈山唯一认得的字，那么，这代表，这本书是一个套系中的第一册吗？在张离交给他的冯大奎案的资料中，并没有提及什么英文书。这本书里究竟有什么秘密？这个知乎书屋就是冯大奎与日方的接头地点吗？这个疑点让陈山兴奋起来。

陈山拿着那本英文书走出了冯大奎家。回到菜市场门口时，他远远看到了探头探脑走向厕所的阿强。趁这个空当，陈山钻进吉普车，绝尘而去。

听到吉普车声从厕所跑出来的阿强暗暗叫苦，赶紧去骑他停在街角的自行车。但没追出多远，他就被陈山甩掉了。

陈山驾车飞驰，经过张离宿舍的时候，他停下来，带着书跑了进去。

陈山来到张离宿舍门前，叫了几声，无人应。隔壁的门倒是开了，探出头来的是军统第二处档案室的小蒋。小蒋叫了他一声，告诉他张离去澡堂了，一会儿就能回来。

周海潮驾车经过张离宿舍附近的街道时，看到了正在奋力蹬车的阿强。周海潮停车，问他盯的人呢，是不是跟丢了。阿强喘息着掩饰说没丢，只是肖科长开车太快，他赶不上而已。周海潮让他上车，为他指引方向。不久，周海潮看到了停在张离宿舍门口的陈山的吉普车。

此时，陈山恰好从张离宿舍出来，上了车。周海潮注意到了他手中的书，陈山也从后视镜里发现了周海潮的车。陈山的嘴角露出一抹冷笑，加大油门向前驶去。

周海潮也踩下油门，迅速跟上。

5

陈山的汽车在右拐到一条街道之后停下了。车头被建筑挡住，只能看到半截车尾。周海潮也在附近停车，他有些疑惑，让阿强去看看。

周海潮的目光追随着向前快步走去的阿强，阿强的身影刚在转角处消失，就传来了一声枪响。

周海潮愣了一下，立刻发动汽车驶向前去。过弯后，周海潮看到陈山的汽车里空无一人，而阿强晕倒在地。阿强的身上没有血迹，枪也在他手中，似乎是刚才与陈山打斗时擦枪走火。

周海潮举枪察看着汽车。这时坐在路边的小乞丐向一个方向一指，说往那边去了。周海潮皱起眉，匆匆将阿强拖上车后座，向着小乞丐所指的方向驾车驶去。

不久，陈山从自己的车底爬了出来。他往小乞丐的破碗里扔了两张钞票，向他竖起了大拇指："走吧，小兄弟，换个地方。"小乞丐咧开嘴笑了，也向陈山竖起了大拇指，拿起破碗，唱着歌，摇摇摆摆地走了。

陈山驾车掉头，往另一个方向驶去。

他到了知乎书屋。临近过年，街上大多店铺已经关了门，只有书店和一些卖年货的杂货店还开着。行人亦不多。在不时响起的爆竹声里，陈山走进书屋，四下看看，客人零星。

在开出一段路始终未见到陈山以后，周海潮明白了什么，立即掉头往回驶去。

陈山捧着那本英文书，迅速扫视屋内。除了在整理货架的伙计外，他还看到了一名大学生模样的姑娘，以及一个戴着厚厚酒瓶底眼镜的中年男子。伙计整好书架，扭头看到了陈山和他手上的书，便问他是不是要找什么书。陈山递上手中的书，问："这本书是从你们这儿买走的吧？"

"是啊，莎士比亚全集英文版，您这本是第一册，我们店有全套四册。您需要全套还是单本？"

"莎士比亚全集。"陈山重复着书名，"我想先看看。"

伙计将他引到了里面的一侧书架旁。陈山果然看到了四本摆在一起的，封面和他手里拿的一模一样的书。但就在他伸手欲拿书的时候，刚才店中的眼镜男抢先抱走了全部四本书。陈山有些意外，眼镜男对陈山笑了笑："对不住，这套书我先要了。"伙计说库房里还有，如果客人需要，他可以再去取一套。陈山说不用，他也就是看看。

陈山假装随意地跟到柜台附近，站在眼镜男身后，看着伙计将四本书包起。他注意到第二至四册的书上都有薄薄的灰尘，而第一册却十分干净，仿佛刚被人摸过。

陈山又环视了一遍书屋，转身走了出去。

周海潮驶到刚才陈山吉普车所停的位置，果然不见了陈山的吉普车和那个小乞丐，顿觉上当。阿强此时醒转，摸着后脑勺问他这是在哪里。周海潮愤愤地骂了声"废物"。

此时，洪京军骑着自行车赶来，很兴奋地从自行车上跳下来，告诉周海潮，阿六在督邮街附近看到了冯大奎，鬼鬼祟祟的，应该是要去跟人接头。

周海潮眼睛一亮："马上带我去！"

陈山走到离书屋稍远的一家南货店门口，佯装看年货，眼角的余光却盯着书屋门口。他看到眼镜男抱着伙计用绳子捆扎好的四册莎士比亚全集走了出来，向着街道的左侧走去。他放下年货，悄然尾随。

跟了不久，两个追打着的孩子忽然从巷道里跑出来，撞了眼镜男一下，书也被撞落在地。捆书的麻绳散开，后一个男孩追来，又一脚踩在了书上。男孩跑开，剩下眼镜男独自无奈。他蹲下来，捡拾散落在地的书。陈山上前帮忙捡拾，故意捡起那本第一册，又装作不小心只拿住了封面的样子，书页便在半空散开，书本如常，并未夹带着什么。

眼镜男道着谢接过书，小心地用衣袖拭去上面的灰尘。忽然他认出了陈山，问："你也喜欢莎士比亚？"

陈山笑笑说只是受人之托，帮人采买。他并不喜欢外国人，名字太长，不好记。眼镜男再次感谢，说这是全英文的版本，大概也只有真爱之人才会收藏。

陈山目送眼镜男抱着书本离去，没有再追踪。应该是弄错了，这只是一个普通的买书人。那么，冯大奎的这本书背后到底藏着什么玄机呢？这是否只是一个错误的方向？陈山不知道，但他不想放弃。他扭头重新走向知乎书屋方向。

也是在这时，伙计将一套全新的《英文版莎士比亚全集》摆上了书架。

当陈山再次回到知乎书屋附近时，他看到了一个包着头巾提着包袱的妇人正向书屋走去。在书屋门口，她回过头，四下张望，眼神机警。陈山本能地躲闪开她的目光，同时看清了她的脸。陈山感到心头一紧。

确定无人后，妇人闪身进了书屋。

陈山迅速跟进。那人正是冯大奎。

154

第十一章

1

"冯大奎!"

在知乎书屋门口,陈山冲着冯大奎的背影大喊了一声。

冯大奎站在书架前,手中正拿着一本莎士比亚全集的第一册。他闻声一惊,转身欲跑。陈山从门口书架上随手拿起一本书,朝他掷去,被其躲过。陈山又纵身跃过书屋内第一个书架,飞身扑向他。冯大奎没躲开,被陈山揪住了衣领。

冯大奎左手紧紧护着怀里的书,右手与陈山缠斗。就在此时,周海潮、洪京军及阿六、阿强也找到了此处。周海潮大喊一声:"肖正国!冯大奎!你们果然是一伙的!"

陈山不由得一分神,冯大奎也趁机猛地挣脱了他的手,并将一排书架推向了他。陈山闪身一让,书架倒在了两人之间。

周海潮一挥手,洪京军和阿六、阿强就冲了过去。陈山欲追冯大奎,却被三人缠住。冯大奎趁机跃出后窗。周海潮掏枪射向冯大奎,但射在了窗框上。没有人留意,伙计将冯大奎的包袱藏在怀中,低伏着身子,浑身抖着躲到了柜台后面。

"你们拦着我干什么?快去抓冯大奎!"陈山恼怒地大吼。周海潮上前,用枪指住他。洪京军欲扣住陈山,却被甩得退开两步,不敢再上前。

周海潮吩咐阿六和阿强去追冯大奎。两人跃出窗框后,周海潮冷笑着说:"肖正国,你就是'樱花'。你救走冯大奎在先,跟他接头在后。让我逮个正着,你还有什么话说?"

"对你这样的蠢货,我确实无话可说。"陈山满脸恼怒。

周海潮气得脸色发青:"等到了关处和戴局长面前,你要还敢这么横,我周海潮给你磕三个头。"

"我当然会告诉关处和戴局长,要不是你故意纠缠,我早就抓到冯大奎了,所以你根本就是来帮他逃跑的,你才是'樱花'。"

周海潮怒极,骂了句"放屁"。陈山忽然伸手夺枪。洪京军下意识地躲到了书店角落。周海潮慌乱之中,手枪走火,射到了一个书架。被射中的书跌落下来,险些砸到蹲在地上的洪京军头上。

陈山与周海潮缠斗不止,书架不断被两人撞翻。陈山忽然停手,因为他听到了外面传来的枪声。周海潮却毫不手软，趁机将陈山的手反扣。陈山咬牙切齿地喊："周海潮，要是再让冯大奎跑了，你一定会后悔的！"周海潮迟疑起来，陈山继续朝他吼："放开！先抓冯大奎要紧！"

冯大奎躺在知乎书屋附近的街道上，不再动弹。他依然紧紧抱着那本莎士比亚全集第一册，眼睛瞪得很大。

不远处的一个二楼阳台上，有名不知身份的狙击手悄然离去。

阿强和阿六此时才追到。阿强立刻去探冯大奎的颈动脉。阿六则迅速向狙击手撤离的方向追去。陈山和周海潮跑到了冯大奎的尸体前，洪京军紧跟其后。

陈山上前按冯大奎的颈动脉，发现人已经死了。他用力掰开冯大奎的手，拿起那本莎士比亚全集第一册。打开后才发现书本中间已被挖空了，里面藏着一沓美金和一张船票。他突然明白了什么，匆匆跑回书屋。

周海潮命令阿强看好尸体，也在洪京军的陪同下跟着陈山跑去。

书屋内一片狼藉，伙计早已逃跑。

陈山扶起书架，从地上找到四册的英文版莎士比亚全集，加上从冯大奎手上夺回的第一册，放在了一起。他开始回想先前的情景。他冲入书屋时，喊了冯大奎的名字，然后伙计拿起桌上的一个包袱藏到身后，并向后退了两步。

陈山闭上了眼睛，为自己的百密一疏而懊恼不止。他已经明白了一切，就在他赶回之前，冯大奎和伙计已经完成了物品的交换，获取了船票和美金。他不慎忽略的那名伙计，此时已带着那个不知为何物的重要物品逃离。而那名杀死冯大奎的狙击手应该也是荒木惟的人，因为不再有利用价值的冯大奎只有死去，才能永远保守秘密。

周海潮跟过来，问陈山是怎么回事。陈山冷冷地告知其原委："要不是你出来坏事，我已经人赃并获。"

周海潮却冷笑着再次举枪对准了陈山："现在人赃并获的人，是我。"

陈山伸手欲摸枪，周海潮迅速拉开枪保险，威胁他不要动。陈山只得垂下了手，他抬眼看着周海潮，说："周海潮，我劝你最好把枪放下。"

周海潮不为所动，因为他有自己的逻辑。在他看来，跟冯大奎接头的人就是陈山。陈山故意吸引他的注意，就是为了让伙计能拿走这件东西。而陈山的真实身份就是"樱花"，营救冯大奎就是陈山串通阿光干的。书屋的伙计也是陈山的同伙，刚才的打斗是陈山故意演的苦肉计，目的就是掩护两人离开。

听周海潮说完，陈山也用相似的逻辑去印证周海潮就是"樱花"：阿光与周海潮的关系显然更近。而且周海潮偏偏在他将要抓住冯大奎的时候忽然闯入书屋，故意阻拦，这是更为明显的掩护。而冯大奎死去也并不与他的掩护矛盾，既然他已经拿到了想要的东西，只有杀死冯大奎，周海潮才是最安全的。

周海潮把枪顶上了陈山的脑袋，不怒反笑："看来咱们的本事还真是半斤八两，那就得看谁先有机会弄死对方了。"

陈山冷静地说："你这是恼羞成怒，想连我一块儿灭口是吗？"

周海潮举着枪，很得意："你和冯大奎接头的时候正好被我们撞见，我们都是人证。那本书和里面夹着的美金、船票就是物证。人证物证俱在，因为你拒捕在先，所以我才不小心击毙了你和冯大奎。这么说是不是足够合情合理？"

"合情合理。"陈山看着周海潮黑洞洞的枪口冷笑说，"卑鄙无耻之极。"

"不好意思，这个大年你过不了了。"周海潮得意地笑了，"不过同事一场，小晚，我一定会替你照顾好她的。"

陈山也笑了："周海潮，其实你刚才的推理当中只说对了一件事。"

"什么？"

"我确实有同伙。"

周海潮看着陈山，又问："难不成，又是张离？"话音刚落，他就听到张离的声音从身后传来：

"周科长，大家都是自己人，把枪放下说话更客气一些。"

周海潮扭过头，看到张离站在书屋门口。张离的头发还有些湿，显然是刚洗完澡便匆匆赶来。陈山望着张离，脸上不禁露出了安心的笑容。

"张离，"周海潮说，"你确定你要跟我对着干？"

"如果跟你对着干的话，我不需要说话，直接拔枪就行。"

周海潮看了一眼张离插在口袋中的手，明白她也带着枪。张离说："作为中共科的同事，其实我是来提醒周科长，不管有什么误会，不如把枪放下再说？"

周海潮向洪京军使了个眼色，示意他杀了张离。显然这个细节被陈山看在眼中。他说："周海潮，我知道你打的什么主意。我科里的人正在赶来增援的路上，除非你有本事把事做绝，否则我怕你的麻烦会很大。"

周海潮脸色发白，犹豫起来。洪京军在一旁胆怯地劝慰他，都是误会，把枪放下再说。

张离说："倒是冯大奎的尸体出现在这个不该出现的地方，要不马上处理掉，回头给侦防科的人看见了，只怕周科长会难以交代。"

周海潮觉得有道理，放下了枪。他对张离说："那不如你先去把冯大奎的尸体弄走，我跟肖科长再好好聊聊。"

"那就最好了。"

张离正欲离去之时，陈山瞥见周海潮眼中又起杀机。他对张离使了个眼色，张离顺着陈山的目光望去，看到了书屋柜台上的电话机。她立刻明白了陈山的暗示。

陈山叫了周海潮一声。就在周海潮望向陈山的时候，张离走向书屋柜台，拿起了电话。陈山吸引着周海潮的注意力，继续说："冤家宜解不宜结。虽然你我都看对方不顺眼，但也不至于非要争个你死我活。"

在一阵密集的鞭炮声里，张离拨出了余小晚家的电话号码。没人接，张离佯装电话已通："小晚啊，是我，张离。"

此时鞭炮声渐止，周海潮猛然回头，才看到张离正在打电话。他听到张离说："费处已经到家里啦，好啊。"听到这里，他脸上的神色有了微妙的变化。

"对，我还要晚一点才能到……正国啊，他现在跟我在一块呢。我们周科长也在。处里还有些事务，需要我们两个部门联合完成。……嗯，快了，一完事我们就尽快回来。"

张离放下话筒，看了眼周海潮："费处和小晚正在家准备年夜饭，就等着我和肖科长回去了。"

周海潮的脸色变了，与洪京军交换了一下眼神。

"那我就去处理冯大奎的尸体了。两位科长慢慢谈。"张离与陈山对视一眼，陈山眼中有赞许和感激。

张离出去后，陈山跟周海潮说起了冯大奎的尸体。冯大奎的尸体本应在两天前就送往七星岗，结果尸体没运到，负责埋人的总务科回头核对起人数来，一定会发现少了一具尸体。这样一来，他周海潮失职之事怕是纸包不住火。

周海潮斜睨了陈山一眼，说："你是打算看我的笑话？"

"我是在为周科长指点迷津。"陈山微笑道，"真正的'樱花'不是别人，正是你身边的阿光。他今天一早的畏罪潜逃，就是最充分的证据。"

见周海潮神色一凛，陈山继续说："所以营救冯大奎的全盘计划，都是阿光所为。周科长不如拿冯大奎的尸体主动向关处说明此事，或许还能少担点责任。"

周海潮想了想，说："这是我的事，肖科长不用费心了。"

"周科长刚才说的那些过火的话，等过完年，我想我大概也就全忘了。大家同事一场，上次我揍了你一顿，今天你放我一马，大家就算扯平了，怎么样？"

周海潮看着陈山，过了一会儿才说了声"成交"："前账还清，大家都好安心过年。"

陈山神闲气定地笑了："成交。"

2

陈山驾车行驶在回家的路上。在不短的沉默过后，他对副驾驶座上的张离说："幸亏你及时赶到。你又救了我一次。"

从张离宿舍楼离开的时候，他撕下《莎士比亚全集》的第一页，让小蒋转交给张离。那张书页上盖着知乎书屋的图章，他明白，张离肯定会第一时间赶过去。

张离平静地说："如果刚才你没有镇住周海潮，他会连我们俩一起杀了。"

陈山沉默了一会儿，说："对不起，冯大奎死了，跟他接头的书屋伙计也跑了，我没脸见你。"

"我知道你尽力了。"

"可线索还是断了。"

张离问陈山接下去有什么打算，陈山摇了摇头。荒木惟处心积虑拿到冯大奎手上的东西，一定还会有下一步行动。只要他有动作，他就还有机会弥补。他转过头，很认真地问张离："你还愿意再给我一次机会吗？"张离说："你现在要想的，是怎么跟日本人交代，你今天为什么会出现在这里。"陈山沉默了一会，说："但至少，这个年，我可以回去过了。"张离说："值得喝一杯庆祝。"

"这是我第一次在上海以外的地方过年。"陈山说，"张离啊……"

张离不禁看了陈山一眼。

"你同我说一句上海话吧，那样我会觉得，我在这里还是有亲人的。"

"好回去烧夜饭了。"

陈山因为这句熟悉又无比家常的话笑了，也以上海话回应："好的呀。"

爆竹声中，余小晚在窗户上贴了红色的窗花，在门上也贴了福字和对联。一贴上这些红纸，仿佛一切就都变得不一样了。空气焕然一新，世界也翻开了新的一页。

余小晚灵动的舞步踩踏在这一页上，引领着费正鹏笨拙的脚步。陈山和张离则一起下厨，一个烧菜，一个洗菜切菜，配合默契。虽无对话，但陈山看着张离宁静的面容，脸上流露出温暖的微笑。

四人一起坐在桌前吃饭。余小晚给费正鹏夹了一块红烧排骨，让他尝尝肖正国从上海学来的手艺。费正鹏说好吃，夸肖正国是聪明人，他和顺年不会看走眼。听费正鹏这么说，陈山赶紧也夹了一块肉到费正鹏碗里。他说："老费你这么替我撑腰，不知道的还以为你是我干爹呢。"

费正鹏哈哈大笑，说："我不就是你们俩的爹吗？倒是想跟你们说件正事啊。"

余小晚预感到费正鹏要说什么，拦住了他："干爹，大过年的说什么正事？"

"当然要说，这可是咱们家接下来的头等大事。"

费正鹏说的，果然是生孩子的事。他说："要是明年这时候，这屋里又多了个小家伙，咿咿呀呀地叫着哭着，那该有多好。"他转脸问张离是不是，张离笑着说："费处的愿望就是所有人的愿望。"

"可我就不想活得跟别人一样。"余小晚说。

"那你想活成什么样？"费正鹏问。

"我知道。"陈山说，陈山一开口，三人同时望向了他，"她就想活成她自己，活得随性，自在。"

余小晚的眼神闪了闪，像荡漾的水波。直到吃完年夜饭，直到她关上卧室门绕起了毛线，还在想陈山那句话。她说："离姐啊，肖正国说的话，我仔细想来，好像是那么回事。"张离说："是啊，你可能不知道自己想要什么，但你一定不想按世俗的标准去做人，你想做自己。"

"离姐，我觉得现在懂我的人除了你，好像又多了一个。"余小晚满脸幸福。

张离笑了笑："那你应该挺高兴吧？"

余小晚也笑了："至少觉得给他织围巾这么无聊的事，也不是那么不能忍了。"

费正鹏和陈山在客厅下棋聊天。冯大奎诈死以及"推断"阿光是其同伙的事情，陈山都说给了费正鹏。过完年，周海潮应该自己会向关处交代。费正鹏觉得周海潮算不上什么恶人，就是太功利，告诫陈山做事要高调，做人得低调，不能急功近利。然后，他看了卧室门一眼，略微压低了声音，说："还有啊，生孩子这事，你也得加把劲。这种事总得男人主动，是吧？"

"这话也记住了。"陈山坏笑着说，"放心，临门一脚一定不会腿软。"说完，他飞马，说了声"将军！"

费正鹏高兴地笑了起来。

此时，荒木惟和陈夏正一起坐在桌边吃饭。桌上摆着的是日本料理。陈夏问荒木惟日本人过不过春节，荒木惟说不过，但是他们的新年和中国人的春节一样隆重。他们会在新年那一天去寺庙敲钟、许愿，许下的愿望会写在纸条上，挂在寺庙外的树上。

陈夏便又问荒木惟许过的愿望是否都实现了。荒木惟说："实现也好，没能实现也好，心有所愿都是美好的。"

陈夏想起了她的小哥哥陈山。每次她有什么愿望，他总想着帮她实现。"其实不管他能不能做到，我都高兴的，至少我晓得他为我去做了。"

荒木惟说："你这个小哥哥对你，还真是没得挑剔。"

陈夏说："作为朋友，荒木君对我，也是不能更好了。"

荒木惟看着陈夏，没有说话。一种温暖的气氛在小屋内流淌。

门外，千田英子听到两人的对话后，有些黯然地离去。

陈山步行送张离回家。路上没有行人，远处的鞭炮声不时响起。在清爽的空气里，陈山不由得长叹了一口气。张离看了陈山一眼，说："你想家了。"陈山点了点头，陈金旺还从来没有一个人过过年，不晓得会不会惦记他和陈夏。

"他不会惦记我，他从来都只记得陈河和陈夏。"陈山想了想，自问自答。

张离看了陈山一眼。陈山告诉他，陈河是他的大哥，在北平清华大学念书。陈金旺一直觉得陈河特给他长脸。小夏就不用说了，聪明，又体贴。只有他陈山这个不成器的老二，成天就知道闯祸。张离沉默着，陈山继续自顾自说："也好，现在他脑子不好使了，也经常不记得我。不记得，也就不会嫌弃我了。"

张离问他什么时候可以回上海，陈山说，荒木惟给他的任务期限是惊蛰。

"今年的惊蛰，是正月十九。"张离低声说。

陈山神色一凛，有些凄然："要是过不了这一关，我也就只有十九天可活了。"

张离张了张嘴欲说什么，最终还是什么都没说。

"不管怎么说，这个新年有你和我一起过，我觉得老天待我还不错。"陈山看了眼张离。此时他们前方不远处有烟花在空中绽放，张离扭头望向烟花，陈山也随着她的目光望去，两人不再说话，各怀心事地前行。漫天烟花的背景下，两人的背影隔着一点儿距离，却又像是无限靠近。

清晨，陈山提着垃圾桶出门，踩着满地的鞭炮屑，走向街角的垃圾堆。有两个穿着新衣的孩子手中拿着麻花嬉笑着从他身边跑过。然后他看到千田英子出现在了马路对面的一棵树下，正冷冷地看着他，像一只等待猎物的孤狼。陈山明白，荒木惟要找他。

千田英子随即离去。陈山把垃圾桶放在墙角，尾随而去。千田英子把陈山领到了一辆汽车旁，坐进驾驶座，招呼陈山也上车。一拉开后排车门，陈山就看到了荒木惟。

"新年快乐。"荒木惟似乎是笑了笑。陈山上了车，故作轻松地说："拜年这样的事，应该我来做才对。"

"拜年是要准备礼物的，你有吗？"荒木惟盯着陈山的眼睛说。

陈山不由得咽了口唾沫："你想要什么礼物？"

"你不知道？"

"服从并完成你交代的每个任务，算不算？"

"看来你很清楚。"荒木惟说，"那么我也得入乡随俗，送你一份礼物。"荒木惟说罢阴森地一笑，陈山不寒而栗。

汽车向前驶去。

在江边，千田英子将车停下。荒木惟下车，陈山有些不明所以地跟着下来。

江风习习。江中有一些船只在前行，但有一只篷布小船停留在江心一动不动，像是毛笔摁在纸上的一个点。

荒木惟临江而立，看了眼陈山脚上穿的陈夏做的布鞋后，望向江面，问："嘉陵江和黄浦江有什么不同？"

陈山说："风不一样，水不一样，江边的人，心情也完全不一样。"

"你想家了。"荒木惟转脸看了一眼陈山。

"既然回不了家，那我能见见家人吗？我想见陈夏。"

荒木惟冷笑了一下，望向江中，问陈山看没看到那条船。陈山说看到了，荒木惟就又问，你觉得它现在和我们刚到江边时有什么不一样。

陈山愣了一下。和刚才相比，篷布小船现在的水位似乎有点升高。"船在下沉！"

荒木惟再问："那你知道，现在在船上的人是谁吗？"

陈山满脸惶恐："你不准动小夏！"

荒木惟微笑着："这份礼物你还喜欢吗？"

161

陈山扭头望向江中，此时小船又下沉了一些，他禁不住脚步动了动，想奔向江边，千田英子却在此时用枪指住了他。

"别以为我们不知道你在做什么小动作。"

陈山站住不再动，朝荒木惟大喊："我全都按你们命令的做了，全部！"

"你能猜到冯大奎的接头地点，这并不出乎我的意料。"荒木惟语气轻淡地说。

千田英子面露凶相："但你要以为你能在我们的眼皮底下动什么手脚的话，那你就太天真了。"

"要不是我去了，冯大奎早就落在周海潮手里了，我是为了掩护他！"陈山迎向千田英子的目光。

荒木惟又微笑了一下："你的小聪明，我一向很了解。"

"周海潮根本就是跟着你去的！是你暴露了冯大奎的行踪！"千田英子的枪依然对着陈山。

陈山不由得冷汗直下。船又下沉了一些。

荒木惟继续说："还记得一开始在上海，我们之间的那场游戏吗？你一次次想从我手心里跑掉，但结果你成功了吗？"

陈山咽了口唾沫，说："我不会想再跑了。但我也知道，小夏并不在那条船上，是不是？"

荒木惟收起笑容，看着陈山的眼睛。陈山的语气加重，咬着牙说："是不是？！"

"你又猜对了，小子。我现在还舍不得杀她。但她是死是活，取决于你在惊蛰之前的表现。正月十九，离今天不远了。"

千田英子在一旁接话："马上开始你的任务，惊蛰之前，拿到重庆兵工厂分布图，否则下次……我们一定真的会让陈夏待在那样一条船上，让你眼睁睁看着她送命。"

风吹乱发，陈山默默地瞪着千田英子。荒木惟不再理会陈山，独自坐上了汽车。

千田英子向陈山展示了一块手帕，告诉他，近期如果有人以这块手帕为信号与他联络，他必须无条件配合他，听从他的指挥。兵工厂分布图的任务一有进展，立刻汇报。

陈山盯着那块手帕，那块手帕上绣着几朵鲜艳的樱花。

陈山望着汽车远去。等他再回过头，江中的船已不见，翻腾出一些水波和泡沫。他长舒了几大口气。

陈山提着垃圾桶回到家时，余小晚咬着苹果一个劲儿瞅他："你这垃圾是带出去天女散花，把重庆的每个角落都撒遍了是吧？"

"这天女散花的事得你这样的仙女才干得漂亮。我也就是出去遛个弯，顺带办了点公事。"

"那你也该打声招呼再走。外面一会儿警报，一会儿鞭炮的，我一个人在家……"

心里不踏实。"

陈山不由得看了余小晚一眼,余小晚马上说:"你看什么?"陈山说:"哪天我要是出了门回不来了,那以后你也就清净了,眼不见心不烦。"

"那不成,我要是嫌你烦,就一定会让你滚蛋。我要是没答应,你也不许不回来。"

"不讲理!"

"讲理还是女人吗?"余小晚说罢,转身去了卧室,陈山看着余小晚的背影,心中生出些怅惘。

3

年后上班第一天,周海潮做的第一件事,是把冯大奎诈死以及阿光正是日谍"樱花"的事向关永山汇报。

关永山觉得后背一凉,感慨周海潮还是太年轻,防火防盗防心腹,最可怕的就是离得最近的自己人。他问起冯大奎的尸体,周海潮说昨天就已经拉去了七星岗。

关永山点了点头,又问这事还有谁知道,周海潮说肖正国知道,而既然肖正国知道,费正鹏现在也一定知道了。

"肖正国这回倒是不抓你的小辫子?"

周海潮满脸不满,说:"他应该是觉得这事本身就够我喝一壶的,就等着看我的笑话了。"

关永山说:"他现在也学聪明了啊。"

周海潮咬牙愤愤地说:"可我摸着良心说话,我对党国忠心可鉴。我抓人审人的时候,他们在干什么?他们啥也没干,就因为我被自己人坑了,就轮到他们来笑话我了?"

"好啦。这事该怎么结,报告该怎么写,你得自己琢磨。"顿了下,关永山又加了一句,"失职之罪难免,报告中一定得有认错的态度。规矩不能破。"

"我明白,关处。"周海潮愁眉苦脸,"本来想离开了肖正国的压制,我能好好立个功,谁知道……"

关永山接话说:"虽然不知道日本人接下去还会干什么,但当务之急是再立新功,以功抵过,就没人会记得这回事了。"

"再立新功,谈何容易?那也得有机会让我立功啊。"

"眼下就有个机会。"

周海潮眼睛亮了:"请关处明示。"

"不过,我丑话说在前头。"关永山的眼神变得谨慎,"这次的新任务,办好了,是跳板,办坏了,就是烫手山芋。"

周海潮惶恐道:"请关处放心,海潮此次必定赴汤蹈火,万死不辞,誓死为您和党国效命。"

关永山"嗯"了一声，点了点头。

傍晚，陈山去宿舍找张离，两人在她宿舍附近驻足，说了会儿话。陈山还记得，他们说话的地方，正是他第一次送张离回来，被张离叫住，谨防被人认为在谈情说爱而有违军统禁令的地方。

"那你在日本人面前，算是暂时过关了？"听完陈山的话，张离关切地问。

"是啊。"陈山叹了口气，"都不敢跟日本人翻脸，还得处处赔着小心装孙子。有时候我甚至觉得，我可能真就是个为虎作伥的日谍。"

"翻脸除了送命并没有别的用处。身在曹营心在汉，也是一种战斗。"

陈山感激地看着张离，说："我觉得你说这话的神态，很像一个人。"

"谁？"

"庆哥。"

"他是什么人？"

"一名中共的地下交通员，有那么一段时光，我同他走得很近。"说着，陈山一时走神，不由得想起庆哥牺牲时的情景。他边开枪边撤，接连射中了几名日兵，但还是被子弹击中了胸膛，鲜血在他的胸前绽出，像血色花朵。陈山有些痛心地闭上了眼睛，过了一会儿才睁开："庆哥是我见过的真正的英雄。他是中共地下交通员，死的时候，至少拉了十个鬼子垫背。"

"以后你会知道，这样的英雄，在我们身边还有很多。"

陈山望着西边如血的残阳，沉默着点了点头。一时，他觉得内心很沉重，无比渴望飞翔，就像那些血色的彩霞一样。

张离继续说："我只是希望，你暂时的忍辱偷生，到最后可以给敌人真正的致命一击。到了那时候，你也是英雄。"

"我会的。"陈山心里升起一股正气与勇气。他会让日本人觉得，他真的在帮他们找地图。虽然他还没有想好最后怎么脱身，但真正的地图，就算找到了，他也绝不会给他们。

"他们的'樱花'很可能近期会与我联络。冯大奎死了，但'樱花'要做的事肯定还会继续。只要他现身，我就还有机会扳回一局。"

"能笑到最后，才是真正的赢家。"

第二天，陈山走进档案室找小蒋。全市防空设施检查工作马上要开始，他让小蒋将市政方面的地图资料档案登记表给他，他要看看有哪些是他需要的。很快，小蒋就将两个文件夹交给了他。

两个文件夹上分别有二级机密和三级机密字样。陈山先翻看了三级机密的文件夹中的资料登记册，说要全市防空洞分布图、地下水管分布图。小蒋说好，在档案登记表上做了记录。陈山又翻看二级机密资料册，选了电厂、水厂的建筑构造图。小蒋依次记录。在他翻看二级机密资料册第二页时，小蒋告诉他，二级机密档案需要他填一份借阅申请，让关处和费处都批准后交甲室备案才能借阅。

"哦，对，我知道。"陈山说，"一级机密档案都不在处里，是吧？"

小蒋说："是啊。您连这也不知道吗？一级机密档案都移交给甲室了。那请您填一下这份借阅申请。"

陈山看着申请表，点头说好，但他并不打算在上面填写。他思索着。二级机密档案中没有与兵工厂分布相关的任何图纸。他明白，兵工厂的图纸应该是作为一级机密档案移交给了甲室。肖正国的级别也应该没有任何机会去甲室接触到一级机密档案，单枪匹马去获取一份根本无法接近的情报，太难了。

没多久，小蒋抱着几个文件袋走出来，锁上了档案室内室的门。然后，她拿起桌上的外借登记表递给陈山，陈山签了字。

"二级档案的申请一下来，我马上就通知您过来取。"

"这次的检查任务比较紧，主要范围是常规设施的检查。要等这个申请下来，只怕时间来不及。那么这份资料就暂时先不用了吧。"说着，陈山将空白申请表交还给小蒋，抱走了其余几份资料。

陈山抱着档案回到办公室时，齐云正在办公室拖地，头上绑了绷带。陈山问齐云，过个年可不是上战场，怎么就负伤了？齐云很不好意思，说过年一喝多，那跟上战场没啥分别，踩哪儿都是地雷，一下掉沟里了，太背。说完，他继续拖地，随即又想起了什么，直起腰说："对了，昨天呀，我去宽仁医院包扎的时候碰见沈川了。"

"沈川？"陈山装作费力地想着，"我知道，那个……他在哪个单位来着？我这记性……"

"现在在哪个单位我还真不知道。前两年他不是调去兴建兵工厂了吗？选完址去了哪儿，我就不知道了。"

陈山听到"兵工厂"这个词，不禁凝神思索："你们聊什么了？"

"没，就打了声招呼。他问起你了，还问了李伯钧，说李伯钧这一死啊，从你们八十八师回重庆的，就没剩几个人了。"

陈山点着头，问沈川在医院干吗，齐云说住院，阑尾炎开刀。

陈山觉得，既然不能以直接的方式接触到情报，那么迂回接近目标，或许是唯一的办法。这个曾经参与兵工厂建设的肖正国昔日战友沈川，会给他提供有用的信息吗？但他深深知道，既不能在沈川面前暴露身份，又要巧妙地套问情报，无论如何都是一种冒险。下班后，他做了一锅红烧大肠，装入食盒，去了宽仁医院。

他拿着食盒，悠闲地走进医院大厅。只不过瞟了一眼，他就发现今日的医院与往日不同。有不少神色警觉的便衣军统在交费处、走廊等处晃悠，腰间鼓鼓的显然是藏着枪支。他认出有两人正是周海潮手下的阿强和阿国。于是，他不动声色地走向了余小晚办公室。

这会儿周海潮刚进余小晚的办公室，他给余小晚带了法式面包。余小晚瞥了他一眼，说你这是好了伤疤忘了疼还是怎么的，你就不怕肖正国又找你麻烦。周海潮满不在乎，说我给自己的主治医生送点点心都要挨揍的话，肖正国得有多小气。余小晚似笑非笑，说，他有多小气，说实话我还真不知道。周海潮感觉到余小晚的目光似乎越过自己的头顶望向了自己身后。而与此同时，一只食盒从他头上越过，径直压在了那只面包上。

周海潮回头看了一眼，站起身来，略感尴尬地叫了声"肖科长"。陈山自顾自打开食盒盖子，里面的红烧大肠顿时飘出阵阵香味。他说："余小晚，答应了要让你吃肥一圈，让你再也穿不下舞裙的，我说到做到。"

小白等护士闻着香味，簇拥到了办公室门口，扒在门边看热闹。

陈山看了眼周海潮，说："周副科长，同事一场，总算你对我还有些了解。我肖正国虽然小气，但打人这种事我觉得不用多干，有过一次，一般人也该长记性了。你说是吧？"

周海潮说："我也想告诉肖科长一声，去年的旧账虽然结清了，但新账要是再欠上，该还的一样得还。"

陈山微笑了下："我要是没记错，昨天周副科长还刚说欠了我一份人情呢。"

余小晚问："你们在说什么，我怎么听不懂呢？"

"男人之间的账有男人的算法，你不用管。"陈山转脸望向周海潮，"周副科长，以后呢，小晚的宵夜我会送，就不劳烦你了。"

"那我也不打扰肖科长和肖太太一起宵夜了。"周海潮说罢走了出去。

陈山从食盒下拿出被自己压扁的面包说："周副科长，你的面包别忘了带走，不然可就浪费了。"

周海潮脸色难看，头也不回地走了。余小晚一直似笑非笑地看着陈山。

陈山将面包直接扔进了垃圾桶："浪费！……你说他是真没听见，还是假装听不见？"

余小晚说："这跟我有什么关系？还不给我盛上一碗？"

周海潮气愤地走在走廊上，阿强迎上叫住了他。周海潮朝他瞪眼发脾气："杵在这儿干什么？都给我盯紧守好了，谁都不许给我开小差！"

乔瑜此时走了过来，一边走，一边用手帕擦着鼻子："哟，周副科长，这是……有任务？"

周海潮脸色稍微缓和了些，说没事儿，找个日特，常规排查。

"哦，辛苦啦。"乔瑜说着场面话，"这日特共谍横行，全仗你们这些行动线上的党国精英火眼金睛，才能保重庆平安哪。我们这些干后勤的就帮不上忙了。"

166

"都是一家人，内外各司其职而已。"

两个人说了几句场面话，乔瑜忽然打了个喷嚏。周海潮问："病了？"乔瑜用手帕擦着鼻子说："感冒，来开点药。"

陈山和余小晚边吃边聊。陈山让余小晚查一下一个叫沈川的病人住在哪个房间，余小晚问沈川是谁，陈山说是从前八十八师的战友，听说在住院，来看看他。

余小晚有些不高兴了："就知道你没那么好心，特地给我送宵夜来。"

"对啊，某些人就是特地来给你送宵夜挖墙脚的。我呢，就是特地来看战友，顺带着来把墙脚补一补。"

余小晚白了陈山一眼："一会儿你自己去问小白。"

"那，等我看完了他，再等你一块儿下班？"

"不用了。今天医院有重要病人，我得连值。"

"连值到天亮吗？"

"不一定，"余小晚又夹了块大肠，"估计得等明天下午病人转送了之后才能离开。"

陈山怔了下，想起了大厅里的特务。他故作自然地问什么重要病人，余小晚说："你大年初一出去遛弯一整天说是执行任务去了，我也没问你执行啥任务啊。"

"哎哟，这大肠香的呀，连我这堵了三天的鼻子都通了！"

陈山和余小晚听到说话声，望向门口，只见乔瑜站在那里。

"肖科长，我找余医生开点药，没打扰你们夫妻俩卿卿我我吧？"

"那哪能呢。能打扰的刚已经出去了，你没碰上？"

乔瑜坏笑着指了指陈山，陈山也会心一笑。余小晚没好气地看了他们一眼。

4

从小白那儿问到了沈川在内科23床后，陈山便去了内科病房。

那是一间双人病房，陈山看了一眼23床，只见床上躺的竟是一个女人，不由一愣。24床上躺了个男人，正面向里侧躺着。陈山绕到24床里侧，见那男人正闭着双目。他拿捏不准此人是否是沈川，犹豫着。他想了想，一脚踢翻了身边的板凳。24床上的男人顿时被惊醒。

陈山扶起凳子，嘴里道着歉。男人认出了陈山，惊喜地坐起，喊了声"肖正国"。

"好久不见了，兄弟。"陈山笑着说。

"真的是你？！"

"如假包换。"

"你又想骗我？"

陈山愣了一下，脸上的笑容一时有些僵住。

"你忘了？从前你跟我喝酒的时候，想拿白水充当白酒，说的也是这句话。"

陈山接口："如假包换。"

沈川佯怒："结果就骗了我。"然后两人一起笑起来。

陈山笑着说："酒是假的，兄弟感情是真的。"

"好一句兄弟感情。"沈川的笑容渐渐收起，"可惜老李这一走，咱们的好兄弟越来越少了。"

陈山说："再喝的时候，替他满上一杯，我们就当他还在。"

"有你这句话，等我出了院，咱们一定得好好喝一场，不醉不归。"

"这回还用水，还是如假包换。"

沈川大笑。陈山心中稍松了口气。

两人闲聊了一会儿后，沈川跟陈山说起了自己在兵工厂工地的那两年时光。

那两年像坐牢，不只是他，整个工地的人，除了负责运送物资物料的司机，所有人都只能坐在密封的篷布车里出入工地。进了工地之后，连围墙也不让出。到现在他们都不知道工地究竟在哪座山头。党国在这方面的保密工作一向严密，既要防日谍，又要防中共。仗一天没打完，兵工厂就是党国的命脉，绝不容有任何差池。而且，沈川听说，在兵工厂建设完了之后，所有那些知道怎么去兵工厂的司机，全都失踪了。

沈川说到这里，与陈山心照不宣地对视了一眼："所以啊，像我这样还能活着出来的人，都算是命大了。"

"这么说来，这兵工厂的地点还真是最高机密，外边是没人会知道了。"

沈川点头，然后忽然想起了什么，说："我想跟你打听个人。"

陈山心中一惊，脸上平静，问："什么人？"

"就是那个朱士龙。"

陈山装出努力回想的样子，重复了下这个名字。沈川提醒他，就是你当初找来的那个，盗墓出身，帮兵工厂看过风水的神人。

陈山假装记起："哦，是他啊。"

"当初去看兵工厂地点的时候，我可是亲眼见过这小子的能耐的。"

陈山笑笑："我找的人，肯定得有两把刷子。"

沈川描述起了朱士龙的能耐。那次他俩一块儿去作业，全程蒙着眼。可到了那儿，朱士龙看一眼土，拿尺量一量，就知道那座山离城里有多少里地。就那么敲一敲，听一听，就知道地底下多深的地方埋着什么。挖个两尺深，就能知道这地方要是挖好了，以后会不会渗水。最神的是，他看过的地图，闭着眼也能画下来。

陈山听到这番话，不由得心神一动："那这兵工厂的具体位置在哪儿，他是不是心里比谁都清楚？"

沈川压低声音说："党国要真放跑了什么漏网之鱼，那就是他了。但这事儿不能说，要让人知道了，保不定又是一条人命。"

陈山点头赞同，问沈川找他干吗。沈川说现在他在负责开发铁矿，也算是兵工厂配套项目，如果让朱士龙来看一眼，地质勘探的活儿起码能省一半。陈山假装思索，少顷，他抬头问沈川记不记得看完兵工厂的风水以后，朱士龙去了哪里。

"不是你推荐他去的地质局吗？"听陈山问，沈川面露不解。

"对对对。"陈山眼睛一亮，假装想起，"这隔了两年的事儿我都忘了。那你去地质局找了吗？"

"找了呀。"沈川说，"可地质局的人说，去年他染上了鸦片瘾，后来人就不见了，没人知道他去哪儿了。"

陈山不禁失望，那怕是不好找了。

从病房出来后，陈山仍在想沈川说起的朱士龙。如果真能找到这个朱士龙，或许就能找到一种迂回获取兵工厂分布图的办法。可要在短短十几天时间里，在偌大的重庆找到这样一个下落全无的人，无异于大海捞针，希望实在太过渺茫。就在这时，陈山忽然听到了余小晚的呼救声从外面传来，好像是着了火。

陈山一惊，从医院走廊的窗口向外望去，一眼看见医院仓库方向的火光，而余小晚的呼救声正是从那里传来的。

陈山迅速向仓库跑去。到达的时候，他看到铁皮包裹的仓库大门已被熊熊大火包围，地上有汽油痕迹，不远处有个废弃翻倒的汽油桶，显然有人故意泼过汽油。

这时，余小晚已经在仓库里面迷失了方向。大火包围了她，有些货架开始倒塌，她被围在一堆狼藉当中，不时躲避着倒下来的货架，只能不停地呼救。

陈山一脚踢向大门，大门纹丝不动，他这才发现仓库的门是锁上的。大火险些烧着了他的头发，他只得退开几步，大声叫余小晚的名字。余小晚听出了陈山声音的方向，她一边喊叫着，一边往仓库大门奔去。

陈山对着铁锁开了两枪。铁锁在大火中已经被烧得变形，这两枪丝毫不起作用。这时，阿国、阿强等人赶到，大声招呼人救火。不久，提着水桶的护工跑了过来。陈山又向铁锁开了几枪，仍打不开。

此时，仓库内的余小晚已经快要跑到门口了。但她忽然被一个小箱子绊倒，摔倒在地。与此同时，她身边的一个货架向她倒了下来。

余小晚一惊，坐在地上后退闪避，但她的身体避开了货架，左脚还是被货物给压住了。她不由得发出一声痛呼。很快，她便被烟熏得咳嗽流泪不止。

陈山看看铁皮包着的大门，退后一步，对着门框连接门的合页的位置各开了一枪。他扭头望向四周，看到不远处的一个废旧的铁门旁，有一辆医院用来装药的小推车。

陈山拉过推车，冲着仓库的铁门高喊："余小晚，我现在冲进来，你让开！"他积聚起全部力量，猛地推着推车向大门冲了过去。

砰的一声，在推车的撞击下，两扇门自合页处断裂，砰然倒地。

第十二章

1

仓库内全是浓烟,不见人影。陈山冲进去,大声叫着"余小晚"。余小晚的声音传来,陈山辨明方向,回应着,冲过去。

这时,忽然有货架向陈山倒来。陈山灵活地躲过,又扯起一条被子披在身上,往余小晚所在的方向冲去。一路不断有东西砸到他身上,他身上的被子也起了火。陈山披着火焰,坚持往前冲。

余小晚坐在地上不停地流泪咳嗽。很快,陈山出现在了她的视线中。陈山奋不顾身浴火前行的模样在她眼中显得格外高大,她的眼神盈盈间有了情意。

陈山也看到了余小晚。他跑到她身边,甩掉了身上起火的被子。"快走!"他朝余小晚喊,说完,他就发现余小晚的脚被货架压住了。他竭力抬起货架,余小晚奋力抬着自己的腿把脚挪了出来。

陈山二话不说,一把将余小晚抱起,转身向仓库外跑去。余小晚搂紧了陈山的脖子,意识渐渐模糊。陈山抱着余小晚在火场中左奔右突,一个货物倒下来,陈山眼看着躲避不及,但为了避免砸到余小晚,他转身用肩膀生生挡住了货物的撞击。这撞击的力量使他失去平衡,顿时单膝跪倒在地,但余小晚仍然被他紧紧地护在怀中。余小晚的脸紧紧贴在陈山胸前,说不出话。

"别怕!我一定带你出去!"陈山再次站起身。余小晚迷糊中睁眼看了陈山一眼,仿佛忽然安了心,晕了过去。

终于,陈山抱着余小晚奔出了火场,迎面看到了刚刚赶来的周海潮。

陈山看了一眼躺在病床上昏睡的余小晚,感觉到了几分娇媚。她的脸上有一处擦伤,略略红肿。

一名姓高的中年男医生劝慰陈山不用担心,余小晚除了皮外擦伤和轻度烧伤外,并没有什么大碍。左脚有软组织挫伤,但也没有伤及骨骼。

这时,余小晚渐渐苏醒了。她听到陈山正在问高医生:"那她为什么到现在还不醒?"然后是高医生的回答:"应该是因为在火场吸入了较多的烟雾,消耗了过多的体力引起的晕厥,过一会儿应该就醒了。"

高医生离开后,陈山在床沿坐下,并没有察觉到她已经醒来。他在回忆先前那场火。仓库的门是上锁的，现场有汽油倾倒的痕迹。所有的迹象都说明，这是一起蓄意纵火。究竟是谁欲置余小晚于死地？周海潮为什么会带人整夜守在医院？余小晚所说的重要病人又是谁？这些事情之间是否相关？陈山像走入了一个迷宫，一时全无头绪。

余小晚悄悄睁开眼，就那样静静地看着陈山的侧颜，脸上升起温柔的笑意。她看到陈山的手被烧伤了，不禁伸手过去，摸了一下。

陈山吃了一惊，立刻抽回了手。

"鞋匠，我欠了你一条命。"

"咱们之间，不说这些客套话。你告诉我，那会你去仓库做什么？"

余小晚坐了起来，陈山十分自然地为她竖起枕头让她靠着。

余小晚去仓库是因为手术室的纱布不够用了，小白她们又都忙着，所以她就过去取一些。在陈山的追问下，她想起自己进仓库的时候见到了一个人。那人就在仓库边那堆杂物那儿。当时她以为自己眼花了，又特地过去看了一眼。那个人一见她走近，撒腿就跑。但是黑灯瞎火，她看不清对方的样子，只能确定，那是一个男人。

"仓库边上的杂物堆，是右边那扇铁门外的杂物堆吗？"

"就是那儿。"余小晚说。

"那铁门里面又是什么地方？"

"是个防空洞。"

准确地说，铁门后面是个没建好的防空洞。那里后背就是山体，防空洞开建没几天，就有山水漏下来，此外还陆陆续续出现了诸多其他问题。总之，建造工作停止了，成了杂物间。有时候工人偷懒，也会把杂物堆在门口。

余小晚继续诉说着自己的疑惑，她就进仓库那么一会儿工夫，就莫名其妙地着了火。陈山让她别多想，她却忽然问陈山受伤没。她仿佛十分自然地握住了陈山的手，说："你手都烫红了，让我看看呗。"

余小晚边看陈山的手，边数落高医生马虎，都没有给他擦药："对病人伤员应该一视同仁才对。回头我非批评他不可。"

陈山不便抽手，笑着说自己真没事。

"还有你肩膀怎么样，那会儿我好像看到你被东西砸到了。让我看看。"说着，余小晚又伸手要脱陈山的外套。陈山窘迫地拒绝，余小晚瞪了他一眼："你害什么臊，我是医生！"

"哟，小两口还害什么臊啊。"

费正鹏此时来到了病房门口。陈山趁机起身迎向费正鹏，问是不是周海潮给他打的电话。费正鹏没搭腔，他望向余小晚，关切地询问她的伤势。

"没事啦。"余小晚一脸兴奋，"要不要我现在下地，检验一下你的舞练得怎么样了？"

费正鹏问："真没事？可不能骗我啊。"

"那跳一个，让你放心。"余小晚说着掀被子欲下床，被费正鹏叫住了："好好好，我信了，你躺着吧。我跟正国说几句话。"

费正鹏把陈山带到了僻静的走廊尽头，问他有没有可能是蓄意纵火。陈山点点头，跟费正鹏说起了余小晚在仓库边看见的那个男人。放火的人很有可能就是他。关于他的作案动机，陈山猜测有两种可能。第一，仓库里有他需要毁灭的东西，而小晚刚好在他准备纵火的时间出现在那里，所以这个人干脆打算把小晚一起烧死。第二，这个人是小晚认识的人。他怕小晚认出了他。但他究竟在那里做什么，纵火杀人又是为了掩盖什么，陈山还想不明白。

费正鹏凝神细听，缓缓点头。陈山问费正鹏，处里是不是有什么特别行动是他不知道的。费正鹏说，走吧，关处也来了，说好了一会儿借用医院的会议室开会。

去医院会议室的路上，费正鹏告诉了陈山今晚他才知道的事。在宽仁医院的特护病房里，有十名美军飞行员正在养伤。两天前，他们在来重庆的途中意外遭遇车祸，戴老板马上派人把他们秘密接到这里休养。除了戴老板、关处和很少几个人之外，没人知道这个消息。

陈山感到恍然大悟，问费正鹏，关处是不是派了周海潮来暗中保护这些飞行员。费正鹏点点头，要不是忽然出了这么一桩纵火案，关处可能连他都打算瞒着。现在这事惊动了戴老板，戴老板怀疑飞行员的情报可能已经走漏。

"这场火灾，只怕是冲飞行员来的。"费正鹏富有深意地看着陈山的眼睛。

"那是要加大安全保卫力度吗？"

"是这个意思。"

会议室里，关永山环顾座位上的陈山、费正鹏和周海潮，向他们传达戴局长的指示："必须不惜代价，确保飞行员的安全。从现在开始，启动一级安全保卫措施。"

"是，处里各科室的特勤都已到位，等候调遣。"费正鹏领命。

关永山继续传达，戴老板已有安排，明天他会派一支特别行动队来接走这些飞行员，去一个更隐蔽的地方养伤。而军统第二处的任务就是，在此之前，确保飞行员的安全。随即，关永山交代周海潮，今天晚上在医院的所有人，在明天中午完成交接之前，一律不得离开医院。中共现在频频向美军示好，无非是为了以后打跑日本人之后好得到美军的支持，向国军开战。在这种节骨眼上，必须尽全力保证飞行员的安全，切不可跟美军产生任何摩擦。一定要严阵以待，不能有任何差池。

费正鹏、周海潮等人自危，陈山一脸平静。费正鹏问关永山，需不需要他现在就通知特勤们过来，布置具体的任务，关永山点了下头。陈山站起身，说，我去吧。

关永山朝周海潮转过脸，让他准备一下。

2

千田英子向荒木惟汇报了"樱花"的来电。内容是：明日即将行动，请求派人配合。

荒木惟听完，觉得是时候让"樱花"起用陈山了。但是千田英子对他的决定有些疑问。陈山寻找兵工厂分布图的任务已经迫在眉睫，如果要他帮"樱花"去完成这个任务，万一因此暴露，代价是否会太大。

荒木惟看着窗外，说："越是铤而走险之事，越需要用到陈山这样的奇兵。我觉得，值得赌一把。"

周海潮站在一块贴有医院地图的黑板前，对众人讲解安保方案。陈山环顾左右，关永山、费正鹏、齐云、李龙、洪京军、阿强、阿国、乔瑜等均在座，却未看到张离的身影。

周海潮指着地图对众人讲解，宽仁医院共有一个大门、两个侧门，还有一个只供医务人员出入的小门。所有的门口，都要派专人看守。这个任务由党政科的王科长负责。乔瑜看了周海潮一眼，拿手帕擦了下鼻涕。

周海潮又指着地图中间的一幢楼。这幢楼正是他们现在所在的位置。而他们要保护的对象目前就在这幢楼的地下层。地下层有一处秘密病房，美国大兵就在那里养伤。地下层没有窗户，首先就避免了远距离枪击。除了最可靠的经过政审的医生、护士和这次负责任务的人，没有外人可以进入这个楼层。而即使是有特别出入证的医生、护士进入，也要接受军统特工的仔细检查，确保万无一失。他已查看过地下层的病房结构，墙体厚实，地质特殊，即使有人混入其中安放炸弹，只要炸弹没有放入飞行员居住的病房内，杀伤力也很有限。

"如果我是日谍，我不会去炸地下室，我会把整栋楼上半部分全炸了，将飞行员活埋在地底。"陈山插话说。

周海潮利落地打消了陈山的顾虑："地下室有充足的物资保证，还有单独的通风设备。即使暂时断了出路，飞行员们在地底生活半个月不成问题。半个月时间，我们怎么的也能把人救出来了。"

关永山满意地点点头。费正鹏提出建议，安全起见，还是要有防空防爆的准备。这一点，周海潮也做了部署。他指了指地图上的一处小房子，那是医院后院的采血站，现已加固成了一个安全屋，可以当防空洞使用。必要的情况下，可以将飞行员转移到那里。

陈山问今天失火的仓库位置，周海潮给他在地图上指了指。陈山看着地图问周海潮："今天的失火，会不会是有日谍在那里布置了什么？"周海潮认为有这种可能性。不过，仓库距离秘密病房还有一百多米的距离，就算日谍在那里做过什么手脚，也很难危及飞行员。

陈山继续问:"在仓库能做的手脚会有哪些?"关于这一点,周海潮同样有考虑。敌人想在仓库有所动作并危及飞行员,最大的可能是在药品和物料当中下毒。所以,只要从今晚到明天这段时间里,不动用仓库中的任何物料,就可以杜绝中毒的危险。

陈山看到,在仓库边上,画着一个山洞,却没有任何文字标注。这显然就是余小晚说的那个用来堆放杂物的防空洞。陈山问起防空洞,周海潮麻利地从地图上指了出来。

"因为这个防空洞建造当中出现了一些问题,工程中途停止,防空洞实际面积狭小,根本无法作防空用途,目前只是作为杂物间使用。所以我们还是决定把采血站作为安全屋。"说着,周海潮看了一眼申科长,"安全屋周围的巡逻守卫工作,烦请航侦科申科长负责。"

陈山不再说话。周海潮继续讲解:飞行员所在的秘密病房的核心保卫工作,由中共科负责。侦防科肖科长负责整个医院的巡逻检查,并随时配合其他部门机动补缺。

"没问题。"陈山点点头。

关永山问众人是否还有补充,无人应声。他就提高了声音说:"那就各司其职,打下这场攻坚战。"

众人齐声领命。

在医院走廊,陈山给手下布置好了任务。李龙先带一分队去巡逻,两个小时后回到这里,跟二分队换班,大家轮流休息。李龙与数名军统队员离去后,齐云和陈山去了休息室,两人躺在一张床上和衣而卧。

陈山睁着眼盯着天花板,若有所思。他问齐云:"今天处里的特勤人员是都来了没?"齐云说:"也没都来,张离就没来。"

"我看周海潮是故意不让她来,他现在防着张离,那就是为了防你。"

"是吗?"陈山接话。

"可不是吗,李伯钧那事儿,要不是张离帮着你,你麻烦可就大了。这回啊,大概就是怕张离跟你通风报信,所以他们中共科来医院保卫美军飞行员这事,从一开始就没让张离知道。"

陈山淡淡地说:"女人家的,少掺和这些事也挺好。"说完,他翻了个身,忽然发现枕头底下露出了一角手帕。

陈山一惊,轻轻扯出手帕,赫然发现手帕上有樱花图案的刺绣——显然就是千田英子向他展示的那一块。此外,手帕上还写着"就诊楼门口"五个字。他将手帕悄然揉成一团,塞入口袋,翻身下了床。

"肖科长,你去哪儿?"齐云坐起问。

"我去趟厕所,你先睡吧。"

陈山悠然地走到就诊楼门口,眼神机警地四下张望着。他看到阿强在附近向他点了点头,他便也向阿强点了点头。

阿强走远后,陈山继续在就诊楼门口呆立了一会儿。外面夜空如洗,月明星稀。此时,忽然有人从背后拍了他的肩膀。

陈山警觉回头,本能地擒住了对方的手腕。竟然是乔瑜。

乔瑜笑嘻嘻地说:"肖科长,是我,乔瑜。"说着,他另一只手拉开衣襟,露出衣服内袋口的手帕一角,上面也绣了一朵樱花。

"原来是你。"

乔瑜笑了笑,打量了陈山几眼:"真像,几乎一模一样。"

"看来你早就知道我。"

"当然。"乔瑜微笑着向陈山伸出了手。"出去说话。"乔瑜松开陈山的手,当先一步走向门口。

此刻,在就诊楼楼梯拐角处,周海潮正从地下楼层走上来。周海潮一眼看到了陈山站在就诊楼门口的身影,陈山似乎有些鬼鬼祟祟地看了看四周,而他的对面,似乎还有另一个人正在与他对话。周海潮顿时警觉,拔枪在手,蹑手蹑脚地向他们走去。

周海潮一步一步靠近陈山的背后,看到了陈山面向门外说着什么。而门外之人恰好站在门框的侧面,从他的角度无法看到,他只能听到陈山低声的话语。陈山说:"我一定遵照您的嘱咐。"

听到这里,周海潮迅速上前,用枪指住了陈山的后脑。

"不许动!"

陈山眼珠一转,站定了没有动:"周科长,是我,肖正国。"

"原来是肖科长。"周海潮冷笑道,"两位处长的嘱咐好像在会上都说完了。半夜三更的,你跑到这里又是听谁的嘱咐来了?"周海潮一边举枪一边绕到了陈山身前。这时他看到了陈山对面的人,竟然是高医生。

高医生看着周海潮的枪口,有些紧张地咽了口唾沫。陈山笑了笑,说:"周科长,警惕过人是好事,神经过敏就不必要了。"

周海潮悻悻地放下枪,说:"防共防谍是军统局的重要使命。重庆鱼龙混杂,敌人无孔不入,不得不防。"

陈山对高医生说:"高医生的嘱咐我都记住了,小晚的腿伤我会悉心照料的。"

看了眼高医生离去的背影,陈山也欲离开,却被周海潮叫住。

"怎么?周科长还有诸如防共防谍的重要事情吩咐?"

"不敢,"周海潮说,"我只是想知道,肖科长怎么偏巧约了高医生在这里说话呢?"

"碰巧而已。就好比你来这里遇见我,咱们难道是约好的吗?"

"哦，原来只是碰巧。"

"回见，周科长。"陈山笑了笑，转身离开就诊楼。他的脸上充满忐忑，他知道周海潮正盯着自己的背影。此刻，乔瑜正躲在就诊楼门口旁边的灌木丛中。

周海潮站在原地，目送陈山离去。他的疑心并未消失，并开始查看就诊楼门口的各个可能藏人的角落。

灌木丛中的乔瑜分外紧张。

这时，陈山已经走出了一段路。他装作无意地一回头，只见周海潮似乎发现了什么，正往乔瑜藏身的灌木丛走去。

陈山一摸口袋中那块绣有樱花的手帕，忽然计上心来，冲着医院某个无人的方向喊了一声："谁在那里？"喊罢，他向那个方向跑去，同时高喊着，"站住，给我站住！"

周海潮果然上当，迅速向陈山奔跑的方向追去。陈山跑至转角处，将那块手帕丢在路边，并继续向前跑去。周海潮追来，跑过此处时看到了那块手帕。他一愣，捡起了那块手帕，甚为惊喜。

陈山一直追到门诊楼后面，才停下了脚步。李龙和阿强也从医院另外的两个方向跑来，问他出了什么事。陈山说，有个黑影朝这边跑了，但没追上，问两人有没有看见，两人摇了摇头。

"'樱花'！"周海潮拿着手帕跑过来，激动异常，"一定是'樱花'出现了！"

陈山故作惊异地望向那块手帕。

"我要立刻向两位处长汇报！"周海潮说。

陈山命令李龙把所有休息的弟兄叫起来，加强巡逻，不得有误。周海潮匆匆离去后，陈山转身走回门诊楼。他陷入了深思。

明天早上，会有一批军统局甲室特批的盘尼西林送达医院，用于飞行员的治疗。乔瑜要把这些盘尼西林调包，他给陈山下达的任务就是帮他制造机会。

乔瑜刚说完，陈山就透过门诊楼门口的玻璃门看到了周海潮掩近的身影。同时，他还看到了从医院大门口向门诊楼走来的高医生。

"周海潮在我身后，你得避一避。"陈山低声说。乔瑜立刻闪身，藏于灌木丛中。

高医生走近门诊楼门口时，陈山主动上去打招呼。高医生扶着眼镜仔细看了一会儿，才叫了声"肖科长"。

在走廊，陈山迎面与齐云相遇。齐云说："肖科长，听说'樱花'出现了。"陈山说："还不清楚。但今晚大家还是辛苦一下，先别睡了。"齐云利落地回应："有时候打麻将还通宵呢，一宿不睡那都不算事。"

齐云离去后，陈山站在走廊窗口，思索乔瑜所说的调包盘尼西林的任务。这个任务的目的，自然是为了毒杀美国飞行员。此事一旦成功，对军统的打击堪比地震。冯大奎的事仍是悬案，他尚无法向张离交代，良知更不允许他帮日本人做出如此卑劣之事。可悬在陈夏头上的剑，像扼住他喉咙的绳索，让他喘不过气来。如何天衣无缝地帮乔瑜"成事"，又不着痕迹地破坏荒木惟的计划，这个几乎不可能完成的任务，让他觉得自己仿佛孤立无援地站在了退无可退的悬崖边。窗口吹来的凛冽夜风，将他的头发吹乱，他眉头深锁，坚硬得像雕刻出来的。

费正鹏放下电话没一会儿，张离就进来了。他让张离去准备一下，戴局长的特派员马上就到了，有二十支盘尼西林需要接收。

"盘尼西林如今货比真金，戴局长怎么忽然特批这么多给我们？"张离满脸不解。

费正鹏点点头："有重要人物需要。你接收以后，立刻送去宽仁医院。"

"是。"张离说，"不过这些事原来不都是总务科做的吗？"

"昨天晚上出了点事，总务科林组长受了伤。"费正鹏的声音变得低沉了些，"处里的外勤现在都不在，所以你要临时顶替林组长。"

"林组长出什么事了？"

"昨晚医院闹了场火灾，小晚和正国也差点被困。"

3

一辆车停在宽仁医院门诊楼前的空地上。下来的是张离，她的手里提着一个精致的医药箱子。

周海潮早已等候在门口，张离似笑非笑地看了他一眼："一级安保措施，整个处里的外勤都出来了，我却没接到消息，看来周科长很照顾我。"

周海潮笑着说："好钢要用在刀刃上。"

张离也笑了笑："费处有令，这些药要由我亲自交到主治医生手上。"

陈山正从不远处走来，看到停在门口的汽车后，他过去看了看车上的十字标记和车牌，然后默默走开。他认得，这是总务处运送药物的专用车辆。这意味着，二十支盘尼西林已经送进医院，送到了余小晚手上。陈山的视线在院中搜索着，他看到了正在一棵树下抽着烟看他的乔瑜。陈山想，这个不可能完成的任务，终于还是开始了。

张离当着周海潮的面打开药箱，交给主治医生余小晚，让她清点。余小晚接过药箱，说："你跟我这么公事公办啊，我还真不习惯。"张离嗔怪般地看了余小晚一眼，说："先点。"

"知道啦。"余小晚开始认真清点。二十支，没问题。

周海潮将一份表格递上，让两人签个字。两人签完后，他自己又签了字。

张离问起昨晚的火灾，余小晚说："那得问你们的人，我倒霉撞上了枪口。"张离要看她的伤，余小晚就露出白大褂下腿上贴着的纱布："没什么大不了的，就是得瘸两天了。"

张离说:"瘸了怎么行?看你以后还怎么当舞厅皇后?"

余小晚一笑:"我不当,在重庆有谁敢当?"

说完,两人不禁相视一笑。

周海潮在一旁听着,也不禁露出了笑容:"好啦。保险起见,小晚,现在我就送你去特护病区,先把药用上。"

余小晚让张离在这里等她,张离看了周海潮一眼,说:"那得看周科长怎么安排。"周海潮说:"既然进了医院,在解除一级保卫措施之前,你也不能再离开,就暂时留在这里吧。"张离正欲回答,忽然听到一阵火警的铃声响起。三人都是脸色一变。

"又有地方着火了?"余小晚满脸意外。周海潮神色严峻,让张离保护好小晚,他回来之前,一步不得离开。说完就向外跑,与站在门口候命的阿强跑出了门诊楼。

在门诊楼门口,两人与齐云相遇。周海潮问齐云哪里有火情,齐云说还不清楚。李龙跑过来,说是住院部那边,众人便向住院部跑去。乔瑜自暗处现身,向另一个角落的陈山点了点头。陈山快步走入门诊楼,与乔瑜会合。

在走廊里,乔瑜向陈山使了个眼色,陈山跟上。火警是乔瑜弄的,否则就无法引开周海潮。他递给陈山一颗药,让陈山吃了它。

"吃了它,你会很快痛得打滚。我想你老婆不会对你见死不救的。只要你老婆离开办公室,我就有机会进去换药。"说着,乔瑜从怀中掏出一盒有毒的盘尼西林。余小晚办公室和隔壁物料间是同一间办公室隔出来的两间房,这两间房的屋顶上方是一整块互通的空间,他可以从那块空间进入物料间。

"如果这样做,事后别人也会怀疑我的。"

"你就说,早上你喝过问讯处的开水,那开水有轻微毒。"在这之前,乔瑜已经偷偷在问讯处的开水瓶中加入了一颗药。如果不止一个人中毒的话,陈山的麻烦就会小很多。

"好吧。"陈山苦笑了下,"想得够周到的,损人不利己。要是我活不过来,那简直就是一个笑话。"

"我说了,是轻微毒,给你的药药量更加轻微。咱们这一行,想得再周到,仍然是分分秒秒都有可能成为死人。"乔瑜笑笑,匆匆离去。

陈山望向门诊楼问讯处旁,看见刚喝过开水的一名病人家属和两名军统特工已经相继中毒口吐白沫倒下了。听到呼救声,护士站的小白及一名医生匆匆赶去为病人急救。

陈山望着余小晚办公室关着的门,在响个不停的火警警报声里,将药吞下。

此刻,余小晚正抱着那个装有盘尼西林的药箱在桌前正襟危坐。张离走到余小晚办公室窗前,向外张望着,看到了周海潮、阿强等人奔向住院部,却没见着明火。

余小晚说:"昨晚着一次火还不够,今天又来,日本人到底想搞什么?"

张离说:"他们的目标就是美国飞行员。"

"所以捣一堆乱,想趁乱下手?"

"不管他们搞什么,我们都不能自乱阵脚。"

这时,门忽然被连续不断地拍响了。余小晚吓得肩膀一抖,问谁,门外就传来了陈山的声音:"小晚,是我!"

余小晚起身开门,只见陈山满头大汗地站在门口。余小晚大惊:"你怎么了,肖正国?怎么回事,怎么就突然成这样了?"

"不知道是不是吃坏了东西,肚子……疼得厉害!"陈山捂着肚子弯着腰。

张离亦走到门口,问他怎么了。陈山一见张离,颇感意外。他只犹豫了一秒,便知自己只能将计就计,别无他法。他装作站立不稳的样子,往后退了两步,直直地仰面跌倒在走廊里。

余小晚和张离赶紧上前相扶,但两个女人根本无法扶住陈山。所幸张离抱住了陈山的脑袋,扶住他半躺在了地上,但自己也坐倒在地。

余小晚翻看了下陈山的眼皮,怀疑是食物中毒,得马上准备盐水给他催吐。余小晚大声叫着小白,但是无人回应。护士站空无一人。门诊大厅里,护士们正给同样中毒的人进行紧急救治。张离远远看到了这些情形,说:"看来中毒的不止肖正国一个。"

"那怎么办?我们现在也不能离开这里,我们拖不动他。"

张离扶着肖正国,果断地问余小晚带没带办公室钥匙。余小晚说带了,张离便让她先把门锁上,窗户有铁网加固,应该不会有问题。就在走廊给肖正国解毒,只要她们守在门口,没有人进去,药品就是安全的。

"好。"余小晚看了一眼办公桌上那个药箱,将办公室门锁上,迅速跑开。张离努力拖着肖正国,往门边挪了挪,终于让陈山靠在了办公室门上。陈山强忍腹痛问:"你怎么来了?""现在问这些做什么?你忍一忍,小晚会给你处理的。"

张离扶着陈山,忽然像想到了什么似的:"陈山,今天发生了好多事,我突然觉得这些事不是偶然。"

这时,余小晚办公室顶部的那块活动吊顶打开了,乔瑜出现在气窗口,目光盯在桌上那只药箱上。

4

跑向火警地点的途中,周海潮忽然觉得不对劲,立马停下了脚步。阿强跑出几步又折回,问他怎么了。

周海潮回头看了一眼门诊楼方向,说:"根本没见明火,他们这是想声东击西。"周海潮命阿强去找航侦科申科长协助查看火警现场,然后马上带人回门诊楼。他则跑回了门诊楼。

此刻，余小晚办公室里的乔瑜正以绳索倒吊着自己，缓缓降至桌子上方。他从怀中取出一盒毒药，并打开了桌上装有盘尼西林的药箱。

余小晚小跑着拿来了盐水，张离抱着陈山半坐着，余小晚给他灌。然后，张离费力地扶着陈山坐直，余小晚从背后抱住陈山，用力按动他的腹部。陈山哇的一口吐了出来，然后是第二口、第三口，吐了满地污水。

"肖正国，你干什么？"跑过来的周海潮见此情景，举枪对准了陈山。

余小晚嫌恶地问："周海潮你又想干什么？"

周海潮着急地大叫："根本就没有明火，一定是有人想趁机打药的主意。药呢？你们俩为什么不守着药？"在他穿过大厅时，就看到了地上躺着的四个被催吐急救的病人。

张离也是一惊。

余小晚朝周海潮吼："肖正国食物中毒，差点都要没命了，难道你要我见死不救？"

"食物中毒？早不中毒晚不中毒，为什么偏偏是现在？药如果少了丢了，肖正国就是帮凶！"

张离说："别说了，先进去看药！"

余小晚打开门，周海潮当先一步冲了进去。桌上的药箱仍在。余小晚又上前打开药箱，看见里面依然是两盒药。周海潮和张离终于松了口气。

阿强此时带着五名特务跑了进来，周海潮让他们马上护送余小晚和盘尼西林去特护病房。

"等等。"余小晚扭头对张离说，"离姐，你帮我照顾下肖正国，虽然已经催吐，但毒性有多大还不确定。一会儿小白回来，你让她安排肖正国去观察室。"

张离望向周海潮，问："可以吗，周科长？"

周海潮说："就这么着吧。"

余小晚拿起药箱，周海潮和阿强等特务护送着余小晚离去。张离从办公室跟出。

气窗后，乔瑜正屏息望着发生的一切。他悄无声息地将已调包的一盒盘尼西林放入了自己口袋中。

余小晚走到走廊上，看了地上的陈山一眼，俯下身问："你好点了吗？"

周海潮站在一旁，冷冷地看着陈山。陈山虚弱地点了点头，脸色苍白地笑了："好多了，你走吧。暂时还死不了，你不至于当寡妇。再说我也绝不能就那么死了，到时候便宜了别人。"

余小晚白了陈山一眼，随周海潮离去。张离蹲下身，递上手帕，陈山接过擦了擦脸，说："你还没告诉我，你怎么来了？"

"临时替总务科送药。"

陈山闻言一惊："盘尼西林是你送的？"

"对。"

陈山不由得皱起了眉。

周海潮护送余小晚的途中，迎面遇上了阿强。周海潮询问火情，阿强说有人把烟头丢在了纱布堆里，差点着了，但没有明火。现在申科长守着现场。关处也已经来过电话，他和费处马上就到。周海潮皱了下眉，说知道了。

陈山擦完脸上的汗水，努力地站起身来。张离问他想去哪儿，他中的毒还没完全化解，毒性来源也没弄清楚。陈山说："我没事。我得去火警那儿看看。"张离大喊了一声"肖正国"，陈山停住脚，让她去看看大厅里那几个和他有同样症状的人都吃过什么东西。

"那你自己小心。"张离关切地说。

陈山点头离去。

此时，在荒木惟的办公室，千田英子正拿着怀表向荒木惟汇报，按照计划的时间，此时应该已经将毒药换入了飞行员的治疗用药中。荒木惟仿佛没有听见，完全陶醉在自己的钢琴声中。他弹奏的是贝多芬的《命运》。

千田英子探询地看着荒木惟。一段激越的旋律之后，琴声戛然而止。但荒木惟没有动，他仍然坐在钢琴前，嘴角微微带着一丝志得意满的笑意。

对于这个计划，千田英子仍有一些疑虑。他们花了这么多精力培养陈山成为肖正国，是为了让他寻找兵工厂分布图，这比刺杀美军飞行员更重要。可让他参与这个行动，万一他的身份暴露，付出的代价就太大了。

听完千田英子的话，荒木惟问她："我刚才弹的那首曲子，你知道是什么曲子吗？"

千田英子愣了一下才回答："贝多芬的《命运》交响曲。"

荒木惟说："中国人相信命运，认为事情的成败有一半是靠运气。我不相信命运。世间所有机缘巧合，只是因为你没有算到。所以，没有运气，只有算计。"

千田英子困惑地盯着荒木惟。

荒木惟看看表，说："好戏才刚刚开始。"

5

余小晚推着小推车走向飞行员特护病房。周海潮嘱咐她，尽快给伤员用药，以免夜长梦多。余小晚没好气地提醒他，她才是医生，什么时候该用药，用不着别人指点。

"小晚，现在我是在执行公务，你就别跟我使性子了。"周海潮压低了声音说。

"在外边待着，别影响我治疗病人。"

周海潮无奈地在病房门口站住了。

院长办公室的门虚掩着。

陈山在走廊上巡查走过，嚼着口香糖，侧头向院长办公室看了一眼。透过门缝，他看到院长正在接听电话。院长的声音陈山也听得很清楚，他说，今天下午要进行两台手术，通知麻醉科提前准备好药剂，他会在手术前与主刀大夫再开一次碰头会。说完，院长放下话筒，转身在靠墙的大文件柜里取资料。

在这个瞬间，陈山迅速将口香糖粘在了锁舌上。院长拿好资料，随即关门离开。刚走，陈山就出现在了门前。他抖动了几下门，用力一推，开了。

陈山迅速进门，反手轻轻掩好门，然后拿起了桌上的电话。与此同时，余小晚推着车进了飞行员特护病房。

飞行员队长大卫见余小晚进来，放下书跟她打招呼。他瞅了瞅，问："你受伤了？"

余小晚一边拿出体温计递给大卫，又轻轻地拍醒睡着的飞行员，让他将体温计含在嘴里，一边回答说："发生了小意外，一点皮外伤。"

大卫含着体温计，含含糊糊地说："孙子说，祸兮福兮，看来你的福要来了。"

"这可不是孙子说的，"余小晚失笑道，"这是老子说的。"

大卫耸耸肩有点无奈："孙子，老子，庄子，中国太多子，我都被绕成傻子了。"

余小晚一边笑，一边调配针药。

这时，特护病房护士站的电话响了起来。接电话的是一名护士，她听了会儿，然后喊了声"周科长"。周海潮问谁找他，护士说不清楚，电话里说有急事找军统的负责人。周海潮快步向护士站走来，接起电话："喂，我是周海潮……"

"有日本特务混进了医院，想要暗杀飞行员，已经将毒药混进了那批特供的盘尼西林。"

周海潮听着电话，脸色大变："你是谁？喂，喂。"但是电话显然已经挂断了。他听不出是谁的声音，对方的声音很低沉，他完全听不出是谁打来的。而这个时候，余小晚已经将药剂抽入针筒，开始排针筒中的空气。

周海潮大惊失色，匆匆挂了电话。电话听筒没有挂住，从机身上滑落下来，被线吊着在桌边来回晃着。护士诧异地看着周海潮飞奔而去。房门砰的一声被他推开时，针头已经接触到了那个队员的皮肤。

周海潮冲进来，大叫一声："住手！"

余小晚停住了动作。房间里所有人都转头惊愕地看着周海潮。

陈山挂上电话，出了院长办公室的门，顺手将锁舌上的口香糖取了下来。

在临时会议室，周海潮把事情的原委向关永山和费正鹏做了汇报："情况紧急，来不及向处座汇报，就擅自行动，请处座责罚。"

关永山满眼赞许地说:"事发突然,周科长你及时制止了药品注射,处理得很好。"

周海潮表面恭敬暗藏得意继续说:"属下已将盘尼西林送验,现已得到结果,里面混有剧毒氰化氢,注射后可迅速致人死亡。"

关永山皱起眉,背后发凉,倘若没有及时发现,后果必定不堪设想。

费正鹏问那个告密电话是谁打的有没有查到,周海潮将身体略转,正面面向费正鹏恭敬地说查过,电话是从院长办公室打来的,打电话的是个男性。已经证实院长当时并不在办公室内,但究竟是谁从那里打出了电话,还没有查到。

费正鹏沉吟道:"如果投毒的是日谍,那么告密的又会是哪方面的人?延安那边的?"

关永山说:"如果真是姓共的,至少在飞行员这件事情上,他们的立场应该与我们是一致的。"

周海潮点头说:"我也这么想,所以当务之急,还是要查日谍。"顿了一下,他开始说日谍的事情。昨晚火灾之后,日本特务已经数次出现,樱花手帕也出现了。今天住院部的假火警,包括肖正国在内共有四人同时食物中毒引发门诊楼骚乱的事,都是为了掩护换药这件事。

费正鹏问什么食物中毒,有没有查。周海潮汇报说:"已经查了,包括肖科长在内,中毒的四人全都喝过问讯处的开水,剩下的开水也去检验过了,已经确认水里被人下了少量的鼠药。但因为毒发时就在医院,马上得到了救治,所以都没有生命危险。"

关永山点点头,说:"蓄意投毒,转移视线的企图很明显。"

周海潮说:"我也这么认为。"

关永山问:"那是谁换的药,有线索了吗?"

周海潮打开手上捧的一个文件夹,说:"属下已经查明,药仓里出库的两盒盘尼西林批号均为1941A0927,而正准备给飞行员注射的两盒针药,其中一盒的批号与药仓出库的相符,另一盒批号为1941N0826。业已查明,批号不符的这一盒是有毒的,也就是说……"

关永山举手制止了周海潮的话,站起身来回走了几步说:"也就是说,从仓库领出药品到给飞行员注射之前这一段时间里,有一盒药被人调换了。这期间都有哪些人接触过药品?"

周海潮的目光迅速扫了费正鹏一眼,说:"目前确知的有两个人,我科室的张离和飞行员的特护医生余小晚。属下已经将两人严密监控。"

费正鹏眼神一凛,面容严峻。关永山则满意地点了点头。

"关处,我有一句话,不知当讲不当讲?"费正鹏终于开了口。

"费处有话尽管直说。"

"日谍处心积虑搞了这一大堆动静,我只怕他还有后着。毕竟就算换药这事没有败露,以氰化氢的毒性,一旦注射就会瞬间死亡。从时间差的角度来说,不可能还有机会给第二个人注射，也不是说不可能利用氰化氢杀了所有的飞行员。"

关永山思索着："你是觉得，他们还会有下一步？"

"张离和余小晚是有嫌疑，但眼下的重点，恐怕还是应该先提防着他们的后手。"

周海潮说："费处说得很对，但如果能立刻查明投毒之人，就等于找到了突破口，说不定便可将他们的阴谋查个水落石出。"

关永山不置可否。

周海潮继续说："防守之事不会松懈，但提审嫌犯之事也必须立刻进行。属下提议，立刻审讯张离，投毒的嫌疑最大。"

关永山同意了，费正鹏不便再说什么。关永山的目光仿佛不经意地掠过费正鹏，又很深地看了周海潮一眼，补了一句："还有医生余小晚，她接触飞行员的机会很多，万一她也是日谍，那才是后患无穷。"

费正鹏没说话，打开茶杯盖子，认真地吹开浮在水面上的茶叶，细细喝了一口。

周海潮立正行礼："是。"

在医院走廊上，陈山和费正鹏并肩而立。费正鹏问陈山毒都解了没，陈山说没事了，吐完就好了，就是头还有点晕。

"现在周海潮打算审问张离和小晚吗？"

费正鹏冷笑了一下："他要说张离有嫌疑，我没话说。可要怀疑到小晚头上，那不是针对我是什么？"

陈山安慰说："但小晚根本就不可能做这事，他们也不可能把白的说成黑的，你不用太担心了。"

费正鹏说："先不管他。你还是加紧盯着外围，谨防日谍的后手。"

"知道了。"

第十三章

1

余小晚一从飞行员特护病房出来，周海潮的几名手下就冲过来，围住了她。余小晚严厉地扫视了几人一眼。在她的注视之下，几个特务没敢动手。

"余医生，你涉嫌投毒暗杀飞行员……"为首的特务阿良抖开手中的一张纸，狐假虎威道，"这是关处长亲手签发的命令，还请余医生跟我们走一趟。"

余小晚冷笑了下："周海潮到底还是忍不住公报私仇来了？我哪儿也不去。"

"余医生，我劝你不要为难我们，免得我们对你不客气。"

"STOP！"随着一声低吼，飞行员特护病房的门开了。大卫带着几个飞行员出来，冷冷地看着面前的军统特务们。

阿良说："飞行员先生，这是我们军统内部的事，我们要彻查偷换毒药的奸细，还请各位不要过问。"

"WHAT？余医生是投毒疑犯？"大卫一脸匪夷所思地看着阿良。

"没错，她有这个嫌疑，所以我们要带她回去问清楚。"

"我知道，你们军统的'问'就是拷打审问，对吗？"

大卫的话让阿良有些尴尬，他磕磕巴巴地说："那倒……不是。"

大卫明显不相信，他硬气地向对方宣告，余医生需要留在他们的病房里，哪里也不去。当他们被送到医院时，伤势最重的乔治，连最有经验的院长都说他没救了，是余医生顶着压力给乔治做电击心脏复苏，才把他救活。他们不相信这样的医生会害他们。

"她要杀我们，有的是机会，何必用这么麻烦的办法？"大卫盯着阿良问。阿良一时语塞。

大卫继续说："我愿意用生命为余医生担保，她绝对不是凶手！谁想带走她，谁就是我们的敌人。"

飞行员们这时全都聚集到了大卫身后，把余小晚挡在身后，虎视眈眈地盯着阿良。余小晚心中充满感动。

陈山大步流星地从入口走进走廊。走廊里空无一人，陈山放缓脚步往前走，在一些可疑的房门口停下听动静，仍不能判断张离被关押在哪一间。这时，从走廊另

185

一头的拐角处走来一群人。陈山假装随意地巡视着。

走过来的是周海潮,他的几名手下押着张离紧随其后。陈山眼前一亮,紧张地思索。他斜靠在一个门上,抽出随身携带的匕首,把玩起来。张离注意到了陈山。陈山深深地看了她一眼,然后一手举着匕首,把另一手拇指的指纹印在匕首上面,就像盖章一样,一下又一下地印了好多个拇指的指纹。

周海潮也看到了陈山,他皱了一下眉,说:"肖科长这毒来得快也去得快,这么快又生龙活虎了?"

"没办法,"陈山说,"阎王爷也奈何不了我。周副科长,这是又审上自己人了?"

"我也不想。不过最难提防的,就是自己人。"说完,周海潮押着张离快步走了过去。张离与陈山错身而过时,迅速与陈山交换了一个眼神。

张离被押进了医院一间光线阴暗、陈设简单的小屋子。周海潮一副公事公办的样子,对张离说:"我不想为难你,整个第二处乃至局本部,咱们科逼供的手段你最清楚。痛快些,自己交代吧,受谁的指使来暗杀飞行员,其他的同党都有谁?"

张离平静地回答:"周科长,当务之急是找出真正的杀手,请抛开你对我的成见,彻查杀手可能留下的痕迹。"

周海潮皮笑肉不笑地将一个医用落地灯拉了过来,慢条斯理地说:"同为党国效力,我对你没有任何成见。但假如你为日本人做事,就别怪我不顾念同僚之谊。"

"周科长,你这是在浪费时间。"

周海潮打开了落地灯的电源,将强烈的灯光照向张离的脸:"哦,那你是想教导我,别说什么客气话,直接上刑比较节约时间是吧?"

张离的眼睛略为闪避了一下灯光,表情依旧淡然:"如果事实真的这么明显,药就是我或者小晚换的,那你未免太小看敌人了。"

周海潮打量着张离,一时没有说话。张离看着周海潮,继续说:"为什么药刚送到,病房就发生了假火警?"

"为了引开我。"

"包括肖科长在内,共有四人因为饮用了医院问讯处的开水而食物中毒,这显然是有人故意投毒,目的就是把门诊楼的医生,特别是小晚从药品旁边引开。药品唯一可能被调包的时间,就是我和小晚在她办公室门外抢救肖正国的时候。"

"这样就想把自己洗得干干净净,证据呢?"

"指纹。"张离利落地回答。这就是先前陈山传达给她的,只要去查验被调包的药盒上有谁的指纹,就能还她和小晚清白。

周海潮虚伪地鼓起掌来,说:"张小姐果然高明!指纹比对费时费力,等我们将鉴证科的人找来,取到指纹,再一一比对出来,你可能已经远走高飞了吧?"周海潮顿了一下,突然盯着张离的眼睛厉声说:"你别想拖延时间!"

张离依然保持着那份镇定,说:"你忘了我们科的杜秋平就是从第三处鉴证科调来的?他也正在医院里。借助医院的设备,完成指纹鉴证不是一件难事。"

周海潮阴晴不定地犹豫了一会儿,冷笑一声,转头吩咐阿六去找杜秋平来,尽快查一下药瓶和药盒上的指纹。

此时的陈山依然在走廊上游荡,他的眼光在墙上掠过。墙上贴着一张新生活运动的宣传画,扑杀疫病及其使者。走廊尽头处一个房间外贴着一张警示标语:有电!闲人勿近!看着标语,陈山忽然眼神一闪,掏出了一根铁丝,轻手轻脚来到贴警示标语的房门外开始撬门。

阿六拿着两张指纹结果返回。无毒的一盒,也就是批号与仓库出货记录一致的那一盒上,指纹较多,现无法分辨,而另一盒有毒的药盒上面只提取到一组指纹。
周海潮接过纸张仔细地看着。
张离风轻云淡地摊开双手,说:"请比对吧,周科长。"
周海潮抖着手里的纸问阿六,是否能确定有毒的药盒上是这一组指纹。阿六说能,因为当时为了防止搞错,他把针药上的批号也一并抄在了上面。周海潮重新看起那组指纹,他觉得这组指纹有点奇怪,因为其中一枚指纹上有明显缺失,缺失的那部分像是个"井"字。他同时又觉得有些眼熟,仿佛在哪里见过。
阿六站在一旁说,这指纹像是被烫伤后留下的痕迹。听到这话,阿强便突然好奇起来,问是不是个"井"字。阿六很肯定又很意外地说:"对,你知道?"
阿强当然知道,那分明就是乔瑜的指纹。乔瑜的手指被烫伤过,伤痕就是这么个"井"字。他、阿光以及乔瑜曾凑在一起相互看手相。当时阿光握着乔瑜的右手还跟他逗乐,乔哥,你这手上还有字呢。
"你能确定?"周海潮问道。
"能确定。"阿强很肯定地说。
"立马逮捕乔瑜!"周海潮高声说。
看了一眼当即跑出去的阿六和阿强,张离微笑着说:"祝贺周科长找到真凶。"
周海潮却依然阴森地盯着她:"没有你的指纹不代表你是无辜的,你完全可以戴着手套作案。"
"没错,"张离毫不示弱地回答,"但是根本不可能接触到针药的乔瑜,却在上面留下了指纹,这才是重点。"
周海潮有些羞恼地抬高了声音:"我自然会查清楚,你们一个也逃不掉!"
话音刚落,房间里的灯忽然闪了两闪,熄灭了,屋里顿时显得异常昏暗。张离说,他们又开始动作了。
周海潮马上反应过来,立刻冲了出去。
周海潮带着几个手下从关押张离的房间冲出来,让大头把张离铐上并且守住这里,其他人跟他走。

一行人向飞行员特护病房奔去。大头守在房间门外有点发蒙。

没多久，一个穿白大褂戴着口罩的医生匆匆走了过来。大头朝他粗鲁地喊："大夫，这里被临时征用了。"

医生好像没听到，只顾低头研究手上的病历。于是大头低声骂了一句，将手中的烟往地上一扔，迎上去："我说……"

医生忽然抬起头，扬手砍在大头的颈动脉上。随即，大头软软地倒了下去。

飞行员杰克躺在床上，已经陷入半昏迷的状态。余小晚从他腋下取出温度计看了一下，吩咐小白用酒精抹擦他的额头降温。没有药，只能用这个办法。接着，周海潮就带着枪带着人风风火火冲了过来。守在门外的阿良等特务看到周海潮，脸色窘迫起来。

周海潮训斥阿良："让你带人的，你不带，杵在这里干什么？"

阿良说："飞行员都说余医生不会是奸细，拦着不让我带人，我也没法子。"

周海潮向病房内瞟了一眼，问阿良有没有异常情况，阿良说没有。"没有停电？"周海潮又问。"没有，这里的电路是专线。"

余小晚听到周海潮的声音，向周海潮走了几步："这是亲自来抓我了是吧，周海潮？"

周海潮有些尴尬，说："小晚，我这也是按程序办事。"

"想审我？"余小晚说，"行啊，有什么要问的，在这里问吧。"

"我知道不会是你干的。"周海潮说，"嫌犯已经找到了，是乔瑜。"

余小晚没好气地说："那你还来干什么？"

"上面忽然停电，我怕你这里有状况。"

"我这里最大的状况就是，缺医少药，飞行员的病情随时会恶化！"

2

张离被手铐铐在窗户边的铁栏杆上，她偏头将耳朵上戴的一只细圆圈的银耳环取下来，拉直，将细的那头捅进手铐的孔中，拨弄几下，打开了手铐。

忽然，门外传来扑通一声响。张离哗地拉上窗帘，闪身躲到门后。

门开了，一个人影拖着东西倒退着进来，看到光线阴暗的房间不由一愣。张离从门后闪出，将一件硬物抵在来人的腰间："别动。"

来人双手高举，慢慢转过身。在门外的光线下，张离看到的是陈山的笑脸。

"张小姐，请把你手里的钢笔收起来吧，我可不想被墨水弄脏了衣服。"

"怎么是你？"

"不是我还会有谁？快帮忙。"

陈山将大头拖进房间，张离在门口机警地张望。关门后，张离告诉陈山，那盒有毒针剂上的指纹查到了。

"你早就知道乔瑜是内奸吧?"

"不算早,也就是昨晚才知道。他就是'樱花'。"

张离当即明白,陈山中毒并不是偶然,是为了掩护乔瑜换药。

陈山说:"我不能明着对抗荒木惟的命令,但我可以阻止余小晚给飞行员用药。"

"所以通知周海潮的那个电话,是你打的。"

"但我没想到,送药的人会是你,差点害你变成了替罪羊。"

顿了一会儿,张离说:"我有种预感,事情还远远没有结束。"

这同样也是陈山的预感。他也觉得这件事情有古怪,却说不出怪在哪里。荒木惟是一个狡诈多疑、步步为营的人,现在只为了个简单的毒杀计划,就不惜暴露他,这不像他的行事风格。所以,荒木惟肯定还有下一步的计划。

余小晚说:"不是说一盒有毒,一盒无毒吗?"

周海潮面露无奈,说:"还不能百分百确定。"

"那你还等什么?赶紧去确定,赶紧把药拿来给病人用啊。"余小晚有些急了。这时,小白忽然语气紧张地叫她过去。余小晚回头一看,病床上的杰克正在抽搐。她迅速跑了过去。

与此同时,通风管道的冷气吹风口忽然涌入了一股黄色的烟雾。周海潮闻到异味,抬头一看,大惊失色。

"有毒烟!马上疏散!"他大声喊着,当然没有看到,飞行员特护病房上方的通风管道内,乔瑜戴着防毒面具退出去,关上了通风管道的门。

关押张离的房间里,同样从通风管道里涌出来一股毒烟。两人同时抬头,陈山观察到烟的颜色是黄色的,吃了一惊。"烟有毒!"他意识到,这就是乔瑜的后着。但不管怎么说,现在他可以名正言顺地先把张离弄出去了。

两人架着大头冲出房间的时候,走廊里已经冲出来了一些人,或相互扶携,或咳嗽不止。陈山在走廊上高喊:"烟雾有毒,让大家马上疏散!用毛巾掩住口鼻,马上疏散到院子里!"

此时,医院楼的大门口还一切如常,护士医生正常奔走。乔瑜穿着白大褂戴着口罩低头匆匆往外走。

阿六和另一个特工从东西两个方向奔来,在乔瑜前方不远处会合。他们连太平间的尸体都翻过了,没找到乔瑜的半根毫毛。乔瑜眼神一闪,脚步如常地从阿六身边走过。

陈山和张离架着大头奔到了院子里,终于松了一口气,把脸上的湿毛巾拉了下来。大头这时醒来,但尚有些无力和发蒙。他放开了陈山架着他的手,摸了摸头,咕哝了一声，这是什么情况？

一些穿着白大褂的医护人员和穿着病号服的病人也都陆续跑到了院子里来，惊魂未定地议论着。陈山扫视院子一遍，看见关永山带着一队人从医院楼里快步出来，却没有看见周海潮和飞行员的身影。张离的目光也在扫视整个人群，猜测飞行员被困在了地下楼层。

突然，防空警报连续短促地鸣放起来。紧接着，一阵飞机飞行的噪声瞬间袭近。众人骚动起来，惊慌乱叫，有的病人已经开始往医院楼里跑。医护人员去阻拦，人群便瞬间乱了。有人喊了声"去高店子防空洞"，又有一些人开始往医院外面跑。

日机低飞，轰隆隆地向医院压过来，仿佛专门奔向医院而来，投下米粒一样密集的炸弹。医院周围的一些山头和树木被炸得烟尘弥漫。宽仁医院依山而建，在山坳之中，因而暂时还没有炸弹落到院子里来。院子里的人惊慌失措地四下奔逃，只有军统的人显得颇为镇定。

此时，周海潮正在指挥一些伤势较轻的飞行员互相搀扶着离开病房。余小晚处变不惊，但加快了动作给杰克注射。杰克的床边，已经抬来了担架。余小晚拔出针头，立即协助两个军统特工和小白一起把杰克抬上担架。而就在这时，杰克却突然再次剧烈抽搐起来。

所有人都戴上了湿口罩，两名军统特工抬着担架往外跑。余小晚跟在担架边上。匆忙中，余小晚腿上的伤处破裂，鲜血顺着她的小腿不停地流下。

走廊上已经有肉眼能看见的烟雾。费正鹏迎面而来，命令周海潮从消防通道走，直接带人去安全屋，同时想办法联络高射炮部队，请求他们支援。

众人随周海潮撤离，费正鹏一把拉住余小晚，让她不要过去了。

"不行，"余小晚说，"我是主治医生。病人的伤情很不稳定，我必须随时待在他们身边！"

费正鹏大声说："我得保证你的安全！"

这时，余小晚忽然感到一阵眩晕，有些站立不稳。昨夜，她一夜没合眼。

大头终于清醒了，焦灼地说着当下的困境：楼里有毒气回不去，高店子防空洞离这里起码有八里路，只怕还没跑到就被炸死了。听到大头的话，陈山恍然大悟，放毒气只是为了把飞行员赶出医院。

张离也立即明白过来，接话道："那么，空袭是为了将飞行员赶进日本人设定的伏击地点。"

陈山思索着。整个安保计划中，最后一个后备方案是，让飞行员进入由医院的采血站临时加固改建而成的安全屋。所以，安全屋里必定还有毒气或炸弹！陈山和张离扫视院子，仍然没有看见周海潮和飞行员的身影。

陈山吩咐大头去地下楼层接应周海潮他们。大头将湿毛巾往脸上一蒙，往医院楼的入口冲去。

轰炸机在医院上空来回盘旋，飞机上的机枪开始向着院子扫射，尘土四溅。

张离说："也许周海潮已经带人往安全屋去了。我马上去追，我会阻止他们进入安全屋。"

陈山拔出自己的佩枪交给张离，张离迟疑了一下，没有接。

"那你呢？"

"现在让人去安全屋排雷已经来不及了，只能我去找乔瑜，想办法撬开他的嘴。我不需要用这个。"

"那你也要小心。"

张离接过枪，立即奔出。就在这时，一排子弹挟带着呼啸声落在离陈山和张离不远的地方，陈山下意识地一拉张离，让她走。

张离迅速向安全屋方向跑去的时间里，陈山冲到了一棵树后面。他忽然想起了那个在仓库放火的男人以及那个用作杂物间的防空洞。

在费正鹏的指挥下，一个班的高射炮部队士兵带着两架高射机枪奔跑着过来了。他们迅速将原本堆在院子四周的一些沙袋和木头临时垒成简易掩体，两名机枪手躲在掩体后面用高射机枪向轰炸机进行还击。

又一排子弹落在陈山附近，陈山闪避着子弹跑远。这时，大头引着周海潮和余小晚等人也带着飞行员跑了出来。

陈山东张西望地进入了那个防空洞。

乔瑜正坐在一块石头上嚼着压缩饼干。他的面前铺着一张油纸，纸上放着水壶和几块饼干，像是在野餐。看见陈山进来，乔瑜招呼他过去："你来得正是时候。来来来，我给你也预备了一份，来吃点、喝点。"

陈山眼神一闪，暗自心惊，原来他的一举一动都在乔瑜的预料当中。陈山走到乔瑜面前席地而坐，拿起一块饼干就吃："哟，连我的这份也预备好了，这地方你倒是早点告诉我一声啊，害我找了半天。"

乔瑜嘿嘿笑了两声："老弟你有几斤几两我还是清楚的，你一定会来这儿。要是连这疙瘩你都想不到，就算你是属猫的有九条命，也活不到今天。"

陈山拿起水壶喝了一口，问："昨天差点把余小晚烧死的那把火是你放的吧？"

"本来呢，我也不想打草惊蛇，弄不好还有可能引火烧身。要怪还真就得怪你那老婆多事。女人一多事，准没好事。"

"你多心了，她其实什么都没看到。"

乔瑜若无其事地嚼着饼干，说："小心驶得万年船。"

陈山瞥见乔瑜鞋子和裤子上沾的土略微发红。他想起自己走过安全屋门口时，看到的泥土就是这个颜色。他继续问："毒气弹是你放的吧？"

"没错。说到毒气弹，还得多谢你。"

"谢我?"

"要不是你把冯大奎从军统大牢里救出来,我就拿不到他手上的这颗毒气弹。"

"所以那天在书屋,他就是用这颗毒气弹换到了他想要的船票和美金?"陈山恍然大悟。

"要不是他失手被擒,今天协助我的任务应该是由他来完成的。"

陈山不动声色地说:"就因为他死了,所以这任务才落到了我头上。"

"没错。"乔瑜说,"枪在老大手上,用哪颗子弹,老大说了算。一颗不行,换一颗照样能杀。咱们就是这当子弹的命。"

"毒气弹只能让他们从屋里出来,但要弄死他们,估计你还有后着吧?"

乔瑜赞许地笑笑:"聪明人果然是一点就通。周海潮把飞行员从病房带出来,一定会带往安全屋。我已经准备了炸弹伺候他们。"

陈山暗自心惊,表面仍不动声色,他继续问:"安全屋二十四小时都有人把守和巡逻,你是怎么把炸弹放进去的?"

乔瑜神秘一笑,看了眼表说:"这个你不用知道。八分钟后,安全屋就会是周海潮的噩梦,这小子在处里成天找你的麻烦,怎么样,这次我算是为你报仇了。"

陈山一惊,说:"你在安全屋放了定时炸弹?"

乔瑜说:"你是不是想问,我怎么知道他们一定会在那个时间进了安全屋?"

陈山点点头:"我确实想知道你是怎么神机妙算的。"

"不用算。飞行员要是进了那屋,被炸死了,这任务就算完成了。"

"要是没进去就炸了呢?"

"那你立功的机会就来了。"乔瑜喝了口水,继续说,"我不知道他们是怎么对我起疑的,现在整个军统的人都在找我。但不要紧,反正这事完了,我就有资本去尚公馆找小日向白郎报到了。你的立功机会就是,如果安全屋还炸不死他们,就把他们给我引到这里来。"

"你在这里也埋了炸弹?"

乔瑜撇嘴一笑:"要不然,昨天我又何必点那把火呢?"

3

医院的另一侧,树木茂盛,仿佛是一个小树林。树林中间有一座独立的平房,那就是采血站。

采血站前面十米左右,有一圈木栅栏。两个身穿军装全副武装的军统人员持枪守着木栅栏的入口。轰炸机还在天上盘旋,时有炸弹落在树林附近。

周海潮带着十位飞行员向安全屋快速走来。阿强和大头跟在周海潮身后。还有几位全副武装的军统人员,将十位飞行员护在中间。

守卫看见周海潮一行人过来,向周海潮行了一个军礼,进入了戒备状态。在周海潮就要跨入木栅栏门的时候，身后有人大喊了一声："周科长！不能进去！"

周海潮一愣，回头一看，张离从后面气喘吁吁地追了过来。所有持枪者都将枪口对准了她。

张离停下脚步冲周海潮说："周科长，安全屋不能进去，里面有炸弹！"

周海潮冷笑一声，"你是怎么跑出来的？我凭什么相信一个嫌疑犯的话？"

"周科长，我请问你，有人在针剂里下毒，为什么又有人通知你那是毒药？是什么人通知你的？"

周海潮掩饰着尴尬说："这是机密！"

"有人在通风管道里放毒气，为什么偏巧在大家撤出医院楼的时候就开始轰炸？"

张离问到这里，周海潮的眼神开始闪烁。张离向他解释，这明显是一个连环计，最终的目的就是把飞行员逼到这间安全屋来。"我没有证据可以证明安全屋有炸弹，这只是我的推测。"

周海潮皱眉审视着张离说："你是来拖延时间，好让轰炸机找到目标，把我们炸死吧。"

"你要是不信，大可以走进去试试。"张离说罢转身就走。

"把她抓起来！"周海潮大喊了一声，阿强和大头便冲向了张离。

张离说："都给我别动！"

周海潮示意两名守卫先进去。两名守卫的脚踏进安全屋的大门，其中一名守卫观望了一下，探出头来，说："都进来吧。"

话音刚落，一声巨响传来，安全屋被炸塌了。那两名守卫顿时被气流掀翻在地。

所有人都伏在了地上。周海潮脸色异常难看，额头的汗水和灰尘混合在一起，显得非常狼狈。又有飞行员在爆炸中被乱石溅伤了。与此同时，轰炸机的炸弹在树林周围扔得更加密集了。

阿强俯卧在地，问周海潮现在怎么办。在周海潮六神无主之际，陈山冲来，命令所有人跟他去医院仓库旁边那个防空洞。

军统士兵们都有些茫然无措。最先起身的是飞行员大卫，他看了看陈山，跟随陈山而去。其他飞行员看大卫走，也跟着走了几步。陈山又喊了一遍："大家快跟我来！"

周海潮突然反应过来，让陈山站住。陈山并没有停下脚步，只回头说了一句，"此地不宜久留，有什么话回头再说。"

"站住！"周海潮奔上去，用枪指住了陈山的脑袋。众人停止前进，看着周海潮，更加茫然无措了。

"肖正国，你怎么确定那个防空洞里就没有炸弹，没有毒气？"周海潮审视着陈山问。

张离静静地看着陈山。陈山说："要不你找个更安全的地方，要不就让大家在这里等着被炮弹炸死，要不就跟我走，去那里躲一躲。你选！"

193

周海潮犹豫起来。大卫说："他是余医生的丈夫，我相信他！"

周海潮终于开了口："肖科长，你要先进去，确保里面的安全，我才能让你带他们进去。"

陈山毫不犹豫地说："都跟我来！"

飞机仍然在空中盘旋，轰炸还在持续。陈山带着飞行员快速前行。张离走在陈山身边。周海潮等人走在队伍后面，像保护，更像押运。周海潮低声吩咐阿强去找关处，把这里的情况向他汇报。今天的事情他感觉越来越不对劲了。

陈山的脑子里回想着刚才乔瑜告诉他的话。乔瑜让他一定要记住，带领飞行员进入防空洞的时候，他必须走在队伍最后。进洞后，右手墙壁上有一段引线隐藏在一段藤蔓植物中。拉了引线，二十秒后就会爆炸。

乔瑜躲在防空洞口向外张望，终于看到了被陈山带过来的飞行员。见周海潮等人走在队伍的最后面后，乔瑜低声骂了一句娘。不过他已预先留了一手，多做了一条引线。他掏出火机，立即点燃了地上的炸弹引线。一时，火花四溅，乔瑜悄然逃离，隐没到外面的杂物后面，继续监视防空洞口。他丝毫没有发觉，一个光头军统特工正持枪悄悄向他靠近，直到枪口顶上了他的后脑勺。

乔瑜举手投降，笑着说："兄弟，自己人，误会了，我是第二处的。"

光头特工命他慢慢转过身来。乔瑜缓缓转身，说他的证件在上衣口袋里。光头特工略有一点分神，乔瑜抓住机会，一把打掉他的手枪，又迅速一拳直击他面门。光头特工来不及反应，乔瑜再补上一拳。光头特工闷哼一声，倒地晕了过去。

在这个时间里，陈山已经带众人来到了防空洞口。陈山停步转身，对周海潮说："周科长，防空洞只挖一半就停工了，加上里面堆满了杂物，估计最多只能容纳十五个人。所以由我带飞行员进去，请周科长守在外面。"

周海潮还欲犹豫，又一个炮弹在他们附近炸开。他卧倒在地，大声呼喊："进去！飞行员都跟他进去！"

乔瑜看到，陈山带领飞行员进了防空洞，周海潮等人在外守候。他看了一眼倒在地上的光头特工，赶紧逃离。乔瑜一口气逃到了离防空洞较远的荒地上，气喘吁吁地望着防空洞的方向。忽然，巨大的爆炸声从防空洞的方向传来。

乔瑜长长地松了一口气。

4

随着一声巨响，防空洞口腾起巨大的爆炸烟雾，洞口瞬间坍塌。门外的周海潮、张离等人被爆炸的气浪掀翻在地。一些碎石打在张离身上，划破了她的脸颊。医院内再远一点的地方，人们望着这一幕，呆若木鸡。

张离直起身来，望向已经坍塌的防空洞口，只觉得心中一阵剧痛。她爬起来，快步跑到废墟上，徒手刨挖。齐云、李龙等人也跑上前开始刨挖。远处，仍有零星的爆炸声传来。张离目不斜视，眼中噙泪，不住地搬挪砖块。

她脑子里全是陈山的画面：在夜风中，陈山脱下大衣为她披上。在心心咖啡馆，陈山调包行李箱，让她转危为安。在炸弹四处炸响的街头，陈山抱着她狂奔。而她，曾写过一封检举陈山的匿名信。

张离不停地挪着破碎的砖石，手指都刨出了血。远处，一组医生、护士带着担架等急救器械正向这边赶。关永山和费正鹏匆匆赶来，周海潮迎向他们，战战兢兢地做汇报。

更多的军统特工跑步过来，参与救援。张离依然执着地挖着砖石，她嘴唇哆嗦，眼中的泪水滴落在了砖石上，溅起尘埃，如同绽放出一朵心花。

不远处，周海潮也望着那团烟尘面无人色冷汗直流。关永山让他别愣着，立即对爆炸现场进行搜救。

费正鹏让他安排人手，加强医院的安全布防。周海潮掏出手绢抹着额头的冷汗，方寸大乱。

关永山面色铁青，从牙缝里挤出一句话："这次戴老板会让整个第二处都给飞行员陪葬！"说罢，他冷冷地瞪了周海潮一眼，匆匆离去。费正鹏跟着离去。

还没等费正鹏走远，周海潮就命令手下，立即将张离押送局本部候审。所有人都没反应过来，有些发愣地盯着周海潮。

周海潮崩溃式地爆发了："浑蛋！给我把张离抓起来！"

"什么？飞行员进了防空洞之后爆炸了？那还有活着的吗？"余小晚全身一抖。

小白给她腿上的伤口换着药，说不知道："洞口炸塌了，外边正挖着呢。还有肖科长……"

余小晚并未意识到什么，继续问："肖正国也在现场吗？"说着，她掀被下床。她要去现场看看，如果还有活着的，一定得马上抢救。

此时，费正鹏忽然出现在病房门口，拦住了她。

"你们的院长和各科主任都在现场呢。你的主治医生职务，现在我就地给你撤了。你的任务就是在这里给我安心休息。"

余小晚没好气地说："哟，撤了我？干爹你可够能耐的。"

费正鹏让小白出去，然后对病房门口的李龙使了个眼色，李龙会意点头，跟上了出去的小白。在进门之前，费正鹏就吩咐过李龙，肖正国的事，暂时一定要对余小晚保密。

费正鹏叹了口气，说："不是干爹能耐，而是事情闹到这个地步，这个担子已经不是你一个人能挑的了。"

"到底怎么回事？"余小晚问，"好端端的防空洞怎么会爆炸？是日本人干的吗？"

费正鹏又叹了口气："这回党国的跟头可真是栽大了。"

余小晚又问伤亡情况，费正鹏说还不清楚。

"那肖正国和离姐没事吧？"

费正鹏眼神一闪，说："行凶的日谍在逃，我派肖正国出去抓捕了。张离……恐怕是有麻烦。"

在宽仁医院特别会议室里，关永山正在训斥周海潮："放火、投毒、爆炸，日谍的行动环环相扣、步步紧逼，你之前夸口说医院的安保万无一失。现在呢？简直是漏洞百出！"

"属下知罪。"周海潮诚惶诚恐地说，"但现在……现在不是还没确定飞行员的伤亡情况吗？属下只想尽一切努力挽救局面。"

现在，现场还在清理，仍然没有发现肖正国和飞行员的尸体。

关永山问周海潮其他还有没有要说的，周海潮就说出了他的推断：张离负责送药，而肖正国将飞行员带进了防空洞，他们两个人与这些事情决计脱不了干系。

关永山不解，说："肖正国不是也和飞行员一起被炸了吗？"

"我已经安排立刻审讯张离，从她身上打开突破口。"

敲门声响了起来。

进来的是阿强和光头特工。阿强扶着光头，光头的脑袋上缠上了绷带。光头向关永山汇报了在防空洞爆炸发生之前，自己被形迹可疑的人袭击的事。阿强在一旁补充，根据光头所说的体貌特征，那个人应该是乔瑜。

关永山神色阴沉地说知道了，让他们去侦防科做一份详细笔录。大头和光头离开后，关永山从牙缝里挤出一句话："一群废物！"

周海潮神色尴尬："我这就加派人手捉拿乔瑜。"

"爆炸之前他没出医院，你都没能抓到他。现在他都逃之夭夭了，你上哪儿抓他？"

"对不起，关处，属下无能。"

此时关永山桌上的电话响了，他拿起话筒，立刻起身肃立，神色恭谨紧张。

"戴局长，我是关永山……飞行员的下落一旦落实，我会尽快向您汇报……属下绝不敢懈怠，必定全力以赴。是，是。"

周海潮也紧张地看着关永山。关永山放下话筒，指着电话机说道："戴老板责成我等速速破案，缉拿凶手，要是……要是不能破案，那就拿你我的人头去向美国方面谢罪。"

周海潮头上又冒出了冷汗："那我立即去审讯张离。"

"不惜一切代价找出凶手，不然在戴老板眼里，你我就是凶手！"

5

张离被绑在审讯室的刑柱上,神色镇定地看着走向各式刑具的周海潮。

周海潮的手从一件件刑具上面掠过。他拿起一条皮鞭,放下,又拿起一根满是钢针的木棒在手里掂了掂。他看着刑具说:"作为中共科的一员,又长期在第二处工作,这些东西你一定非常熟悉。"

张离说:"就算现在是戴老板站在这里,我也会告诉他,这件事跟我没有半点关系。"

周海潮放下钢针木棒,说:"如果你足够聪明,咱们也可以省点事。"

张离瞟了一眼被丢下的钢针木棒,接着审视了周海潮两秒钟:"你果然只是需要一个替罪羊。"

周海潮从衣兜里拿出一张纸,在张离面前抖开:"这张口供上面已经把你和肖正国的犯罪事实写得很清楚了。"

张离冷笑说:"既然口供都写好了,我说什么还有意义吗?"

"当然有意义。只要你能指认肖正国和乔瑜,承认你们合谋在宽仁医院杀害美军飞行员的事,我可以保你平安无事。"周海潮抖了抖手中的口供,"来,签字吧。别为那些靠不住的男人,误了卿卿你的性命。"

"这不是我的口供,我不会签字的。"

"你以为这由得了你吗?"周海潮把一支笔丢在了张离面前,"要么用你的手签字,要么你的手就归我。"

周海潮从靴筒里掏出匕首,摩挲着对张离步步逼近:"我可以请你尝尝重庆名菜'麻辣掌中宝'。"他对站在后面的两个手下一使眼色,两人就出手抓住了张离的胳膊。

周海潮晃动着手里的匕首,悠悠地说:"据说这道菜是用鸡爪子中连接各个关节的脆骨做成的,又香又脆,我一直很好奇,人的手掌中是不是也有这些脆骨。"

张离挣扎着愤怒地说:"周海潮,你卑鄙无耻到家了!"

周海潮不理睬,抓过张离的手掌摊开,匕首沿着指骨的走向滑动着,喃喃自语:"无耻一直都是我的通行证。张小姐,后悔还来得及,我周海潮一向都给任何人留有余地。"

"周海潮,你总有一天不会有好下场!"

周海潮狞笑道:"嘴够硬的。行啊,那就看看你的骨头是不是像嘴一样硬。"

周海潮拗起张离的手掌,将她掌心的骨头突出来,雪亮的匕首往下刺去。这时,周海潮听到了余小晚的声音。她愤怒地叫着他的名字,让他出来。同时响起的还有周海潮身边的一声惨叫。

那声惨叫不是张离发出的,而是周海潮旁边那名军统特务。就在周海潮刺下匕首的同时，张离飞起一脚踢在了他的膝盖内侧。周海潮失去重心，手一歪，匕首插向了别处。

军统特务伸着插着匕首的手臂不停哀叫，周海潮揪着张离的衣领，气急败坏地给了她一记耳光。

"谁给她上的刑架?!为什么不上脚镣?"周海潮疯狂地叫喊。

余小晚冲了进来，一把推开周海潮，挡在张离面前："周海潮，你要不要脸?"

周海潮戾了下来："小晚你怎么到这儿来了？谁放你进来的?"

"这你不用管。我告诉你，今天你要敢动离姐一根手指头，我跟你死磕到底！"

周海潮一脸为难，让小晚有事出去说，她不能违规出现在审讯室。余小晚说她就是要违规，她哪儿也不去，就守着离姐。这时，大头跑着进来，周海潮不耐烦地问他什么事。

"爆炸现场……"

周海潮扬手打断了他，他看了看张离和余小晚，说出去说。他迅速走了出去，同时吩咐阿强留下。

余小晚上前查看张离，见她手上有伤痕和血迹，问她的手是不是周海潮弄的，张离说不是。

"还不赶紧给离姐松开?"余小晚瞪着阿强说。阿强很为难，说不合规矩。

"少跟我提规矩！你松不松？松了我们还能跑了呀？你不松我怎么给她治伤？"

阿强犹豫着："余医生，你就别为难我了。"

余小晚瞅见了阿强腰间的钥匙，伸手一把夺过。

"哎，余医生……你不要逼我动手。"

"你敢动手？你动个手试试啊。"

阿强没敢吭声。

"我知道你怕事，锁是我开的，跟你没关系。周海潮要是找你的麻烦，你就让他直接来找我，这总成了吧？要真不成，找我干爹费正鹏也行，就说我徇私枉法，行不行？"

阿强无奈，嗫嚅道："余医生，你知道我们很难做的……"

"有什么好难的？赶紧去你们医务室拿点酒精和药来，我要给离姐清理伤口。"

"我不能走开的。"

"我教你一个法子，"余小晚说，"你把门从外头锁上，我们就是插上翅膀也飞不了。赶紧去！"

阿强跑了出去，余小晚立刻上前为张离开锁。

已是深夜，费正鹏还待在办公室，思索着白天发生的事情。电话响了，他面容疲倦地接起电话。

电话那边，传来了陈山的声音："老费，是我，肖正国。"

费正鹏神情一振："你在哪里？飞行员呢？"

陈山此刻在街头的一个电话亭中，他四下看了看，说："我和飞行员在一起，我们已经逃离了险境，但是大部分的人有伤在身，体力已经耗尽了，请你派人来童家桥附近接应。"

"你马上将飞行员带到童家桥的军统联络站去，在那里等待我的接应。"

挂掉电话，费正鹏就去了关永山的办公室，报告了肖正国和飞行员还活着的消息。关永山长出了一口气："那可真是老天开眼，不然就算戴局长有心保我们，蒋委员长也不会答应啊。"

费正鹏说："事不宜迟，我想我应该现在就立刻出发去接应他们。"

"好，你马上去。为了确保安全，暂时不要向任何人透露这个消息。我现在马上就向戴局长汇报，请示下一步行动。"

在走廊，大头告诉周海潮，爆炸现场已经清理完毕，没有发现肖正国和飞行员的尸体。周海潮眉头一松，但很快神色狐疑，琢磨了一会儿才说："也就是说，他们可能没有死？"

"科长，这不是天大的好事吗？要不然……咱们科的人头不够给戴老板摘的。"

周海潮问现场有没有找到别的出口，大头说没有。这让周海潮感到万分不解，肖正国带着那帮伤兵究竟去了哪里？他咬牙切齿地自言自语："只要还活着，我就不信他能逃出我的手心。"大头听得一阵茫然。

周海潮吩咐大头，马上传他的命令，把肖正国的相片发到各军统联络站及警察局，要求他们全城协查日谍肖正国，并警告他们，肖正国极其危险，抓捕过程中如遇反抗，可以击毙。

大头问："万一飞行员和他在一起呢？"

"所以要保护人质！我们要第一时间从日谍手中解救出人质，笨蛋！"

童家桥附近的军统联络站里，军统小头目黄斌向五六名手下展示"日谍"肖正国的照片，并传达周海潮的指令：见到此人，立即逮捕，如果不能活捉，可以击毙。

一个叫曾勇的军统特工看了看照片，有点狐疑。照片上的人明明是第二处的科长，他在军人俱乐部见过，上次就是他把周科长暴打了一顿，怎么一下子就变日谍了？黄斌让他别问那么多。

"他们这是神仙打架，把我们当扫帚使吧。"曾勇小声抱怨。

黄斌曲起手指敲了下曾勇的头："曾勇你给我听好了，想要活得久，就别明白得太多。按照命令执行就是了。"

曾勇被训斥得讪讪的不再说话。

夜晚的街头有薄薄的雾气，陈山从雾中走来。他机警地左右张望无人后，掀起了下水道的盖子。

一个人影钻了出来,他回身拉出第二个、第三个……全部人出来后,担任警戒的陈山带着这群互相搀扶的人消失在夜色中,只留下一组黑色的剪影。

黄斌一边把手枪别入腰腹间的皮带上,一边吩咐阿平、毛头和他一起出去巡视,曾勇等其他几人留在联络站,保持警戒。手下纷纷应了。黄斌重申一遍,日谍肖正国是个危险人物,想要保住小命,最好是见到他就开枪。周科长已经说了,不论死活都有重赏。

黄斌带着人打开门走了出来。陈山隐身在暗处不动,他已经听见了黄斌重申的内容。

黄斌走出门来,看到街上的雾愣了一下骂道:"妈个巴子,又起雾了。"

旁边的手下凑过来给黄斌上了一根烟,并随手划着了火柴。点燃烟后,手下把还燃着火苗的火柴往旁边一抛,正好抛往陈山藏身的方向。

火光之下陈山的身影一闪即逝,被黄斌看到。黄斌大喊了一声:"谁?!"

一瞬间,数把枪齐刷刷对准了陈山。

第十四章

1

小黑屋里，唯一的亮光来自一柄短剑。

荒木惟十分用心地擦着这柄短剑，仿佛完全没有看到身边的乔瑜。

乔瑜毕恭毕敬地向他汇报了防空洞的那场爆炸，他亲眼看到陈山将飞行员带进了防空洞，确认炸弹爆炸后他才离开的现场。

听到这里，荒木惟擦剑的手一顿，不抬头地说："也就是说，你看到陈山进了防空洞，炸弹爆炸了，但是你并没有看到陈山跑出防空洞，是吗？"

乔瑜有些心虚，说："当时现场比较混乱，而军统也有人发现了我……"

荒木惟忽然将短剑一挥，将桌子边缘的木头削起来了一片："你只要回答我，'是'或者'不是'。"

乔瑜低下了头："是。"

荒木惟冷笑了一声："与子同袍，岂曰无衣，是你们中国人的古话。而你却丢下同伴只顾自己，在我们日本，这种行为应该剖腹谢罪！"

"不是，"乔瑜急切地辩解道，"我已经告诉陈山，只要他二十秒内跑出来，就可以逃命。"

荒木惟质问道："他把飞行员留在里面，自己却跑了出来，你觉得这样他还能在军统继续潜伏下去？"

乔瑜张口结舌道："可是……可是当时也没有别的办法了。"

荒木惟一边仔细研究短剑的锋刃，一边打量着乔瑜，说："我处心积虑在军统埋下陈山这颗棋子，不是让你当废子用的！"说罢他猛地挥动短剑，劈向乔瑜的颈部。

乔瑜面露恐惧之色，全然不敢抵抗，绝望中他倒退两步，闭上了眼睛。

荒木惟的短剑划过乔瑜的头发，削下了他的一片头发。乔瑜惊出一身冷汗，惶恐地睁眼摸着头皮。

"你最好祈祷陈山还活着，否则，明天这把剑会送你去黄泉路上陪他。"

乔瑜恐惧地咽了一口唾沫。

雪亮的车灯划破雾气，车轮匆匆碾过青石路面。费正鹏的车在街上疾驰。后面跟着一辆大卡军车，大卡军车上坐着一队荷枪实弹的军统特工。来到童家桥军统联络站后，全副武装的特工静悄悄地下车，悄无声息立即包围、警戒。费正鹏匆匆入内。

房间里几个军统正围在一张桌前打长牌，每人叼着一根烟。屋里烟雾弥漫，乌烟瘴气。其中一人抬头看到费正鹏，像触电一样跳了起来，慌忙敬礼："费处长好。"其余的军统也慌作一团，急忙起身站成一排，敬礼。费正鹏将这间不大的屋子扫视了一遍，面色阴沉地打量着这些人，说："拿着军饷打牌，精神可嘉。"

望着那几个心虚低下头去的军统，费正鹏问谁是组长。曾勇战战兢兢地告诉他，他们组长被人抓走了。

黄斌是大约半个钟头之前被陈山带走的。被发现后，陈山从黑暗中走到了众人的枪口之前。他低沉镇定地说："是周科长派我来的。"

黄斌掏出枪，想看清陈山的脸，便往前走了两步。陈山先发制人，突然把黄斌拉到了身边。黄斌胡乱开枪，但因为身体失去平衡，一枪打到了天上，吓得手下们纷纷散开，包围圈就此露出了一个缺口。

这时，陈山卷腕夺枪，转到黄斌身后，用黄斌的身体做盾牌挡着自己，一只手拿枪顶住了黄斌的头："要想活命，就配合一点。"

众人形成一个包围圈，用枪指着陈山，却不敢妄动。陈山抵在黄斌头上的枪一使劲，黄斌马上叫了起来："兄弟们，放下枪，都是自己人，别伤了和气。"

众军统互相对视一眼，犹豫不决。陈山沉声道："我肖正国不是日谍，这是第二处的内部纠纷，有人想要公报私仇，兄弟们最好不要赶这趟浑水。"

曾勇战战兢兢地说："肖科长，我们信你，你也不要为难我们，还有我们组长。"

陈山挟持着黄斌慢慢退出了包围圈，笑道："那是当然，你们回屋里去，平时干什么现在就继续干什么，我担保你们平安无事。"

"所以你们就回到房间，像平时执勤一样开始打牌是吗？"费正鹏冷笑着审视面前的人。几个人唯唯诺诺，不敢抬头。少顷，曾勇战战兢兢抬头，说一定要做得和平时一模一样是肖科长的要求。

"一群混账！"费正鹏厉声道，"我是第二处的，管不着你们，但我可以让你们第一处鲍志鸿来管你们。"

众军统缩头缩脑，不敢吭声。此时，联络站的电话响起，费正鹏示意接电话。曾勇小心地拿起话筒，"喂"了一声，然后恭敬地朝费正鹏转过脸，递上话筒。

费正鹏眼神闪动，拿起话筒。陈山的声音从电话里传来："老费，我现在和飞行员在他们那个叫黄斌的小组长家里。"

费正鹏来到黄斌家，扫了一眼屋里，屋内横七竖八躺着受伤的飞行员。他转脸问陈山："你不打算解释一下？"

陈山哼了一声:"周海潮是恨不得把我挫骨扬灰,这笔账我以后再和他算。所以我就找童家桥联络站那个小头头,借他家用用。"

费正鹏想了想,这里确实是个适合飞行员临时藏身的好地方。他问黄斌人在哪儿,陈山笑了笑,说在厨房绑着呢。

"这人可靠不住。"费正鹏说。

"所以他现在还晕着,"陈山又笑了下,"也没看到飞行员。"

之前走在路上的时候,黄斌就在跟陈山耍花招。看到街上巡捕的军统特工,他便要改道。陈山觉得不对劲,质问他,你家在这个方向?黄斌便带着哭腔求饶。他的话成功引起了巡逻特工的注意,特工一折回,他便开始大喊。陈山只得捂住他的嘴,用枪顶住他的后腰,拖着他躲到了旁边黑暗的巷子里。

一个军统特工举着枪跑进了巷子,边喊边搜寻。陈山用枪顶着黄斌躲在阴影里没吭声,黄斌亦不敢叫喊。但特工仿佛发觉到了什么,举着枪,一步一步朝两人藏身的角落走来。

这时,特工身后突然冒出一个人来,一把就将他敲晕了。陈山看清了来人,是赶来接应他的大卫。

陈山手飞快在黄斌的腰间抄了一把,一串钥匙就拿在了手中。然后他踢了黄斌一脚:"去你家,带路。再敢出幺蛾子,我一定一枪崩了你!"

当务之急,是先把飞行员们秘密转移到罗家湾。大卫最后一个上车,上车前,他转过身来对陈山伸出了手。陈山握住他的手,大卫热情地拥抱他,大力在他背上拍了几下。

"肖,认识你和你夫人是我的荣幸。"

"你还是叫我哥们儿吧。"

大卫学着说:"哥们儿,我很高兴做你的哥们儿。"

2

阿强把审讯室的门打开,拿来了酒精和药棉。余小晚让他先出去,阿强便出去了,再次把门锁上。

余小晚给张离清理伤口,心疼地怪她,就算救人心切也不用这样。张离无言以对,眼前不由得浮现防空洞爆炸时的情景。洞口一下子就塌了,烟雾巨大,肖正国和飞行员们一个都没有挖出来。张离的眼中再次盈满了泪水。余小晚不经意地看了她一眼,问:"怎么了?手很疼吗?"

"不疼,我只是看不得有人待我这么好。谢谢你,小晚。"张离强颜欢笑。

余小晚莞尔一笑:"自家姐妹,跟我还说这些做什么?"

张离看着余小晚的笑容,内心却有难言的痛楚。接着,余小晚便问了她最害怕被问的问题:

"离姐，你见着肖正国了吗？"

张离不知该如何回答，唯一能做的就是极力控制自己的情绪和表情。余小晚自顾自地说下去，她干爹说派肖正国出去抓日谍了，这天都黑了，抓没抓到也该回来汇报一声。张离便问她，当初她知道他可能在上海牺牲，回不来的时候心里难不难过。余小晚说，那不是上你那儿哭了一场吗。

"是啊，哭完了，你就接着去跳舞了。"

余小晚便想了想那次。要说难过，好像有那么一点。那时候的她就想着早知道他这么短命，就不结这个婚了，也就不用当寡妇。张离又说："如果你真心喜欢他，心里可能就没这么好过了。"余小晚看了张离一眼，问："离姐，你是不是又想起你那个人了？"张离无言以对。

"如果是我真心喜欢的人啊，我一定难过死了，大概……会恨不得跟他一起死吧。"余小晚想象着肖正国死后自己的心情。张离的泪水再次滑落。

"离姐，你别哭啊。是不是想起伤心事了？来，让我抱抱。"余小晚抱住了张离，而张离内心纠结，偏偏又无法向余小晚言明，只是不停地流泪，也紧紧与余小晚相拥。余小晚忽然想去看看周海潮到底在干什么，可别又背着人耍花样。张离让她早点回去歇着，周海潮不是什么善类，还是离他远点的好。

"我当然知道他不是好东西，但明目张胆的坏事，我看他还干不出来！"余小晚说罢走到审讯室门口，催阿强开门。看着余小晚恼怒踢门的背影，张离眼神中又泛起了伤感。

在关永山的办公室，陈山向关永山和费正鹏汇报了防空洞爆炸时的具体经过。

他带着飞行员进入到防空洞时，立即闻到了引线燃烧的味道。那时，炸药引线已经快烧到尽头。

陈山向飞行员们大喊着"有炸弹，快躲进去"，同时一把揭开了身旁的下水道井口。大卫在一旁协助，抓过行动不便的飞行员一把扔下去。陈山是最后一个进入下水道的人。而就在他跳下并拉过井盖的同一时间，炸弹爆炸了。

至于关永山问到的，既然已经发现了炸弹，却为什么没有带着飞行员立即撤出防空洞的原因，陈山也早已料到。他回答得干脆利落。既然那是一场预谋，所以他就不能确定防空洞外是否还有日谍安排的狙击，进洞容易出洞难，他不敢冒险。

还有那个下水道口，其实陈山在余小晚遇袭后不久就发现了它。遇袭事件让他心存疑惑，为了弄清事情的原委，他独自去了医院会议室翻看宽仁医院的图纸。因而，他不但发现了这个修了一半的防空洞，而且无意中记住了防空洞内有个下水道井口。后来，日机轰炸，安全屋又埋了炸弹，这个防空洞就是他知道的最安全的地方，而且还有下水道这条最后的退路。

费正鹏听着陈山的话，微不可察地点了点头。关永山的脸上则露出了笑容，说："肖正国，论福大命大，处里你要是称第二，无人敢称第一。"

费正鹏也开口道:"总算飞行员们都有惊无险地回来了,咱们也总算可以向戴局长有个交代了。"

关永山点点头:"肖正国,这次行动你立了大功,我一定会向戴局长汇报,为你请功的。"

陈山说:"职责所在,不敢邀功。"

关永山再次满意地点头:"年轻人踏实本分,还不居功,有前途。"

陈山笑笑,问起了乔瑜。

乔瑜还没有被抓住。不过,毒药上有他的指纹,打电话通知周海潮药中有毒的男人是东北口音,爆炸之前还有人亲眼看到乔瑜点燃引线,乔瑜的日谍身份,已经是板上钉钉。想着乔瑜的手段,关永山一时难免为这样的人才不能为党国所用而觉得有些可惜。

"那这事是否可以就此结案了?"费正鹏在一旁问。

关永山眼中寒光闪过,说:"光乔瑜一个人能掀起这么大的浪花吗?就怕他另有内应,是咱们还没发现的。听周海潮说,张离也是有嫌疑的。"

陈山接话说:"关处,属下有一些话,不知当讲不当讲?"

"当然可以讲,蒋委员长说过,党内无论官阶高低,都应民主公开,知无不言。以后不管有什么想法,你们都可以开诚布公地跟我谈。"

陈山接下来说的话,当然是为了解救张离。他说:"飞行员既然已经安然归来,现在这件事应当大事化小,小事化了,才是对处里最有利的。乔瑜一个人当然做不了那么多事,但医院鱼龙混杂,乔瑜完全可以事先安插人手混迹其中。而张离是今天一早才被安排往医院送药的,所以在毒药这件事上,她根本没有事先预谋的可能。除此之外,张离在医院的所作所为,并无疑点。第二处出了乔瑜一个日谍就够丢脸的了,要是还有两个三个,戴局长肯定不会高兴。"

陈山说完,费正鹏就表示了赞同。费正鹏问关永山的看法,关永山沉吟不语。陈山瞄了下关永山的脸,又说:"当然,如果有真凭实据,咱们也绝不能放过任何一个奸细。"

关永山缓缓点头。

陈山心中暗松了一口气,接着说下去。他说的是飞行员下落的处理方式。在他看来,应当对外全面封锁,小事化了,既不能让人知道飞行员还活着,也不能说他们已经死了。因为如果对外声称美国飞行员已经被日谍所杀,固然能让日方有所消停,但势必影响党国跟美军的交情。党国严防死守还挡不住日谍的渗透,颜面何存?可要是飞行员还活着的消息走漏,日方也会不惜代价穷追猛打。所以,只有让飞行员从此销声匿迹,才是最合适的。

关永山与费正鹏听完,对视了一眼。关永山说:"这事儿只怕也不是咱们处能说了算的,还得请示戴局长,由上头决定。"

陈山说:"属下明白,只是一些不成熟的想法,斗胆一说,供两位处长参考。"

费正鹏起身送陈山出门，低声在他耳边说着："小晚这会儿应该在关张离的审讯室，你过去看看。"

陈山心事重重地走向审讯室。虽然他知道飞行员的行踪问题太过重大，牵扯到多方政治力量的博弈，最终只能由党国高层决定，但如果关永山和费正鹏都愿意以他的思路去影响高层，他的胜算就会高出两成。而这也是他能在荒木惟面前瞒天过海的唯一办法。万一军统执意将飞行员未死的信息公之于众，他就将在荒木惟面前暴露。这样的后果，他不敢去想。

余小晚已经把周海潮困在办公室几个小时了，把周海潮急得焦头烂额。出不去，就无法调查杀害飞行员的凶手，而查不出凶手，他就要掉脑袋。余小晚对此毫不在乎，周海潮便只得举起手开始发誓。

"我发誓行不行？我发誓，决不对张离动刑。"

"好，"余小晚说，"那我必须在场监管。"

"那怎么行……那是有规定的。"周海潮愁眉苦脸地说，"我刚才问了守卫，说是你借了你干爹的名头。我跟你说，下次不要再犯，会害苦费处的。"

说着，桌上的电话响了起来。

"周海潮，立即停止对张离的审讯。"电话那边是费正鹏的声音。

周海潮很是吃惊，问："为什么？"

"情况有变。把张离放了。"说完，费正鹏就挂掉了电话。

周海潮看着电话，心有不甘，想了一会儿，把电话挂上。他换了一副表情，来到余小晚面前，仿佛很真诚地问："小晚，你信不信我？"

余小晚戏谑地说："要向我证明真心的男人排队都排到朝天门了，你排哪一号？"

"小晚，我会证明给你看，不管有多大的压力，我都向你保证，绝不动张离一个指头。"

"一根头发都不行！"

"明天早上，我一定还你一个完完整整的离姐。"

"这还差不多。"

陈山走到了张离所在的审讯室门口。阿强此时并不在，审讯室内只有张离一人。原本呆坐在桌前的张离抬起头来，看到审讯室门上小铁窗中陈山的笑脸，禁不住站起了身。她快步走到门后，百感交集地看着陈山，克制着内心的激动，说："你还活着？"

陈山伸手入铁窗，张离亦伸手握住了他的手。两人隔着门，十指交缠，四目相对。在炸弹爆炸的时候，陈山真觉得自己可能逃不出去了。此刻看着张离含泪的眼睛，他觉得无比踏实。忽然，张离猛地将手指从他手中抽出。陈山再去捉那手指，张离避开了。

"我从来不知道，我快死的时候，心里竟然想着一个女人。那时候我就对自己说，如果我还能活下来，我一定要告诉她，她是我这辈子认定的女人。"

张离怔怔地看着陈山，不再避讳陈山热烈的眼神，眼中的泪水顺着面庞流下。她想了想，咬着嘴唇说："余小晚是个好姑娘，我非常喜欢她。"

"手怎么了？"陈山看到了她满手的伤口。

"怕你死了，想把你从碎石底下挖出来。"

"下次不用挖，你要相信我一定有本事活着回到你面前。我说了，阎王爷他不敢收我。"

张离笑着点头。

陈山情不自禁地又去捉张离的手，但张离再次避开了。她说："活着就好！"

余小晚的声音从审讯楼入口传了过来。余小晚的声音里满是欣喜，她说："离姐，你没事啦，关处已经下令放你出来啦。"

"费处之前怕小晚担心，没说你被压在防空洞的事，只说你奉命出去抓捕乔瑜了。"

"好，明白。"陈山又看了一眼张离的眼睛，然后转身迎向余小晚。

余小晚在审讯室门口走廊上小跑着，与陈山在转角处相遇。看到陈山，她非常诧异，问他什么时候回来的，接着又把他一把拉过去，上下触摸观察，生怕他哪里受了伤。

"你是不是抓到日谍了？"

"还没有。"

"那你是已经知道关处下令要放离姐了，所以比我来得还快？"

"我不知道。"陈山说，"是老费说，你和离姐都在这儿，所以我就过来看看。"

阿强匆匆赶来，余小晚让他赶紧开门。陈山让到一旁，望向门内的张离，张离却避开了他的目光。

门一开，余小晚就一把抱住了张离："没事了，离姐，我们走。"

张离问余小晚："你跟周海潮说了什么，他这么快就答应把我放了？"

余小晚说："周海潮那个骗子，关处明明已经下令放人，他还跟我说，他会顶着压力，明天一早再求关处放你。要不是干爹告诉我，我差点又上了他的当……唉，不用管他了，我们回家再说。"接着，她丝毫不察地跟陈山说："肖正国，走吧，我们一起走吧。"

张离看了一眼陈山，两人的神色都有些不自然。陈山冲余小晚笑了下，说："好，走吧。"余小晚和张离相互挽着走在前面，不时低语轻笑，十分亲昵。陈山走在后面，内心复杂。

3

　　刚洗完澡的余小晚用毛巾擦拭着湿漉漉的头发，朝卧室走着，喊了声"肖正国"。走进卧室，她才发现陈山已经在地铺上睡熟了。陈山洗过的头发还没有干，湿透了半边枕头。

　　"这都累成什么样了。"余小晚失笑，不由得蹲下身来。看着陈山疲惫熟睡的脸，她的脸上没由来地泛起温柔的笑意。然后她用自己擦头发的毛巾轻轻擦了擦陈山的头发。

　　当夜变得深沉时，陈山原本平静的脸忽然皱了起来，汗珠也逐渐盖满了额头。他再次陷入了那个关于庆哥的梦。他和庆哥一起飞奔在夜风凛冽的码头上。几名日本兵在后面持枪追赶，子弹呼啸。庆哥边开枪边撤，接连射中了几名日本兵，但还是被子弹击中了胸膛，鲜血在他的胸前绽出血色花朵。

　　陈山喊了声"庆哥"，立刻奔向庆哥，庆哥再次中弹，身体旋转，面向陈山，竟变成了张离的模样。

　　"张离！"陈山不由得心神俱裂，抱住受伤的张离。张离嘴角流着鲜血，凄美无力地倒在他怀中。

　　陈山猛地惊醒，坐起身来，满头大汗地喘息不止。

　　余小晚被吵醒了，迅速坐起身来，有些迷糊地瞪着眼睛，问他怎么了。陈山喘息着，半响才说没事，噩梦而已。他重新仰躺下，让自己陷进松软的枕头里，心情久久不能平静。直到第二天早上在走廊与张离相遇时，这个梦境仍在他脑海里浮现，就像被无形的火花灼烧着。

　　陈山眼神炽热地望着张离，张离却有些回避。他边开门边观察，确定走廊上四下无人后，让张离来一下。

　　听完日本人刺杀飞行员的整个计划和飞行员脱离险境的过程，张离心里生起沉重的忧虑。陈山救了飞行员，日本人一定不会放过他。陈山说，这要看戴局长和蒋委员长愿不愿意给活路，只有他们愿意隐瞒飞行员的事，他才有办法瞒天过海，让荒木惟相信，飞行员是真的死了。张离忽然想起，她听说关处和费处去总部开会了，10点的会议，有可能是商议飞行员事宜。陈山看了一眼墙上的钟，已经10点30分了。

　　"记者会一完，飞行员的消息一旦公开，就等于判了我的死刑。"

　　张离眼光盈盈地望着陈山，安慰他："你自己说过，阎王爷不敢收你。"

　　张离微笑看着陈山。就在此时，陈山办公室的电话响了起来。

　　陈山走过去接起电话，听到陈山叫了声"老费"，张离就提心吊胆起来，关切地观察着陈山的神色。费正鹏显然已经开完会回来了。

　　陈山挂上电话，面无表情地看着张离。张离紧张到心提到嗓子眼："飞行员的消息,他们公不公布？"

陈山眉头紧锁,张离有些急切与担心地望着他。陈山脸上慢慢露出了笑容："没说消息的事。但老费说,委员长有嘉奖给我。你等我。"

不等张离回答,陈山开门出去,向费正鹏办公室小跑而去。

张离也终于长出了一口气。

费正鹏的办公室门关得很紧,窗帘也紧闭着。陈山身穿军装,身姿英挺地站在室内。他的目光落在墙上挂着的那把琵琶上。费正鹏也身穿军装,站在陈山面前。两个人都神色严肃。

费正鹏展开手中的一张奖状念道："鉴于国民政府军事委员会调查统计局第二处侦防科肖正国为维护美军飞行员之安全,与日谍殊死敌斗,沉着果敢,智勇双全,挫败日谍之奸谋,扬我国军之雄风,特颁四等云麾勋章,以资鼓励,望再接再厉,特令。蒋中正。"

念完,费正鹏从桌上一个精致的木盒里拿起一枚奖章,郑重地别在陈山胸前。

陈山向费正鹏行军礼,费正鹏回礼。

费正鹏坐下,示意陈山坐到自己身边。气氛恢复了平常的轻松。

"正国,这次嘉奖不便公开,只能这样秘密进行,委屈你了。"

陈山一笑,说："这样挺好,美军飞行员的消息全面封锁,是对他们最好的保护。我也不需要任何虚名。"

"顺年没看走眼啊。"费正鹏很满意地看了陈山一眼。美军飞行员们现在已安全抵达秘密基地,在他们完全康复之前,党国会封锁一切消息。这次虽然嘉奖不能公开,但蒋委员长和戴局长都对陈山赞誉有加。费正鹏相信,假以时日,他面前这位小伙子必定前途无量。

陈山叹了一口气,说："好像不小心又抢了周海潮的风头,他的鼻子一定气歪了。"

费正鹏冷笑了下："一次不成,还可以怪运气不好,可接连失手,就是能力问题了。我看关永山日后也不会再重用他了。"

陈山点头,一边解下勋章,小心地放在口袋里。

费正鹏话锋一转,说："好了,今晚早点回家休息。关处说了,你可以休假两天。你呢,得好好陪陪小晚。"

陈山眼神有些闪烁："不要了吧,现在可是非常时期,你看处里谁在休假？"

"要！"费正鹏很郑重地说,"这次的事情小晚也吃了不少苦,你也得表示表示。女人啊,就算样样不靠男人,但也喜欢男人为她花心思。"

陈山笑着说："老费你这一肚子的经验,不找个女人真是浪费了。"

费正鹏瞪眼："哟,长本事了,玩笑开到我头上来了。"

陈山嘻嘻笑。

"听我的，华华公司最近到了一批羊毛呢，你去挑块好料子，给小晚做件春装。"

"行，我等会儿就去办。"

费正鹏看着陈山，点着头，一副老怀大慰的样子："嗯，孺子可教。"

周海潮这次又给关永山带来了一把紫砂茶壶，那是他刚淘来的光绪年间的真品，请关永山给他"掌掌眼"。

关永山眼前一亮，小心地从木盒中拿出来，放在手里细细观赏。周海潮觑着关永山的神色小心地说，这次暗杀飞行员事件，他觉得里面还有内情，有些细节不合常理。关永山却好像没有听到，摸出眼镜戴上，更仔细地研究着手里的茶壶。

"在这么短的时间内投毒，放毒烟，在安全屋和防空洞埋炸弹，乔瑜究竟有几个帮手？除了混在医院里的日谍，是不是军统里还有内奸？"周海潮继续说。

关永山似乎完全沉浸在赏壶的乐趣中，对一切充耳不闻。

"还有，到底是谁打的告密电话，这事也……"

关永山举起一只手制止周海潮继续往下说，他小心地将茶壶放回木盒里，慈祥地看着周海潮，说："海潮啊，你对党国忠心耿耿，我是明白的。不过，看问题嘛，眼光要长远，要有大局观。"

周海潮立刻谦卑地回应："处座训诫，海潮铭记在心，永世不忘。"

关永山继续说："这次暗杀飞行员事件，性质恶劣，影响巨大，连委员长都亲自过问了，但总算是有惊无险地过去了。如今上面有了定论，我等可谓额手称庆。"

"是，海潮冒失了。"周海潮满脸恭谨。

"所以此事到此为止，无须再提。"关永山口气里满是鼓励，"年轻人嘛，以后还有很多机会，但要懂得韬光养晦。在局本部机关里工作，这很重要。"

周海潮貌似顺从地低下头，面有不甘。

陈山兴冲冲跑回办公室的时候，办公室里只有李龙在扫地。他告诉陈山，张离有事急着出去了。陈山便也走出单位，来到了街上。他漫无目的地走着，随时希望看到张离。这时，一辆汽车驶来，在他面前停下了。

驾车者是千田英子。千田英子冷冷地看了陈山一眼，陈山拉开后车门上了车。

千田英子将他带进了一个小黑屋。一进小黑屋，陈山就看到乔瑜被捆在刑架上。看见陈山，乔瑜仿佛不相信般地瞪大眼。

荒木惟坐在屋子中央的椅子上抽着雪茄，悠闲的神情中仿佛带着一些满意的意味。

陈山回想乔瑜跟他说过的话，乔瑜说墙壁上的引线是从防空洞顶上引下来的，就隐藏在一段藤蔓植物当中。但当他带飞行员进入防空洞时，望向右手墙壁，却发现那里根本没有引线。然后，他就闻到了空气中引线燃烧的味道。他扭头望向地面，左手墙壁边上一条引线正在燃烧，已然离炸弹不远了。

陈山看了看乔瑜，乔瑜的目光中充满恐惧。陈山明白了，乔瑜为了完成任务并没顾及他的死活。而这时，一把枪抵住了他的腰。

陈山无奈地高举双手，转身看着悠闲落座的荒木惟，略带讥讽地说："每次都要这样戒备森严的，也不嫌累。"

荒木惟说："陈山君，中国有句古话，聪明反被聪明误。你以为串通军统那帮人就可以骗过我了吗？"

千田英子霍地将枪指住了陈山的太阳穴。

陈山额角冒出冷汗，吃惊地问："谁串通军统了？"

荒木惟不紧不慢地说："'樱花'看见你进了防空洞，而直到爆炸发生，军统的人都在外面守着。你是怎么出来的？既然你能活着，那些飞行员也能。"

陈山忽地爆发了，出手如电抓住千田英子的枪顶在自己胸口。他开始大吼："有种你开枪啊，浑蛋。老子九死一生替你们完成任务，弄死了美军飞行员，你们居然还信不过我？那还等什么？一枪毙了我啊！"

"飞行员都死了吗？"乔瑜忽然惊喜起来，"太好了，我们完成任务了！"

陈山冷冷地看了乔瑜一眼："你引爆炸药的时候，难道不知道我就在防空洞里吗？"

荒木惟挥手示意千田英子把枪收起来，千田英子不情不愿地收起枪，陈山仍然气呼呼地看着她。

荒木惟不动声色地盯着陈山："那么，说说你是怎么死里逃生的？"

"那天，我按照和乔瑜的约定，把飞行员全部引进了防空洞。"

陈山开始叙述自己已然编好的情节：那天进洞之后，他看见了燃烧将尽的引线，便迅速挥动匕首割断了身边一个美军飞行员的喉咙。他抓住飞行员倒下的身体，迅速卧倒，飞行员的尸体整个覆盖在他身上，成为遮住他的盾牌。下一秒钟，炸弹便爆炸了。幸运的是，他所在的位置倒塌后，掉下来的石板和他身边的一个铁架形成了三角支撑，所以还有一点呼吸和动弹的空间。他用石块敲打那个铁架，发出声音，终于让军统的人找到，把他救了出来。

"飞行员没有一个活着的？"千田英子问。

"这不是你们最期望的事吗？"陈山反问道。

千田英子继续问："这么大的事，为什么所有的报纸电台上却没有公布任何消息？"

"姓蒋的可不是傻子。美军飞行员在他的重重保护下还被人杀了，事情捅出去，他丢得起这个脸吗？他不仅在美国人那儿无地自容，在中共那边也是抬不起头。"

乔瑜插嘴说："对啊，军统保护飞行员不力，没法跟美军交代，更怕美军扭头去支持中共，这种事是一定不会公开的。"

千田英子看了荒木惟一眼。荒木惟略一思考，颔首说了一个字，好。说着，他向千田英子伸出手，千田英子将手中的枪交到了他手中。接着，荒木惟就又把枪递

211

向了陈山。

荒木惟淡淡地说:"这次行动成功,你是最大的功臣。但你的搭档却没有顾及你的死活,贸然引爆炸药,我想,你大概很想让他在人间消失。"

陈山没有接枪,看了乔瑜一眼。乔瑜急了,带着哭腔说:"肖科长,我不是不顾你的死活,而是我如果不冒险一试的话,就完不成任务了。况且你也没死不是吗,肖科长?"

陈山又望向荒木惟。荒木惟一挑眉毛,示意他接枪。陈山一接过枪,乔瑜的脸就吓得皱了起来。

荒木惟微笑着看陈山,像在鼓励。陈山举枪对准了乔瑜,面色冷漠。乔瑜额头上满是汗水,哀求着说:"肖科长,我一直都在帮你的。要不是我事无巨细地提供情报资料,你也不可能伪装得这么像。上次在军人俱乐部,我故意怂恿周海潮请余小晚跳舞,也是为了给你制造机会跟荒木科长见面。昨天在医院,我也告诉你逃生的办法了啊。"

陈山手指一拨,打开手枪的弹仓,弹仓中的子弹尽数滚出掉落在地,发出一地的叮当声。

陈山把枪交还给荒木惟,说:"有时候为了完成任务,无法顾及同伴的性命,这也是身为军人必须做出的选择。如果我是乔瑜,昨天我也会那么做的,因为机会稍纵即逝,我们只能成功,不能失败。"

乔瑜意外地看着陈山,又满脸期待地看向荒木惟。

"很好。"荒木惟笑了,"从此以后,你们都是我大日本帝国合格的军人了。"

乔瑜松了口气,望向陈山的眼中分明有感激之意。荒木惟向千田英子使了个眼色,千田英子即上前将乔瑜松绑。乔瑜不停地向荒木惟和陈山道着谢,陈山眼神冷淡,但脸上还是笑了笑。

荒木惟说:"我是一个赏罚分明的人,为示嘉奖,今天你可以和陈夏通一次电话。"

陈山说:"我能不能见见陈夏?"

"惊蛰之期将至,等你拿到兵工厂分布图的时候,就可以见到她了。下午两点,你到心心咖啡馆等电话。"

陪荒木惟走回房间的路上,千田英子问荒木惟是否真的相信是军统故意隐瞒了美军飞行员死亡的消息。

荒木惟笑得高深莫测,说:"虚则实之,实则虚之。"

此时,荒木惟心中没有疑惑。他的人已经向宽仁医院的住院病人打听过消息,证实了爆炸确实发生过。乔瑜带回来的消息则能证明飞行员一定进了防空洞。发生这种国际性重大事件,没有任何报纸报道,证明背后有权力之手压制。国民党深恐无法向美军交代,所以只能选择隐瞒此事。这一切,恰恰证明了陈山所言真实可信。

4

陈山走在街头,似乎在寻找着什么。当他走到上次躲在车底逃过周海潮追踪的那个路口时,看到了依然在墙角乞讨的小乞丐。

陈山在小乞丐面前蹲下,问是否还认得他。小乞丐笑了,问:"你又想让我换地方吗?"

陈山带小乞丐去吃小面。小乞丐叫黄豆,成天混码头茶馆,常在街面上走的人,没有不知道他黄豆的。陈山说:"那你消息一定特别多。"黄豆说:"你别以为我真是个要饭的,我可是个线人。"陈山不禁笑了,说:"我还是线人呢。"

"你怎么可能是线人?你们都是当官的,大人物,国家给你们发月饷,永远都饿不死。"

听到黄豆这句话,陈山心中一阵怅然。但他迅速收起自己的情绪,说:"但也没能吃得多饱。"他让黄豆帮他找一个叫朱士龙的人,是个能人异士,会看风水,祖上还是个盗墓的。这种人重庆城里没几个,应该不难找。陈山抽出两张钞票给他,算是定金。

"找着了我再给三十。但有一个要求,千万不能让人知道是我在打听他。"

陈山站在心心咖啡馆的吧台前,手握话筒,面色温柔。

陈夏欢快的声音从话筒里传出来,她说:"小哥哥,你知道吗,我又学会了一首《月光曲》?我特别喜欢。第一次听到荒木君弹奏的时候,我就好像看到了湖面上水波荡漾的银色月光。"

"荒木惟果然够朋友啊,你再这么学下去,回上海就能直接去华懋饭店大厅弹琴挣钞票了。"陈山温和地说。

听到他的话,陈夏就咯咯地笑了:"好的呀,要是我能挣钞票了,小哥哥就不用这么辛苦卖命了。"

"嗯,"陈山忽然觉得胸膛里一阵暖流上涌,"到时候我就跷着二郎腿等小夏给我挣钱讨家主婆。"

"那你倒是先找个家主婆给我看看呀。"

陈山眼前不由得掠过了张离温柔的面容,嘴角也泛起了微笑:"你这是笑话你哥找不着家主婆是吧?等着,回上海我就带给你看。"

"那你讲话要算数的。"

陈山打了个喷嚏,陈夏忙问他是不是感冒了。陈山揉了揉发痒的鼻子,回答说:"每到春天我的鼻子就发痒,你也不是不晓得。"

"是啊。可惜我这里总是闻到一股煤烟味,把春天的气息都掩盖了。"陈夏的语气里带着失望。伴随着她的声音,话筒里还传来了消防车鸣笛的声音。

陈山精神一振,他看了一下手表。此时是下午2点15分。

黄昏,陈山守在离张离宿舍楼远处,看着张离提着食盒的身影由远及近。张离走到跟前时,陈山忽地闪了出来。

"让你等我,也不等,想找你,找遍处里的角角落落,也没找到。最后还得上这儿来堵人,你这是存心累着我。"

张离说:"小晚在家等你呢,早点回家吧。"

陈山看了张离一会儿,说:"所以你就是为了顾虑她,才躲着我。不用躲,咱俩好像也没啥事。"

"我和小晚的情意,你不会懂的。"

陈山说:"我懂,割头换命嘛。"

"如果你懂,就不要为难我,也别在这儿等人。"张离说罢向宿舍走去。

陈山站在原地说:"我不为难你,但我还得求着你,因为我可能想到办法救小夏了。"

张离的脚步停了下来,转身看着陈山:"什么办法?"

"只要弄到消防队今天下午的消防车出车记录,我想我就能找到小夏。"

陈山铺好地铺,一头倒了下去。他喃喃自语:"谁都别拦着我跟被子亲热,老子今晚要睡他个天昏地暗。累啊,累死我了。"

余小晚咬着青苹果随意靠在椅子边上,问他昨天干吗去了。陈山不睁眼地说:"不是告诉你了吗,抓日谍?"余小晚的语气忽然变硬了一些,她说:"你和我干爹还有离姐,都联手骗我是吧,还干特务的呢,连我这个外行也蒙不过,还能号称是特务。"陈山睁开了眼,看着余小晚,说:"那说说,你是怎么看出来的?"

余小晚把苹果核丢在一旁的桌上,兴奋地赤脚爬上了陈山的地铺,顺手拉过陈山身上的被子盖住腿。陈山盯着余小晚的动作,内心一紧。余小晚丝毫不顾忌陈山的眼神,兀自兴奋开讲:"你回来的时候,一身的土,连头发根里的土都能种菜了,我就不信你是去抓人了。"

"那你觉得这土哪儿来的?我是去了哪儿?"陈山反问她。

"那你先告诉我,飞行员是不是还活着?他们都去哪儿了?"

"这事从今往后不能再提,也不许再问。这是纪律。"

余小晚想了想,问:"自己家里也有纪律?"

"干我们这一行的,哪怕是在梦中都有纪律。"

两人一时无话。一会儿,陈山忍不住得意地说:"给你看样东西。"他爬出被窝,打开抽屉,取出白天费正鹏给他的那枚云麾奖章,交给余小晚:"蒋委员长今天秘密授予我的奖章,怎么样?厉害吧?"

余小晚由衷地赞叹:"哇,肖正国,所以就是因为……那件不能问的事,你才得

214

了这枚奖章？"

陈山以食指做嘘状。

余小晚索性跟陈山坐到了同一头，猛地拍了陈山一下："哎呀，肖正国，你太牛了！我爹干了那么多年特务，都没得过奖章，你这是替我们余家光宗耀祖了啊。"

"等等，什么意思？要说光宗耀祖也是为老肖家，怎么是为余家呢？"

"你不是我们余家女婿啊？我爹可是你的前辈，你们肖家前辈有干特务的吗？"

"好好好，肖正国这回替余家和肖家都挣脸啦。这么说你满意了吧？"

飞行员的事儿没听到，余小晚兴致不减，又让陈山给她讲从前他们打仗的事，什么淞沪会战、南京保卫战，都讲讲。陈山不讲，那些都是败仗，没什么牛皮可吹的，听那个还不如听他说书。

余小晚满脸意外："你还会说书啊？"

"怎么不会？我要去茶馆支个摊子，保管门庭若市。什么《七侠五义》《隋唐演义》《杨家将》《水浒传》，说个几年也说不完！"

接着陈山就讲了一段《水浒传》。余小晚侧躺在他身旁，不时被他说得咯咯直笑。她看陈山的眼神中，有爱不经意地流露出来。后来，她就慢慢合上了眼睛。

陈山转过头，看到余小晚睡着了，自己陷入了无边的静默中。

这一夜，灯一直亮着。

陈山和余小晚在同一条被子下入睡。他们保持着一个仰躺，一个侧卧，却隔着一尺距离的姿态。余小晚的睡姿极差，她的一条腿就架在陈山的身上。

当晨光洒进来时，余小晚醒转，发现被子盖在她身上，但陈山已经离开了。她抱着膝盖坐起，将脸贴在膝盖上，久久坐着，无声而甜蜜地笑了。

5

陈山把车停在了消防大队附近的路边，他告诉副驾驶座上的张离，昨天下午他和小夏通过一次电话，大概2点15分的时候，他听见她那边有消防车鸣笛的声音。所以，只要知道消防车出车的路线和时间，他就能确定小夏的大概位置。

此时，费正鹏坐着一辆黄包车路过。他看见了两人坐在车内的身影，投去了意味深长的探究目光。黄包车从陈山车边经过，跑到了吉普车前面。费正鹏扶了扶礼帽，故意让帽子挡住了自己的脸。

张离提示陈山，以他的身份和职位，可以申请要求消防大队提供昨天的消防出车记录，只是这份申请需要关处的签字。陈山拿出一份有关永山签字的文件，并在便笺纸上依样画葫芦地模仿了几遍，但都不太像。他转脸跟张离说："你要不要试着帮我签一个？"

张离看了陈山一眼，接过他手中的笔，签了一个"关永山"的名，几乎和关永山的笔迹一模一样。陈山笑眯眯地很满意："就是它了。多谢。"

"你找我来，好像就等着我来给你签这个名？"

陈山笑了下，说："这练了一万遍的笔迹，是不是第一次派上用场？"

"你怎么知道我练了？"

"关于你的一切，我都很有兴趣。老天爷特地派我来你身边，是替你补漏嘛。"

"我给你补的漏难道还少吗？"

"你的意思是，互相补漏，咱们就是天造地设的一对。"

张离回避开了陈山的目光，说："如果在中午之前拿到消防出车记录，你还赶得及在下午走一遍重庆的街道，锁定陈夏的大概方位。"

进消防大队办公室以后，陈山向工作人员出示了张离为他签的有关永山名字的申请书，然后说明了自己的身份："为查找日谍需要，我申请调用你们最近三天的消防出车记录。"

回到车上以后，陈山把消防出车记录交给张离。张离分析，根据昨天的消防车出车线路和时间，下午2点多，他们应该去了下半城。

陈山从口袋里掏出一张重庆市地图。张离展开地图，看见上面画有红色线圈，被圈出来的是下半城的火力发电厂。那是陈山做的标注，因为小夏在电话里告诉他，她住的地方能闻到煤烟味，所以他怀疑她被关在发电厂附近。

"那么只要把消防车的出车线路图和时间表拿来做比对，就能找到小夏被关押的大概方位。"张离看着地图分析。

陈山凝重地点点头，说："我一定能找到小夏。"

陈山在街道上开着车，不时看表。2点整的时候，他放慢了速度，和消防车平日的行驶速度保持一致。他行驶的路线也是消防车的出车路线。在一条街道的拐角左转时，他又抬腕看了眼手表，指针接近2点15分。

陈山的眼神在街上掠过，并在2点15分的时候停车。

下车后，他抽了抽鼻子。转过头，他看见了不远处发电厂冒着黑烟的大烟囱。

第十五章

1

　　陈山站在街上静静地四处张望。烟囱的黑烟和屋檐下的布制酒旗在风里飘飞。他内心的一部分像刚脱了一层痂第一次遇见太阳的皮肤,柔软,敏感,蕴含着雀跃的叫喊。

　　在他的视野里,左边一百米外是一幢废弃的厂房,破旧,空无一人。右边三百米外,有一个"正兴"火柴预料厂,不时有人在进进出出。他重新看向那幢废弃厂房,厂房有着锈迹斑斑的铁门,满是灰尘的墙面,厂内空地上枯败的野草隐约可见。

　　发电厂的煤烟飘向肥皂厂仓库的方向。

　　除此以外,陈山还注意到有成色较新的电话线贴着厂房的外墙角落,一直延伸进二楼的窗户。

　　陈山在厨房里做藕夹,张离打下手,往锅里倒油。锅中还有未蒸发完的水,油一入锅,就溅起了油星子。陈山轻轻推了她一下:"小心烫,起油锅的事还是我来。"

　　张离就让到一旁,开始剥冬笋。等待油热的时间里,陈山侧脸看着张离。他的目光带着热度,让张离有些不自在。她不抬头地说:"看着你的油锅。"

　　陈山笑了:"你应该像剥冬笋那样,一层层剥开你的内心。"

　　听到这话,张离愣了下。陈山继续说:"我知道,你藏着掖着惯了。要不是差点以为我死了,你是不肯露出真心的。但既然都露出来了,又何必再包回去?"张离没接话,问小晚怎么还不回来。陈山说:"你不觉得从一开始,就是我俩才像一家子,她永远是个局外人吗?"张离没好气地丢下手中剥了一半的冬笋,有些生气:"你话太多了。"

　　陈山一把拉住欲离去的张离,很认真地说:"等我明天找到小夏,救出她,我想带着她和你一起回上海。跟我走吧,张离。"

　　张离扭头看着陈山,掰开他抓住自己手臂的手,认真地看着他,平静地说:"在我很小的时候,我的父亲喜欢带着我去离家不远的铁轨边散步,而我喜欢扳道工人在那儿扳道。"

　　"我也喜欢上铁轨玩,你说,会不会你小的时候,我就在上海的铁道旁向你吹过口哨?"

张离没理会陈山，继续说下去："那时候我就明白了，每条轨道都有不同的命运和去向。有时候它们短暂地并行，但过了某个节点之后，就会有扳道工把它们分开，让它们分别去向不同的远方。"

陈山愣愣地看着张离。

"陈山，短暂同行是缘分。但救出小夏之后，你走你的我走我的。我们从来不是一路人。"张离说罢转身走向了客厅。

陈山不甘心地在张离背后说："就算人各有命，那我也想做扳道工，我就想从此把你跟我扳到一块，不行吗？"

张离有些动容，但她没有回头。陈山继续说："我也想跟你说一件事，一件搁在我心里，从来没跟人提起过的事。"

张离站住了。

"我认识一个人，叫庆哥。"陈山的语速变缓了，"他是我在上海十六铺码头认识的兄弟，也是一名中共地下党。我从来没有告诉过别人他的身份，连我最好的兄弟菜刀和宋大皮鞋也不知道。"

张离默默地站着，听陈山把庆哥牺牲的情形讲完。本来，他想跟着庆哥一起杀鬼子，干革命，可庆哥说，那样的事并不是谁都能干的。庆哥说他要考察他，等哪天觉得他行了，一定会带上他。可没来得及等到那一天，庆哥就牺牲了。

张离沉痛地转过身来，默默地看着陈山。

"我觉得自己的鼻子特别好使，见到不同的人，我会闻到他们身上不同的气味。只有气味相同的人，才能走到一块儿，做一样的事。我觉得庆哥和你，是有相同气味的人。我也是。"

那一刻，张离觉得透过陈山的眼睛可以看见他的整个内心。她刚想张口，余小晚打开了门。

张离转身去迎余小晚，陈山有些不敢直视余小晚的眼睛，让两人先歇会儿，开饭了叫她们。余小晚让他快点做，她都饿了，然后让张离跟她进屋。陈山目送两人进入卧室，不由得叹了一口气。

一进卧室，余小晚就关上了门。接着，她从衣柜中取出已经织了大半的围巾向张离展示。趁还没开饭她让张离帮她再织几行，她想赶着肖正国过生日的时候送给他。

"他生日？"张离眼神闪烁了一下，"是什么时候？"

"正月十九。"

张离愣了下。今年的正月十九，正好是惊蛰。余小晚兴致勃勃地问她："他收到这围巾会不会高兴？"张离想了想，说："喜欢你的人，当然会高兴。"余小晚便笑了，一脸的欢喜，说："我也这么觉得。"

第二天，陈山把张离带到了昨天踩过点的那片区域。和陈夏打电话那天，风向是偏北风，可以闻到煤烟味的范围就在这一带，与消防车到达的时间点以及经过路线也吻合。张离四处望望，看到了两幢厂房。

在陈山看来，陈夏应该就住在这两幢厂房的其中一处。因为陈夏说，她住的地方很大，有回声，那么应该是一间大房子，而这附近的大房子只有这两幢。那两幢厂房一间是"正兴"火柴预料厂，一间是从前的肥皂厂仓库，现在应该是闲置的。而荒木惟不可能让陈夏住在还在开工生产的"正兴"火柴预料厂，所以，陈山觉得，她应该住在肥皂厂仓库里。这个仓库正好在发电厂的东南方向。此外，那间仓库的外墙上，还有新接的电话线。陈夏能在住的地方打出电话来，一定是荒木惟给她私接的电话线。

陈山已经有快五个月没见到陈夏了。自打她出生以后，他还从来没有离开她这么久过。张离看出了陈山的伤感，但不知道说什么，只是安慰地拍了拍他。陈山让她先走，因为他对那幢楼里的情形一无所知，可能有埋伏，可能有看守，甚至连荒木惟也可能在里面。他拿出了三张火车票，交给张离一张。

"我知道我不能勉强你，但我还是希望，如果我能救出小夏，今天晚上能在车站等到你。"

张离看着陈山热切的目光，不禁动容。少顷，她接过了那张车票："我留在外面随时准备接应你。"

"谢谢你，张离。"陈山满眼感激，"但你得答应我，如果情况不妙，你什么也别管，只管开车离开，越快越好。我不能救不成小夏，还连累了你。"

"你连累我的次数还少吗？"

陈山苦笑了下："还真是挺多的，欠了你大把的人情，一辈子都还不完。"

"那如果这次救出小夏，你能把发报机还给我了吗？"

"发报机算什么？"

"那就不要食言，答应我，救了小夏，平平安安地出来。"

陈山看了张离一会儿，忽然抱住了她。张离的眼睛瞪大了，她显然还没有做好准备，仓促地推开了陈山。

"我答应你，决不食言。"陈山与张离对视的眼神中，有了决绝和勇气。接着，他发动车向肥皂厂仓库驶去。

陈山将车停在离肥皂厂仓库不远的一个偏僻的角落后，背着工具包独自下车。在仓库门口，他回头看了车内的张离一眼。

仓库的大门上锁着一把崭新的大锁。陈山绕到厂房侧面，仰头向上看，看到了一个距离地面两米多高的小窗，虽然狭窄，但足够爬进去一个人。那些成色较新的电话线正是从这个窗口接入的。

陈山从工具包中拿出带抓手的绳子，抡了几圈将抓手甩到了窗户的木框上，然后拉着绳子攀了上去。之后，他从破了玻璃的窗口伸手进去，打开窗户的插销，推开窗爬了进去。

陈山跳进仓库，看到里面堆放着一些破旧货架和废弃木箱。他掏出匕首，环顾一圈，侧耳倾听，没有听到任何动静。他躲到货架后四下观察，也没有看到一个人影，但在不远处的地上，有几个散落的酒瓶和烟头。

陈山走过去，捡起一个烟头，看到了上面的"神风号"字样。他又捡起一个酒瓶，那是梅枝牌的日本清酒。他不禁眼前一亮。

陈山继续观察着那根从窗口接进来的电话线，发现它沿墙壁延伸向了北面的一个房间。他小心翼翼地向那个房间走去。房间并未上锁，也没有声息，就在他正欲推开房门时，房间里忽然传来了一阵电话铃声。

铃声在寂静的空间里，显得格外突兀，甚至具有了某种攻击性。陈山不由得心中狂跳，他触电般地缩回手，靠墙藏身，额上已满是细汗。

电话铃声长久地响着，却无人接听。陈山似乎明白了什么，反身推开了房门。

房内一个人也没有，只有一张桌子，桌上放着那部正在响的电话机。

那根新接的电话线就连在那部电话机上。窗口挂着的破旧窗帘被风吹得翻飞不止。陈山扭头望向门外，望向对面那幢楼，看到了另一幢楼中的窗口。尽管此刻他无法看见在其中一个窗口后面冷笑着用望远镜观望他的千田英子，但他明白，自己再次落入了荒木惟的圈套。

陈山拿起话筒，荒木惟轻淡的声音就传了过来：

"有没有觉得，这一切似曾相识？"

"小夏在哪里？"陈山咽了口唾沫问。他听到荒木惟在电话那边笑了。

"人生有时候就是奇妙的轮回。你看，即使再给你一次机会，你还是没有机会翻盘。"

"所以你又打算玩我一次？"

"不不不，我是打算给你一个真正的机会。"

从荒木惟的话里，陈山感觉到了一些不祥的预感。

"听到琴声了吗？"荒木惟问。

陈山依稀听到了弹奏钢琴的声音。他想，这大概就是陈夏在电话里说的，她学会的那首《月光曲》。

"现在你有一道选择题要做。"荒木惟继续说。

陈山心生恐惧："什么选择题？"

"那个冒死跟你一起来救陈夏的女人，是叫张离吧？"

"你不要动她！"陈山大声吼了出来。他知道，张离此时很可能已经被荒木惟的手下擒住了。事实也确实如此，车门大开，张离所坐的副驾驶座上，只有一张去往上海的火车票。

荒木惟又笑了，他的笑声像刀片刮着陈山的心，让陈山无比恼怒："你到现在还不明白，这种无力的叫嚣除了显示你的无能，什么用也没有。而且，你越啰唆，她的时间就越少。"

"她在哪儿?"陈山急切地问。

"这就是你要做的题了。十分钟,你只有十分钟。"

陈山额头上满是冷汗,思绪杂乱。而荒木惟还在电话里平心静气地说:"如果十分钟内你不来,陈夏会死;十分钟内找不到张离,她身上的定时炸弹,也会让她粉身碎骨。"

陈山尚未开口,荒木惟便决然地挂断了电话。此时的陈山已是五内俱焚。他飞一般挂下电话,冲到窗口,发现自己攀爬上来所用的绳子已然不见了。而门开着的吉普车内已无张离的身影。

此时此刻,在愉悦弹琴的陈夏身后,放着一枚定时炸弹。而在另一个不知何处的反锁了的房间内,被反绑着的张离身上也挂着一枚一模一样的定时炸弹。两枚炸弹都已开始倒计时,显示着同样的数字。

她们只剩下 9 分 38 秒的时间。

陈山无法从窗口跃下,只得跑台阶。跑到一楼的时候,关着的门挡住了他的去路。他使了点劲,把门拉开一条缝。门轻微向外弹了一下,他明显感觉到了这股弹力,本能地稳住门,不敢再动弹。

陈山低头去看,看到了地上有很小的两段炸弹引线。在突然高亢起来的心跳声里,他紧紧扶着门,汗水顺着额头淌了下来。

门后面应该装了绊线雷。

2

陈山清楚,雷应该装在门后,只要他把门推开,自己就会变成一堆碎肉。地上那两段引线就是安装绊线雷时剪下的过长的引线。

他保持着原有姿势僵在了那里,唯一的动作就是绝望地转头望了眼后门。他想,此刻的荒木惟一定在悠闲地吸烟,像看迷宫中的白鼠一样等待他接下来的动作和选择。陈夏和张离还等待着他去营救。他又朝身后望了一眼,他看到,在不远处的楼道一角,有一堆麻袋。

他咬紧牙关,将扶门的手一松,同时转身一个鱼跃,跃向了麻袋堆后面。门后的炸弹随即引爆,将门炸飞,恰好落在麻袋堆上,压着他半截身子。

也是在此刻,荒木惟放下雪茄,站起了身。透过窗户,他看到了爆炸燃起的烟火自肥皂厂仓库内窜出来。陈夏弹奏钢琴的声音也随着那声爆炸戛然而止。千田英子问陈山会不会死,荒木惟边向外走,边很肯定地说不会。他走向了陈夏的房间。

硝烟之中,陈山推开门板,咳嗽着从麻袋堆中爬出来,从一楼破了的一扇窗口爬了出去。

他踉跄着跑向自己的吉普车。车门大开,那张火车票留在副驾驶座上。车边有

221

一些凌乱的脚印，延伸向火柴厂方向。他看了一眼火柴厂，又看了一眼陈夏和荒木惟所在的民房，纠结不已，一咬牙，往民房方向跑去。

陈山跑向了民房，一扇全封闭铁门把他和房子相隔开来。陈山拼命拉扯门把手，没有动静。他找来一根棍子，插进门缝，却无法撼动一点点。他急得满头大汗，扭头望向火柴厂，又抬头望了望民房的高层，转身向火柴厂狂奔。

此刻，张离胸前所绑的定时炸弹上，时间已经显示为 7 分 38 秒。她的嘴被布条捆住，无法出声。她想靠近窗口。但手铐被铐在铁管上无法接近。仿佛有个声音在不断地告诉她，她在这个几乎密闭的空间里能做的唯一的事情就是等待这七分多钟过去。

陈山循着地上凌乱的脚印来到火柴厂门口，跟着又来到后门处。但是后门被反锁了，他用力撞门，却撞不开。他索性跑到前门，冲了进去。迎面两名火柴厂的工人问他干什么，陈山毫不理会，径直往后门跑。工人们开始追他，在厂房中间，陈山被一个推着手推车的工人横车拦住。

陈山不得不站住，回头一看，一群工人正向他包抄而来。他举起枪，向空中砰砰开了两枪。工人们全都吓愣了。

"厂房里有炸弹，我要救人，不想死的都给我让开！"陈山举枪大喊，工人们傻眼了，无人敢吭声。陈山跃过手推车，继续向厂房深处跑去。看着陈山迅速远去的背影，工人们开始嘀咕炸弹的事，最终他们决定报警。

陈山跑到火柴厂厂房后门口时，张离胸前那枚炸弹离爆炸还有 6 分 47 秒。陈山分辨地面的脚印，但地面上太凌乱了，无法辨认。他不甘心地一间一间推开火柴厂的库房门，发现有一间屋子门锁紧闭。

陈山回过头，看到了一个正壮着胆子朝自己走近的工人。他问工人有没有钥匙，赶紧把门打开。工人狐疑着，哆哆嗦嗦问："真……真有炸弹？！"

"快开门！不然来不及了！"陈山大吼了一句，工人将信将疑地交出了钥匙。陈山迅速打开门，但是里面除了一些杂物，他什么也看不到。

陈山愣了。

他不甘心地问工人："大概十分钟之前，有没有人带着一个女人进过工厂？"工人说："没有，除了你，厂子里没来过别人。"陈山忽感不妙，再次奔向火柴厂后门处，打开了门。

观察着后门外的脚印，陈山仿佛明白了什么。他循着脚印快步往回跑，跑到了吉普车旁，绕着车子又转了一圈，才发现另有一行脚印是去往肥皂厂仓库方向的。

陈山再次奔向肥皂厂仓库。那行脚印一直延伸到了仓库门口。大门依然紧闭，陈山跑到侧面，从刚刚逃离的小窗进入。

在满地的稻草和杂物中，陈山无法寻找脚印的痕迹，唯有焦急地大喊张离的名字。他举着枪逐一地查看仓库内的房间、货箱后的空地等地方，都未发现张离的身影。他又跃上被炸断了一半的楼梯，上到二楼，继续呼喊。他在二楼找了一遍，每个房间都没有人。他再次跑到刚才接电话的房间，透过窗口翻飞的窗帘缝隙，望向对面民房的窗口，眼神中满是焦急，几乎绝望。

陈山一遍遍呼喊着张离的名字，依然没有听到张离的回应。他陷入绝望之中，眼圈通红，眼眶湿润。他不仅一遍遍地吼张离的名字，也呼唤陈夏："你们回答我！"但是无人应声。

他仰起头，不让眼泪涌出来。就在这一瞬间，他似乎听到了一点金属互相碰撞的叮叮声。他寻找声音的来源，最终，循声来到了仓库最角落的一个货堆前。推开货堆，他看到了一个房门。他凝神静听，金属的撞击声正是从这个房间内传来的。

而门把手上，竟赫然挂着一把剪刀。

陈山拿起剪刀，推开了那扇密闭但并未上锁的门，看到了屋内被手铐困在铁管上，正不断用手铐敲击铁管的张离。

陈山看到张离的时候，她胸前的定时炸弹时间显示为3分0秒，接着，就毫不停留地变为2分59秒、2分58秒。而炸弹上有红蓝两条电线。陈山立刻明白了留在门上的剪刀的用意，心中既是无奈，又是悲凉。

张离看到陈山，眼中亦涌上了百感交集的泪水。陈山迅速跑到张离面前，解开了绑住她嘴的布条。他扶着张离的肩膀，说："对不起，我来晚了。"

"找到小夏了吗？"张离急促地问。

陈山眼中的泪水快要溢出来，他强作平静，说："我知道她在哪里，虽然我还没有见到她。"

张离看了一眼自己身上的定时炸弹，又看了看陈山手中的剪刀："你会拆这个炸弹对不对？"

陈山张了张嘴，想努力让自己显得轻松："会，我当然会。"

"那就拆了它，然后赶紧去救小夏。"

"好。"陈山举起剪刀伸向张离身前的炸弹，手却在颤抖。张离眼巴巴看着陈山，陈山在红蓝两条线之间犹豫着，终于他缩回手来把剪刀狠狠地丢在了地上，开始咆哮："老子不会！日本人才训练了我两个月就打发我来重庆，我他妈就是个冒牌特务，我根本不会拆炸弹！"

此刻，张离身上的炸弹倒计时显示时间在从2分44秒后退。

张离愣愣地看着眼睛发红，满脸绝望的陈山，神色镇定，语气平静："那你得赶紧走，我不想让你陪葬，你快去找小夏。"

"来不及了。"陈山像虚脱了一样悲伤。

"什么叫来不及了？你没试怎么知道来不及了？"

"十分钟！一共只有十分钟，我来找你，就没时间去找小夏。你们身上都有炸弹，就算我有通天的本事，也救不了两个人！"

张离愣愣地看着陈山，呆了一会儿，开口说："那你为什么不去找小夏？你被逼

223

来重庆，你被迫做那么多事，都是为了保护小夏。你心心念念想的，就是救了她之后远走高飞。为什么事到临头你却不去救她，你来找我做什么?!"

陈山颓丧地说道："我根本打不开小夏楼下那道被封闭的铁门，你们两个之间，我能救的只能是一个。"

"我认识的陈山，是一个永远不服输，在绝境中也不肯放弃希望的人。"

陈山看着张离，眼神中满是感动，嘴上却是心灰意冷："让你失望了吧？我就是个赌徒而已。等到好运气都用完了，就只能输个精光，连带着……"

"快爆炸了，你赶紧走!"张离打断了陈山。她胸前炸弹的计时器显示为 1 分 30 秒、1 分 29 秒……"你要死，也应该死得其所，死在真正的战场上!"

"别跟我讲这些大道理，老子就是孬，我舍不得陈夏，就只能替荒木惟做奸细。我也舍不得你，要我一个人跑了，就这样苟且偷生，我没那个脸!"

"我们萍水相逢，你用不着跟我演什么情深义重，要真觉得亏欠我，就出去，杀更多的日本人，为我报仇，而不是在这里当懦夫!"

"我就是情深义重了！我就是没了你，也不想一个人活了!"

听完这句话，张离愣愣地看着陈山，沉默了一会儿。在陈山身上，她能闻到曾经爱过的那个人的气息。见到陈山的时候，她好像觉得，他又来到了自己身边。此后的每一天，阳光一天比一天明媚，让她更贪恋这个世界。张离眼中不由得溢出了泪水。

陈山重新捡起地上的剪刀，眼中犹有泪光闪烁。他咬着牙，不就是最后赌一把吗！赢了，就一起活下去，继续战斗。输了，黄泉路上也不寂寞。"老子愿赌服输!"

此时，张离胸前的定时炸弹计时器显示只剩 15 秒。

陈山举起剪刀，看着张离说："你选吧，现在我就把命交给你了，要死死一块儿。"

张离犹豫了片刻，果断地说："红色!"

"好!"

陈山举起剪刀对准了红色的电线，计时器上的倒计时仍在继续，6，5，4，3……陈山终于下定决心，咬牙剪了下去。

计时器在倒计时两秒时停下。

陈山愣了一下，随即如释重负地对着张离笑了，笑的时候眼眶里转着泪水。张离亦含泪带笑望着陈山。只不过两秒钟的相视而笑，紧接着两人就听到了对面民房传来的巨大爆炸声。

陈山一愣起身，跑出去扑向窗边，只见对面民房窗口冒出一股浓烟。陈山不由得心如刀绞，腿一软，跪倒在地，他眼神绝望，喃喃地轻念着妹妹的名字。

张离仍被铐着，只能远远地望着陈山的背影，心痛不已。陈山痛苦地握紧拳头，一会儿他从地上捡起一根细铁丝，走到张离身边打开了张离的手铐。他要去找荒木惟。如果荒木惟真的杀了小夏，他一定要让他偿命。

"陈山，你这样去找他只会送命。"

"送命也得找他算账，欠的账总是要还的。"陈山说罢起身离去。

"陈山!"张离喊了一声，"我跟你一起去!"

陈山站住回身："不行! 你马上回去!"

3

爆炸引起的浓烟从窗口飘出。几个戴着红袖章的纠察正守在门口，谈论着这场突如其来的爆炸。陈山往里冲，被他们拦住。陈山继续硬冲，直到被他们扔在地上。

"万一又爆炸了怎么办? 你不许进去!"一名纠察朝他喊。

陈山缓慢地从地上爬起，想了想，坚毅决绝地转身离开了。

他去了刘记面馆，他曾经与荒木惟在这里碰过面。他旋风一样冲进去时，店内并无客人。伙计上前招呼他，问他要不要吃面，他毫不理会，径直走向柜台，阴着一双眼对掌柜的说："我要见荒木惟。"

掌柜的正在打着算盘，闻言淡然地抬头看了陈山一眼："客官，您要找的人，我好像不认识吧。"

陈山举枪对准了掌柜的："没有人跟着我来，我知道你能找到他。我要在最短的时间内见他!"

掌柜的神色镇定地看着陈山。陈山瞄了一眼柜台一角的电话："给他打电话。"

此时，柜台上的电话反而响了起来。掌柜的望向陈山。

"接!"

掌柜的接起电话，说了几句后挂掉，平静地对陈山说："荒木先生在七星岗等你。"

七星岗，荒木惟好整以暇地站在自己的车旁，千田英子和山口等人围在他身边。

陈山驾车前来，停下，满眼怒火地走到荒木惟面前。千田英子和山口等人全部举枪对准了他。

"陈山，你想干什么?"千田英子阴狠地说。

"你杀了陈夏?"陈山瞪着荒木惟问。

荒木惟依然淡定如前："杀她的人是你。"

"是你炸死了她!"

"在你选择爱情的时候，她就只有死路一条了，所以送她上黄泉路的人是你。"

"我不信。"这句话，陈山仿佛是说给自己听的，"杀了她，你还怎么控制我?"

荒木惟笑了笑："对别人来说，你或许是个不好控制的人，但对我来说这事易如反掌。"

"没了陈夏，我不可能再为你做任何事。"

"错了。"荒木惟伸出食指晃了晃，"当你选择去救张离的时候，我就知道这个女人在你心里的分量非同一般。多好，我手上从此又多了一张筹码。"

陈山忽然面露恐惧之色。

"你大概会感谢我吧，要不是我派你来重庆，你大概还没尝过喜欢一个女人的滋味。"

千田英子听到这里，不由得看了荒木惟一眼。

荒木惟看着陈山，又笑了下："能在这么短的时间内笼络一个女人的心，让她心甘情愿地为你卖命，陈山，你比我想象的更有魅力。"

千田英子又看了荒木惟一眼。陈山说："有什么事冲我来，拿女人要挟我，算什么本事？"

"兵者，诡道也。兵法可从来不讲什么道义。"

陈山愤怒地握紧了拳头。荒木惟打量了下他，继续说："我知道你是来跟我谈判的，但你是我培养出来的人，你有几斤几两，我或许比你自己还清楚。要谈判，你得先清楚自己手上有什么筹码。"

这时，陈山趁千田英子不备，忽然反击夺下她的枪，并迅速将她打翻。千田英子立刻掏出匕首，与陈山搏斗。搏斗中，陈山的后背被千田英子刺中，但与此同时，陈山迅速掩近荒木惟，并用枪指住了他。

山口等人不敢轻举妄动。陈山咬着牙说："现在我手上的筹码够不够跟你谈判的？"

荒木惟笑了："你大可以开枪试试。"

陈山似乎明白了什么。

"你很聪明，但你的聪明只限于对付那些愚蠢的军统特工，想要挑战我，显然还是不够的。"

"那把枪里，根本没有子弹。"千田英子冷冷地看着陈山，"愤怒冲昏头脑，只会让你急火攻心，失了水准。"

陈山一愣神之际，荒木惟反手擒拿，卷腕夺枪，并将他打翻在地。接着，荒木惟用枪抵住了他的脑门，手指转动，一粒子弹退出了枪膛。

"我很失望，你确实大失水准。"荒木惟收起枪，扔给千田英子，"你敢来跟我叫板，是认定我不会真的杀了陈夏。所以这份胆色和判断，你有。"

陈山的心一下子被提起来："所以小夏确实还活着，是不是？"

荒木惟笑了："你还真以为我惜才如命，舍不得给你颜色看吗？"他对千田英子使了个眼色，千田英子便将一个带血的纸包丢在了陈山面前。陈山惊恐地看着那个纸包，但终于还是打开了。

里面有一根带血的女人手指。

陈山把纸包一扔，号叫起来："你不能这样对小夏！"

千田英子说："这就是你胆敢在我们眼皮底下耍花样的代价。"

陈山不由得冷汗直下。

荒木惟说："你也算准我现在还不会杀你,所以你才敢跟我叫板。"

陈山说："反正已经玩到现在,留我的命到惊蛰那天,你也并不吃亏。"

荒木惟点头："将遇良才,棋逢对手,我们互相知根知底,这多好。所以你只要明白一件事,只有做好你的分内事,才能保全你妹妹,并拥有你要的女人。否则,她们一定会为你的失败付出代价。"

荒木惟说罢转身离去。

"正月十九惊蛰之前,用兵工厂分布图,换她们的命吧。"千田英子说完,转过身去,与其他人跟随荒木惟离开。

"你不能动张离,因为要拿到兵工厂分布图,她是唯一可以帮我的人。"陈山对着荒木惟的背影大喊,但荒木惟并未回应。

陈山愤怒地以拳头砸着地面的泥土,无奈又自责。他重新拿起那个纸包,观察着那截断指。然后,他的神色变得镇定,那并不是陈夏的手指。

千田英子开着车,将荒木惟送往新的住处。就算没有陈山找上门来,他们的身份和住处也到了该换的时候,不然以军统的排查力度,他们很有可能会找上门来。

荒木惟看了眼千田英子给他的新证件。他新的身份叫邱作昀,是南洋过来的药材商人。重庆有许多从各地来的商人,千田英子为他办的这个身份,非常合适和安全。

4

医院。

陈夏躺在手推车上,被人推进了手术室。

荒木惟来到手术室门口,身穿白大褂的日本医生竹也对他恭敬地鞠躬。对于竹也不远万里来到重庆,荒木惟表示了感谢。竹也一样向荒木惟表示了感谢,因为对他来讲,这也是一次与母亲团聚的机会。

荒木惟对竹也鞠了个躬,问手术的事是否有把握,竹也告诉他,陈小姐的失明是外伤导致的,要复明并不困难。

"那就拜托竹也医生了。"

千田英子站在荒木惟身边,与他一起目送竹也进入了手术室。然后她问："竹也先生的母亲在重庆吗?"

"是,"荒木惟点点头,"她是中国人。"千田英子又问："陈山那边近期是否需要盯着?"荒木惟说："已经是最后关头,是时候给他一点压力了。"

这个时候,手术室里,竹也已经翻开陈夏的眼皮,开始观察她瞳孔的反应。

陈山从窗户翻进张离宿舍的时候,张离正在用碘酒擦拭自己手腕上被手铐勒出的伤口。

"你疯了，局本部的规定你都不管不顾了！"张离大吃了一惊。

"我要是不管不顾我就大摇大摆来找你了，放心，我没找你谈恋爱，我是在找你聊工作。"

这时，张离才看清陈山的脸，神情委顿，嘴唇干裂，脸色极差。她问陈山见到小夏没有。陈山说："没有，但我可以确定她还活着。我认得出来，他们给我看的那根女人的断指，并不是小夏的手指。而且，尽管我和小夏的通话只有两次，但每次她都在向我描述，荒木惟对她是如何友善体贴。所以我觉得，荒木惟对小夏可能有着非同一般的感情。对于一个人质，他原本完全不用为她做这么多。"

张离说："这对小夏来说未必是一件好事。但至少现阶段，她应该没有生命危险。"陈山说："对，所以我赌他不会杀小夏，是对的。我选择来救你，也是对的。"张离说："你也算准他会放你回来。"陈山说："从一开始我来重庆，他给我的任务就是找到重庆的兵工厂分布图，期限是惊蛰之前。他不会就这么杀了我而功亏一篑的。"

张离想了想，说："惊蛰是正月十九，而今天是正月初九。"

陈山说："你想说我只有最后十天了？"

"不。能平安度过今天，以后每一天都是赚的。"

陈山笑了："赚大了。"说罢，他忽然眼前一黑，晕了过去。

张离上前把陈山抱住，怎么也叫不醒他。她感觉到陈山的后背有点湿黏，伸手一看，手上有一片血迹。她把陈山的身子翻过来，看到了陈山背后的刀伤，那是被千田英子的匕首伤的。

天色微明的时候，陈山在张离的床上醒了。他盖着被子，赤裸着上身，伤口处已经包扎了绷带。

而张离坐在凳子上，趴在床边睡着了。她的脸距离陈山并不远，纤长的睫毛在她脸上投下一片阴影。陈山满心怜惜，忍不住伸手欲抚张离的脸，但在即将触及她脸颊的那一刻，他的手停下了。他不忍惊醒她，就这样静静地望着熟睡的她。

不久，初升的阳光自窗口照进来，在张离脸上留下了斑驳的光影。陈山伸手挡住阳光，以免阳光直射她的眼睛会惊醒她。这一刻，他希望张离就这样静静地在他身旁安睡，愿时光静止，他就能这样一直望着她，感受空气中弥漫着的幸福的味道。

这时，一阵高跟鞋的脚步声在门外响起。张离醒了，看了眼陈山，问："你醒了？"

"醒了。"陈山深吸了一口气，"但这姑娘家的闺房气味太好闻了，所以好像又醉了。"

张离无心与陈山说笑，她一直留神听着门外的脚步声。这脚步声在她门前停下了，然后两人听到了余小晚的声音：

"离姐！离姐！你在吗？"

张离顿时大惊失色，压低声音让陈山马上躲起来。

"我也没做什么，为什么要躲？"

"即使问心无愧，我也很难向小晚解释你为什么会在这里过了一夜。你想让我被小晚痛恨，还是成为邻居和同事口中的笑话？"

"好，我躲。"

余小晚还在不停地叫门，张离应了声，让她等一下。张离环顾屋子，打开衣柜，示意陈山躲进去。陈山勉力钻入衣柜。张离又迅速拿起他的外衣塞给他，关上了衣柜门。

铺平床铺后，张离打开了房门。余小晚进来，在沙发上一屁股坐下，沮丧地说："离姐，我不会耽误你上班的。我就是有一肚子的话，想马上跟你说一说……"

"出什么事了，小晚？"

"昨晚我在家等了肖正国一晚上，他都没有回来。你知道他去哪儿了吗？"

这时，张离发现床边陈山的皮鞋还未收起，赶紧用脚把皮鞋踢到床下，说："我不知道。"

余小晚大大咧咧地只顾着发泄自己的情绪，丝毫没有发现陈山的鞋："我问了干爹，他也不知道。所以肖正国应该是办私事去了。"

张离不作声。

"你知道吗？离姐，我这种一沾枕头就能睡着的人，打雷也听不见的人，居然为了等他一宿没睡！我织了一晚上的围巾，我的耳朵就那么一直竖着，门外有一点动静，我都以为是他回来了。我都快成兔子了。"

张离笑了，打量着余小晚发红的眼睛："这么一说，还真是只漂亮的红眼睛兔子。"

"离姐，你说他会去哪儿呀？"

张离摇了摇头，反问道："小晚，你觉得他是个怎样的人？"

余小晚想了想，说："从前我跟他在一起不过两天，那时候我觉得他木讷无趣，但有一点好，他看我的时候，我知道他是喜欢我的。也许他不会表达，但我说一他不会说二，如果我说了二他也会很高兴地说二。但现在，我好像看不透他抓不住他了。你说他一晚没回来，会不会出事啊？"

"肖正国是个有本事的人，你要相信他，不管遇上什么麻烦，他总有办法化险为夷的。"

"什么本事能挡得了不长眼的枪炮？还有前两次的事，要不是你帮他，他都死了好几回了。"想了会儿，余小晚问，"离姐，你觉得肖正国爱我吗？"

张离怔了怔，说："这事儿，你自己心里才是最清楚的吧。"

余小晚懊恼地说："我就是不确定，所以才好烦。"

"小晚，感情上的事，我可能并没有什么经验可以帮你。"

余小晚眼中含泪说："离姐，我好像变了，我不再想天天去跳舞了，我会想如果

229

我生一个长得像他的孩子，或许也不错。"

张离不敢看余小晚的眼神。余小晚自顾自说着，她会想，他做饭的时候，她在一旁帮他洗菜，就像离姐常做的那样，或许也挺开心的。

张离无言以对。

"我会害怕，会不会哪一天他再也不回来了。"

听到这里，衣柜中的陈山一脸无奈。

余小晚离去后，张离打开衣柜门放陈山出来。陈山带着歉意对张离说："抱歉，让你尴尬了。"张离转身走开，说："以后你绝不能再出现在我的宿舍，现在你可以走了。"

"我不是肖正国，所以我也并没有对不起余小晚。"

"那是你的想法，小晚不会这么想。"

"我不会为了别人的想法而活。"陈山盯着张离的眼睛说。

"但也不能只为自己的想法活。"张离说，"走吧，时间不早了。"

陈山看了一眼窗口，说好。他没有意识到，自己刚离开张离的宿舍，就被人拍下了照片。

5

张离在办公室翻看着当天的《新蜀报》，仔细浏览广告版。看到一则店面转租启事时，她露出了欣喜的神情。

转租启事的内容是：位于罗庙街繁华路段旺铺一间，现欲转租，诚待有缘人。这意味着，她被重新起用了。

此刻，陈山正蹲在华华公司外的大街一角，黄豆蹲在他旁边。两人一人端着一碗担担面吃着。黄豆已经有了朱士龙的消息，他就在第二监狱。

黄豆告诉陈山，朱士龙是三个月前被作为杀人犯关进监狱的。尽管朱士龙申辩自己毫不知情，他是因为吸毒过量昏倒，醒的时候也不知为何会在杀人案的现场，但警察为了交差，仍然逮捕了他。

陈山觉得奇怪：案子已经结了，按理说，朱士龙早该被枪毙了，现在却仍在监狱关押，不合常理。他问黄豆缘由，黄豆笑嘻嘻说："要我说也行，以后每回见我，你都得请我吃担担面，这点赌注你不会输不起吧？"

"成交。"

朱士龙到现在没死完全是因为运气。死了的那个人，有个儿子留过学，在外国喝了几年洋墨水，回来又当了名记者，认死理。在他看来，要不能证明朱士龙是真凶，就这样草草结案，他爹一定会死不瞑目。后来，警察也没能找到真凶，所以朱士龙放不能放，毙也不能毙，就一直关在了牢里。

陈山把面碗一放，扔了两张钞票给黄豆："干得不错，下回继续请你吃面。"

陈山一转脸，恰巧看见张离独自出现在附近的街道上。她在华华公司停下来，欣赏着橱窗里的衣服，橱窗的玻璃上清楚地映出了一个人。那人已经跟了她一路。张离假装没有发现，继续往前走。

陈山也注意到了那个跟踪者。他看了一眼华华百货公司门口一排等客的黄包车夫，让黄豆帮他跟人借两辆黄包车。

张离抬头望望天色，加快步伐拐过一个街角，从一条小巷中穿出来到一条繁华的大街上。这时天上下起了雨，张离举起手里的小包遮在头顶，招呼着黄包车。

黄包车夫跑近，低低的帽檐下露出了陈山的眼睛。没等张离开口，陈山便低声让她坐后面一辆黄包车："我去帮你甩了尾巴。"

在张离愣神的间隙，陈山拉着黄包车向前跑去。黄豆拉着黄包车紧随其后，跟了上来，在张离面前停下，低声说，"小姐，我是肖先生的小弟黄豆。"接着他提高了声音，显然是故意说给后面的人听，"小姐，要坐车吗？"

张离坐上了车。雨大起来，一颗颗豆大的雨点砸落在地面。黄豆拉起车篷，满街的黄包车都拉起了车篷。跟踪张离的男人欲跟着黄豆的黄包车跑，但陈山忽然从斜刺里杀出来，挡在他面前，挡住了他的视线。

"先生，要坐车吗？"陈山故作热情地问。

那人上了陈山的黄包车，让他跟着前面那辆车。陈山问哪辆，那人往前望去，只见满街的黄包车都已拉起了车篷。他不由得恼怒，极力分辨，终于，他看到了张离的旗袍一角。"那辆！就那辆！"他焦急地指给陈山看，"快点！"

陈山拉着黄包车向前跑去。

张离坐在黄包车中，她从车篷的缝隙往后看，看到后面不远处陈山拉着跟踪者追过来了。前面的路出现分岔，她叫黄豆往左拐。这时，陈山拉着跟踪者正好赶到。

跟踪者急忙叫陈山也往左拐。陈山却像没听到一样，拉着他往右跑去。跟踪者大叫着："我叫你左拐，你聋了吗？"

陈山加快速度拼命跑。跟踪者见势不妙，站起身来想要抓陈山，却没提防陈山猛地把车把往上一举，他就被顶得跌坐回座位。

此刻，前面出现了一个长长的斜坡。陈山拉着车下坡，速度越来越快。陈山大叫了一声，扔掉车子一个翻滚到了路边。跟踪者急得哇哇大叫，想要跳车，却来不及了。黄包车轰隆隆地往前冲下斜坡，连人带车翻进了江里。

陈山看着江水，满意地拍了拍手。

在一条僻静的小巷前，张离让黄豆停下，并给了他一张钞票，道了谢。黄豆不接，说车钱肖先生已经给过了。张离便笑了："那也拿着。"

"漂亮姐姐你人真好。"黄豆接过钱，咧嘴笑了。

张离在巷子里七弯八拐走了半天，从一条巷子穿到另一条巷子，最后来到了一家杂货铺前。

她一进去，老板就热情地打起招呼。张离环视着店内物品，最终把视线落在了老板的脸上。

"老板，你这儿有油灯吗？我想要一盏油灯。"

"好咧，"老板利落地应着，"小姐，你是要东洋产的，还是上海产的？"

张离看着老板的眼睛，平静地问："有本地产的吗？"

"本地产的不是玻璃油灯，是白铁皮油灯。"

"我要白铁皮的。"

听完张离的回答，老板的脸上多了些谨慎。他看了看左右，压低声音说："走，内屋有油灯，我带你去看看。"

警惕地四望后，老板撩开一张布帘，带张离进入了内室。

第十六章

1

杂货铺老板挪开内室的一口水缸，露出了下面的洞。接着，一个身穿长衫的中年男人从洞里钻了出来。下面是一条暗道。

老板扶中年男子上来以后，便出去望风了。中年男子热情地与张离握手："你好，'蒲公英'同志，我是你的新上级，你叫我老汪吧。"

"您好，老汪同志，我一直在等待组织的召唤。"握着老汪坚实的手，张离的心里升起了激昂旋律般的情绪。

老汪问起了发报机。发报机和肖正国的事他都是从老梁那里得知的。张离告诉他，发报机还在陈山那里。然后，她汇报了肖正国的真实身份："他被迫以日谍的身份潜入军统，但事实上一直在帮军统做事，秘密破坏日谍的重要行动。"

老汪的表情严肃了起来，说："'蒲公英'同志，我必须严肃地批评你。在未经考查确认的情况下，你一再轻信这个假扮肖正国的人，毫无组织纪律和警惕性，甚至把自己的身份完全暴露给此人，这简直是儿戏！"

"我知道这很冒险，也不符合组织纪律。"张离解释道，"可事实证明，此人身在曹营心在汉，发报机那件事，他完全可以不用管我的死活。接下来的几件事情，他也始终以大局为重，没有做出任何为害军统或者我党的行为。"

"天真！"老汪提高了声音，语速也快起来，"你怎么知道，他现在所做的一切，不是为了获取你的信任？说不定他处心积虑，就是为了在最后关头，让你帮他拿到他要的情报，最后给咱们致命一击。'蒲公英'同志，你想过吗？"

张离沉默了。在无法与组织取得联络的情况下，她只能依靠自己的判断去做出决策。但明知陈山在拼着性命做维护国家利益之事，还要向军统检举他，她真的做不到。

老汪长叹一声，说："'蒲公英'同志，你见识的敌人还不够多。"

"可是以我对他的了解，他的能力和人品都值得我们去争取。"张离据理力争，"如果能把他变成我们的战友，就等于消灭了一个敌人。我可以提供他告诉我的所有个人资料，包括他在上海的家庭情况，请求组织对他详细审查后再下定论。"

老汪看着倔强的张离，沉默了一会儿，同意了。但他对张离提出了一个要求，在审查结果出来之前，她必须暂停一切草率的行动，确保自己的人身安全，更不能暴露任何组织机密。

陈山一回来，黄豆就迎上去向他汇报，他已经把那位漂亮姐姐安全送到了。说完，黄豆挤眉弄眼，嘿嘿笑了两声："肖先生，那位漂亮姐姐人美心善，是不是你的意中人啊？"

陈山敲一下他的头："人美你能看出来，心善你是怎么知道的？老实交代，是不是又多收了人家一份车钱？"

黄豆又嘿嘿笑了起来。屋檐下避雨的一个车夫也迎上来，问他的车在哪儿。陈山递上几张钞票，让他去买辆新的。车夫收起钱，递给了陈山一个信封：

"刚才有个女人，叫我把这个交给你。"

车夫回忆着比画女人的样子，大概这么高，冷冰冰凶巴巴的，像个男人婆。陈山明白，应该是千田英子。他打开信封，里面是一沓照片，有他离开张离宿舍时拍的，也有张离独自一人出现在华华公司附近时拍的。陈山出了一头冷汗，继续翻看。最后一张照片是几个老人在打长牌，老人的身后清晰可见东水门的门洞。背对相机镜头的一个老人手上的长牌清晰可见，那是一张6个点的牌。

6点钟的时候，陈山准时来到了东水门门洞下。陈山望望，四下无人。一分钟后，一辆汽车开了过来。

下车的当然是荒木惟和千田英子。荒木惟靠着车，深深地吸了一口空气，对陈山说："你闻到了吗，春天快要来了的味道？"

陈山说："在这里我只闻到一股土腥味。"

"你把我的人丢进了嘉陵江，是不是该给我个交代？"

"我答应帮你找分布图，但你们要敢动张离，我大不了拼个鱼死网破。所以千万不要逼我。"

千田英子瞪了一眼陈山："你太放肆了！"

荒木惟向千田英子抬了下手，询问陈山分布图的进展。听完朱士龙的情况后，他未置可否，问陈山："你知道刚才千田指责你的时候，我为什么阻止她吗？"

陈山望向千田英子，千田英子眼中仍然透着凌厉的杀气。

"一个人敢放肆，也得有底气支撑他的放肆。我可以容忍你放肆，但只到惊蛰那天为止。"荒木惟淡淡地说，"分布图的事，一有进展，你可以随时去刘记面馆，老板会把你的情报转告给我。"

说完，荒木惟不再理会陈山，转身坐上了汽车。千田英子驾车离去，陈山悲伤而绝望地目送汽车离开。

陈山身穿军装去了第二监狱狱警办公室，向狱警出示了军统第二处的协查公函，要求提审朱士龙。

朱士龙戴着手铐脚镣走进接待室后，斜眼打量了陈山一眼，脸上露出阴恻恻的笑容:"肖科长,别来无恙啊?"

陈山不多解释,他打开一个食盒,端出里面的凉拌猪耳、麻辣鸡、酱肘子以及一小瓶白酒,摆在桌上,又用钥匙解开了朱士龙的手铐。他朝朱士龙挥了下手,自己也坐到桌前自顾自地吃喝起来。他知道朱士龙此时正狐疑地看着自己,但他并不看他。

朱士龙终于抵不住食物的诱惑,一屁股坐下来吃了起来:"老子嘴里早就淡出鸟来了。肖科长你还真能投人所好。"

看朱士龙动手撕扯着酱肘子狼吞虎咽,陈山放下筷子,给朱士龙倒了一杯酒。朱士龙费力地将嘴里一大块肉咽下去,端起杯子和陈山碰杯:"肖科长,你过去虽然对我有恩,但你的人情,我也已经还了。"

陈山笑了笑:"过去的事情,我早就忘了,你也不用记得。"

"直说吧,找我干啥?看在这顿酒菜的面子上,我会回答你一个问题。"

陈山提起酒壶又给朱士龙倒了一杯,假装漫不经心地问:"你现在看风水的手艺还在吗?"朱士龙眯起眼睛反问:"你想找东西还是倒斗?"陈山凑近朱士龙,慢慢地说:"我想知道兵工厂的位置。"

朱士龙愣了一下,端起酒杯一饮而尽,嘿嘿笑了:"肖科长,这可是个大买卖,你总得表示一下你的诚意吧。"

陈山盯着朱士龙问:"你要多大的诚意?"

朱士龙反手抓挠着自己的背,答非所问:"老子进来之前也算是个讲究人,现在却虱子成灾了,再不出去,怕会被它们吸得只剩一张皮。"

"你想出去,但我又怎么知道,你是不是真有我要的货呢?"

朱士龙举起酒壶咕噜噜将酒喝干,过瘾地抹抹嘴,将剩下的半个肘子捞了揣进前襟,意味深长地说:"中梁山尖刀峰风水很好,有空可以去看看。"

这句之后,朱士龙再无话。他专注地吃肉喝酒,酒足饭饱后,他抹抹嘴,站起身,走向回监狱的门。

在门前,朱士龙站定,回身对陈山一笑,一副滚刀肉的神态:"反正我也是个快死的人了,如果我出不去,我会把你想知道的东西全都带进棺材里。"

从监狱离开后,陈山就去了中梁山尖刀峰。他没有下车,而是坐在车内,用望远镜观察。他不时看到装货的军车在进出,而路上设了几道关卡,有全副武装的士兵在严密地检查。从他看到的情况来看,基本可以确定朱士龙的确掌握着兵工厂分布位置的情况。问题是,如果不把朱士龙从监狱中救出来,他一定不会说出其余兵工厂的分布位置。但是,如何才能把朱士龙从死牢中救出来?陈山皱着眉头思索着。

陈山晃荡着走进张离的办公室,告诉张离,朱士龙给了他一个地址——中梁山尖刀峰,那里确实有一家兵工厂。而且他相信,朱士龙可以告诉他全部的地址。

"你打算怎么办?"

"荒木惟生性多疑，为了让他相信我，我必须深入虎穴，再用假图向荒木惟交差。"

张离警惕起来，说："恐怕事情没那么容易。"

"对。"陈山点点头，"要让荒木惟相信图是真的，必须有军统方面的配合。"

"军统凭什么要配合你？"

"我在拿到图之后会向费正鹏摊牌，让军统配合伪装成损失惨重的假象。这样我才能既无损国家利益，又能顺利脱身。"

"如此天衣无缝两全其美的计划，你确定你办得到吗？要知道这当中稍有差池，你都只有死路一条。"张离有些焦虑地看着陈山说。

陈山倒有些无所谓："那我拼过了，对得起天地父母，对得起所有相信我的人……我也就死而无憾了。"

张离忽然有些伤感，说："你不会死的。"

陈山咧嘴笑了："我当然不会死，我还要救陈夏。还有你，也不准死！"他看向张离的视线中充满热烈的感情，但是张离心情复杂地别过了脸。

此时，陈夏已经醒了过来。她在义林医院高级私人病房里，穿着病号服坐在床上。她的眼部缠着纱布，嘴唇因为紧张而轻微颤动，双手不安地揉捏着被子。然后，门开了，她听得出进来的人是荒木惟。荒木惟告诉她，过一会儿竹也医生将会为她拆掉纱布，查看手术情况。

"如果一切正常，我是不是就能看到这个世界、看到你了？"

"是。"

陈夏便笑了："谢谢你，荒木君。你为我做了那么多，除了我小哥哥，这世上没有一个人像你这样待我好。"

荒木惟看着陈夏，眼中有柔情显现："我只是想让这个美丽的世界对得起你。"

"我在心里想象过无数次你的样子，现在终于要见到了，不知道怎么的，反而有些紧张。"

看着陈夏交叠在一起互相揉搓的手，荒木惟说："不用怕，我应该不会是个怪物。"

陈夏又笑了："我可以摸一下你吗？"

荒木惟愣了，没说话。

"对不起，是我唐突了。"

话音刚落，陈夏就感觉到自己的左手被荒木惟温暖的大手盖住了。她的心跳加快，脸上也泛起了潮红。而荒木惟心跳平稳，只是无限温柔地望着陈夏。

陈夏用右手的手指捉住荒木惟的一根手指，说："原来那么好听的钢琴曲，就是用这样的手指弹出来的。"

荒木惟微笑不语。接着，陈夏摸到了荒木惟虎口的老茧："为什么这里会有老茧呢?"

"因为除了弹钢琴,这也是一只握枪的手。"

陈夏的指腹划过荒木惟的掌心,继续说:"但你的心很软,就像你的掌心一样柔软。"

荒木惟没有说话,只是静静地看着陈夏。他没有发现,走廊里的千田英子透过没有关严的门缝看到了这一幕,更不会看到此刻千田英子眼中闪过的伤感。在千田英子轻步离开的时间里,荒木惟开始亲手为陈夏拆去缠绕在眼部的纱布。

拆完纱布,陈夏不敢睁眼。对她来说,眼睛所看到的世界已经是很遥远的过去了。荒木惟平静地望着她,让她等他把窗帘拉上,再慢慢适应这个明亮的世界。

荒木惟拉上窗帘,阳光透过窗帘以温暖的颜色洒落在他身上。陈夏就在此时微微地睁开了双眼,首先映入她眼帘的,是荒木惟有些模糊的背影。

荒木惟转过身,期待地看着陈夏,但陈夏脸上并无惊喜,而是一种费力的神色。她的视线依然是模糊的,她只能看到荒木惟模糊的轮廓。

"怎么了?"

"我看到光明了,但我看不清你。"陈夏失落地说。

荒木惟沉默了一会儿,决定再把竹也医生叫来看看。但是陈夏叫住了他。

"没关系的,荒木君。"陈夏对已经走到门口的荒木惟说,"至少我能看见你的身影了,就是我想象的样子。"

荒木惟转过身,看到了陈夏脸上幸福的微笑。

2

米亭子香烟业茶馆门口,一排汉子双手抱头冲墙壁蹲着。一个警察端着长枪在这些人身后走来走去。围观的老百姓很多,议论纷纷,有人说是警察来茶馆抓私下文物交易,也有人说警察只是想出来找钱了。

周海潮开着车路过,但前面一堆围观的老百姓将马路都堵住了,他不得不使劲地按喇叭。围观者缓缓地挪动了一点位子,给他的车让出了一条道路。但围观者很多,让周海潮只好一边揿着喇叭一边开着车以龟速通过。

江元宝是抱头蹲在茶馆门口的其中一个。听到喇叭声,他下意识地回头看了一眼周海潮的车。周海潮此时的余光恰好看到江元宝,但并未看清他的脸。江元宝一看见周海潮,立即回头面壁,并深深地把自己的头抱住。此时,看守他们的警察正走到面壁队伍的另一头,没有发现江元宝的异样。

周海潮好不容易驾车通过人群。他忽然觉得刚才望向他的那张脸有些似曾相识,便回过头看了一眼。他看见对方紧抱着头,似乎在刻意隐藏自己的面目。

周海潮想了想,忽然眼前一亮。他想起来了,那人正是几个月前在上海的行动中与肖正国一起观察地形的江元宝。他猛地一脚踩下刹车,迅速下车,向警察出示证件后，朝江元宝走过去。

江元宝迅速起身，强行突围，往围观的老百姓方向跑去。周海潮边拔枪边追。但江元宝已经窜进了人堆。警察见此情形，不敢开枪，只能朝天鸣枪示警。围观群众惊叫着四散逃窜。两个警察随周海潮向江元宝追赶而去。

江元宝狂奔，逃进了一个小巷子。周海潮和两个警察紧跟不放，追到小巷子口时，已经看不见江元宝的身影。

周海潮命令两名警察往左边追，自己则追进了小巷子。

此时，江元宝已经跑到了小巷子的转角处。转角处有一个很大的垃圾堆，他咬咬牙，跳了进去。周海潮跑过垃圾堆，看都没有看就继续往前面追。江元宝躲在垃圾堆里，捏着鼻子，目送他跑远，然后出来，抖落身上的垃圾，向另一个方向跑去。最终，他停在了家附近的一道小巷子口。在巷子口，他蹲在树下，边抽烟，边警觉地盯着来往的人。确认没有尾巴后，才踩灭了烟头，往自己家走去。但是，他刚走进小巷十几米，周海潮就突然出现在小巷口，堵住了他的后路。

周海潮大喊了一声，江元宝回头一看，掉头就跑。

周海潮举起了枪："不许跑！再跑我就开枪了！"

江元宝仍然狂奔，直到身后传来枪声，自己脚边的泥土被子弹击打得飞起来才停步。他缓缓回身，满脸堆起了笑："周科长，好久不见。"

"是啊，好久不见。"周海潮仍然举着枪，"不过看起来你好像不太想见我。"

"哪儿有？"江元宝双手一摊，又笑了下，"这不是才下船，想先回家看看，再找组织汇报工作吗？"

周海潮冷笑一声，说："是吗？那既然凑巧咱们碰上了，不如先回处里喝杯茶说几句话？"

江元宝不再吭声，开始思索对策。

周海潮继续问："这些日子你到底去了哪儿？看样子应该受了不少罪，怎么到现在才回来？"

"就是因为日子久了，我怕一时半会儿说不清。"

"身正不怕影子斜，组织绝不会冤枉一个好人。不用怕，跟我走吧。"

江元宝想了想，朝周海潮走去。走到周海潮身前的时候，他忽然双眼发直盯着周海潮的身后，嘴角露出了一个诡异的笑容。

周海潮心生警觉，后退一步侧了侧身子，迅速向后看了一眼。不料趁这一恍神的工夫，江元宝飞起一脚，踢飞了他手中的枪，转身就逃。

周海潮立即飞扑上去，扑倒了江元宝。两个人在地上扭成一团，厮打起来。厮打中，周海潮一把抓向江元宝的肩头，却被江元宝闪开，周海潮只抓住了他的衣服。江元宝一甩身，衣服被撕破。江元宝的肩膀裸露出来，显现出了一个数字刺青：711。

周海潮凝神看着刺青，江元宝忽然使力，骑到了他身上，并用两手扼住了他的脖子，用力收紧。

被压在下面的周海潮呼吸受阻，面色通红。忽然，江元宝停下动作，慢慢松开双手，举起手做投降状，两眼凝视着自己的胸口。他的胸口上，此时抵着一把匕首。

那把匕首被周海潮握在手里，尖端已经刺破了江元宝的衣服，刺出了血，随时可能更深地扎下去。

周海潮喘着气站起来，收起匕首，重重抽了江元宝一耳光，把江元宝抽得跌坐在地。之后，周海潮又将他拉起来，用匕首重新抵在他的胸口。他扯开江元宝破掉的衣服，让刺青更完整地露出来。是711没错。

"怪不得看见我就跑，原来是当了俘虏。"周海潮冷笑了一声，"说！既然你已经进了战俘营，日本人怎么会放你出来？你回重庆来有什么目的？"

江元宝吓得脸色惨白，直言自己不是奸细，是九死一生才逃出来的。

"我知道我没办法让你们相信我的清白，我也不想替日本人做事，我只想把我老婆接走，求你放我一条生路吧。"

周海潮盯着江元宝的眼睛说："看来，只有局本部的大刑伺候才能撬开你的嘴了。"

"等等！"江元宝眼珠迅速转了转，"周科长，肖正国是不是年前就回来了？"

周海潮看着他，点了点头。

"你不要盯着我了，你应该去抓肖正国。"

"什么意思？"

"周科长，我告诉你，真正的肖正国已经死了，现在这个是假的！"

"你说什么？"周海潮心中大喜。

在周海潮带着江元宝走进周记辣子鸡饭馆以前，陈山、余小晚和费正鹏正在饭馆的一个包间里。酒菜已经摆满了桌子，等张离一到就开饭。

那会儿，张离正与老汪在公园接头。张离坐在一把长椅上，听老汪讲陈山的信息。

扮作擦鞋匠的老汪边给张离擦鞋，边低声告诉她，上级已经去上海审查过，宝珠弄确实有个叫陈山的人，年前忽然下落不明，目前他的父亲陈金旺，由他的朋友菜刀和宋大皮鞋帮忙照顾。张离神色平静，她就知道陈山没有骗她。

"但他既然是因为妹妹在日本人手上才受迫做了日谍，谁又能保证，真到了性命攸关的时刻，他不会出卖国家、出卖你呢？"老汪的眼神中带着不安。

张离很认真地说："我们有很多同志宁死不屈。马向山同志承受了那么多酷刑也没有叛变，可执行死刑前一刻，他成了叛徒。谁也不知道我们自己的意志底线在哪里，但在那之前，我们宁愿相信每一个同志都有足够坚定的信仰。所以，在陈山没有做出为害国家利益的事之前，我愿意相信他。"

老汪沉默地看了张离一眼，低头继续擦鞋。

"当然，我绝不会放松警惕，一旦察觉他有为虎作伥的嫌疑，我一定会第一时间将他锄杀，哪怕同归于尽。"顿了一下，张离继续说，"我还有一个想法，如果他的计划真能成功，他应该会回到上海被日本人继续重用。我想设法和他一起打入汪伪内部。"

听到这里，老汪眼睛一亮，如果真能这样，张离一定能发挥比现在更大的作用。所以，对于张离想继续帮助和争取陈山加入组织的想法，他没有否决："我会向上级汇报你的想法。在上级下达具体任务之前，你要随时保持警惕。"

包间的布帘被缓慢地掀起的时候，余小晚以为进来的人会是张离。但是她看到的是周海潮。周海潮阴笑着说："哟，吃饭呢？我这来得好像不是时候啊？"说完，他站直身子，给费正鹏敬了个礼。

陈山和余小晚冷冷地看着周海潮。

费正鹏有些疑惑，说："你怎么来了？"

"不好意思，打扰几位的家宴。不过有位朋友远道而来，急着想见肖科长一面。所以我特地带他过来，就当给各位加道菜吧。"

周海潮冷笑着盯着陈山，陈山心中一紧，脸上不动声色。周海潮沉下脸来，对着门外喊了一声："进来。"

江元宝走了进来。

陈山看着江元宝，心中惊涛骇浪，瞳孔随之产生了一瞬间的放大，仿佛一股看不见的漩涡将他紧紧围住，要把他生生摧毁一样。但很快，他脸上又恢复了平静。此刻，周海潮正在他的余光中得意地观察他。

费正鹏和余小晚均感诧异，陈山调整出淡淡而略带欣慰的口吻说："原来是元宝回来了。"

3

江元宝用力凝视着陈山的脸，仿佛不敢相信似的。周海潮催他讲，他便开始讲，日本人逼他告诉他们肖科长的每一个习惯性格特点，就是为了把他面前这个人训练得更像肖科长。这个人从头到尾就是一个冒牌货，是日本人派来的奸细。

费正鹏心头一震，不由得瞥了陈山一眼。周海潮一副胜券在握的神色，直直地盯着陈山。

余小晚说："周海潮，你成天找人陷害我家肖正国累不累啊？你这么能编，怎么不去茶馆支个摊子说书呀？"

陈山不由得一笑："小晚，你别太高看周科长，闹笑话他在行，说书那样的大本事，他怎么会有呢？"

江元宝愣了下，抬高声音，说："我说的都是真的！请费处明察！"

陈山扭头对费正鹏说:"我看这样吧,老费,你也不用为难。你看人家都赶着饭点来了,不如请人坐下来,一起吃完饭,咱再一起回处里,让关处给看看到底谁才是奸细。关处要是看不了,就让戴局长看。"说完,陈山瞟了一眼江元宝。相比之前,江元宝脸上多了几分慌张。

余小晚挑衅般地看着周海潮说:"肖正国,人家上门给你送晦气,你还对人这么客气,犯得着吗?请这些给你插刀子的人吃饭?我这钱是没处使了还是怎么的?咱家里谁说了算呀?你请?我可不请!"

周海潮鼓起掌来:"肖科长不用客气,这饭我就不吃了,但你说回处里让关处和戴局长甄别这事,我举双手同意。"

陈山隐隐不安起来。而周海潮还在继续得意地讲着。他说他已经联络了黄埔军校,请他们把肖科长在军校入学时的体检表调回来。只要肖科长跟他回去验过血型,再跟体检表对比一下,肖科长是李逵还是李鬼,就全清楚了。

陈山心头一紧,但仍微笑着。费正鹏看看陈山,也感到了事态的严重。

余小晚说:"验血这事找我不就行了?肖正国,明天就去我医院验一个,堵上他们的嘴。"

周海潮说:"不用麻烦了,小晚。验血型的事,咱们处医务室就能办到。"他把脸转向费正鹏,说:

"费处,不好意思,既然小晚不打算请我吃饭,我想现在就请肖科长跟我回处里,还请费处包涵。"

费正鹏沉默了一会儿,突然笑了,语气软中带硬:"事情没弄清楚之前就想带人,我还真包涵不了。"

周海潮故作谦逊地抖出一张纸:"那如果有关处亲自签发的逮捕令,费处是不是能包涵呢?"

费正鹏接过逮捕令细看,脸上闪过一丝恼怒:"周海潮,你果然有几分本事。"

陈山心中有些绝望。他喝了一口茶,定了定神。余小晚脸上浮起担心的神色。

周海潮说:"那不是我的本事,是关处的脸面。周海潮一个跑腿的,只能谢谢费处高抬贵手。"说完,他对着门外喊了一声"进来",阿强和阿六便从门外进来,径自走向陈山,一人一边抓住他的手臂就要往外走。

一个茶杯忽然飞了过来,周海潮本能地伸手一格,杯中的茶水湿了他一头,狼狈不堪。

扔完茶杯,余小晚还不解气,她怒骂道:"周海潮,今天我算是看透你了!你就是个卑鄙无耻的小人!"

"余小晚,我可不是怕你,你最好有点分寸。公事面前,我可不会跟你讲什么私交!"周海潮恼羞成怒了。

余小晚走到包间门口,顺手抓过门边的闩门棍:"今天谁敢带走肖正国,我就打断谁的腿!"说着,她把棍子挥向周海潮。周海潮闪身一躲,棍子扫中了饭桌上的一盘花生。

陈山敏锐地抄手接住那盘花生，说："住手！"

余小晚望向陈山，陈山以不容置疑的语气让她把棍子放下。他把一颗花生抛入口中嚼着："多好的一盘下酒菜，差点就被他糟蹋了，多可惜。你不请他吃就算了，咱自己不还得吃吗？"

"人家都欺负到咱们头上来了，这饭还怎么吃？"余小晚气呼呼地说。

"那也用不着你动手，有你男人在。"

说着，陈山掏出自己的枪在手中旋转起来。周海潮立刻举枪对准了陈山："肖正国，你这是想拒捕吗？"

陈山亦站起身，把枪拍在了桌上："关处的逮捕令上可没说不让我吃饭，这顿饭你要非拦着不让我吃，你别怪我不让你交差。"

话音刚落，陈山就踢中了周海潮的肋骨。在周海潮吃痛之际，陈山手中又多了一把匕首，他制住周海潮，匕首指向了他的脖子。

周海潮不敢再动弹，阿强和阿六掏枪对准了陈山。

"肖正国，我认识你这么久，今天的你是最英武的。"余小晚故意用得意的语气说。

陈山问："跟上次在军人俱乐部揍他那次比呢？"

余小晚笑了："都够英武，都够爷们儿。"

陈山便大笑起来，把周海潮气得脸都青了。

费正鹏干咳一声，说："今天谁敢在这里开枪，就是跟我费某人过不去。"

余小晚又对着周海潮挥舞了一下棍子，以示挑衅。

周海潮忍气吞声，不得已和阿强、阿六退到了包间门外。见阿强偷看他的脸，周海潮烦恼地说："看什么？要不是看在费处的面子上，你以为我会让他吃这顿饭？"

阿强吞吞吐吐："江……江元宝好像不见了。"

周海潮四下看看，反应过来。江元宝已经趁着刚才的混乱局面悄然溜走了。周海潮朝阿强瞪起眼，让他赶紧去找，还发泄般地踢了阿强屁股一脚。

陈山为费正鹏、余小晚和自己都倒上了酒。他刚端起酒杯，余小晚就仰起脖子一仰而尽。陈山看着余小晚豪爽喝酒的样子，想到这或许是和她最后一次喝酒，内心有些复杂。

余小晚又给自己倒上了酒，对陈山说："你想喝几杯，我都奉陪到底。"

"今晚不用陪着，等我出来那天，咱们再喝个痛快。"

"我余小晚可从来没醉过。"

陈山大笑起来："那我能喝多少你知道吗？"

"我会知道的。"

陈山发现费正鹏此时正观察着自己，他故作自然地喝下半杯，问他怎么不喝。

费正鹏说："喝酒也得有心情。你刚不是说了吗，等你出来再喝个痛快。"

"那，万一周海潮刚才说的是真的呢？"陈山不眨眼地看着费正鹏。

费正鹏愣了，陈山微笑着观察他和余小晚的神情。

"肖正国你胡说什么？"余小晚不满的神情中夹带着不解。

陈山大笑了起来："万一他说的是真的呢？万一我出来那天，刚好被天上掉下来的炮弹砸中呢？这哪一顿都没准是最后一顿。今朝有酒今朝醉，人生得意须尽欢，来。干！"

费正鹏端起酒杯，与陈山相碰："你命大，这种背运的事轮不着你。我等着你出来再陪我喝酒下棋。"

陈山豪气地大笑："好，一言为定。"他仰脖将酒一饮而尽，费正鹏跟着干了杯中的酒。

余小晚重新给自己倒了杯酒，陪着喝了几口。她看着陈山喝酒的样子，内心有些不安和不舍。但当陈山望向她微笑时，她又仿佛不再担心了，回报以大大咧咧的笑容。

当张离坐着黄包车急匆匆赶到周记辣子鸡饭馆时，正好看见陈山被周海潮、阿强和阿六押着上了吉普车。费正鹏和余小晚无奈地站在一旁。

上车后，陈山也看到了张离，张离正满脸惊讶地看着吉普车。让陈山有些失落的是，张离无法看到他的脸和他的眼睛。

吉普车发动了，陈山从车后挡风玻璃望过去，张离仍在远远地注视着。

在审讯室，李队医给陈山抽了血。看着自己的血涌进针筒，陈山故作镇定，心中却有些绝望。

此刻，费正鹏推开了关永山办公室的门。

关永山端着茶杯，吹了一口漂在水面上的茶叶："你来啦，我正等你呢。"

费正鹏有些生气："关处，肖正国可是刚拿过委员长云麾勋章的功臣，这才短短几天，就把他当日谍抓起来，这事儿传出去，那不是打了委员长的脸吗？"

"你说得对。不过咱们要是真走了眼，让他捅出大娄子来，那才是结结实实地打了委员长的脸。况且我这么做，其实主要不就是为了你吗？"

费正鹏一愣："为了我？"

"要是我不下令逮捕他，你肯定护着你那个干女婿。那万一他趁机逃跑，你不就成了包庇他的同党了吗？说白了，你觉得戴老板眼里，什么时候能揉进沙子？"

费正鹏暗自心惊："这么说来，还得谢谢关处替我着想。"

关永山点点头："费处啊，咱们也共事多年了，你的人品呢我自然是知道的。他要真是日谍，我相信你一定会跟他划清界限，大义灭亲的。可我就是怕你也被他蒙骗了。"

看着费正鹏神色严峻的脸，关永山继续说："话说回来，最近咱处里的倒霉事一桩接着一桩，我比你更希望这事只是一场乌龙。你放心吧，肖正国在黄埔军校的体检表没送来之前，这事我会压着，绝不会外传，委员长也绝不可能知道。"

把余小晚送回家后，张离又去厨房给她煮面。看着不停从锅里升腾起来的热气，张离缓缓仰起头，叹了口气。显然，陈山的暴露对她来说并不意外。

余小晚坐在床上，呆呆地看着床头柜上她和肖正国的结婚照。然后她又把结婚照拿在手里，继续看。拍照时的情景她还记得，她坐在椅子上，肖正国站在她身后。摄影师让肖正国把双手搭在她肩膀上，肖正国刚伸出手，就被她瞪了一眼。她说，搭椅子上，肖正国就立即讪讪地把手收回去，搭在了椅背上。

放下照片，余小晚又想起了和肖正国商议婚宴时的情景。她说："你说等你过年回来，年夜饭是订在兴隆大酒店好还是蜀香春好？"他木讷地说："你说订哪儿就订哪儿。"听到这话，她就不满了，觉得他老没主意，一点都不像男人。然后他说："主要是，我也不知道过年能不能回来。"

现在想来，肖正国那句话真让人心痛。这个曾被自己嫌弃的男人现在已经彻彻底底地进入了她的生活她的心。她望向放在柜子上的地铺和被褥，一些情景便又浮上脑海。他抓住她的脚后跟，把修好的鞋子套上她的脚，而她的手扶在他的肩上。他举着流血的手指头说，要是周海潮那小子敢再缠着你，我一定会干净利落地让他断子绝孙。他们盖着一床被子聊天，他给她说书，逗得她咯咯直笑……

这些画面，让余小晚温暖、心痛，同时又给她一种奇怪的感觉。现在的肖正国真的和曾经那个唯唯诺诺的男人不一样了。她越想越可疑，不自觉地握紧了手中的相框，又看了一眼照片中的肖正国。这时，张离在客厅叫她吃饭。

两人坐在桌前吃面，各怀心事。张离看着余小晚情绪低落的样子，在心中酝酿着安慰的话语。

"今晚我不回去了，陪你睡吧。"

"他回来之前，你都得陪我。"

张离心酸了一下："就是我做饭的手艺比不上他，你别嫌弃。"

余小晚故作轻松地说："嫌弃归嫌弃，但我肯定会给你面子，不剩饭！"

张离勉强一笑。余小晚忽然放下筷子走向了厨房。

"肖正国昨天做的红烧肥肠还有剩的，我想吃。"

看着余小晚的背影，张离没由来地有些担心。

余小晚盛了一碗红烧肥肠出来，放在桌上，让张离一起吃。但张离没有动筷子，只是看着余小晚一块接一块地把肥肠塞进嘴里。吃着吃着，余小晚就哭了起来。

"小晚，你以前不是这样的。"

"离姐，那你说我应该是哪样的？"

张离怜惜地看着余小晚，不知道该说什么。

"肖正国要是再也不回来了，谁来给我做红烧肥肠呢？"

张离想了想，试探着说："小晚，我想你心里是明白的吧？"

"我不知道。"余小晚哭着说，"我只知道他不像肖正国，但他像只小虫子，成天咬着我的心，让我惦记，让我难受，让我担心。"

"所以，其实你知道他确实不是肖正国。"

余小晚低着头，看着碗里的红烧肥肠沉默不语。

张离看着余小晚的脸，又说："那……你有没有想过，他是不是也一样爱你呢？"

"这不重要。重要的是，我只想他活着。"余小晚握住了张离的手，"离姐，你能帮我救他吗？"

"哪怕他不是肖正国？哪怕他背后有数不清的秘密和麻烦？哪怕他真的是日谍？"

余小晚眼中泪光闪烁："他怎么可能是日谍？他救过美军飞行员，他是拿过委员长颁发的云麾勋章的，他是个英雄。他不能死。"

"就算他没有做过坏事，只要他身份成疑，党国就不会姑息。"

"所以我们才要救他。只要我相信他，我们相信他就够了不是吗？离姐，算我求你，一定要想想办法救他！"

张离望着余小晚殷切的神色，心中百转千回，终于还是点了点头："我会想办法的。"

4

千田英子向荒木惟汇报，江元宝忽然出现在了周记辣子鸡饭馆，随后陈山便被周海潮从饭馆带走了。汇报的时候，她的眼睛里充满惶恐。

荒木惟品着茶，风轻云淡地看了千田英子一眼："你很少这样慌张的。你知道我不喜欢自乱阵脚的人。联系上海了吗？"

"联系了，确认江元宝数日前从集中营逃脱。"

荒木惟依然神色镇定，又品了一口茶之后，他吩咐千田英子去打探一下陈山目前的处境。

张离抱着一床被子来到审讯室，被阿强拦在了门口。

张离笑了笑："阿强，你知道的，小晚和费处都想知道一下肖科长现在的状况，所以才让我送被子过来。再说，万一这事是一场误会，大家以后低头不见抬头见的。"说着，张离悄悄塞了一卷钞票在阿强的掌心。

阿强左右看看无人，压低了声音："那你快去快回，我在这儿给你看着一点。"

张离闪身进了审讯室，一进来就撞上了陈山亮晶晶的双眼。陈山嘴角含笑地看着她说："我觉得我越来越喜欢牢房了。"

张离白了陈山一眼："要是再也出不去了，我看你还喜不喜欢？"

"以后的事先不管。至少之前每一次进牢房，我都离你又近了一步。不过这次你走了之后，不要再来了，离我越远越好。我不想牵连你。"

"如果我怕被牵连，从一开始我就不会管你。不到最后一刻，我不允许你放弃！"

陈山语气依然平静："在你来之前，我已经把所有可能性都想过了。没办法了。"

"不，一定有办法！想想陈夏，要是你死了，还有谁能救陈夏？这时候你必须放手一搏，哪怕用一些非常规的手段，你不能在光明到来前的一刻倒下。"

这时，敲墙壁的声音响了起来。张离明白，那是阿强的提示，想必是周海潮来了。

陈山说："如今我要想出去，就只能求助于荒木惟。你愿意像一个汉奸那样去帮我求他吗？"

"我不光会像一个汉奸那样求他救你，还要和你一起去上海，继续戴着汉奸的面具实现救国之志。我想好了，只要能把你从这里救出去，哪怕前面有千难万险，我也同你一起走！"

陈山沉默不语，许久后慢慢露出了笑容，咬着牙说好："我一定会带着你和陈夏一起离开重庆！"

张离用力点头。在从走廊传来的渐近的脚步声中，她闪身躲入了没有上锁的刑具室。

周海潮走到审讯室门口，得意扬扬地看着陈山："我是来告诉你，你的血型报告出来了，是B型，你要不要猜猜看，肖正国的血型是什么？"接着，他掏出了怀表。那块表正是他向肖正国开枪当晚，曾经遗失在上海十六铺码头的那块表。陈山注意到那块表上有几处明显的划痕，忽然眼前一亮。

"顶多还有一天，二十四小时后，明天中午这时候，你在黄埔军校的体检表就会送到这里。我保证，这次你绝无翻身的机会。"

陈山盯着周海潮的怀表，说："周科长这块表，是戴老板主持的"'四一大会'"上嘉奖的那块吧？"

周海潮仿佛心虚般地将怀表放回了衣服内袋："是啊？怎么？"

"没什么，好久没见你这块表了。还有，二十四小时的变数，太多了。"

周海潮戒备般地避开陈山犀利的眼神："我没工夫跟你废话，明天这时候，等着瞧！"说完，他便头也不回地离开了。

回到审讯室的铁门前时，张离看到了陈山脸上的疑惑。

让陈山疑惑的是周海潮那块怀表。对于这样的嘉奖物品，周海潮应当加倍爱惜才对。但他分明看到，那块表上有几处明显的划痕。那么是不是有可能，这块表曾经遗落在一个混乱的场所，所以才造成了这样的划痕？接着，他又想到了另一件事，李伯钧死前，曾想给他看一块表，但那块表意外地不见了。

"荒木惟曾经告诉过我，他们的人并没有向肖正国开过枪。你说肖正国的死，会不会是自己人干的?"

张离想了想,说:"和肖正国一起去上海执行任务的人,就只有周海潮和江元宝。肖正国中枪,江元宝被捕之时,周海潮去了哪里?为什么他一回重庆,就能准确说出肖正国的死讯?"

陈山恍然大悟,如果不是周海潮向肖正国开的枪,他不会如此肯定地向上级汇报,肖正国已经牺牲了。而且,整个军统唯一对他穷追猛打的人,就只有周海潮。

张离说:"如果把所有的疑点串起来,那就是当天晚上在上海,是周海潮向肖正国开了枪,而有人捡到了这块表后寄给了李伯钧。李伯钧无法确认你的身份,也不清楚表的主人究竟是谁,便想要向你求证。而周海潮得知此事后,生怕罪证败露,就赶在李伯钧见你之前,杀了他灭口!"

陈山双眼明亮,一定是这样。李伯钧死的时候,江元宝还被关在日本人在上海的集中营里,那么想杀李伯钧灭口的人,只能是周海潮。

张离忽地站起说:"我知道该怎么办了,我要检举周海潮!你等我的消息,一切按我的指令行动!"

陈山认真地敬了个礼:"是!"

在陈山看来,检举周海潮确实是个好主意。如果能让周海潮的罪行暴露,至少能把水搅浑,那么他翻盘或者逃出去的机会,就会大得多了。

阿强去而复返,对着张离轻吹了声口哨。张离探头望向阿强,阿强以手势示意她赶紧走。

张离轻声说:"告诉我怎样才能找到荒木惟。"

深夜时分,张离走进了刘记面馆。

店内已无客人。伙计正在将凳子翻起放到桌面上。掌柜的正在柜台后整理着账本,见张离进来后,他说:"小店已经打烊了,要吃面明天请赶早。"

张离亮出了一支蒙特克里斯托雪茄:"我有急事要立刻见荒木惟先生。"

掌柜接过雪茄,意味深长地看了张离一眼。

千田英子走进荒木惟的房间,告诉正在抽雪茄的荒木惟,有个女人拿着蒙特克里斯托雪茄去了刘记面馆,说要马上见他:"会不会是陈山出卖了我们,军统借机给我们下套?"

荒木惟镇定自若,吐了一口烟圈,说:"要是他敢出卖我们,陈夏就死定了。以他的心性,他哪怕是下一分钟就要死了,这一分钟,他也不会放弃营救陈夏。"

"她找我们,应该是希望我们能营救他。但他的身份已经暴露,对我们来说是废子一枚。"

荒木惟说:"围棋里有一种置之死地而后生的棋子,叫棋眼。如果我没有猜错,这个女人,就是陈山曾经拼了命去救下的那个女人。"

"张离？那您要见她吗？"千田英子看着荒木惟问。荒木惟吐出一口烟，烟雾中，他的脸有些模糊不清。

掌柜的放下电话，告诉张离，半个钟头内去军人俱乐部后巷西巷口，过时不候。

张离看了下表，此时是8点40分。她问掌柜的怎么接头，但是掌柜的只是沉默地看着她。知道问不出答案，她立即快步跑出了面馆。

她飞奔在黑夜的街头，不时向后张望着，有拉着客人的黄包车跑过。终于，她看到了一辆行驶中的空马车，便迅速伸手拦车。

马车上只有张离一个客人，马蹄在重庆夜晚的街头奔跑着。马蹄嗒嗒，像踩在张离的心口。

此时，千田英子正站在一个大玻璃窗后面。从窗口看出去，可以看见军人俱乐部的招牌霓虹灯正在闪烁。这是俱乐部对面的房子里一个二楼的房间，可以看见俱乐部周围的情况。

千田英子举起手中的望远镜，观察着对面军人俱乐部门口的动静。两名日本特务伺立门口。

千田英子从望远镜中看到，舞厅门口有卖烟的小贩在叫卖，有舞女迎接熟客入内，亦有黄包车停下。从车上下来的舞客三三两两地进入了舞厅。

第十七章

1

马车在军人俱乐部附近停下,张离匆匆下车,看了一眼表,9点05分。她喘了一口气,沉着地扫了一眼四周,神色如常地走向军人俱乐部后巷。

"果然是她。"千田英子喃喃自语,放下望远镜向外走去,同时吩咐山口带部下各就各位。

张离到达了巷口,机警地望着路过的稀少行人和黄包车。不久,她看到一个面容冷漠的女人坐着一辆黄包车经过。黄包车没有停,那个女人也没有看她一眼。但张离认出她就是上次在军人俱乐部见过的千田英子。

"千田小姐。"

张离叫了一声,那辆黄包车就忽然停下了。千田英子坐在黄包车上,没有回头。街头近处没有行人,张离快步走了过去。这时,一辆汽车疾速开来,也停在了千田英子身边。山口和另外一名日本特务下车,连同日本特务假扮的黄包车夫一起拿枪瞄准了张离。

张离主动将双手举过头顶,说:"我叫张离,我是替陈山来给荒木惟先生传话的。"

"我认得你。"千田英子冷冷地看着她。

张离看了一眼山口和另一个日本特务,说:"要是我没记错,当初给我绑上定时炸弹的,就是这两位吧。"

千田英子说:"你要是敢耍花样,在我面前,你走不过三招。"

这时,不远处传来了汽车引擎的声音。"上车说话。"张离说,"这个点军统巡逻车应该马上就会路过这里,我想你应该不希望在这时候跟他们起冲突吧?"

山口驾车缓行,张离和千田英子坐在后排。张离让山口前面左转进巷子,那不是军统的巡逻路线。山口有些犹豫地看了千田英子一眼,千田英子让他照做。

山口左转,在巷子里停车熄火。不一会儿,军统巡逻车从他们刚才行驶过的马路上径直开了过去。

张离对千田英子说:"我想替陈山告诉你们,你们要的东西,他还有机会拿到。我想荒木惟先生会感兴趣的。刚刚让你们避开军统的人,就已经表明了我的诚意。"

千田英子看着张离,忽然露出了笑容,"好,我接受你的诚意。"说完,她就用一个黑布袋套住了张离的头。

被扯掉黑布袋时，张离已经身处一个狭长的黑暗房间，唯一的光源是远处一盏强光灯。灯前显出一个人影的轮廓。那人逆光而立，背对着她抽着雪茄。她清楚，那就是荒木惟。

张离抬起右手试图遮挡一下直射她眼睛的强光，黑暗中立刻传来一声拉动枪栓的声音，张离的手僵住了。

"不许动，否则我保证你会被打成一个美丽的筛子。"千田英子在暗处，正拿枪对着她。然后她听到荒木惟低沉的声音传了过来："陈山看中的女人，胆色果然非同一般。"

张离的右手顺势将头发理到耳后，再慢慢放下，她垂下眼帘语音平稳地说："荒木惟先生，久仰。"

"我在上海的时候就知道你，张离。"

"那我认识你要晚一些，在我知道肖正国其实叫陈山的时候，才知道你的存在。"

"这么说来，他早就在你面前暴露了。看来你确实有几分本事。"

"但我们的本事，都远远比不上你，荒木惟先生。"

张离听到荒木惟笑了，接着他说："我喜欢你的恭维，不过我想知道，你为什么一直没有揭露他的身份？"

张离停顿了一下，似乎在酝酿着情绪，也似乎在剖析着自己的内心："他爱我，所以他对我坦陈了他的所有秘密。而我看到了他的一颗真心，也愿意回报他的这份真情，哪怕为他付出生命。"

张离看不到，千田英子那张隐没在黑暗中的脸因为她这几句话变得柔和了起来，更不会看到，千田英子不由自主地看了荒木惟一眼。

"这么说，你愿意为她涉险，是因为所谓的爱情。"顿了一会儿，荒木惟语带轻蔑地说，"可惜啊，让爱他的女人只身犯险，这样的男人既无能又无耻。"

"荒木先生，你错了。"张离平静地说，"这世上没有一个人可以孤军奋战。他需要我，我也愿意被他需要。在我和他的关系里，我们是平等的，他从未视我为弱者。"

荒木惟不由转过身来，看了张离一眼："你这样的人，内心应该有信仰。"

张离终于适应了光线，看清了荒木惟的眼睛："我的信仰是活着，是爱情。如果他死了，我的余生就没有意义。可是我一个人救不了他，只能求助于你们。"

千田英子在一旁冷笑："出卖我们，他也可以在军统将功折罪。"

张离镇定地说："你应该知道他一向重感情，军统能给的那些功名，怎么比得上他妹妹的性命重要？如果他想出卖你们，此刻你们还会安然无恙吗？"

荒木惟说："我只想知道，他还有什么办法翻盘。"

张离说："只要你们能让他从军统的审讯室里脱身，接下来的事，他自己可以办到。你布局这么久，肯定不想在最后关头功亏一篑。你要相信，相信他就是你最后的机会。"

　　荒木惟想了想，说："距离惊蛰只有三天了，你应该知道，时间不会为你们的爱情稍做停留。"

　　"我们就只要三天。如果我们做不到，对你来说，最大的代价也不过是多等三天。"

　　荒木惟沉默了。张离和千田英子望着荒木惟，看着荒木惟一步步走近。

　　荒木惟走到了张离身前，说："我不是一个容易被说服的人，张离小姐，你是幸运的。"接着，他转脸吩咐千田英子，配合陈山的计划，在能力范围内尽可能给予帮助。

　　"我是个赏罚分明的人。"荒木惟重新看着张离的眼睛，"假如你们能如期完成任务，我可以多给你一张船票，让你和陈山一起离开重庆。为了你的爱情，为了你的信仰，请放手一搏。"

　　张离敲门之前，余小晚还在机械而笨拙地织围巾。因为走神脱了一针，她就去挑那一针脱掉的毛线，结果整排都脱了针。她烦躁地把围巾扔到了一边，毛线球也滚到了地上。

　　一进门，余小晚就急切地问她，有没有见到肖正国，有没有办法救他。张离把滚在地上的毛线球捡起来，说见了，他挺好，不用担心。

　　"有什么可以让我做的吗？"余小晚迫切地说，"让我做什么都可以！"

　　张离把毛线球收拾好，拿起那条被扯乱的围巾，坐下开始拆针整理。她没有看余小晚，只是弄着手里的毛线活："你什么也不用做，也什么都不要问。"

　　"好，我不问。"

　　张离抬起头来，看着余小晚："我只希望无论发生什么情况，你都能一如既往地信我。你能做到吗？"

　　"当然能。"余小晚回答得毫不犹豫，"如果我连你都不能信，那天下之大，哪还有我余小晚可信之人？"

　　"你再等我三天，到惊蛰之日，一切自有分晓。"

　　陈夏正在做鞋。窗户开着，风吹动窗前的风铃，发出清脆的叮叮声。对她来说，光明的世界太过崭新，她一时还没有适应。她穿针纳着鞋底，听到风铃声，她徇声望向窗口，借着灯光，看到了风铃模糊的轮廓。然后，她又听到了一阵脚步声，便微笑了起来。

　　她放下鞋子，起身相迎，不料一分神，被手上的针扎到了手指。

　　陈夏在荒木惟敲门之前打开了门，满脸兴奋："你来了，荒木君。"

　　荒木惟看了看陈夏手上的血迹，问："你的手怎么了？"

　　陈夏赶紧把手指放进嘴里吮了一下，"不要紧。从前一点都看不见的时候都没被针扎过,现在看得见了反倒被扎了。"

"人总是容易在自以为有把握的事上栽跟头。"

顿了下,荒木惟笑了,问她有多少年没看到黄浦江了。陈夏满脸惊喜,问是不是要回上海了。荒木惟说,他给她买了明天的船票,她先走。他和她的小哥哥稍后回来。竹也医生跟她一起走,到了上海之后,他会带她去日本。只有去了日本,接受更专业的手术,她的眼睛才能完全复明。

但陈夏不想去。因为手术总会有风险,她不想重新回到黑暗里。荒木惟说,所有的可能,哪怕只有一丝希望,都值得去努力。听到这句,陈夏有些纠结地重新拿起鞋子,缝了起来。

"能让我见小哥哥一面再走吗?他要是知道我眼睛变好了,一定会高兴得翻跟斗的。"

荒木惟看了陈夏一会儿说:"等你从日本回到上海,彻底恢复视力后,我保证他会给你翻更多的跟斗。"

陈夏又问能不能通电话,荒木惟没有回答,他站起身来,让她收拾一下东西,明天千田会送她去码头。

"连通电话也不可以吗?"陈夏失望地说。此时荒木惟已经走向门口,听到这句他站住了。

"万一小哥哥有什么危险,会不会我再也听不到他的声音了?"

荒木惟转过身来看着陈夏,没有说话。

"对不起,荒木君,我只是有些害怕。"陈夏说罢重新坐回桌边,背对着荒木惟开始纳鞋底。她的眼泪还是忍不住掉了下来,滴落在鞋底上。

看着陈夏楚楚可怜的背影,荒木惟有些不忍地走到她身后,伸出手去,想拍拍她的肩膀。但他的手停在半空,最终还是缩了回去,沉默着离开了。

深夜,张离去了李伯钧曾住过的宿舍。确定无人后,她用小刀撬开窗户插销,翻窗而入。

张离拉紧窗帘,打亮袖珍手电,在屋内仔细搜索,但一无所获。她不知道,此刻周海潮正驾车路过清风巷。他心事重重地开着车,忽然踩下了油门。

周海潮倒车回到了清风巷口,他想起了先前去审讯室见陈山时的情形。陈山盯着他的怀表,好像很有兴趣,还专门问了是不是戴老板嘉奖的那一块,他说二十四小时的变数太多了。陈山的话让周海潮心里不踏实。尽管李伯钧已经死了,他还是决定去他的宿舍看一看。

周海潮走进巷子的时候,张离看到了桌子上摆着的陶瓷童子玩偶。她下意识地拿起,发现是空心的。她轻轻摇动了一下,听到里面似乎有东西在轻响。她把玩偶砸碎,看到了藏在里面的一张纸。

那是刘成写给李伯钧的信。

看完之后，张离明白了全部。而就在这时，窗户忽然被周海潮推开了。

张离大吃一惊，迅速关闭手电。被风吹得翻飞的窗帘中，周海潮看到了张离的身影，但没看清她的脸。

"出来！我看到你了。把手举起来！不然我就开枪了！"周海潮举枪大喊。

张离摸到地上碎成两半的陶瓷玩偶，捡起较大的一块掷向周海潮。周海潮一闪，张离趁机又拿起一张凳子，砸中了他握枪的手。

在手枪脱离周海潮的右手时，张离起身打开了后窗。周海潮来不及捡枪，迅速扑过去。张离早有防备，扯下后窗窗帘，掷了过去。周海潮伸手欲挡，但被张离一脚踹中腹部。

窗帘盖住了周海潮的脸。张离用窗帘裹住周海潮的头，将他掀翻在地，随后跃出后窗。

周海潮挣扎着起身，解开自己头上的窗帘时，张离已不知去向。

周海潮在黑暗中摸到自己的枪，悻悻追出。追到巷口时，他四顾张望，却已不见了对方的身影，不禁备感懊恼。

2

张离匆匆回到第二处，敲响了费正鹏办公室的门。她没有留意到，自己走进费正鹏的办公室时，被走在走廊另一头的洪京军恰好看到。

看着被张离迅速关上的门，洪京军心生疑惑，轻手轻脚地走了过去，附耳偷听。他听到张离说她从李伯钧宿舍里找到了一封信，应该就是这封信和这上面提到的表，要了李伯钧的命。

听到这里，洪京军脸色大变。

费正鹏看完了信，心中大惊。他清楚，当时跟肖正国一起去上海的，只有江元宝和周海潮。而李伯钧死的时候，江元宝远在上海，他根本不会知道，有人寄了信和证据给李伯钧，所以有杀人动机并偷走那块怀表的人，应该就是周海潮。想到这里，他向后靠坐在了椅背上。他十分清楚，如果有人向肖正国开枪之事属实，那么江元宝供词的可信度也很大，现在的肖正国，极有可能是他人假冒的。

费正鹏额头冒出了汗。他担心的是，如果把这封信交出去，即使血型一致，肖正国恐怕也再难洗脱日谍嫌疑。所以，这封信要不要交出去，其实是个对赌。他曾问过余小晚，这个肖正国有没有问题，她铁板钉钉地说如假包换。但他怕她冲昏了头，现在，他想听听张离的感觉。

张离说："肖正国是不是有问题这是后话，眼下我只知道，周海潮企图谋害同志，这样的奸恶之辈，必须锄之，况且他是关处器重之人。"

张离看了一眼费正鹏手中那封信，接着说："这封信交给您，我就是一个毫不知情之人，要怎么处置，相信费处自有定夺。"

费正鹏深深地看了张离一眼。

接下来,张离去了审讯室,与陈山隔着门小声说话。张离告诉陈山,荒木惟已经答应了救他。费处会不会马上动手抓周海潮她还不知道,如果处里乱了,明天他们出去的机会会更大。

"他会动手的,"陈山说,"他比你更清楚这件事的利害关系。大恩不言谢。"

"当然要谢,等你出去了,等过了惊蛰,我再告诉你怎么谢。"

周海潮把车停在第二处的大院,一下车,就看到了从楼里匆匆出来的洪京军。

洪京军附到周海潮耳边,说:"刚刚张离给了费正鹏一封信,好像就是我们一直没找到的刘成写给李伯钧的那封信。现在你打算怎么办?"

周海潮大惊,刚才那个人果然是张离。他焦虑地思索着,毫无头绪。这时,阿强骑着自行车从外面回来了,向他禀告,有兄弟看到江元宝在他家附近出现了。

周海潮眼睛一亮,但随即装出一副淡漠的样子:"知道了。上头的意思是,江元宝这事最好是大事化小,小事化了。这事就当没发生过。"

阿强一愣,没懂什么意思。

周海潮装作无奈:"出了这样的事情,传出去整个第二处都脸上无光啊。懂了吗?"

江元宝将自己遮得严严实实,在家门口鬼鬼祟祟地观察,确认无人跟踪,才闪入家门。他一进门,周海潮就从暗处闪身出来。接着,他听到了从屋里传出来的江元宝老婆的大骂。她让江元宝干脆死在上海,省得他牵肠挂肚。

江元宝压着嗓子,让她赶紧收拾东西走。老婆不走,因为邻居借的十五块钱还没还回来。好说歹说,江元宝恼了,咬着牙说:"不能再等了!我已经找了船,今晚就走!"而就在这时,砰的一声,房门被周海潮撞开了。

周海潮和江元宝几乎同时举起了枪。

清晨,周海潮驾车回到了家。刚一下车,齐云、李龙等六名军统特务就冲出来,举枪指向他。

周海潮冷冷地看着几人:"你们这是想干什么?"

费正鹏走了出来:"周海潮,李伯钧的死有新线索,关处有令,请你回处里说清楚。"

周海潮冷冷地看着费正鹏,没有说话。

关永山坐在会议桌首凝神思索,他的手放在刘成写给李伯钧的那封信上。费正鹏和周海潮坐在会议桌两边第一个位子上。

费正鹏已经查过门房的记录。李伯钧被杀当天,收到了刘成从上海寄给他的包裹。据门房回忆，包裹的尺寸很小，极有可能只是寄了一块表。所以事实就清楚了，凶手一定是担心李伯钧查明真相，这才在李伯钧去找肖正国求证的路上杀人灭口，并盗走了证物。"

听完费正鹏的推断，周海潮面无表情，一下一下地鼓起掌来。

"我猜费处长大概还会说，当日和肖正国一起去上海的，只有江元宝和我二人，那时候江元宝还在日本人的集中营里，唯一有可能下手的只有我周海潮。现在江元宝也是下落不明，无处对质，所以你认为杀死肖正国的人，只有我周海潮，是不是？"

费正鹏觉得有点不对劲，说："既然你自己交代了，那就最好不过。"

周海潮叹了一口气，说："费处，我知道，你的干女婿是日谍这件事，让你觉得头上这乌纱帽怕是戴不牢了。所以你故意捏造出这封信来对付我，是想转移大家的注意力吗？"

"一码归一码，"费正鹏说，"肖正国要真是日谍，我费正鹏该担什么责任，就担什么责任。残害同僚者，与敌寇叛徒无异。"

说着，费正鹏看向关永山，请他下令，立刻联络上海站，征询此信的真伪。在此之前，周海潮应限制行动，配合调查。

关永山沉吟着。周海潮抢先说道："我当然愿意配合调查，但要扣押我也得有真凭实据吧？请问费处，您这封信是从哪儿来的？谁又能证明信上说的全都属实呢？"

费正鹏说："信是我的一个手下从李伯钧家中找到的。"

周海潮说："李伯钧死后，他的住处我们前后搜查了数次，怎么我们从来没发现有这封信，偏偏在今天让费处的手下给找着了？这信出现的时机，也太巧了吧？"

费正鹏镇定如常："此信的真伪，只要联络上海的刘成查证便可。周海潮你百般狡辩，是想拖延时间伺机逃跑吧？"

关永山脸上神色变幻，默不作声。周海潮倒是仍然一副成竹在胸的样子："身正不怕影子斜。请关处秉公处理，周海潮绝无异议。"

"马上让小董密电联系在上海的飓风队，跟这个叫刘成的求证详情。"关永山终于开了口。

敲门声响了起来。

进来的人是李龙。李龙看了周海潮一眼，向费正鹏和关永山报告，江元宝找到了。

关永山和费正鹏都是一愣。周海潮微微一笑，面露得意之色。

费正鹏、关永山、周海潮次第进屋时，阿强和齐云已经在屋内。江元宝的尸体悬挂在半空，看起来像是上吊自杀。而江元宝的老婆的尸体横陈在地，胸口有一处刀伤。

齐云向关永山和费正鹏敬礼，送上了江元宝留下的遗书和物品。齐云戴着手套，递上一页纸和一个塑胶袋装的一块浪琴手表。

费正鹏看遗书的时间里,周海潮嘴角露出一抹不易觉察的笑容。昨夜,当他破门而入的时候,他和江元宝几乎同时举起了枪。

周海潮在举枪的同时一把拉过江元宝的老婆,用枪顶住了她的脑袋。江元宝登时软了,遵从周海潮的要求,将枪放在地上,并踢向了他。

周海潮一脚踩住枪,将江元宝的老婆推向江元宝。反手关上房门后,他又捡起了地上的枪。

江元宝把惊慌的老婆拉到自己身后护住,求周海潮放过他。周海潮放下枪,笑了:"不要误会,我来不是想抓你。可要不先缴了你的枪,我怕你不肯听我说话。"

接下来,周海潮告诉江元宝,那个假冒肖正国的日谍身份已经确认,他是来带他回去请功受奖的。江元宝不去,只想带着老婆离开重庆,去过安生日子。周海潮便掏出了一卷钞票,让他路上用。江元宝不收,此时他还没有放松警惕。

"拿着。"周海潮说,"能揪出假冒肖正国的日谍是大功一件,说起来还有你一半的功劳。你既不愿受奖,我就只有独得了。我还得谢你呢。"

江元宝诧异地看了周海潮一眼,扭头与老婆交换了一下眼神。江元宝老婆的神色也有些放松下来。江元宝道着谢接过了钱。

"跟我还客气什么?你打算什么时候走?打算去哪儿?"

"打算先去梁平县投奔一个朋友。今晚就走,船都找好了。"

周海潮点点头:"行,那我送你一程。"

江元宝完全松懈下来,让周海潮稍等。他叫老婆去收拾东西,完全没有看到周海潮的手中忽然多了一把刀。

杀这对夫妻没花多大工夫。那个女人一刀即死。江元宝被绳子勒住脖子的时候,倒是踢腾了一会儿,但也不过是几分钟的事。之后,周海潮大呼了几口气,将江元宝吊上房梁,并将早已准备好的遗书掏出来放在了桌上。

3

费正鹏看完江元宝的遗书后,递给了关永山。江元宝的遗书中写得很清楚,肖正国和李伯钧都是他所杀。当日他之所以对肖正国起了杀心,是因为他眼看逃不出日本兵的包围圈,索性杀了肖正国再向日本人投降,想给自己留条生路。但是现在他得了恶疾,即将不久于人世,因终日受病痛折磨,只求一死得以解脱。为免黄泉路上孤单,所以杀了老婆好一起上路。

关永山看完遗书后,冷笑了下:"这么说来,他这是畏罪自杀?"

周海潮说:"应该是这样。"

关永山又冷笑着说了句:"愚蠢。亡命之徒,不可理喻。"

周海潮接话说:"但他这一死,也算做了件好事,至少可以还我一个清白。"

费正鹏意味深长地看了周海潮一眼。

关永山看了一眼袋中的表，又打量了周海潮一眼，周海潮略感紧张。此时，秘书小董抱着一个文件夹匆匆跑了进来，向关永山报告，上海飓风队回电了。关永山接过文件夹打开看了一眼，回电说，刘成已经死了。同肖正国执行任务那次，刘成在码头受了伤，没过多久就死了。

费正鹏皱起眉，接过电报，又亲自看了一遍。

周海潮站在一边，眼神狡黠。刘成已死这件事，他之前便安排线人查到了。他很遗憾地说："太可惜了，要是刘成还活着，大不了把我和江元宝的照片寄去让他辨认，就什么都清楚了。"

费正鹏合上文件夹，冷笑了一声："好啦，这下是死无对证了。"

关永山心中暗松了一口气。肖正国被冒充之事，几乎已经铁板钉钉，这可是费正鹏栽的一个大跟头。这时候费正鹏忽然揪住了周海潮的辫子，在他看来，正是费正鹏对他的反击。假的肖正国能连累费正鹏，周海潮也能连累他。江元宝的死虽有些蹊跷，但他还是宁愿选择相信他就是真凶，因为，只有周海潮平安无事，他才能置身事外。他开口说道："看来费处得到的那封信，内容很确凿啊。"

"是啊，费处。"周海潮立马接话，"刚才我对信的真伪有所怀疑，只是就事论事，并无对费处不敬之意，还请费处不要介意。"

费正鹏盯着周海潮，笑了笑："不介意。多亏江元宝死得正是时候，不然只怕我费尽口舌，也证明不了此信的真伪。"

周海潮有些心虚地避开了费正鹏利箭般的目光。关永山看了看表，让周海潮处理这里的事，和费正鹏回了局本部。

一辆医用防疫车行驶在一条偏僻无人的道路上，车上有两名身穿白大褂的医护人员。车后座放着防毒面具。后车厢内装着巨大的铁制医用卫生桶。

忽然，医用防疫车被击中了轮胎，险些翻车，堪堪停在了路旁。

山口和另外两名日本特务冲出来，举枪对准了车上的军统特务。车内惊魂未定的特务不得不举起了双手。接着，他们就被脱下了白大褂，又被反捆着双手押上了停在一旁的汽车。

山口将一只医用卫生桶抬上医用防疫车的后车厢，与车厢内外表一模一样的桶调包，然后迅速更换爆掉的轮胎。干完这些，山口和另一名日本特务钻进车里，穿上白大褂，戴上口罩。

医用防疫车重新上路，开向军统第二处。

这个计划是前一天晚上在荒木惟那个秘密的小黑屋中制定的。上午8点，重庆市防疫所的人会出发去军统各单位检查鼠疫。计划是，劫持医用防疫车，假扮成医务人员进入第二处，张离在第二处门口接应，营救陈山。但这事应该由总务科接待，她能做的就是抢在总务科的人之前带山口他们进入审讯室。

张离的桌上放着一份《关于要求各部门配合鼠疫检查的通知》的复制件。她站在窗口向外张望着，此时已经是8点40分。当医用防疫车向第二处远远驶来时，她迅速拿起桌上的文件，向外走去。

秘书小董却正好来到了她的办公室门口，来要《党风党纪建设》的学习总结。张离折回，边走边说怎么处里人那么少，两位处长都没在。小董说，你没听说吗，大清早的，费处先是抓了周海潮，说他是杀死李伯钧的凶手，结果这时候阿强回来说，江元宝找到了，他在遗书里说，李伯钧是他杀的。张离愣了一下，神情随即恢复平静，找到学习总结交给了小董。

这时，山口驾驶的医用防疫车已经在第二处门口停下了。守门的军统特务小孙上前敬礼，山口回以敬礼，并递上了《关于要求各部门配合鼠疫检查的通知》。小孙看了一眼车内的两人，问，防疫站的？山口点点头，没有说话，他的中文并不流利。

小孙有些纳闷。没接到通知就来了，他要先打个电话去总务科核实一下，便走向了门房。山口有些紧张，他对另一名日本特务点了点头，另一名特务悄然握枪在手。

小孙的电话拨通后，张离匆匆跑了过来，手中拿着那份复制的文件，问是防疫站的吗？山口朝她点了点头。张离对山口轻点了一下头，跟小孙说，这事儿她知道，她带他们进去。

小孙放下电话，问："离姐，这事儿不是该归总务科管吗？"

张离说："总务科小刘刚才被关处叫去了，所以在走廊上交代这事儿给我。我替她把人带进去就行。"

"那行。你来这个出入登记簿上签个字。"

张离接过小孙递来的笔在登记簿上签上自己的名字。小孙抬起了拦在门口的木杆。车内的山口松了口气。

"先跟我去审讯楼吧。"

张离快步向审讯楼走去。山口配合着她的步速，将医用防疫车驶向审讯楼门口。

车头向外停在审讯楼门口后，山口和另一名日本特务下车，打开后车厢门，取出推车，抬起医用铁皮卫生桶放在推车上。接着，两人推着装满了消毒水的卫生桶，跟着张离走进了审讯楼，走向陈山所在的审讯室。

审讯室守卫特务光头迎面走来，问张离什么情况。张离递上文件，说他们是市防疫站的。"之前不是有个囚犯得了鼠疫死了吗？他们是来清洁消毒的。"

光头把文件递还给张离，又问桶里装的什么。张离主动打开桶盖给他看，消毒水。光头闻到冲鼻的消毒药水味，皱眉掩鼻让他们进去。

山口递上一个口罩，向张离使了个眼色。张离便让光头把口罩戴上。光头接过去道谢，张离自己也戴上了一个。

山口盯住光头。光头正欲戴上口罩，却停住了。他闻了闻，似乎觉得口罩中有异味。光头察觉出了山口眼光的异样："你看我干啥？"

山口收敛眼神，示意光头戴上口罩。

光头又问："为什么不说话？"

山口见形迹即将败露，猛地扑上前去，欲用口罩捂住光头的口鼻，另一名日本特务则帮助制住他。但是光头力气大身手好，竟同时将两人打翻，然后迅速扑向墙上的警报按钮。

这时，张离果断地伸出了脚，光头失去平衡绊倒在地。张离趁机用一块喷过迷药的手帕捂住了光头的口鼻。很快，光头就停止了挣扎，昏迷过去。张离迅速解下他腰上的钥匙，一指刑具室，让山口把他抬进去。

张离打开陈山所在的审讯室的门，又开始找手铐钥匙。陈山看着张离低垂的睫毛、专注的神色，不由自主地露出了笑容。

"说书的全是英雄救美人的段子，可到了咱们这儿，全反了。这位美人，我要求以身相许，不然死不瞑目。"

张离说："等惊蛰那一天，希望你还有心情开同样的玩笑。"

陈山笑着说，"会的。我从来都不怕惊蛰，我只怕中秋。"

"为什么？"

"因为我娘已经不在了。"

这时，山口和另一名日本特务推着装有消毒水的卫生桶进来了。陈山认出山口，沉着脸感叹："真没想到，我要让曾经拿枪指着我的人来救我，这可真是我莫大的悲哀。"

"行了，"张离说，"更大的悲哀是被你最亲密的朋友用枪指着。没时间废话了，费处一早抓了周海潮，但江元宝忽然死了，留下遗书说李伯钧是他杀的。现在他们应该在回处里的路上，我们得趁他们回来之前赶紧离开。"

陈山神色一肃："周海潮这是金蝉脱壳，拉江元宝给自己垫背。"

"你先出去，我再设法查清这件事。"

山口和另一名日本特务旋转桶的上半部分后，抬出装有消毒水的上部桶体，露出下面空着的三分之二空间。

"快进去。"张离冲陈山指了指消毒桶。

一行人推着消毒桶快到门口时，张离让山口和另一名日本特务等一会儿，她先出去看一眼。走出审讯楼时，周海潮正走过来。两人打了个照面。

张离叫了声"周科长"，周海潮微笑，话中有话地说："看到我还好端端站在这里，你不感到奇怪吗？"

张离故作不知："我不明白周科长说什么？"

"我知道你有几分本事，但我真不知道你这么有本事。我呢，就想给你提个醒，别站错了队。里面那个肖正国，铁定是个冒牌货。你可不要鬼迷了心窍，被他利用。"

张离点点头:"多谢周科长提醒。"

周海潮看了一眼医用防疫车,又望了一眼审讯楼,心里生起了疑惑:"你来这里干什么?又想趁我不在耍什么花样?这车哪儿来的?谁在里面?"

张离递上复制的文件:"市防疫站过来消毒牢房,我替他们带个路。"

"这事儿不该总务科办吗?什么时候落我们中共科了?我这个当科长的怎么不知道?"

"这当然是总务科的事儿,只是总务科小刘刚好被关处派出去办事了,所以临时让我帮个忙,也没来得及跟周科长汇报。"

周海潮冷冷地盯着张离:"这可真够巧的。"

周海潮径直走进了审讯楼,与楼门口守着消毒桶的山口和另一名日本特务正面相遇。他打量了下消毒桶,转头跟张离说:"这么大桶都够装一个大活人的。张离,你该不会是想明目张胆地把那个假肖正国捞出去吧?"

张离跟进来,冷静地说里面是用剩的消毒水。周海潮让山口把盖子打开,山口一时愣住了,定定地看着周海潮,又向张离投去一瞥。周海潮伸手抬了一下消毒桶,一只手没有抬动:"为什么这么沉?"

"周科长,桶里只是一些用剩的消毒水。"张离又说了一遍。

周海潮警觉地拔出了枪:"把盖子打开!"

张离向山口使了个眼色,山口只得打开盖子,退开两步。周海潮凑上前去查看。这时,张离猛地从背后以手肘击中周海潮的后颈部,周海潮顿时昏倒在地。

张离将周海潮拖入了旁边的树丛,顺手把旁边一辆小斗车里的树枝落叶倾倒在他身上。两名日本特务将装有陈山的消毒桶抬上车子后车厢。

三人一起上了车子驾驶座。张离坐在后排,也穿上了白大褂,戴上了口罩。

车开到门口时,被门口的横杆挡住了。

4

小孙走出来问:"这么快就完事了?"山口点了点头。车内后排座位下,张离蜷缩着身子躲藏着,一动不动。小孙看了一眼前排的两人一眼,让他们把后车厢打开,例行检查。

山口便下了车,打开后车厢门。小孙上车查看卫生桶,他打开桶盖时,陈山忽然从里面站起身,一拳击中小孙的面门,并夺下了他的枪。小孙顿时晕倒在车内。

与此同时,山口迅速关上了后车厢门,而另一名日本特务抬起了拦在门口的木杆。山口驾车驶出大门后,日本特务迅速上了副驾驶座。

洪京军从办公楼里走出来时,恰好看到那名日本特务爬上医用防疫车迅速驶离的情景,不禁心生疑惑。

他快步走到门房,向内张望,却不见小孙的身影。他叫了两声,没人应。然后他回头望了一眼审讯楼,快步跑去。

洪京军快步进入审讯楼,走廊上很不对劲地空无一人。他跑到关押陈山所在的审讯室门口,审讯室内也一样空无一人。肖正国跑了,洪京军的眼睛瞪大,惊慌地拉响了警铃。

车子的后车厢里,陈山将昏迷的小孙放进了卫生桶,并盖上了盖子。车子行驶至一处僻静街角时,陈山和山口将卫生桶抬下车,留在路边。

医用防疫车重新发动,陈山坐进了驾驶室,与张离并肩坐在后排。短暂的平静过后,他们听到了军统第二处传来的警铃声。

"这么快就被他们发现了。"陈山有些吃惊,"看来防鼠疫这个借口找得不太好,我们就要成过街老鼠了。"

山口加大油门,医用防疫车向前疾驶而去。

洪京军和阿六从树丛中找到了周海潮。被两人扶起时,周海潮抚着后脑有些迷糊。洪京军问谁把他打晕的,他顿时清醒了过来:"是张离!张离人呢?"

洪京军说:"没找到她。肖正国也不见了!"

李龙、齐云等军统特务快速集合。周海潮用毛巾压着后颈,命令众特务追捕医用防疫车,目标是张离和肖正国,遇有抵抗,格杀勿论。

5

医用防疫车离开大街,驶进一些偏僻狭窄的街道,不时引得鸡飞狗跳,小贩和行人纷纷躲避。

这时,李龙和齐云等人正驾驶着三辆三轮摩托疾驶在另一处街头。在一个路口,李龙停下车,询问路人有没有看到一辆医务车开过去。路人往某个方向一指,李龙迅速带队驾车驶去。不久,他们在一条小路尽头看到了那辆停着的防疫医务车。

李龙和齐云等人在不远处停下,纷纷下车,举枪一步步接近防疫医务车。透过窗玻璃,没在驾驶室见到人。

齐云对李龙使了个眼色,李龙便在其余军统特务的掩护下,上前一把拉开了驾驶室车门,所有枪支同时瞄准了驾驶室。但车内空无一人,只有几件白大褂和几个口罩。有特务打开后车厢门,车厢内亦空无一物。

齐云看到车旁有一道矮墙,墙上有鞋印,显然刚刚有人翻墙逃跑。他一摸鞋印,手上立刻沾上了新鲜的泥渍:"一定是翻墙跑了,追!"

陈山、张离等人已经跑出巷子,混入了大街的人流。李龙和齐云此时亦追出了巷子。李龙分明看到了肖正国的身影在人群中一闪消失。他有些意外，愣在当场。齐云没看到肖正国，下意识地选择了另一个方向，带队往那边追。李龙什么都没说，只是随其他军统特务一起跑去。

张离、陈山、山口等四人坐在一辆公共马车上，在重庆街头飞奔。风吹拂着张离的头发，陈山扭头看着张离的侧颜，一时有些痴了。张离看着街景说："这样的马车是重庆独有的风景，这大概是你最后一次坐重庆的马车了。"

"也是第一次。"陈山仍然望着张离，"能和你一起看风景，肖正国表示很荣幸。"

张离看了看表，9点45分。现在他们要去东水门外的山谷。警察局今天送犯人去石板坡监狱的时间，她已经核实过了。囚车10点30分左右会经过东水门外，那是陈山混进去的唯一机会。

"对不起，"陈山说，"好像把你带上了一条不归路。"

张离说："前路艰险，很可能一去不回。"

陈山也扭头望向了前方："那就一去不回！老子认了！"

张离听到这里，终于扭头看了陈山一眼。两人四目相对。陈山眼中决绝的神色让张离一时动容，两人就这样对望着，像是充满了勇气。

马车来到了东水门外的荒僻道路。道路一边靠山，另一边是悬崖，但路边上长满植物，形成了一道护路拦。路中间有一块事先已经搬至此处的大石头。树丛里有一套事先准备好的囚服和脚镣，张离让陈山赶紧去换上。

张离扭头望向旁边的山顶。山顶上有个平台，平台前面堆有一些挡住下方视线的碎石。山口和另一名日本特务正藏身于这些碎石之后。

陈山换好囚服以后，和张离一起藏进了路边的植物丛中。此时已是10点20分。按之前从警察局看守那里买到的消息，今天会有四名囚犯被送往石板坡监狱，其中有三个人身高与陈山相仿。陈山一会儿要做的就是想办法替换他们当中的某个人混进去。那四个囚犯都是临时从各看守所拉出来的，互不相识，只要他穿上囚服，再把脸弄脏点儿，见机行事，出问题的概率应该不大。

囚车准时驶了过来。

开车的警察看到横亘在路中间的巨石，皱眉与副驾驶座上的警察交换了一下眼神。后车厢内的四名囚犯随着行进的车身轻轻摇晃。

囚车在巨石前停下，两名警察下车查看。巨石沉重，显然不是一两个人可以搬动的。一人说："这是山上滚下来的？"另一人四下张望了下，说："别是有人想劫囚吧？"

两人举枪察看周围，不时伸出长枪，向树丛中试探着捅刺。

躲在树丛中的陈山和张离屏息不动。忽然，长枪向张离刺了过来，陈山迅速伸出手臂为张离挡了一下，枪刺堪堪划破了陈山的手臂，他硬忍住痛，没有吭声。

张离关切地看着陈山，陈山故作轻松地对张离摇了摇头，笑了笑。他的手臂上已经有血渍渗出来了。
　　两名警察站在巨石前，无奈地叉起了腰。
　　"现在怎么办？"
　　"要不让犯人下来把石头推开？"
　　"也只有这么着了。我去开门。"

第十八章

1

警察打开囚车的后车厢门,举着枪命令四名囚犯下车,去把石头推开。囚犯们便次第下车,戴着脚镣,开始搬巨石。

陈山选中了最靠近树丛旁的那一名囚犯,因为他与自己身高相仿,年龄相近。张离望向山顶平台,此时,山口和另一名日本特务交换眼神,开始推动堆放在悬崖旁的碎石。

四名囚犯刚把巨石推动一点,山顶就有无数的碎石开始滚落。碎石混合着泥沙从山上滚落下来,掉在路上,腾起巨大的尘埃。

陈山和张离潜伏在树丛中静观其变。两名警察和囚犯们各自寻找着可以隐蔽躲藏的地方。警察躲到了囚车后。三名囚犯躲到了巨石下凹进去的空隙处蹲着。被陈山锁定的那名囚犯也想躲入,却发现空间有限,先躲入的三名囚犯更是将他推了出来。

那名囚犯眼看着滚落的石头就将砸到自己,慌不择路,纵身跃入了路旁的灌木丛中。

一阵灰尘散去后,周遭恢复了安静。警察举枪奔向巨石所在的位置查看,四名囚犯一个不少。

在警察的命令下,四名囚犯重新开始推动巨石。陈山已经混入其中,戴着脚镣,蓬头垢面。他的额头暴起青筋,与另外三人合力推动着巨石。而此时的草丛中,那名被替代的囚犯正趴在张离身边,腰间被张离用枪顶着,一动也不敢动。他是在跃入灌木丛的瞬间被张离和陈山同时制住的,陈山一手钩住他的脖子,一手捂住了他的嘴,张离则用枪指着他。

巨石终被挪到路旁,陈山随三名囚犯钻进后车厢。囚车重新上路,无人发觉陈山的调包。陈山从篷布的缝隙中向路边的灌木丛中望去,但他根本看不到张离的身影,只是知道此时的她一定也在望着囚车。

张离在灌木丛中目送囚车远去,心中担忧。她身边那个囚犯战战兢兢问她为什么要救他。张离扭过脸,看了他一眼,问他的名字。

"徐……徐进。"

"想活下去吗?"张离又问。

徐进猛点了下头："特……特别想。"

张离便递给他一卷钞票，说："离开重庆，越快越好，越远越好。"

费正鹏和周海潮站在关永山桌前，听关永山的数落。自诩铜墙铁壁的军统大牢，竟然让人不费一枪一弹，就把囚犯给救了出去，关永山心中当然怒气难平。

"真是天大的笑话！"他冷笑了一声，"二位，军统历史上最耻辱的一章，今天就由我们第二处给写出来了。"

周海潮试探着说："事到如今，至少可以证明一件事，这个肖正国一定是假的，否则他根本不用跑路。"

关永山瞥了费正鹏一眼，费正鹏脸色难看，沉默不语。这时，敲门声响了起来。

进来的是秘书小董，他快步走到关永山面前，把手里的文件夹递上并打开，露出里面那封黄埔军校的急件。

小董出去后，关永山拆开了信封。里面是肖正国的体检表，关永山冷哼了一声："还用得着看吗？"便把体检表往桌上一丢。

周海潮瞟了一眼体检表，看到血型那一栏赫然写着 A。他说："牢里那个冒牌货，是 B 型！"

出去追陈山和张离的军统特务已经走了快一个小时了，现在还没回来。关永山很清楚，锁在牢里都没能关住，现在两个人撒到大街上就跟沙子入了海，八成是找不到了。他望向费正鹏，说："费处，你说，我们这些同事跟他接触不多，没认出他来也就算了，可他是你的干女婿……"

费正鹏打断了关永山："说是干女婿，自打他从上海回来前，我也就总共见过他两次。"

"那他回来之后，你们接触的机会总不少吧，日子久了，狐狸尾巴总是会露出来的。就你这个黄埔军校首期高才生，第二处最资深的老军统，居然丝毫不察，我就想不通了。"

"我对他也不是没起过疑心，可这段日子以来，他行事并无差池。防谍科对他的甄别结果也说他并没有问题。还有营救美军飞行员那次，给他的嘉奖还是关处亲自向戴局长讨来的。我只是和关处一样，都对他太过信任了。"

听完这话，关永山脸上多了一层阴鸷。

周海潮瞟了一眼费正鹏，心中暗笑："费处，这张离、余小晚跟肖正国和你都是交情匪浅。今天救走这个奸细的人，就是张离。以你们的关系，谁知道你是不是早就知情呢？"

费正鹏看也不看周海潮，对关永山继续说："关处，失察之错我认了，但这个肖正国既然是假的，那他就不是我的干女婿，这样跟我毫无关系的奸细，我用得着包庇他吗？"

关永山沉吟不语。费正鹏接着说，他现在担心的是小晚受其蒙骗，极有可能被他们利用。所以他请求,亲自带队抓捕余小晚。关永山打量了费正鹏一眼,同意了。

费正鹏匆匆离去,周海潮和关永山目送他走出办公室带上房门。"关处,费处他会不会……?"关永山瞥了周海潮一眼,没让他继续说下去。他知道周海潮担心什么。不过他了解费正鹏,这节骨眼上,他可不敢做日谍的帮凶。他急着去逮余小晚,是怕那个干女儿真被日谍给骗了,顺带还连累了他。

"可我觉得费正鹏跟他们就是一伙的!"

关永山喝了一口茶,没回答。周海潮有些悻悻然,欲言又止。

费正鹏走出第二处大楼时,与带队归来的李龙和齐云恰好碰见。得知他们空手而归,费正鹏长嘘一口气,让他们马上跟他去宽仁医院。

陈夏手提皮箱,在千田英子的陪伴下,来到了朝天门码头。同行的还有竹也医生和另外两名日本特务。

江面上,客船鸣笛,即将起航。陈夏不禁回头望了一眼模糊的山城。千田英子问她:"这个潮湿的城市有什么值得留恋的?"陈夏眼神迷离,说:"千田小姐,你跟荒木君在一起很多年了吧?"千田英子没有说话。

陈夏又问千田英子:"荒木君究竟是怎样的一个人?"千田英子沉默了一小会儿说:"他是个时日无多的人。"

"所以,如果你真的想回报他,就应该像我一样,去竭尽全力地帮助他,实现他的梦想,完成他想做的一切。"

对于千田英子的回答,陈夏并不意外。荒木惟那颗心脏跳动出的不规则的声音再次在陈夏耳中响起,让她难受。接着,她的指腹上有触感醒来,荒木惟在她身边轻声说:"那是天使。"那时候,她还在上海。她与荒木惟并肩坐在一台钢琴前。荒木惟牵引着她的手,轻轻抚摸着钢琴上的天使。他说:"陈夏,你愿意做个天使吗?"

想到这里,陈夏脸上浮起了温柔的笑意。她坚定地说:"我会的,我要做他的天使。"说完,她转身向客船走去。竹也对千田英子点了点头,亦向客船走去。两名日本特务随行。

千田英子目送陈夏的身影混入人流中,心中升起了嫉妒。

当陈夏提着皮箱在人流中站住身,再次回望山城时,陈山正走进石板坡监狱,然后回过头望着监狱大门缓缓关上。

2

费正鹏带着李龙、齐云等四名军统特工来到了宽仁医院。

李龙心事重重。即使刚才在车上费正鹏已经说了血型不匹配的事,他仍然无法完全相信肖正国是假冒的。"肖正国"待他们很好,每次行动都跑在前面,也没见过他帮日谍干什么事。他一拉齐云的衣袖,问他,如果一会儿要真碰见那个假的肖科长，他会不会抓他。齐云看了李龙一眼，沉默了。

费正鹏带人进入余小晚办公室的时候，余小晚正在工作。余小晚叫了声"干爹"，但是费正鹏寒着脸。他问她知不知道肖正国在哪儿，她就愣了。

"肖正国不是在你们军统审讯室里关着呢吗？"

"你不知道？"费正鹏审视着余小晚，"你要不想害我，就跟我走。"

出门后，余小晚低声问费正鹏到底出了什么事，费正鹏告诉她，那个肖正国是个冒牌货，上午的时候，张离把他给救走了。听到这话，余小晚心中一喜，嘴角露出了一抹不易觉察的笑容。

费正鹏拉着余小晚继续向前走去，继续低声："不管你知不知情，到了处里，你必须把所有事推得一干二净，说你也一直被他蒙骗。否则你就是他的同伙，而我也会跟着遭殃，懂吗？"

余小晚沉默地跟着费正鹏向前走去，心情复杂。

陈山和另外三名囚犯站在石板坡监狱的院子里，接受狱警的点名。狱警念到徐进的时候，没人应到。狱警有些火了，提高嗓门又叫了一声。陈山小声答了个到。

狱警甲走到陈山面前，骂了句娘："为什么不应声？"

"报告，嗓子被痰堵了。"陈山说。

"戏不少啊，继续演。"狱警猛地一拳击在陈山腹部，痛得陈山弯下了腰，"听好了，在这里只有服从没有借口，否则，我有的是法子让你们懂规矩。"

在军统第二处的审讯室，周海潮与余小晚隔桌而坐。周海潮把陈山的血型报告和肖正国在黄埔军校的体检表并列摆在余小晚面前，说："余小晚，想不到，你不但是舞后，还是影后。"

余小晚冷冷地看着周海潮，问："你累不累？"

"我有什么好累的？为党国鞠躬尽瘁，那是工作。"

"为了区区一个科长职位，你不择手段，一次次加害肖正国，总算让他坐实，罪名，你有意思吗？"

"你说对了一点。"周海潮抬起右手食指，在余小晚面前晃了晃，"要为了科长这样的职位去动脑子，确实没多大意思。但揪出肖正国这个日谍，就意义非凡。哦，对了，他也不叫肖正国。他到底叫什么，你大概比我更清楚吧。"

"我再说一遍，"余小晚提高了声音，"他不是日谍，他就是肖正国！区区一个血型报告就想诬陷我家肖正国，周海潮，你太下作。"

"余小晚，你还要演到什么时候？我早就该想到的。就肖正国原来那老实巴交的样子，你根本不会喜欢他。怎么他从上海回来之后，就像变了个人似的，你对他的态度也变了？"

看余小晚的眼神有些闪烁，周海潮继续说："你一定是被他迷昏了头，所以明知道他不是肖正国，也心甘情愿地被他骗。但你知不知道，他跟张离才是一对狗男女？他们现在已经丢下你远走高飞，你不会傻到现在还想替他们遮遮掩掩吧？"

余小晚冷笑了下："只有在狗眼里，看别人才是狗男女。我告诉你，我要有我离姐一半的本事，我早就亲自来救走肖正国了。不走，还留在这儿让狗咬吗？"

"余小晚！"周海潮怒气冲冲地猛捶一记桌面，"你的男人和你最好的朋友背叛了你，你还要自欺欺人到什么时候？"

"你什么也不用说了，我信他们，但永远不会再信你。"

周海潮叹口气，顿了一下，点点头，站起身，收起桌上的资料。"余小晚，这句话我记着了，早晚我会证明给你看，我才是唯一值得你信的人。"说完愤愤离去。

剩下余小晚一人坐在桌前，她想起张离跟她说过的话，无论发生什么情况，都要一如既往地信她。张离让她等她三天，到惊蛰之日，一切自有分晓。余小晚望向窗外，审讯室狭小的窗口可见窗外皎洁的月光。她对着月光喃喃自语："离姐，肖正国，你们一定要好好的。"此刻，躺在监房下铺的陈山也正望着那月光。

张离与老汪在惠民杂货铺会面。对于张离没有收到上级任务就自作主张采取行动的违纪行为，老汪很生气。张离向老汪解释，她之所以会违纪行动，是因为事态忽然失控，不得已而为之。

"为了胜利，我必须奋力一搏。"张离的语气很坚定。

老汪看着张离，嘘出一口长气让自己冷静下来。相比继续批评，他现在更想知道，张离不惜暴露自己的身份，把陈山送进石板坡监狱，究竟有几成把握能功成身退。

张离也在盘算，三成，最多五成。石板坡监狱的副监狱长四眼，是她和她的未婚夫在国民革命军七十九军时期的战友，她会拜托他掩护陈山越狱。当年她的未婚夫曾经救过他一命，算得上生死之交。而这次是她第一次，应该也是最后一次请他帮忙，他应该不会拒绝。

听完张离的话，老汪给了她两个行动方针，这是他唯一能帮上的。

第一，如果陈山的计划真能成功，张离在军统的暴露就是值得的，她要争取跟他一起去上海，设法潜入汪伪组织。他自然会告诉她，到上海之后如何与组织联系，和谁联系。第二，如果行动失败，她也不必惋惜，迅速回归组织，接受处分，组织会安排把她调离重庆。

"是，"张离点点头，"一切服从组织的安排。"

新一天的太阳缓缓升起，这意味着离惊蛰还有两天。

陈山走到监狱食堂门口，食堂里有人在排队打饭，有人已经在座位上吃饭。他的目光在人群中搜索着，找到了一个有些熟悉的背影，正是朱士龙。朱士龙侧了一下头，陈山发现他脸上有明显的瘀青。

有个光头犯人坐在队伍附近的一张桌子旁,有两个犯人保镖似的站在他身后,显然光头犯人是犯人中的小头目。排在朱士龙后面的高壮犯人与光头犯人交换了一下眼色。

陈山慢慢走到队伍的末尾准备排队打饭。朱士龙此时已经排到窗口,打了饭,刚一转身,忽被身后的高壮犯人撞了一下,他手中的饭碗脱手飞出,掉在了坐在一旁的光头犯人的脚边。

光头犯人用阴狠的目光盯着朱士龙,问:"这饭碗扔我的脚边,是把我当狗的意思吗?"

朱士龙一指高壮犯人:"是他撞的我。"

光头犯人身后两名囚犯立刻向朱士龙走去,推搡着:"怎么的,冒犯了齐老大还不给他磕头?"

"干什么?找碴儿是不是?还真想咬人了?"朱士龙边后退边说。

"教训的就是你!"高壮犯人喊着,开始与那两名囚犯一起围殴朱士龙。原本排着队的囚犯们顿时被冲散,众人都不敢与光头犯人为敌,远远地退到了一旁。朱士龙抵挡了两下,但寡不敌众,很快被三个犯人打得再无还手之力,只能抱膝卧地护住要害。在纷纷闪避后退的犯人中,陈山忽然抄起一张凳子,阴沉着一双眼,向朱士龙那边冲了过去。同时,他将手中的碗掷向光头犯人。光头犯人伸手一挡,但手臂还是被碗击中。搪瓷碗落地发出清脆响声,光头犯人一脸恼怒。陈山接着抄起凳子击中高壮犯人,那几人见朱士龙有了帮手,转而围殴陈山。

朱士龙认出了陈山,深感诧异,但他随即起身和陈山并肩作战,与犯人们打斗起来。恼怒的光头犯人亦抄起一张凳子掷向朱士龙,陈山眼疾手快,推开朱士龙。朱士龙倒地避开了这一击,但陈山虽伸手格挡了凳子一下,但额头还是被凳脚击中,顿时挂了彩。

恍然中,陈山又想起了他在上海码头与宋大皮鞋和菜刀一起打架的日子。挂彩是家常便饭,他最不怕的就是打架。他气势高涨地朝冲过来的几个犯人吼了一声:"拼命是吧?来啊!一起死!"

高壮犯人竟然被陈山的气势镇住了,一时不敢上前。陈山主动出击,将高壮犯人打倒在地。朱士龙亦冲过去,与另一名犯人搏斗。光头犯人见势不妙,不得不退开数步。食堂内一片混乱。众犯人有围观的有起哄的,有尖厉的呼哨声响起。突然人群骚动起来,有人喊:"狱警来了。"

随即,一阵哨声响起,手持警棍的两名狱警赶到,拨开众人,举着警棍瞪着眼高喊:"给我住手!要是活得不耐烦了,就继续打!"

陈山和朱士龙被两名狱警粗暴地扔进了禁闭室。门随即被狱警锁上,屋内一片漆黑,唯一的微弱光线是从门缝底下漏进来的。

陈山和朱士龙四仰八叉地躺在地上。朱士龙喘息着问陈山到底是什么人,怎么进来的,想干什么。陈山答非所问,直言"真是痛快。"

朱士龙盯着陈山说:"你是为我才进来的吧?"

陈山的笑容慢慢收起:"你那么聪明,你肯定知道我要的是什么。"

朱士龙一笑:"中梁山尖刀峰,你应该看过了?"

"看了,所以我信得过你,所以我会带你从这里出去。"

朱士龙苦笑一下:"连你自个儿都搭进来了,还想带我出去?怎么出去?你有这个本事吗?"

陈山笑了:"我有办法进来,当然也有办法出去。"

陈山相信张离一定能帮他出去。坐着马车奔驰在重庆街头的时候,她就告诉过他,她会尽快找到监狱里面靠得住的人,为他提供方便。到时候,如果有人主动照应他,他就问对方能不能在监狱里看到当天的《全民周刊》,如果对方的回答是在那里头只要看懂几点钟就行了,那这个人就是帮他出去的人。

朱士龙不信,说:"有本事,先把我们弄出这个禁闭室再说。"

"不着急。"陈山把双臂枕在头底下,看上去有几分惬意,"你先好好睡一觉,中午12点以前,我们一定能出去。"

咣当一声,禁闭室的门忽然打开了。一团光线泼进来,让陈山和朱士龙一时都有些睁不开眼睛。

两个人影站在门口,其中一人问谁是徐进。陈山站起了身。

问话的人戴着眼镜,陈山随他去了距离禁闭室不远的角落。那人看了一眼看守在禁闭室门口的那名狱警,转回脸对陈山说:"你家里人来打过招呼了,有什么要说的吗?"

陈山见他拿出一根烟,立刻殷勤地拿过他手中的火柴盒为他点上:"我也没别的要求,就想问问,在这里能不能看到当天的《全民周刊》?"

那人吸了一口烟,接过陈山手中的火柴放进口袋里,瞥了一眼墙上的钟,11点40分:"在这里,只要看得懂几点钟就行了。"

陈山心领神会,眼前的人就是张离给他找的帮手。

"记住了,好好混日子,在里面给我老实点。"那人打着官腔说。

"是,长官。"陈山连连点头,"只要放了我和里面那个人,我一定能把日子混好,洗心革面,重新做人。"

四眼看也不看陈山,径直走向狱警:"让他们出来吧。告诉光头,别欺负新来的。兔子急了也咬人。"

"是,副监狱长。"狱警答道。

朱士龙与陈山进了厕所。先检查各个厕格,确认厕所里没有他人后,陈山说:"中午12点之前从禁闭室出来,我办到了。"

朱士龙看着陈山,犹豫片刻后,脱下了自己的上衣,转过身去,露出了自己后背的文身,是一幅山水画。陈山看着那幅画,有点发蒙。不等陈山看清,朱士龙便重新穿上了衣服，转过身来："看到了吧？"

"那是什么？"

"你要的东西。几乎所有知道这个秘密的人都死了，除了我。我把它画在我身上，就是为了有朝一日能保我自己的性命。"

"我没看清。"

"你现在不需要看清。等你带我出去的时候，我会把画里的玄机告诉你。"

3

周海潮到关永山的办公室，交上余小晚的笔录。关永山不看，他认为余小晚早就跟费正鹏通了气，打死不认，没什么好看的。周海潮为余小晚说了句话："她那人没什么脑子，没准真被那个假肖正国给骗了。"

关永山说："张离和陈山逃出去已经整整一天，到底人在哪儿？离没离开重庆，你到现在都没个数吧？"

周海潮尴尬地回答："已经通报总局，处里的外勤全部派出去找人了。车站码头也都有布控，我想他们应该跑不出重庆。"

"人要还在重庆，你倒是想想，他们会躲在哪儿？"

"这个……暂时还没有线索。"

"一点头绪也没有，每次都是这样！"关永山瞪着周海潮，拍了下桌子，"咱们第二处平日里以党国精英自居，现在呢？让一个日谍骗了这么久，这是狠狠地打了自己的脸啊。"

关永山现在倒是希望假肖正国真飞出了重庆。虽然他潜伏了这么久，但还没有造成真正的破坏，或者说，他想办的事还没办成。他担心的是对方还没走，正躲在暗处，等着来一记重拳，到那时候第二处以及他关永山的脸就真的丢光了。

夜里，费正鹏又来到了关永山的办公室。余小晚抓回处里已经超过二十四小时，什么也没查到，是时候放了。关永山安抚他，说："老费啊，你的心情我理解，余小晚是你干女儿嘛。不过，她到底是真被蒙骗还是连你一块儿骗了，你能打包票吗？"

"关处您误会了。"费正鹏说，"正因为不能确定余小晚说的是不是真话，我才想先把她放了。"

关永山眼神一闪，顿时心领神会："你有什么计策？"

"诱杀。"费正鹏看着关永山的眼睛说，"如果余小晚真跟假肖正国串通一气，那么他们极有可能会计划一起出逃。"

"真要是那样，她就是日谍的同党，到时候谁说情也没用。她是无知被利用也好，有心包庇也好，军统局本部绝不会姑息。"

费正鹏咬了咬牙："大事面前，是非分明的道理，我还是明白的。"

关永山感叹道:"昔日石蜡为报国君庄公被杀之仇,大义灭亲,亲自手刃逆子石厚。这等眼界和气度,可绝非常人能有。"

"国之大逆,罪无可恕。属下自投身党国的第一天起,就矢志报国,做好了随时为国捐躯的准备。余小晚要真是糊里糊涂成了日谍的帮凶,她就是全民族和党国的敌人,也就是我的敌人。我一定亲手将她铐上,向党国谢罪!"

关永山点点头,说:"你的觉悟,我还是相信的。那就试试吧。"

费正鹏把余小晚送回了家。余小晚有些疲惫地环顾了一下屋内,情绪低落地在沙发上坐下。费正鹏问她饿不饿,要不他去做碗手擀面。余小晚说不饿,费正鹏就给她倒了杯水。

费正鹏在余小晚身边坐下,问她究竟知不知道肖正国是假的。余小晚捧着水杯,看着杯中自己的倒影,说其实她没那么笨。费正鹏有点恼怒,说:"所以你一直在骗我?"

"干爹,我只知道他不是坏人,他没害过中国人。可你们要知道他不是肖正国,你还能让他活命吗?"

"谬论!"费正鹏说,"他潜伏到我们身边来图什么?他之所以没害过人,也只是因为他还没来得及害人!"

"没发生的事儿我可管不着。现在我也不怕告诉你,是我让离姐救的他!"

"你真是昏了头了!"费正鹏火了,"你这是害了你自己知道吗?"

余小晚说:"是害了你吧?我知道他跑了你会有麻烦。但我只能对不起你了,干爹,因为他不走就只有死,但你怎么的也不会死。我可能是爱上他了。"

费正鹏气极反笑:"你有没有脑子?难道你想跟他一起当汉奸?你们没有将来的。"

"他不是汉奸,我当然也不会当汉奸。"

"助纣为虐就是汉奸。"

余小晚提高声音说:"那你还放了我做什么?把我抓回去呀?铁血锄奸呀!"

"余小晚!"费正鹏恼怒地说,"你以为我不敢吗?你最好老实告诉我,他们到底在哪儿?"

"我不知道。就算是知道了,也无可奉告!我要是告诉你了,你一定会去杀他。你杀了他,你就是我的仇人。但你是我最亲的人,我不要让你成为我的仇人,因为我一定会报仇的!"

余小晚眼中此时有乞求,但更多的是决绝。

费正鹏看着余小晚,心不由得软了。他沉默了一会儿,站起来,声音缓和了一些:"好好睡一觉,什么也别想。我走了。"

家里只剩下余小晚一人。她呆呆地坐在沙发上,有些愣神。不知道时间过去了多久,她走到窗边,看到了外面街上悄然蹲守着的李龙和齐云。

拉上窗帘后，余小晚走进了卧室。她的目光落在旁边柜子上那些卷起的铺盖上，随后把地铺铺开，她眼前又浮现起陈山给她说书的情景。那晚，她一直咯咯地笑着，后来，她在他旁边睡着了。

然后，余小晚抱着陈山的被子，以当天晚上的姿势躺在了地铺上，想象陈山在她身边熟睡的样子。她的眼中十分缓慢地溢出了泪水。

陈山被狱警带到了副监狱长办公室。狱警出去后，副监狱长问陈山："听说你以前是干账房的？"陈山说是，副监狱长就把一本账簿丢到陈山面前，向桌上的算盘努了努嘴："今天你就把这本账给我核对清楚。"

陈山拿起账簿，从口袋里掏出一个纸条递给副监狱长。副监狱长接过，朝他点了点头。

张离在一处茶馆的包房等待。不久，一个身穿长衫头戴帽子的男人进来了，张离起身相迎。男人脱下帽子，正是副监狱长。张离叫他四眼，他喊了张离一声"嫂子"，然后递给他一个蜡球。那是陈山让他转交的。

张离捏破蜡球，取出了里面的纸条。纸条上写着：货已备齐，只待惊蛰。

张离把纸条揉成一团，握在掌心，向四眼道了谢。张离给四眼倒了一杯茶，让他把这次的事做干净，不论成败，都不要牵连到他自己。四眼好奇那个徐进的身份，为何要花那么大的力气救他。张离没有解释。

"我可以保证的是，我救他是为了救国救民，绝不会危害国家利益。"

"我信你。"四眼说，"你自己也要多加小心。"

4

周海潮得意扬扬地走进审讯室时，里面空无一人。他脸色一变，叫来阿强，问余小晚去哪儿了。阿强告诉他，关处昨晚下令放的人，费处已经把她领回去了。周海潮有些恼怒，让阿强多带几个人，跟他走。

周海潮带人来到余小晚家附近的时候，看到了齐云和李龙。去余小晚家前，他叮嘱阿强、光头等人在附近等着，别跟得太近。

周海潮敲响了余小晚家的门。余小晚一开门，他就浮起一脸殷勤的笑。余小晚欲关门，被他顶住："小晚，你还生我的气呢？"

余小晚看了周海潮一眼，转身入屋，周海潮顺势跟入。她知道他来干什么，无非是在她这儿守着，看肖正国和离姐会不会来找她。但是周海潮否认了她的猜测，他说："我根本就不觉得那个假肖正国会回来找你。"

"是吗？那你就更别浪费时间了，滚！"

"你让我把话说完。"周海潮有些急切地说，"你对他们一片诚心，他们却早在你眼皮底下眉来眼去，拿你当猴耍。现在他们双宿双飞了，有谁管过你的死活？要是没证据证明你的清白，你是会被当作同党抓起来的。"

"说够了没有？"余小晚白了他一眼。

周海潮仍喋喋不休："你真以为关处会轻易放了你？我告诉你，向关处求情放你的人就是费正鹏，你的干爹。你以为他是什么好人吗？他这是拿你当鱼饵，他才是想用你引出张离和假肖正国的人。他这是准备牺牲你，为他自己赚取政治筹码。你被人利用了还不知道，我真是心疼你！"

余小晚冷冷地说："行了，我知道了。你走吧。"

"他们全都背叛了你，全是狼心狗肺。只有我才是真心爱你，守护着你，愿意为你做任何事情。小晚，肖正国确确实实已经死了，你就给我个机会吧，我一定会好好爱护你一辈子，绝不让你受一丁点委屈。我愿意为你做任何事！"

"任何事？"余小晚看着周海潮的眼睛，"包括为了得到我而杀了肖正国吗？"

周海潮霎时清醒："你在胡说什么？"

"别以为你杀了李伯钧就没人知道你的罪行了，别以为你嫁祸给江元宝，就能把自己洗得一干二净了。"

"这是费正鹏跟你说的？"

周海潮向余小晚靠近，余小晚迅速后退，让他不要过来。周海潮仍继续朝余小晚靠近，声明自己绝不会杀人。余小晚说："我现在就去上海找刘成，有本事你连我也杀了，否则我一定要你为肖正国和李伯钧他们偿命。"说着，余小晚推了周海潮一把，让他让开。周海潮却一把将余小晚抱住："小晚，你别傻了。那个刘成早就死了，你去了也不可能找到他。"

余小晚挣扎着推开周海潮，并打了他一巴掌。周海潮恼怒地看着余小晚，也忽然扇了她一巴掌。余小晚一声惊呼，被打得摔倒在沙发上。

"行啊，你敢打我？"周海潮面露狰狞地逼近余小晚，"就因为我喜欢你，你就可以对我随意践踏，不拿我当人看吗？我告诉你，我要得到你，还不是分分钟的事？别以为我对你客气，你就可以蹬鼻子上脸了。你还真以为你是皇后？我告诉你，我想要的东西，我一定会得到，我想做的事，任何人都拦不住我！"

"所以你想得到我，就不惜杀了肖正国、李伯钧，还有江元宝，是不是？"

周海潮狞笑着："现在你知道我有多喜欢你了吧？所有阻挡我去追求你的障碍，我都会将他们一一扫除。"

"周海潮，你不是人！"

周海潮一把将余小晚推倒在沙发上，并脱掉了自己的外衣。他狞笑着说："做人太久了，我也想尝一尝做禽兽的滋味。"周海潮说着便欲扑向余小晚。余小晚将脚边的凳子踢向周海潮，周海潮闪避之时，余小晚迅速从沙发上起身，跑向卧室。

周海潮狞笑着追向卧室："宝贝，你是逃不出我的手掌心的。"

余小晚有些害怕地边退边说："你别过来。"

"原来你也会害怕啊？你那副天不怕地不怕的高傲去哪儿了？知道我为什么耐着性子跟你玩了这么久吗？我就是喜欢猫捉老鼠的游戏。余小晚，你是不可能逃出我的手掌心的。"

余小晚退进了卧室。当周海潮走到卧室门口的时候，费正鹏忽然从旁边闪身出现，用枪对准了他。余小晚此时镇定地站在床边，冷冷地看着周海潮。

周海潮一眼看到了卧室内放置的录音设备正在不停地转动着，不由得面如死灰。

费正鹏说："多行不义必自毙，周海潮，这次我看你还怎么金蝉脱壳？"

"费处，这事儿是个误会。"

费正鹏冷笑道："等咱们拿着你刚才说话的录音到了关处面前，你再跟他说这句话，我看他会不会信你。"

周海潮一眼瞥见脚边刚卷起的铺盖，扑通一声跪倒在地："费处，您听我说，这真的是误会。我是太喜欢小晚了，我太想得到她了。她说她看不上敢做不敢当的男人。我是想吓唬吓唬她，这才信口雌黄的。"

费正鹏冷冷地说："不用跟我解释，你还是想想，怎么到关处和戴局长面前去接着信口雌黄吧。"

周海潮依然哀求："费处，我求求你，这录音带要是交给他们，我就是有十张嘴也说不清啊。我周海潮虽然不太会做人，可我对党国对委员长对戴局长可是绝对忠诚的呀。只要您放我一马，我向您保证，以后我为您做牛做马，我不跟关处了，我就跟着您。我对小晚也是一片痴心，您是小晚的干爹，以后也就是我的干爹。我求求您，放过我吧。"

"我可不需要你这样卑鄙无耻的干儿子。现在你就算叫我爷爷，也不管用。"费正鹏右手枪指周海潮，左手从口袋里掏出一副手铐。趁费正鹏掏手铐一分神的间隙，周海潮扯过地上的铺盖卷掷向了他。

费正鹏被铺盖卷击中的同时开枪，子弹打在了天花板上，周海潮趁机逃出门去。

费正鹏立刻追出。

周海潮从余小晚家飞奔而出。听到枪响的李龙和齐云还未回过神来，见周海潮跑出，不明所以。紧接着，费正鹏也追了出来。他对着周海潮的背影连开几枪，但周海潮已经跑入了对面的巷中。子弹擦伤了他的腿，他趔趄了一下，继续向前奔进了巷中。

"抓住他！"费正鹏大喊了一声，李龙和齐云迅速追去。远处的阿强、光头等人都傻了眼。余小晚此时也冲到了家门口。

费正鹏问余小晚吓着没，余小晚说这点风浪就想吓着她，没那么容易。现在，费正鹏得立刻把录音带送回处里，免得夜长梦多。余小晚跟他一块儿走，做个人证。

四眼走在放风场地铁网外的道路上，朝铁网内向他敬礼致意的狱警点了点头。他继续向前走去，找到了正靠在铁网边放风的陈山和朱士龙。走过陈山身边时，他将一个小纸团扔在了铁网边的草丛中。

借着朱士龙的掩护,陈山假装弯腰系鞋带,从铁网网孔中伸出手指,夹起那个纸团,展开。上面写着:

钱塘潮退,按拟定行程出游。

看完后,陈山将纸团放入口中嚼碎吞下。朱士龙左右观望,问什么时候走。陈山说,今晚。

"晚上点名后咱们就得回牢房,牢房门,监狱门,那么多道关卡,怎么走?"

陈山镇定地说:"那就不回牢房,找地方躲起来,等晚上再走。"

朱士龙望了一眼陈山,只见他一脸的成竹在胸。

5

费正鹏关掉录音设备,对关永山说:"关处,周海潮已经当我的面承认了罪行,肖正国、李伯钧和江元宝一家两口,全都死于他之手。"

关永山听完录音,长叹了一口气:"家门不幸啊。老费,你说,你我也算兢兢业业,一心为党国鞠躬尽瘁,为什么就这么背运?建树立功的事尽不沾边,尽养了一堆为虎作伥的日谍内奸。"

费正鹏接话道:"关处所想,正是属下所想。要不是咱们对后辈有提携之心,这假肖正国和周海潮都不可能得到重用。现在唯有尽快抓捕他们归案,才能弥补我们的用人失察之责。"

关永山点点头,说:"老费啊,咱们现在可真成了难兄难弟咯。"

"不论如何,属下都会与关处并肩作战,共渡难关。"

听到费正鹏的话,关永山连声说好,他马上就会向戴局长汇报此事,让费正鹏把处里的事安排一下,能派的人手全派出去,能抓回一个是一个。

对于周海潮的出逃,费正鹏觉得,与假肖正国和张离的出逃不同,并非事先有所预谋,所以他推断,周海潮应该没有预先考虑落脚地,身上的钱财肯定也不够。而周海潮在重庆没什么亲眷,最可能去找的人应该是他的心腹。所以费正鹏想,先找处里几个跟他走得近的人,给他们打个预防针。

"好!"关永山深表同意,"告诉他们,有能提供周海潮下落的,处里重重有赏。"

费正鹏先叫了阿强。阿强一脸惶恐,说自己真的一无所知。他只是个小喽啰,头儿让干什么就干什么,就算他心里犯嘀咕,也不敢问。让阿强出去前,费正鹏嘱咐他,万一周海潮回来找他,一定要第一时间向处里汇报。

接着被费正鹏叫进办公室的是洪京军。洪京军拘谨地站在费正鹏桌前，说当初杀了李伯钧的那个叫毛老四的袍哥，他见过他从周海潮家里出来。

"当时你怎么不说？"

费正鹏一问，洪京军就眼神闪烁起来："周海潮一直待我不薄，关处也对他挺器重的。我问过他这事，他说只是跟毛老四有些债务上的纠纷，让我别往外说，要是被您知道了，难免牵扯到李伯钧的事上，怕解释不清楚。我一听也有道理，当时也没想到他真敢杀人，就没说。我真是太笨了。"

费正鹏喝了一口茶说："是啊，你要是多一点警觉，早点揭发他，那可是你个人立功的大好机会啊。"

"费处批评得是，我洪京军向来忠于党国，立场坚定。但我实在是太轻信他了，以后属下一定加强特务素质，随时向上级反映情况。"

洪京军的话让费正鹏有些尴尬，他继续说："识时务者为俊杰。任何时候看清事实，坚定信仰，都为时未晚。"

"我明白，请费处放心。"洪京军说得斩钉截铁，"我想过了，现在风声那么紧，他应该不敢直接来找我，处里的电话他肯定也不会打。但我在自己家里私接过一条电话线，他知道号码。如果他找我，一定会打那个电话。我一定会协助抓捕周海潮归案。"

站在巷口的周海潮看到两名巡逻的警察经过时，压低帽檐闪身进了巷子。

巷子里有晾晒的衣服，周海潮躲过行人，偷走几件。忽然，一只体型巨大的狗冲了出来，朝他狂吠。周海潮狼狈不堪地逃跑，大狗穷追不舍，扑向他，狠狠地咬在了他的腿上。周海潮恼怒地开枪，击中了大狗。枪声却惊动了正在附近巡逻的两名警察。

两名警察追进巷子，周海潮惊慌地拿着衣服逃跑。警察向周海潮开枪，但未能击中他。

周海潮奔进了一个废弃的小院，持枪躲在门后。不多久，周海潮听到急促的脚步声在门前停了下来。他屏息握枪，一动不动。

但随后，那两名警察选择了另一个方向继续追去。听着两名警察跑远，周海潮松了一口气，沿着院墙无力地坐倒在地。他撕开自己的裤腿，查看被费正鹏打中的枪伤，和刚刚被狗咬过的伤口。伤口剧痛，他将一件偷来的衣服撕成布条包裹伤口。

换装后的周海潮低头走在街上，当他看到两个特务模样的男子经过时，便下意识地在一个摊位前站住，装作察看货品，并掏出钱包买下了一顶帽子戴上。他扭了下头，确定两名特务已经走远，才继续前行。

周海潮来到了洪京军家门外。他躲在暗处，看着洪京军骑着自行车归来并进了家。随后，他又看到齐云出现在附近。周海潮想了想，悄然离开了。

他找到一处电话亭，拨打洪京军那部私接的电话。这时，洪京军正在给那部电话接窃听器，还未接完，电话铃就响了起来。直到把窃听器接好并确保设备运转正常以后，他才接起电话。

"京军，是我。"周海潮语气急迫，等电话的那几分钟仿佛格外漫长。

洪京军故作关切地问："海潮，你在哪儿？你可急坏我了。"

"京军，你要相信我，我是被费正鹏陷害的。是费正鹏因为肖正国的事栽了跟头，想打击报复关处，所以才给我下套，拿我开刀的。"

"我知道，神仙打架，小鬼遭殃嘛。你赶紧走吧，先避一避风头。要不要我帮你？"

"谢谢你，京军，我现在能信得过的人，就只有你了。"

"跟我还说这些干什么？"

周海潮继续说："你得帮我找条船离开重庆。这事儿要瞒过处里的人，你也有风险，所以我不会让你白干的。你想办法去一趟我家，在我卧室床下有个保险柜，密码是758，里面的金条，你留一半，剩下的给我送来。"

洪京军说："咱们兄弟一场，我不要你的钱。你这一离开，还不知道什么时候能回来，要花钱的地方多了。我们何时何地见面？"

"傍晚6点，我在朝天门的唐帮业茶馆等你。"

洪京军毕恭毕敬地站在费正鹏面前，他奉上的电话录音正在播放。当然，播放的不是全部的录音，他把周海潮答应给他一半金条的话洗掉了。

录音一放完，洪京军就提起地上的一个箱子打开，露出了里面的十根金条。

"这就是我从周海潮家的保险柜里找到的。"

费正鹏看了一眼："攒了这么多小黄鱼，他这是未雨绸缪，随时打算调码头啊。"

洪京军问："那您打算在唐帮业茶馆动手吗？"

费正鹏摇了摇头："周海潮也是特工出身，咱们那一套手段，他太了解了。只要发现这地方不安全，他就不会出现。不能打草惊蛇。"

"那您的意思是……？"

"顺水推舟，给他一条去地狱的船。"

洪京军点点头："明白了。"

第十九章

1

傍晚时分，洪京军身穿长衫来到了唐帮业茶馆。他提着一箱金条，走到角落倒数第二张椅子上坐了下来。箱子则放在最靠角落的那张椅子上。

暮色西沉，朝天门码头人流络绎不绝。洪京军看了看表，6点整。

此时，周海潮正在远处一个空房间的窗口观察着唐帮业茶馆。他脸色苍白，嘴唇起皮，神色萎靡，身体还有些发抖。他看着洪京军喝茶吃点心，不由得咽了一口唾沫。看到放在最角落椅子上的那个箱子后，他的心终于镇定了一些。

周海潮没有马上走，继续观察着附近的街道和路口，并未发现跟踪监视的特工。他又等了会儿，直到6点15分才打开房门走了出去。

周海潮走到洪京军身边，拿起最角落那张椅子上的箱子，坐了下去。洪京军问他为什么选这儿，进进出出的全是五毛茶客。但在周海潮看来，五毛茶客显然好对付，自己人才难对付。这里看着危险，其实比哪儿都安全。

看周海潮浑身颤抖，洪京军知道他受伤了，问他要不要去医院。周海潮边抓着点心狼吞虎咽，边说，不去医院还死不了，去医院就是找死。他仰头喝光洪京军递过来的茶，问洪京军来的时候有没有尾巴。洪京军撇嘴一笑说："就齐云和李龙那点本事，怎么可能跟得住我？"他向箱子一努嘴："你要的东西。按你说的我留了一半，当然你以后有急用，随时可以拿回去。"

周海潮把点心全塞进嘴里，说："不，这是规矩，该给你的就是你的。"他打开箱子，掀起一点，看了看，又迅速合上。洪京军告诉他，船也找好了，7点前去朝天门码头东北角，有一条编号079的小货船，船老大叫冯叔，船钱已经给了。

"大恩不言谢。难得你还信得过我，肯帮我。你是我的真兄弟，肝胆相照。"周海潮感激地看了洪京军一眼。

"兄弟之间说这个干什么？谁没个落难的时候？你呀，就是栽在女人头上。我早跟你说过，女人是祸水。"

周海潮又愤愤地往嘴里塞了一块点心，说："要不是费正鹏和余小晚联手给我下套，我又怎么会栽？我一定会回来找他们算账的！"

洪京军很诚恳地说："留得青山在，不怕没柴烧。赶紧走，免得夜长梦多。"

周海潮动情地说："好兄弟，后会有期。"

洪京军略一点头："兄弟，保重。"

周海潮提着箱子离去。洪京军拿起茶碗喝了一口茶，望着周海潮远去的背影，嘴角露出了冷笑。

渐沉的暮色中，编号079的货船靠岸停着。冯叔在船头抽着旱烟，故作平静地等候。齐云、李龙、阿强、光头等几个特务已经扮成了船夫，正守在附近的货包后面。不久，一个小乞丐跑了过来，看了一眼船号。

"你是冯叔吗？"

冯叔瞅了小乞丐一眼："你是干什么的？"

"有个先生说已经订了你的船，叫你跟我过去帮他拿点行李。请跟我来。"

冯叔放下旱烟杆，跟着小乞丐随阶梯而上，并向李龙和齐云投去一瞥。李龙和齐云交换了一下眼色，齐云向阿强和光头挥了挥手。齐云和李龙远远跟在冯叔身后，阿强和光头从另一边的阶梯呈包围之势跟上。

冯叔和小乞丐来到码头一角，看到一个男人扣着帽子，用围巾把脸捂得严严的，拎着一个大皮箱。小乞丐说："就是这位先生。"

"你就是包船的周先生？"冯叔问了一句。

男人点了点头。

冯叔伸手接过箱子，让他跟他走。尾随附近的李龙、齐云等人立刻一拥而上，将男人制住压在地上。阿强则逮住了正想逃跑的小乞丐。

但李龙一把扯下男人的围巾时，众人都愣住了，他并不是周海潮。

而此时，周海潮正藏在远处的一堆货物后面，看着这一切。小乞丐和那个假扮他的男人都是他雇的，果然有埋伏。他提起箱子，一瘸一拐地迅速离开了。

在军统特务们封锁码头，搜索周海潮的时间里，洪京军哼着小曲回了家。进屋后，他摸灯绳却没摸到。忽然，他感到后腰被一个硬物顶住，身体不由得僵了。他听到周海潮在他身后冷冷地说："京军，没想到吧？咱们这么快又见面了。"

"海潮？你怎么在这里？你怎么没上船？"

"你想问的应该是，我怎么还没被费正鹏的人抓住吧？"

洪京军故作镇定地说："我怎么听不懂你在说什么？"

周海潮咬着牙道："你既然相信肖正国是我杀的，那你就不怕我有仇必报，连你也一起杀了吗？"

洪京军大骇："海潮，你是不是误会了？"

"误会？要不是你出卖我，为什么码头会有埋伏？"

洪京军依然竭力辩解："我不知道。我真没出卖你，这一定是巧合，一定是他们怕你要跑，早就派人在车站和码头布了控，这不关我的事啊。"

"京军，做人呢不能太聪明，既得了我的好处，又想拿处里的赏金，你这如意算盘打得太精，是会落空的。"周海潮说罢，右手持匕首割断了洪京军的颈动脉，一脚把他踹翻在地。

洪京军捂着脖子上的伤口，但鲜血仍喷涌而出。他面露痛楚之色，瞪大眼睛挣扎了一会儿，抽搐着，终于气绝身亡。周海潮就蹲在他面前，看着他眼中的光芒一点一点黯淡，然后用手掌捋合了他的眼皮："我告诉你，我这辈子最恨别人骗我。安息吧。"

周海潮站起身，跨过洪京军的尸体进入卧室。他打开洪京军卧室的柜子，找到了里面的另外一半金条，冷笑了一下，放入自己的箱子后离去。

朝天门码头，有一艘即将起航的货轮发出一声鸣笛。周海潮花五十块买通了一个船员，可以搭小船偷上到货轮，吃喝另付，一天十块。江风凛冽，周海潮脸色发白，头昏眼花，几乎有些站立不稳，他勉力跟着船员上了小船。沿绳梯往货轮上攀爬时，他险些坠进海中。

登船后，船员带着他七拐八弯地到了货舱，指指货物后面那一平方米见方的空地。到上海之前，他要一直在这里待着。

船员一走，周海潮便坚持不住了，一下子瘫软在地。他发起了高烧，靠在货包上不住地发抖，无力地闭上了眼睛。他听到货轮再次鸣笛，知道自己正渐渐驶离重庆。他看到不远处有一个圆形小窗，他爬到窗前，看着渐渐远去的夜幕中的重庆城。

看着外面星星点点的灯光，周海潮面露狰狞，喃喃自语："我一定会回来的。"

洪京军的尸体躺在担架上，被抬进了费正鹏的办公室。齐云向费正鹏汇报，洪京军死在自己家里，应该是周海潮干的。李龙站在一边说："我们都以为他会在码头设法出逃的时候，他却跑回来杀了洪京军。"

"人才啊，"费正鹏叹息了一声，"反侦查能力一流，可惜睚眦必报，不走正道。"

齐云问："那咱们还要继续盯着车站码头吗？"

"继续。"费正鹏说。周海潮和假肖正国，这两颗老鼠屎不找出来，第二处在军统局本部永远抬不起头来。

齐云和李龙把尸体抬出办公室后，费正鹏桌上的电话忽然响了起来。

石板坡监狱里灯火通明，探照灯转动四射，警报声响起，人声嘈杂，一队队荷枪实弹的士兵跑来跑去。

狱警小方等人将监狱里的犯人全赶到了外面空地。

朱士龙和"徐进"越狱了。

副监狱长四眼陪同留着小胡子的监狱长一起来到"徐进"的牢房，刘队长又打开对面朱士龙的牢房，向两位领导展示。晚上点名的时候，这两个人就不见了。四眼向监狱长汇报,整个监狱能藏人的地方都找过了,都没找到,铁丝网和围墙也没有被破坏的痕迹。监狱长又问最后有人看到他们是什么时候,刘队长说放风的时候。

"放完风回牢房的时候,没点人吗?"监狱长继续问。

刘队长就吞吞吐吐起来:"点了。但是……"他望向四眼,四眼接话说:"报告监狱长,之前他们在食堂打架,所以作为惩罚,今天我派他们去清理粪池了。"

监狱长盯着四眼:"你派他们去的?"

四眼毫不慌张地说"是"。

刘队长继续说:"粪池那边一般没人过去,所以直到晚上点名,我们才发现他俩不见了。"

"一群废物!"监狱长咬着牙骂。

这时,四眼注意到牢房内床铺上的床单不见了,又扭头望向对面朱士龙的牢房,发现床单同样不见了。他将这事告诉监狱长,监狱长马上命令刘队长去各处围墙看看,他们很可能用床单结绳逃出去了。

刘队长离去后,四眼对监狱长说:"警犬很快就会带来,有警犬追踪,他们跑不掉的。"刚说完,小方就牵着一条警犬过来了。四眼对小方使了个眼色,小方就把警犬牵入了牢房中。

四眼陪着小胡子监狱长退出牢房,看着警犬在牢房中的角落东嗅西嗅。没一会儿,警犬不停地打起了喷嚏。小方蹲到墙角,发现了一些粉末。他用手指沾了点粉末闻了闻,是辣椒粉。

监狱长气呼呼的:"看来他们早有准备!"

此时,犯人们仍然集中列队站在监狱操场中央。小方牵警犬跑来,警犬挣着绳索带小方在操场上跑了几圈,不仅全无方向,还不时将他带到一些奇怪的角落,打着喷嚏,狂吠不止。那些角落,显然也有辣椒粉。接下来,警犬开始到处乱跑,完全不受小方控制,像失控的马匹。

四眼陪着监狱长走到操场上,刘队长跑来报告,所有的围墙都重新查过了,没有结绳出逃的迹象。人群中,光头犯人正低声对高壮犯人嘀咕:"那个新来的,看来还真有几分本事。"

接着,刘队长陪小胡子监狱长和四眼到粪池视察。粪池上的铁板还开着,发出阵阵恶臭,让监狱长忍不住掩鼻。四眼装作查看四周脚印,到处慢走,他走到一幢建筑前的时候,不由得抬头望向了大楼。

四小时前,陈山和朱士龙还在这里整理粪池。两人将粪便从粪池中舀出,装入手推车。狱警巡查经过,闻到臭味,匆匆离去。见四下无人,陈山拉着朱士龙放下清理工具,悄悄离开。随后,两人合力打开一个大铁箱的铁盖子,钻了进去。那个铁箱正是四眼此时望着的那栋大楼顶端的水箱。

陈山和朱士龙站在漆黑的水箱里,水没小腿。贴着水箱壁,可以听到外面正在搜寻他们的人声和犬吠声。朱士龙对陈山伸出一个大拇指。

"等这一波搜查过去，他们确信咱们已经跑出去了，就会派大部分的人手出去找我们，这时候我们再走。"

"好。"朱士龙已经对陈山完全信赖，陈山说出得去，就一定出得去。

张离一身黑衣，背着背包，腰间佩着枪支，来到了石板坡监狱附近的山坡上。从她所在的位置，亦能看到监狱方向的灯光，听到喧哗的人声。观察了一会儿，她向监狱方向走去。

2

石板坡监狱的操场上，狱警依然在奔走，警犬也仍在搜索着气味。刘队长焦虑地走过犯人身边，看到有个犯人打了个哈欠，他恼怒地上前，盯着那个犯人。哈欠一打完，刘队长一个耳光就抽了过去："吃了大蒜还敢对着我哈气?! 欠揍!"

犯人不敢还手，刘队长又一拳击中这名犯人的腹部，犯人吃痛倒地，刘队长又补了一脚。众犯人人人自危。四眼走过来，问怎么回事。刘队长赶紧立正敬礼，说他怀疑囚犯中有逃犯的同党。四眼看了一眼倒地的犯人，又冷冷地扫视了一眼其余的犯人。众犯人都低下头，不敢与他对视。

四眼不怒自威，说道："有谁知道逃犯下落，知情不报的，与逃犯同罪!"

众犯人无人应声。四眼转过脸，低声吩咐刘队长，先把犯人们都带回牢房关起来，全晾在这更容易出乱子。四眼走开，看刘队长指挥众犯人回牢。监狱操场渐渐安静下来，明亮的探照灯还是在四面转动着。四眼再次望向了楼顶的水箱。

此刻，水箱内的朱士龙听到外面安静下来，终于松懈下来，长嘘一口气沿着水箱壁滑坐下去。陈山也放松了一些，与朱士龙一起坐下。他掏出怀表看了一眼，8点，还得再等一个钟头。而朱士龙注意到水箱中的水位较之刚才有所上涨，紧张起来。陈山告诉他，换了班的狱警这会儿都会去洗澡，涨不了。

监狱的高墙外，张离正在下水道口布置炸弹。与陈山在东水门外的荒僻道路上等待囚车到来的时候，他们就对着监狱的地形图计划好了。下水道口旁边那面墙，因为年久失修，两个月前曾经塌过，之后新砌了一次。据四眼提供的情报，因为负责工程的监狱长贪污，所以这面新墙的厚度只有老墙的一半，是整个监狱最薄弱的地方。张离用胶布将炸弹固定在下水管道顶部，9点钟的时候，它会为陈山和朱士龙炸出逃离的出口。

一个小狱警端着脸盆，搭着毛巾，穿着拖鞋走出了狱警休息室。他准备去洗澡，但是刘队长拦住了他，并一巴掌把他手中的脸盆打翻在地。

"犯人跑了还没抓回来，谁让你按点下班的? 你还有心情洗澡?"刘队长呵斥着小狱警，"把已经下班的人全给我叫回来!"

小狱警惶恐地跑进浴室，吹了声口哨："队长有令，马上集合，今晚全体搜查逃犯！"

正在洗澡的冲出内屋，在外屋脱衣服的重新穿上。他们匆匆跑出了浴室。浴室的水龙头全都被关上了，只有几滴水滴缓缓落下。

水箱里的水慢慢地上涨，而且涨得越来越快。陈山和朱士龙同时站起了身。很快，水位就涨到了两人的腰间，接着又涨到了胸口。朱士龙慌了，问："怎么办，能不能走？"陈山看了眼怀表，还不到8点30分。

这时，张离已经固定好了炸弹，正准备甩引线。外出追踪的士兵回来了，继续在监狱内部展开搜索。

张离听到了越来越近的脚步声和说话声，只得将引线藏到墙下的杂草丛中。她跑远了些，藏进树丛监视。两名狱警从安装了炸药的下水道口经过，手中端着枪。

水箱内的水位继续上涨，陈山和朱士龙已经无法站稳，只能扶着水箱内壁，漂浮在水中。他们的头部已经碰到了水箱盖板，呼吸的空间只剩下约二十厘米的距离，两人勉强地喘着气。

陈山决定现在就走。朱士龙伸手出去想要顶开水箱盖，可是脚下虚浮根本用不上力，往上一推，头部便沉入水中，脚下却仍不能站到池底。陈山一把将朱士龙拉起，朱士龙呛了口水，用力喘息。

陈山深吸一口气，潜入水中，抱住了朱士龙的双腿，自己也站到了池底，用力将朱士龙往上托举。朱士龙用力推动水箱盖，但此时水位已经漫过了朱士龙的头顶，开始溢出水箱。朱士龙只能屏住呼吸，但他用力过猛，一滑之下，栽入水中。原本抱着朱士龙的陈山也站不住了，在水中失去了平衡。

陈山开始吞水，神志渐渐不清。他眼前此时浮现的，却是初见张离时的模样。那天，他走向费正鹏的办公室，张离怀抱一堆文件，从走廊的另一头迎面走来。她穿着一件风衣，但没有戴帽子，略低着头，目光望着地面，似乎在想着什么。她行走如风，气质如莲，及肩的直发温柔地垂下来，遮住了她右侧的脸。

陈山在费正鹏办公室门口站住了，就这样远远地望着她。

陈山的身体浮在水中，而朱士龙已渐无意识。

3

千田英子走进荒木惟房间的时候，荒木惟在房间里对着镜子打着领带。他穿着一身笔挺的西装。行李箱在桌前放着。

千田英子报告说："船已经准备好了。"荒木惟不回头地"嗯"了一声。

千田英子看了眼荒木惟的西装，她认得那身西服，荒木惟只在有重大活动的时候才穿。那身西装是荒木惟离开日本时他的父亲送给他的。父亲告诉他，作为一名军人，对胜利要有极大的渴望，当赢得胜利时，也要用仪式感去感谢上天给予的好运。"
　　千田英子有些担忧地说:"科长,我不想打击你的信心。但我还是觉得,完全把希望寄托在陈山和张离这两个中国人身上,太冒险了。"
　　"我看人从来没有走过眼。"荒木惟不悦地瞥了千田英子一眼,"你是怀疑我的眼光吗?"
　　千田英子低下头,说:"属下不敢。只是陈山本身狡猾,还有这个张离,我们对她了解得太少,只怕她对我们另有图谋。"
　　荒木惟冷笑了一声:"张离和陈山但凡敢在我眼皮底下耍任何花样,我都会让他们生不如死。越是自以为聪明的人,越不敢拿自己的性命开玩笑。"
　　荒木惟打好了领带,沉着脸先一步离去,千田英子惶恐地提起箱子跟出。

　　石板坡监狱浴室里,两个水龙头被打开了。小胡子监狱长和四眼洗起了澡。四眼让他不用太操心了,一会儿去睡一觉,说不定明早醒来,逃犯就已经逮回来了。
　　"这些短命鬼,两条腿还想跑得掉?真当我这监狱是纸糊的?"监狱长用手抹了把脸,恼怒地说,"要不是这两个逃犯,老子现在应该在儿子的满月宴上。他娘的,尽添堵,尽扫兴。"
　　四眼安慰说:"您别动气,等把人逮回来,您亲自抽他们几十鞭子,解解气。"说着,他将两个水龙头开到最大。
　　水箱里的水位开始下降了。濒临崩溃的陈山终于感觉到上方头部似乎有了些空间。他挣扎着浮出水面,大口喘息,只喘了两口,便意识到朱士龙还在水中。他再次深吸一口气,潜入水中,将朱士龙拉出水面。
　　朱士龙恢复了呼吸,也跟着陈山一起大口喘息着。当水箱中的水位终于降回胸口的位置时,陈山和朱士龙靠上水箱壁,感到虚脱一般疲惫。
　　9点了,监狱熄了灯。囚犯们都变得安静。监狱高墙外,张离也将炸弹的引线高高地甩过了墙体。陈山看了眼怀表,说:"走!"
　　朱士龙先爬出水箱,接着把陈山拉了上来。两人合力将水箱盖放回原位,盖了一半。然后脱去外衣,露出腰间缠绕着的床单。接着就是将床单撕开,结成了一条长绳,一端绑在楼顶的一个铁把手上,一端沿墙放下地面。那下面,正是粪池附近的空地。
　　朱士龙望了一眼楼下的动静,看见两名狱警刚从粪池旁经过。这高度让朱士龙有些胆怯地咽了口唾沫。
　　"我先吧。"陈山顺着绳子,用脚点着墙体一点点下滑,不多久,便滑到了楼底。
　　朱士龙一直提心吊胆地看着,见陈山平安落地,他也开始沿绳下滑。他学着陈山的样子,一下下地用脚蹬着墙体下滑,但由于他比陈山胖,床单有所撕裂。朱士龙听到撕裂声,不由得有些紧张。
　　而此时,又有一名狱警经过。陈山只得藏身到暗处,悬在半空的朱士龙也不动了，吓得大气也不敢出。

那名狱警背对着朱士龙所在的楼，点了支烟，吸了一口才离去。

陈山和朱士龙松了口气。陈山从暗处走出，对朱士龙挥手。朱士龙开始继续下滑，但刚才床单撕裂处也渐渐受不住他的体重，迅速裂开。

朱士龙大惊，唯有加快下滑速度，但这下，床单反而裂得更快。刺啦一声，床单终于断裂，但此时朱士龙距离地面还有四五米的高度。

朱士龙坠落下去。

陈山奔上前，接住朱士龙就地一滚。朱士龙惊魂未定，喘息着："你救了我一条命。"

陈山低声说："咱们现在是同一条命。"

此时有两名狱警经过，听到了动静。一人问："谁？"正在暗处的陈山与朱士龙一时不敢动弹。

两名狱警走了过去。一人举着手电，一人掏出枪。举手电的向楼房处乱照了一下，电光闪过楼房，他好像看到了什么，便又将手电光转回去继续照。他辨认出来了，沿着墙体挂着的，是半截床单。他顿时大惊失色，指给同伴看。

这时，陈山和朱士龙猛地从暗处扑出，迅速出手。朱士龙勒住一名狱警的脖子，陈山一脚踢飞另一名狱警手中的枪，并一拳将他击晕。那名被勒住脖子的狱警呼吸困难，手电渐拿不住。陈山接住他掉落的手电，关掉电源，重击在他的头部。

接着，两人将他们拖入暗处，并换上了他们的衣服。

两人装作巡逻，走上了操场。探照灯立即打了过来，朱士龙的身子下意识地一缩。陈山低声说："有这身虎皮在，你只管挺直了腰板。犯人和老百姓都怕这个。"朱士龙的背便挺直了。高塔上的狱警看到两人身着警服，灯光并未停留，迅速转了过去。朱士龙松了口气，问："前面那道门口还有人，万一被他们认出来，怎么办？"

陈山看着不远处的铁门，那是到达排水口的必经之地。好在四眼之前已跟他有过交代，今晚，他会安排两名新调来的狱警看守这个门口。但是能不能混过去，不一定。

"能混就混，不能混就闯。"陈山目光决绝，和朱士龙一起往铁门走去。

两人走近铁门处时，只看见一个狱警。他是新来的，叫小宋。小宋看到走近的两人，迅速用手电照向他们："什么人？"

陈山和朱士龙一时被手电晃得睁不开眼睛，小宋看到两人身穿制服，赶紧关闭手电道歉："两位大哥这是要出去？"

陈山镇定自若，老气横秋地问："你就是那个新来的吧？"

小宋连声说是，陈山又问他叫什么来着，他说叫他小宋就好了。

陈山点头说："嗯，小宋，开门，我们奉命去监狱墙外搜查。"

"是！"

小宋掏出腰际的钥匙打开铁门，朱士龙稍松了一口气，看了陈山一眼。陈山朝小宋点了下头，准备和朱士龙一起走出铁门。此时，他隐隐听见身后有脚步声追了过来，不由得心头一紧。接着，刘队长的声音在他们身后响起：

"站住！"

陈山和朱士龙只得站住。

刘队长跑过来，问他们俩上哪儿去。陈山与朱士龙都没转身，陈山看了朱士龙一眼，示意他做好冲卡的准备。

"说你们呢？哪个组的？去哪儿？"刘队长又恼怒地问了一遍。

小宋有些茫然地看了刘队长一眼，敬礼问好。

陈山转过身来，说："监狱长有令，让我们重新检查监狱周边地带。"

黑暗中，刘队长一时没有看清陈山的脸，继续走近陈山："监狱长有令？我怎么不知道？"

探照灯打了过来，刘队长被照得睁不开眼。陈山趁机先发制人，扑倒了他。刘队长认出陈山，正欲叫喊，陈山立刻掐住了他的喉咙。

朱士龙同时出拳，把小宋打翻。小宋后脑撞到墙上，哼也没哼一声就晕了过去，沿墙滑倒在地。

刘队长一手奋力扳着陈山掐住他脖子的手，一手在混乱中摸出了自己的枪。就在他将枪口转向陈山的身体时，朱士龙一脚踩住了他持枪的手。陈山则死死掐住他的脖子，直到他伸出了舌头。

陈山松手去探刘队长的鼻息，还有气。朱士龙让陈山弄死他，醒了就麻烦了。陈山说"不行"。

"这些人根本不拿我们当人，你不杀我杀！"

朱士龙刚要上前，被陈山一脚踹倒。陈山举起枪指着他，说："不许杀人，都是同胞，除非你想让我现在就杀了你！"

"杀我？你不想要地图了？"

"我可以撕下你背上的皮！"

朱士龙被吓得愣了一下，然后咬牙切齿地说："好！算你狠！"

陈山搜走了刘队长的枪，还从他的裤袋里摸出了半包烟和火柴，塞进自己的口袋。朱士龙搜走了狱警小宋身上的枪。然后两人将他们抬到了墙角的草丛中。陈山看了一眼不远处警卫森严的监狱大门口，那里有一个如碉堡般的岗亭。

岗亭由四名狱警看守。陈山望了一眼，又望向不远处的朱士龙，让他去关了电闸，不然过不了那些人的耳目。"灯一黑，我就去下水道口那边引爆，你要尽快赶过来。"

朱士龙点点头，扭头走向电房。

朱士龙离去后，陈山守在铁门处，一扭头却发现大门口岗亭中有名狱警出来了，并向他这边走来。陈山心头狂跳，但相遇已避无可避。他迅速捡起地上的铁锁挂到铁门上，镇定地站着。

"开门！我要进去！"狱警边跑边说。

陈山装作立刻打开铁锁的样子，将原本就未锁的铁锁从门上取下，拉开了铁门。在门前，狱警忽然站住了，转过身。陈山的心提到了嗓子眼。

"喂，有火吗？借个火。"

"有。"陈山立刻从口袋中取出他从刘队长身上搜出的烟和火柴。狱警掏出烟放进嘴里，陈山赶紧点燃火柴，为他点烟。狱警吸了一口烟，说："这几年也没一个敢跑的，你新来第一天就碰上了。得打起精神，盯紧了知道吧？"

"是，是，大哥。"

狱警正要走，但这时探照灯扫到了他们身周，让他看见了从角落草丛中露出的刘队长的一只脚。

"那是什么？"狱警指着那只脚，惊诧地问。

陈山顺着他的手望向刘队长和新来的狱警的藏身处，然后装作紧张的样子掏出枪来。狱警也掏枪在手："好像有人，跟我来。"说罢，他向那个位置逼近。

远处微弱的灯光照向他们，地上依稀可见人影。陈山跟在狱警身后，猛地一掌击向他的后颈，却击空了，因为狱警通过地上的影子察觉到了他的动作，于是就地一滚，躲开了袭击。在倒地的一瞬间，他举枪向陈山开枪。子弹擦着陈山的脸颊飞过，在他脸上留下了一道伤痕。

探照灯猛地转过来，照向了他们。一排子弹同时射向了他们所在的方向。陈山就地滚开，而狱警被乱枪击中而亡。

陈山举枪瞄准瞭望台，一枪击灭了探照灯。整个监狱变得黑暗，枪声随即停了，但仍有主牢房和岗亭及路灯发出微弱的光。警报随即也拉响了。

等在监狱外墙的张离听到了监狱内的枪声和喧闹声，但她只能焦急地等待。而朱士龙走进电房，打开电闸箱，一时却未找到主电闸。这时，离陈山最近的大门口岗亭处已经有两名狱警向陈山跑了过来。监狱内也有五名狱警迅速出动。陈山顿时陷入腹背受敌的势态中。

主牢房的灯灭了。牢房中的路灯和办公室灯岗亭灯也依次熄灭。朱士龙挨个电闸拉下，整个监狱顿时一片漆黑。警报声中，陈山打开铁门，没命地向下水道口方向奔逃。

有狱警打亮了手电，手电光在监狱空地上乱晃。狱警们一片混乱地追赶起来。

4

陈山跑到下水道口的大致方位，摸黑在草丛中辨明准确位置，然后摸索着在墙上寻找引线。他低声叫了张离一声，墙外立马传来一声"我在"。

"引线在哪儿？"刚问出口，陈山就听到不远处有狱警的说话声，他们正朝这边过来。张离知道来不及了，让陈山退后隐蔽，她在外面剪短引线点火。

"你这样引爆会很危险，围墙外面还有巡逻的狱警。"

"管不了那么多了。"张离说，"按我说的做，你隐蔽。"

陈山转身寻找隐蔽物，他看到附近有一堆杂物，便跑过去，躲到后面。

张离剪断原本挂入墙内的引线，只留下较短的一截，用火柴点燃后，迅速跑开，跃入灌木丛中卧倒。

轰的一声，管道内的炸弹爆炸了。墙体被炸出一个缺口，碎石飞溅。张离躲在灌木丛中的巨石后，一些碎石纷纷落在她身边。

陈山趴在杂物堆后，抱着脑袋，身上落满了碎石和尘土。朱士龙此时也连滚带爬地来到了他的身边。两人同时起身，一前一后跃出了墙上的缺口。

黑暗中，狱警们的手电照向了这个缺口，立即追了过来。

陈山和朱士龙从缺口向外跑出来，张离从灌木丛中的巨石后现身接应。"跟我走！"张离说罢转身就跑，陈山和朱士龙追上。一行三人在黑夜的树林中快步奔跑。12点前，他们必须赶到朝天门码头，荒木惟在那里等他们。

监狱长和四眼来到了监狱的空地。一名狱警告诉两人，逃犯刚炸开了东北角的一面墙，跑出去了。

"还愣着干什么！赶紧给我追！"监狱长恼怒地喊，"灯怎么全黑了？有人去电房检查线路了吗？"

"我这就去！"四眼匆匆跑去，眼神中有一丝狡黠一闪而过。

众狱警打着手电，牵着警犬追到了下水道口，狗吠声响成一片。警犬闻着气味，准确地将众狱警带往陈山、朱士龙和张离逃跑的方向。

此时，陈山、朱士龙和张离跑进了一片树林，被树枝和荆棘划破了衣衫、脸颊和手臂。但闪烁的手电光和警犬的吠声就在远处若隐若现，三人脚下不敢有丝毫停歇。有狱警已经看见了他们影影绰绰的身影，大叫了一声"站住"，并开了一枪。

子弹打在朱士龙身边的一块石头上，火花四溅。朱士龙加速往前跑，却不慎绊倒。陈山停下，将他扶起。张离回过头，让两人加速去江边，要不然警犬会一直追。

朱士龙喘息着说："前面就是嘉陵江！"

三人继续向前跑去，身后不时响起枪声。枪声越来越近，子弹不时击中他们身边的树干、石头或地面。监狱长带着四眼等人也追了上来，他不断地喊着："快追！不论死活，抓到有赏！"

三人终于到达了嘉陵江边。张离率先涉水而行。朱士龙望着水流有些湍急的江面有些犯怵，他不会游泳。

而他们身后，狗吠声和狱警的手电光都越来越近。

陈山搬来水边的一截木头，朱士龙帮忙将木头推入水中。陈山和张离一边游，一边推动木头，朱士龙则紧张地趴在木头上。此时，狱警已经追到了江边。

监狱长指着江面上远处隐约可见的朱士龙趴在木头上的影子大喊："开枪！"狱

警们便举起枪一阵乱打。散乱的枪声一直持续着。陈山忽然陷入了一个江中的漩涡，因为整晚的奔逃，体力不支的他沉了下去。

张离回头，看到陈山消失在水面。朱士龙对张离惊慌地喊："他沉下去了！"张离松开木头，一个猛子扎了下去。这时，一颗流弹击中了朱士龙的后背。

张离下潜，游向水底漩涡中挣扎的陈山。当她拉住陈山的手时，陈山茫然睁开眼睛，心中油然而生求生欲望。水中他与张离十指交握，张离用尽全力，将他拉出了漩涡。

陈山吐出一口水，大口呼吸着："妈的，老子脚抽筋，又遇到一个漩涡，差点葬身水底！"而他没留意到，趴在木头上的朱士龙已经一动不动了。陈山和张离都趴上木头，三人顺流而下。

陈山问张离："刚才你就不怕跟我一起命丧江底？"

"那天在仓库你也不怕跟我一起被炸得粉身碎骨。"

陈山笑了起来："看来不怕死，也是有福报的。"

陈山转头看着朱士龙，用手抬起朱士龙的脸，发现他脸色苍白，两眼无神："喂，你怎么样？"

朱士龙的嘴缓慢张合："我……中枪了。"

枪声逐渐停了，三人也终于游到了对岸。张离和陈山架着朱士龙筋疲力尽地爬上岸边。朱士龙虚弱万分地说："我怕我过不了这个坎了。"

陈山弯腰背起他："闭上你的乌鸦嘴，阎王爷说了，你劫数未到。我想办法给你找个小医院。"

在江中看不见人影以后，监狱长下令停止开枪。四眼站他旁边说，这一阵排枪打过去，就算没打死，这江里也得给淹死。

监狱长看了看狱警们，想让他们下水追赶。但狱警们望着湍急的江水面面相觑，都往后退了一步。

"今天这江水这么急，他们一定是被江水冲走了。"四眼继续说。

一名狱警帮腔说："对、对，他们肯定已经被淹死了。"

四眼继续向监狱长陈述他的意见："监狱长，明天我就去唐家沱找那两人的尸体，找得到最好。"四眼别有深意地看了监狱长一眼，"如果找不到呢，您也知道，所有在重庆段的江里淹死的人，尸体全都会被冲到唐家沱，那里的尸体，多得很。"

监狱长神情松动，犹豫了一下，说："好吧，明天你去办这事。"

5

三人来到了另一片树林。陈山背着朱士龙，张离在一旁扶着朱士龙的身体。朱士龙嘴唇干裂，他轻声在陈山耳边说："我好困，我要睡着了。"

陈山忙放下朱士龙。朱士龙已经意识模糊，后背上都是血。

"你现在不能睡。"

朱士龙虚弱地睁开眼，说："让我抽根烟吧。"

陈山从朱士龙的上衣口袋里掏出一包烟，但烟和火柴都湿了。张离从身上取出一个防水包，取出里面的火柴抛给陈山。陈山把湿烟塞在了朱士龙的嘴里，但是怎么点都点不着。

朱士龙又说："我冷。"

"我给你生火，你等一等。快，张离，弄点儿柴草，生火。"

张离迅速在四周扒拉了一些柴草，陈山点起火。火苗腾地上来了，映红了朱士龙的脸。朱士龙脸上微微漾起了笑意，努力抬起眼皮，轻声说："你这个搭档，不错。"

陈山望向张离，两人对视了一眼。陈山意图提起朱士龙的精神，大声说："喂，你不能睡着，我跟你说。我以前一直想为什么老天爷要我来重庆一趟。现在我明白了，就是为了让我遇见张离，我的搭档，生死搭档。"

张离说："现在你是我们的搭档，你别睡着。"

朱士龙仰头望着满天繁星，说："在这里看天，和在那高墙里头看天就是不一样。"

陈山和张离也不禁看了一眼星空。

"你已经救我出来了，但我走不了……这是命。"

陈山用力握住朱士龙的手："坚持住！我说过，我们现在是同一条命。"

朱士龙双眼有些呆滞地看着陈山，口中突然溢出大量鲜血："你是有求于我，不过也算舍命救我，老子……老子就还你个人情。我告诉你……"

陈山附耳到朱士龙的嘴边，凝神听着。

黑暗中，张离看到有些人影在靠近，警觉地摸出了枪。朱士龙说着说着，头一歪，死去了。陈山探了探朱士龙颈部的脉搏，无奈地合上了朱士龙的双眼。

余小晚咬着一个苹果走到卧室，她打开了一个礼盒。礼盒里是已经织完的围巾，看着围巾上或密或疏的针法，她不由得回想刚织的时候，怎么也织不好。张离说："一天织五分钟，等织到明年冬天，肖正国差不多也就能用上了。

余小晚把围巾从礼盒里拿出来，围到了自己脖子上。她脑子里全是陈山的画面：他给她修鞋。他和她跳探戈。他暴揍周海潮。他给她说书。他们睡在地铺上，她的腿就架在他身上。

余小晚咬着苹果，一眼瞥见那卷陈山曾经睡过的铺盖。她走过去，踢了一脚铺盖，嚼着苹果转身走出了卧室。

客厅桌上，已经摆放了蛋糕和红酒。余小晚扔了苹果核，走到桌边打开酒瓶，倒好了两杯红酒，又点燃了烛台上的蜡烛，跳跃的烛火映出她娇美却略显憔悴的容颜。

余小晚对着摇晃的烛火说:"王八蛋,我等你回来,再跟你算账!"

陈山在树林里收拾着简单的行李,将一只扁平的小布包塞进了怀里。这时,一支枪顶住了陈山的脑袋。

持枪人是齐云。李龙等人也突然现身,围了上来。

李龙的枪顶住了张离。

李龙和齐云一言不发。陈山看到来人都是第二处的军统特务,除了李龙、齐云还有阿强、光头等人。他问:"谁让你们来的?"

费正鹏的声音从包围圈外传了过来:"正国,张离,你们可真能找地方躲啊。"

费正鹏从包围圈外走了进来,走到了陈山面前。

陈山仰头看着费正鹏,笑了下:"老费,你是来请我喝酒的吗?"

"这时候还想着喝酒,果然有胆色。"

陈山又笑了下:"人生得意须尽欢。咱们说过的,等我出了审讯室,不醉不归。"

费正鹏从口袋里掏出两个小瓷瓶,说:"我也是个说话算话的人,这最后一顿,我就送你一程。"

陈山瞄了一眼身边的特务,说:"够不够胆只跟我一个人喝,让他们先退下?"

费正鹏笑了笑,望向李龙。李龙点了点头。

6

费正鹏将一小瓶酒递给陈山。陈山接过去,大大咧咧地打开瓶盖,仰头就喝。费正鹏一手拿酒瓶,一手拿着枪,与他保持着一米多的距离。

张离在两人身边,李龙、齐云等特务则离得远些,守着朱士龙的尸体。

陈山觉得痛快,说:"要是能在家里,再来一盘棋,那可真是人生快事。"

"家?"费正鹏挑起一边眉毛,"哪个家?你骗了小晚这么久,还不够吗?"

"有一点你可以放心,我没碰过她。"

费正鹏冷哼一声:"算你还有几分良心。"

"有良心?有良心你就能放过我了?还不是一样把我抓回去剁了?"

"你来重庆,究竟是为了什么?"

陈山看了费正鹏一眼,笑了笑,仰头将酒一饮而尽:"过了惊蛰,你就会知道答案的。谢谢你送我一程,也谢谢你的酒。"

陈山说罢忽然将酒瓶砸碎,并捏着酒瓶碎片欺身上前。费正鹏立刻举枪对准了他。陈山却一矮身,将费正鹏持枪的手向上一格,子弹打向天空。说时迟那时快,陈山在一瞬间制住了费正鹏,并用酒瓶碎片抵住了他的颈动脉。

李龙、齐云等特务大惊。齐云跑过去,举枪对准了陈山。

陈山笑着对费正鹏说："让他们放下枪，全都退开，不然我保证你一定比我先见阎王。"

费正鹏铁青着脸，吩咐齐云放下枪，让开。见齐云没动，费正鹏不怒自威地说："要我再说一遍吗？"

齐云和李龙对视一眼，接着，一堆枪械就扔了一地。张离迅速对军统特务们搜身，只从齐云身上搜出了一副手铐。张离又命令齐云把衣服脱了扔地上，齐云愣了一下，顺从照做。张离将枪械收起，全包在齐云的衣服里，斜背在身上。陈山向张离投去赞许的一瞥。张离神采飞扬，英姿飒爽，却对陈山的眼神恍若不觉。

"张离，原来你才是党国培养的最厉害的间谍。"费正鹏冷冷地说。

"谢谢费处夸奖。"

陈山押着费正鹏向附近一座山头走去。张离断后，持一把机枪对着众特务，特务们只得不远不近地跟着。

黎明时分，陈山胁持费正鹏来到了山顶。张离紧跟其后。不远处是仍在跟随的军统特工。陈山看到了崖顶向下延伸的简易索道，又看了一下手表，4点50分。他决定从索道下，走山道时间来不及了。

张离将费正鹏铐在一棵碗口粗的树上，打开装枪械的包袱，与陈山把手枪分了，余下的丢下山崖。

费正鹏铁青着脸，说："你们跑不掉的，今天是我一时大意，但我向你们保证，哪怕你们逃回上海，我也会把你们赶尽杀绝的。"

陈山朝他轻松地笑笑："好，那我就在上海等你喝酒。老费，人生何处不相逢，我们一定后会有期！"

李龙、齐云等人追上山顶时，陈山和张离已经沿索道下山，不见踪影。费正鹏问他们身上还有没有枪，见他们站在原地面面相觑，愤怒地骂了句废物："还不赶紧帮我打开？"

"手铐钥匙也被她拿走了。"齐云战战兢兢地说。

阿强从鞋中掏出一把匕首，上前砍起被铐住的那棵并不粗壮的树。李龙看了简易索道一眼，让兄弟们跟他去追。费正鹏又火了："追？你们拿什么追？你们的武器呢？武器是你们的命，命都没了，你们还追？！"

李龙和齐云呆住，不知如何是好。费正鹏看了绳索一眼，又看了眼阿强手中那把匕首，说："马上把绳子砍断！绝不能让他们活着逃出去！"

李龙和齐云都吃了一惊。李龙心有不忍，见阿强回答得利索，他抢先一步夺过阿强手中的匕首说他来。

陈山和张离快速在绳道上滑行着，脚下的树木树枝飞速掠过。陈山用尽全力抓住滑轮下的把手，可是一天没有进食，加上整夜的奔逃，他渐渐体力不支，手也越来越松。他的额头冒出虚汗，终于左手滑脱了。

张离在后面看到，不由得焦急。两人此时距离索道的尽头还有数百米的距离，离地仍有几十米高。这时，张离明显感觉到索道一坠。她立即明白，有人在山顶割索道了。而此时的陈山渐渐支撑不住，眼睛几乎被汗水糊住，右手也快松脱了。"不成了，张离……"他的思维开始迷糊了。

在陈山的手完全松脱把手往下掉的同时，张离猛地向前一荡，用双腿夹住了他的腰。但她很清楚自己力量不够，无法遏制他的下坠。"陈山！"她大叫了一声。

听到张离的叫声，陈山的精神猛地振奋，在掉下去之前抓住了张离的脚。

张离稍松了一口气，两人挂在一个滑轮上继续向前滑行。张离咬牙抓住滑轮把手，勉力支持着，眼看只有几十米即将抵达对岸，而他们的高度也只有离地二十米高，但索道在这时忽然断了。两人猛地往山谷中坠落。

空中，陈山拼尽全力调整身体，将自己垫在张离身下。他们落在了一棵大树上，压断了树枝。张离掉在陈山怀中，陈山下意识地抱紧了她，两人继续在树枝间不断坠落，身体也因为撞到树枝而翻滚。

在这命悬一线随时可能粉身碎骨的时刻，陈山紧紧地抱住张离，脸上甚至露出了笑容，因为剧烈的翻滚和紧紧的拥抱感觉好像在跳探戈。他甚至可以真切地看到自己想象的画面。他和张离都身着盛装，在军人俱乐部的舞池里旋转。舞池旁，有乐队为他们演奏着《一步之遥》。他们含情脉脉，四目相对，仿佛这个世界只剩下他们两个人。

终于，两人在压断一层层的树枝后坠落在地。陈山仰躺在树下的草地上，张离卧在他的胸前。两人都闭着眼一动不动，生死未卜。

山顶上的费正鹏等人听到了两人坠落山谷时的惊叫。惊叫声消失后，费正鹏冷冷地命令部下：马上赶到对面山下，看他们有没有另外的接应者。天亮之后，通知处里派人来搜山。生要见人，死要见尸。

荒木惟在朝天门码头上吹着晨风。江面上一片寂静，偶有江鸥飞过发出叫声。天色清凉而明亮。他看了一眼表，5点了。

千田英子为自己之前的话向他道歉："科长，我没有任何怀疑您眼光的意思，请您不要误会。"

荒木惟冷冷地说："别人怀不怀疑，我从来不在乎。"

千田英子有些失落："我只是有些担心，如果最后还是功亏一篑，您这几个月的工夫就白费了。"

"不白费。这单生意，赚钱或是赚教训，我们都是赚了。"荒木惟看一眼手表，"还有一个小时，你要不要跟我赌一把？"

"是赌他们能不能及时赶回来吗？"

荒木惟微笑着默认。随后，他说："如果不来重庆，你今年大约是能回奈良过年的。"

"科长在哪里,我就在哪里。我也是一名军人。"

"我们付出的一切都会有回报的。以后回了奈良,我想去山林中打一头豹子送给你。"

千田英子惊喜地笑了:"科长,你要记得你的承诺。"

荒木惟微微一笑,抬头看了看天。今天,就是惊蛰了。"我要上船休息,你在这儿等着。"

张离和陈山相互搀扶着来到山脚下。两人警惕地观察四周,一辆车子向这边驶了过来。

他们能躲过一劫,全靠李龙。夺过阿强的匕首后,李龙便开始割绳索。但他割得缓慢,为两人赢得了一些时间。阿强等人合力把树折断后,费正鹏手上挂着铐子来到了他身边。见他出工不出力,费正鹏夺下匕首,一刀将绳索砍断。

陈山向车子挥挥手,车子就停了下来。陈山走到驾驶室边上,突然亮出手枪,抢下了那辆车。

陈山发动汽车的时间是5点30分。副驾驶座上的张离告诉他,从这里去码头赶荒木惟的船,需要半小时。

"坐稳了!"陈山驾车飞驰,驶过颠簸的山道。一声惊雷,天下起雨来。

汽笛声传来的时候,千田英子撑着伞看了眼手表,5点35分。她扭脸吩咐身旁的山口,准备上船。

5点42分的时候,她面无表情地向码头旅客入口大步走去。

她忽然看到一辆车横冲直撞地飞奔而至,戛然刹车。在经过了无数次的颠簸以后,陈山终于准时到达。千田英子脸上露出了欣喜的神色。

此刻,余小晚正趴在桌子上睡着。屋外下着大雨,传来隐隐的雷声。窗户在风中轻轻开合,桌上的蜡烛已经燃尽,蛋糕和红酒一动未动。

在千田英子的伞下,陈山在纸上画下一幅山水草图。这张图就是重庆市郊的山区地图。而图上每一棵散乱的迎客松,就代表一个兵工厂。

"你确定画得一分不差?"千田英子狐疑地看着陈山。

陈山眼神确定:"如有差池,那是要搭上性命的,我不会让自己死在黎明之前。"

张离说:"你们知道了兵工厂的具体位置,只要通过轰炸验证,看重庆方面会不会有反应,便可知陈山的图是不是真的了。"

"人皮呢?"千田英子又问。

"人埋了,没有时间割皮,但请相信我的速记能力。我记得分毫不差。"

千田英子又看了看表,5点52分。

陈山问起陈夏:"现在告诉我,她安全吗?她在哪儿?"

"她很安全,但你不用知道她在哪儿。"

陈山看了一眼张离:"我和张离怎么走?"

千田英子掏出了两张船票,塞进陈山手心里:"后天的船票。"

"为什么是后天?"陈山诧异又愤怒,"我们在重庆很危险,分分钟都会被逮捕。"

"这跟我没关系。祝你们好运。"说完,千田英子收起那张图,撑着伞飞快地冲进了码头候船室。山口紧紧跟上。

不远处有军统特务快步跑了过来。陈山拉起张离,混入人群,悄然离开了码头。

7

余小晚是被座钟的响声惊醒的。

她睁开眼,迷糊了一下,但迅速就清醒了。她坐直身体,回头看钟,6点,然后自嘲般地笑了。

窗口吹来凉风,雨还在下。余小晚抱紧身子,她有些冷,赌气似的说:"我就知道你没胆回来!"钟声停止以后,她拿起餐刀,将奶油蛋糕一刀切成了两半。

千田英子走进荒木惟甲等舱的包房时,荒木惟正好整以暇地站在窗前看雨。外面雷声滚滚,雨阵细密。

"报告科长,图拿到了。"

荒木惟对着江面上的雨阵无声地笑了:"很好,我喜欢这及时雨。"

张离和陈山住进了四方客栈。两人站在窗前,说起了余小晚。

张离说:"你说,余小晚这会儿在干什么?"

陈山说:"在咬她的青苹果。"

"我唯一放不下的,就是她。"

"我也放不下她。"陈山在脑海中想了想余小晚大大咧咧的样子。

张离问起日本人轰炸兵工厂的事。陈山说:"快了,重庆又要热闹起来了。"

"后天,我们就要离开重庆了,以后还不知道什么时候能再回来。"张离怅然若失地说。

"出了狼窝,又得进虎口。娘的,这种日子什么时候是个头?"

"只有胜利,才能结束这种身不由己的日子。"

"不过只要身边有你,有没有头,我都不怕。"

"你准备好战斗了吗?"张离问。

"嗯,从前和今后的每一天,都是战斗。"陈山明白,去上海的卧底行动和来重庆军统卧底不同，是自觉自愿地深入敌营。这次，是他自己选的。

"这次没有陈夏，你拿什么支撑自己坚持战斗？"

"这不是有你陪着我吗？不，是我陪着你。"

"不。"张离摇了摇头，"你得有信仰。只有树立了信仰，你才是一名真正的战士。不是为了陈夏也不是为了我，是为了报国。即使我死了，你也要继续完成潜伏任务。你能做到吗？"

陈山愣了一会儿，他觉得不可能。要死也是他先死，子弹飞来的时候，他必须挡在张离前面。这是他身为男人的责任。

张离不由得轻叹了口气："陈山，潜伏的日子每一天都危机重重。你要是没想好，我劝你不要踏入敌营半步。"

"怎么没想好？不就是随时准备掉脑袋吗？砍头不过碗大个疤。我不怕死，如果你有危险，我替你死。"

"我不要你替我死，但我要你做好时刻为中华捐躯的准备！"

陈山咧嘴笑笑："都一样。"

张离感到有些无奈。

汽车开进尚公馆的院子后，荒木惟下车，久久地望着面前那幢楼。

"我们又回来战斗了。"千田英子在他身后说。

办公楼里，嘀嘀嘀的发报声响了起来。荒木惟沉稳而缓慢地走了进去。

很快，重庆兵工厂分布图的情报就转到了日本海军航空部队。作战部正在做数据分析。从侦察机侦察到的情况看，陈山提供的兵工厂分布图上所标区域，确实发现了十分隐秘的掩体。

这一两天，陈山也应该快回到上海了。荒木惟心中想着。尽管军统全城都在搜捕他，但是他知道，他能回来的。